KB115774

이
도
우

장
편
소
설

사서함 110호의
우편물

수박설탕

이도우

라디오 구성작가, 카피라이터로 일하다 소설을 쓰기 시작했다. 라디오 작가와 피디의 쓸쓸하고 저릿한 사랑을 담은 《사서함 110호의 우편물》, 외가에서 함께 자라는 사촌 자매들의 애틋한 추억과 성장담을 그린 《잠옷을 입으렴》, 시골 낡은 기와집에 자리한 작은 서점 '굿나잇책방'에 모여 용서와 위로, 사랑을 이야기하는 《날씨가 좋으면 찾아가겠어요》 등의 소설을 썼다. 작가 특유의 따뜻한 시선과 깊고 서정적인 문체로, 많은 독자들의 사랑을 받으며 '천천히 오래 아끼며 읽고 싶은 책'이라는 평을 듣고 있다. 소설 속 '굿나잇책방'을 현실로 데려오기 위해 독립출판 '수박설탕'을 시작했다.

차 례

사서함 110호의

우편물

1

새 연필 끝에서 가늘게 밀려나간 톱밥들이 하얀 이면지에 떨어져 내렸다. 끄트머리를 드러낸 연필심을 진솔이 커터로 사각사각 갈기 시작하자, 고운 흑연 가루가 부슬거리며 묻어 나왔다.

"그래서, 이건 피디도 대호파라는 결론이야?"

연필심이 얼마나 뾰족해졌나 가늠해보며 진솔이 무심히 물었다. 가을 개편이 일주일 앞으로 다가오면서, 작가실은 새로 맡은 프로그램과 담당 프로듀서에 대한 작가들의 정보 교환으로 아침부터 부산스러웠다.

"딱 금 그어서 대호파로 분류하긴 뭐하지만, 아무튼 학연으로 보나 지연으로 보나 그쪽 라인이다 이거지, 실세들!"

옆에서 노트북 자판을 두드리는 김 작가는 아까부터 진솔에게 이건 피디에 관한 정보를 제공해주던 참이었다. 건너편 컴퓨터 앞에서 원고를 쓰던 30대 후반의 유부녀 최 작가가 점잖게 끼어들었다.

"모르는 소리 마. 내가 보기엔 그 남자, 대호오피스텔에 살긴 해도 대호파는 아니더라. 방송국에 무슨 일 생겼을 때, 한 번도 표면에 나선 적 없었잖아. 혼자 가볍게 사는 스타일이야. 겪어보니 그렇더라고."

이번 학기까지 이건과 심야 영화음악 프로를 같이 해온 최 선배이니 어쩌면 그 말이 맞을지도 모르겠다고 진솔은 생각했다. 갑자기 김 작가가 옆구리를 쿡 찔러와 그녀가 가리키는 쪽을 슬쩍 쳐다보았다. 작가실 한쪽 구석에서, 평소 대호파와 친하기로 소문난 송 작가가 노트북 자판에 손가락을 올려놓은 채 귀를 쫑긋 기울이며 새침하게 앉아 있었다. 김 작가가 들키지 않게 날름 혀를 내밀자 진솔은 소리 없이 웃어버렸다.

보기 좋게 깎은 연필을 필통 속에 잘 넣어두고 다시 새것을 꺼내 깎기 시작했다. 일이 손에 안 잡히거나, 왠지 마음이 들뜨고 심란할 때면 연필 몇 자루를 깎는 게 그녀의 오래된 습관이었다. 칼끝에서 밀려나가는 가느다란 나뭇결을 쳐다보는 게 좋았고, 검은 흑연을 사각사각 갈아내는 감촉도 좋았다. 세월이 흘러도 어린 시절 맡았던 것과 하나도 다르지 않은, 연필 깎을 때 연하게 풍겨오는 나무 냄새도 마음에 들었다.

진솔이 대학 4학년 때 말단 스크립터로 라디오 방송국에 발을 들여놓은 지도 벌써 햇수로 9년이었다. 보조작가로 두 해쯤 선배들 밑에서 부분 꼭지들을 맡아 쓰다가 이후 제대로 작가 타이틀을 달고 자기 프로그램을 써왔다. 몇 군데 방송 사를 거쳐 3년 전부터는 마포에 위치한 지금의 FM 라디오에 서 일하고 있었다. 그다지 활발하거나 사교적인 성격이 아닌 지라, 진솔은 같은 프로에서 호흡을 맞췄던 사람들 외엔 그저 지나치며 가볍게 목례만 주고받는 정도의 대인관계를 유지하 고 있었다.

문득 저도 모르게 한숨을 쉬는 바람에 이면지에 떨어진 나 뭇결들이 살짝 날아가 옮겨 누웠다. 그녀는 지난 1년 반 동안 전통가요를 내보내는 〈노래 실은 꽃마차〉와 여성 프로 〈행 복스튜디오〉 두 편을 맡아 써왔다. 역사가 오랜 프로그램은 같은 피디가 몇 년씩 담당하는 경우도 드물지 않았기에 내리 세 번의 학기를 그대로 이어온 셈이었다.

그러나 이번 개편을 단행하며 데스크는 꽃마차 역시 물갈 이가 필요한 시기라고 판단한 모양이었다. 33세의 비교적 젊 은 입사 5년 차 이건 피디로 교체되었으니 말이다. 낯가림이 심한 편인 진솔로서는 새로운 지휘자와 다시 호흡을 맞춰야 한다는 것이 조금은 부담스러웠다.

"공진솔, 이제 연필 깎는 데는 거의 달인의 경지에 이르렀 구만."

그녀가 깎은 예쁘장한 연필 끝을 들여다보며 김 작가가 감탄 반 놀렸다.

"그래. 득도했지."

진솔은 피식 맞장구를 쳤다. 갑자기 출입문이 씩씩하게 열리고 낭랑한 목소리가 날아와, 다들 시선이 그쪽으로 쏠렸다.

"안녕하세요? 오랜만이네요!"

언제 봐도 싱싱하고 생기발랄한 외모에 튀는 패션 감각을 보여주는 안희연 작가의 출현이었다. 김 작가가 몸을 기울여 작게 소곤거렸다.

"웬일이야, 구석진 작가실까지 다 왕림하시고. 피디 옆자리에만 잠깐 앉았다 가는 사람이."

희연은 곧장 작가실을 가로질러 진솔이 앉은 창가 자리로 다가오더니, 책상에 사뿐 걸터앉았다.

"공 작가님, 이번에 이건 피디랑 일한다면서요?"

희연은 윤기 나는 숱 많은 검은 머리를 다섯 갈래로 총총하게 땋아 단풍 빛깔 리본으로 장식하고 있었다. 바로 코앞에 늘어뜨려진 머리를 보며 진솔은 다섯 갈래로 땋으려면 머리카락 줄기를 어떤 순서로 엮어야 할까, 뜬금없이 생각했다.

"응. 그렇게 됐어. 왜?"

"방금 회의하다 왔거든요. 우리 월드뮤직은 이번 학기도 그대로 가요. 건이 오빠가 꽃마차랑 두 프로 같이하는 거 아시죠? 공 작가님 어떠냐고 물어보길래, 좋게 얘기했어요."

좋게 얘기했다? 안희연이 나에 관해 잘 알던가? 실로 의문스러웠지만 진솔은 그냥 웃어주었다.

"그래? 고마워."

"공 작가님도 오빠 괜찮게 생각하게 될 거예요. 똑똑한 사람이거든요."

진솔은 짐짓 입꼬리를 올려주며 잠자코 세 번째 연필을 꺼내 들고 고개만 끄덕였다. 건이 오빠라 부르는 모양이군. 여태까지 이 방송국 작가들 중에 스물여덟 살의 안희연한테서 언니라거나 선배라는 호칭을 들어본 사람은 아무도 없었다. 서른한 살인 진솔은 물론이거니와 더 나이 많은 작가들한테도 희연은 동등한 느낌으로 '모 작가님'이라 불렀다.

진솔의 반응이 무덤덤하자 희연은 잠시 그녀를 살짝 훑어보았다. 손끝을 내려다보며 묵묵히 연필을 깎고 있는 자그마한 체구의 공진솔. 원고 탄탄하다고 피디들 사이에 평가가 좋다지? 하지만 희연이 보기엔 사교성도 별로고 욕심도 없어서 더 넓은 물로 진출할 생각도 없는 그냥 평범한 여자였다.

"이건 피디, 시인이란 건 아시죠?"

"뭐?"

하마터면 칼에 손가락을 베일 뻔했다. 진솔은 연필과 칼을 든 손을 딱 멈춘 채, 마치 못 들을 소리를 들었다는 듯 희연을 올려다보았다. 그 입술이 놀라서 조금 벌어져 있었다. 비로소 희연은 생긋 미소를 날렸다.

"몰랐군요? 몇 년 전에 시집도 냈어요. 글 잘 써요."

진술의 얼굴에 낭패감이 떠오르더니, 작은 탄식이 새어 나왔다.

"…젠장."

희연은 만족스럽게 웃으며 자리에서 엉덩이를 뗐다.

"여의도로 넘어가야 해서 먼저 가볼게요. 참, 제가 쓰는 프로 보고들 계세요? 매주 목요일 밤 열두 시요. 시청률 좀 올려주세요. 그럼, 또 만나요."

희연은 명랑하게 손을 흔들어 모두에게 안녕을 고하곤 퇴장해버렸다. 입구 쪽의 송 작가가 황당하다는 듯 코웃음을 쳤다. 희연은 라디오 월드뮤직 외에도 공중파 텔레비전의 재즈 콘서트 프로그램을 맡아 쓰고 있었는데, 잊을 만하면 들러 홍보를 빠뜨리지 않았다.

진술은 맞은편의 최 작가를 원망스럽게 건너다보았다.

"선배, 왜 그 말 안 해줬어요?"

"건 피디 시인이란 거? 그게 뭐 중요해?"

최 작가는 콧잔등의 안경을 손가락으로 올리며 모니터에서 시선을 떼고 진술을 쳐다보았다. 방송국에 이씨 성을 가진 프로듀서들이 많아 그는 직원들 사이에서 주로 건 피디로 불리고 있었다.

"나한텐 중요해요. 내가 예전에 그 가요평론가한테 얼마나 시달렸는지 알면서."

"일단 겪어봐. 솔직히 이건 씨 원고 보는 눈이 까다롭긴 한데, 그렇다고 사사건건 시비 거는 타입은 아니니까. 그냥 마음 비우고 일해."

"마음 비우는 게 쉽나요."

진솔은 한숨 쉬듯 중얼거리곤, 칼과 연필을 필통 속에 넣고 톱밥 가루가 쌓인 이면지를 뭉뚱그렸다. 잘하면 한동안 고생길이 열리게도 생겼다. 진솔은 시든 소설이든 비평이든, 글깨나 쓴다는 피디들은 딱 질색이었다. 하긴 그녀만 그렇겠는가. 모든 작가들이 다 피해 가고 싶어 하는 게 글 쓰는 피디들이었다. 몇 해 전 가요평론가란 프로듀서와 함께 일하다가 얼마나 데었는지, 진솔은 그때만 생각하면 아직도 머리를 내젓는다. 곡에 대한 코멘트는 물론이고 문장 표현 하나하나까지 어찌나 물고 늘어지던지. 별 차이도 없는 표현을 가지고 꼭 자신이 선호하는 대로 하루에 한 군데는 고쳐야 직성이 풀리는 사람이었다. 진솔이 보기에 그건 그저 습관이었다.

진솔은 턱에 손을 괴고 16층 유리창 너머 흘러가는 한강을 멍하니 내다보았다. 어느새 저녁 햇살이 강물에 반짝이며 떠다니고 있었다. 10월을 앞둔 가을 기운이 강변도로의 가로수 은행잎에 물들어갔다.

그날 밤 방송국 뒷골목의 번잡한 '껍데기집'에서 진솔은 장일봉 피디와 둥근 양은탁자를 사이에 두고 마주 앉았다. 마포 뒷골목 특유의 낡고 오래된 느낌을 주는, 선술집 같은 돼지고 깃집이었다. 탁자 가운데 뚫어놓은 구멍에서 불이 피어오르고, 올려놓은 불판에선 돼지 껍데기가 지글지글 익어갔다. 출입문과 창이 활짝 열려 있고 시커먼 먼지가 낀 환풍기도 열심히 돌아갔지만 식당 안에 차오르는 연기는 다 빠져나가지 못했다.

"그러니까 그 시집 냈을 때도 말이야. '선배님, 저 책 냈습니다' 하고 사인해서 한 권 들고 오면 얼마나 기특해. 술도 한잔 살 거고, 자기가 사든가 내가 사든가. 근데 나도 얘기만 들었지 이건이 시집, 구경도 못 했어. 사내에 돌리지도 않았을걸?"

"돌리기 좀 뭐했나 보죠. 멋쩍었든지."

"사춘기 중학생이야, 멋쩍게? 그게 아니라 개인주의라 그래. 조직에 별로 애정이 없어서라고."

장일봉 피디는 술잔을 들어 익숙하게 소주를 목구멍에 털어 넣었다. 통통하고 듬직한 체구만큼 성격도 터프한 그는 마포의 여러 식당들 중에서도 늘 이곳이 제일이라고 우겼다. 자고로 식당은 사람 바글바글하고 푸짐하고, 목소리 커져도 신경 안 쓰이는 곳이 최고라고. 두 사람은 지금 나름대로 꽃마차 쫑파티 중인 셈이었다.

"결정적으로 난 그 친구 술자리 거절하는 스타일이 마음에 안 들어."

장 피디는 불쾌해진 이마를 쓱쓱 긁으며 내친김에 다 말해보자는 표정이었다.

"조직 분위기상 꼭 마셔줘야 하는 날이 있잖아. 지난번 프로듀서연합회 시상식 때나 교양제작부 친목회 때 말이야. 감기 걸려서 편도선이 부었다고 안 먹는다, 간밤에 잠을 못 자서 안 먹는다…. 그 모든 것에도 불구하고, 특별한 날은 스태프들끼리 끝까지 마시고 죽을 수도 있는 거 아냐, 남자라면? 뭐 그렇다고 건 피디 대인관계가 원만하지 않다는 건 아닌데, 너무 경계가 확실해서 내 타입은 아니지."

진솔은 젓가락으로 파무침을 뒤적이다 그저 가볍게 어깨를 으쓱했다. 장일봉은 자신이 굉장히 소탈한 인물인 척 말을 하지만 실상 장 피디가 정말로 편안한 사람이냐면 그렇지도 않았다. 예를 들어 간밤에 스태프들끼리 늦게까지 술을 마셨다고 하자. 그리고 다음 날 아침 첫 방송에 작가가 원고를 펑크 냈다고 치자. 그럼 장일봉은 '뭐, 술 먹고 실수할 수도 있지. 어떻게 한번 헤쳐나가보자고!' 하며 어깨를 툭 쳐줄 스타일이긴 했다. 하지만 뒤집어 말해 평소 흠 없이 성실하게 일한다 해도, 친목 도모의 자리에 잘 끼지 않으면 멀쩡한 원고에도 태클을 걸어오는 사람이었다. 한마디로 비위를 맞춰야 한다는 뜻이다.

이번 개편에도 여전히 함께 일할 행복스튜디오의 이선영 피디는 또 어떤가. 30대 중반 유부녀인 그녀는 장 피디와는 정반대의 타입이었다. 원고만 확실하게 넘겨주면 한 달 내내 사적인 자리를 갖지 않아도, 서운해하거나 동료로서 팀워크

가 부족하다는 등의 생각은 하지 않는 여자였다. 그 대신 까다로운 점은, 작가가 지독한 몸살감기에 걸려 앓고 있는 줄 뻔히 알면서도 원고의 질이 조금 떨어지면 바로 전화가 걸려왔다. '진솔 씨. 오늘 원고는 평소보다 힘이 부족했다는 거, 본인도 느끼죠? 그러니까 평소 체력 관리를 잘했어야지.' 그런 안부 전화는 실로 효과가 탁월해서 몸살감기조차 질려서 떠나가준다.

진솔은 앞에 놓인 소주잔을 눈을 딱 감고 들이켰다. 그랬다. 지난 9년간의 경험으로 봤을 때 그저 편한 프로듀서는 단한 명도 없었다. 있어서도 안 되고 있을 리도 없다, 라는 게만고불변의 진리였다. 프로그램 완성도를 높이려면 피디가욕심을 부려야 하는 법이니 그 점에 대해 별 불만도 없다. 사심이 섞이지 않은 까탈은 얼마든지 받아줄 수 있었다.

이건. 과연 몇 번째로 맞이하는 피디인가. 어차피 내일이면그가 어떤 사람인지 뚜껑이 열린다. 진솔은 다소 전투적인 기분이 되어 유리잔을 탁 소리 나게 양은탁자에 내려놓았다. 역시 소주는 쓰기만 할 뿐 맛이 없다고, 변함없이 생각했다.

17층은 방음 장치가 된 기다란 복도를 사이에 두고 생방송이 진행되는 주조정실과 맞은편 음반자료실, 그리고 열 개의크고 작은 스튜디오로 공간이 분할돼 있었다. 로비에서 스튜디오가 있는 복도로 들어가려면 육중한 은색 철문의 특수 자물쇠 비밀번호를 눌러야 했다.

건은 로비 창가의 회의용 탁자에 툭 다이어리를 던져놓고, 자그맣게 직사각형으로 뚫려 있는 환기용 창을 바깥으로 밀었다. 허공에 비스듬히 열리던 창은 어느 쯤에서 탁 걸쇠가 걸렸다. 그 틈으로 불어오는 강바람이 시원했다. 그는 창을 정면으로 대하고 앉더니 진솔 쪽은 보지도 않고 옆의 의자를 건성으로 끌어내주었다. 여기에 앉으라는 듯이.

똑같은 방송국 로고와 주파수가 찍힌 검은색 다이어리를 탁자에 내려놓으며 진솔은 그의 옆에 나란히 자리했다. 확실히 마주 앉는 것보단 덜 부담스러운 위치였다. 처음 대화를 나누는 사람과 서로 콧구멍을 쳐다보느니 창 너머 비스듬히 한강을 감상하며 이야기하는 게 편하긴 하다. 흠, 뭘 좀 아는군. 아무튼 먼저 선수를 치자.

"제 소개할까요? 잘 모르시죠, 저는…."

"알아요."

진솔의 말을 건이 가볍게 끊었다. 그러고는 다이어리의 어느 페이지를 펼치더니 자신이 메모해온 부분을 무심히 읽었다. 잠깐 침묵이 흐르는 동안 진솔은 그의 옆모습을 살짝 훔쳐보았다. 편안해 보이는 갈색 면바지에 검은색 반팔 티셔츠 차림이었고, 머리칼은 짧고 깨끗하게 깎여 있었다. 얼굴이야 3년 동안 오가며 익히 알고 있었지만 이렇게 가까이에서 보는 건 처음이었다. 물론 지금도 자세히 들여다볼 상황은 아니지만.

건이 다이어리 갈피에서 큐시트 용지를 꺼내 펼치더니 입을 열었다.

"공진솔 작가. 사는 곳 우성아파트. 사내 교우관계 이 모 피디, 장 모 피디, 한 모 리포터. 그 사람들 말고는 같이 다니는 걸 본 적이 없고. 단골 식당 마포나루, 메뉴는 콩비지 백반. 평소 복장 청바지에 남방 스타일 선호. 이만하면 대충 아는 거 아닌가?"

대수롭지 않게 덤덤히 말하고 그는 슬쩍 진솔을 쳐다보았다. 두 사람의 시선이 마주쳤다.

"…식당 메뉴까지 어떻게 알아요?"

"내가 어쩌다 거기 갈 때마다 콩비지 먹고 있던데요, 뭐. 나에 대해서도 알죠?"

진솔은 잠시 망설였다.

"아뇨, 잘…."

"뭘, 어제 다 물어보고 다녔을 거면서."

뻔한 거 아니냐는 듯이 그가 미묘하게 비죽거렸다. 진솔은 뜨끔해져 가만히 있었다. 건이 의자에서 몸을 일으키려 했다.

"밍숭밍숭하네. 커피라도 마실까요?"

"제가 뽑아 올게요."

진솔은 갑작스레 벌떡 일어나 빠른 걸음으로 그 자리를 벗어났다.

로비 모퉁이를 돌면 화장실과 자동판매기가 있는 엘리베이터 앞 공간이 나온다. 진솔은 얼른 화장실부터 들어가 심호흡을 하며 거울 앞에 마주 섰다. 휴, 이런. 아직 1라운드 시작도 안 했는데 기 싸움에서 벌써 밀리는 느낌이다. 곤란해, 페이스 말리지 말고 뻔뻔스럽게 나가야지. 아, 낯가림 심한 이 버릇. 좀 더 태연한 척, 유능한 척, 베테랑인 척하란 말이야. 이건은 대학원까지 다녔다고 한다. 군대 다녀오고 스물아홉에 입사해서 이제 5년 차. 나이는 진솔이 두 살 적지만 짬밥으로 따지면 무려 4년이나 앞선다. 이 바닥 선배는 어디까지나 그녀였다.

커피 두 잔을 뽑아서 돌아오니 그는 혼자 담배를 피우고 있었다. 그녀가 내미는 뜨거운 종이컵을 받아 들며 건은 왠지 재미있다는 기색이었다.

"고마워요. 난 뭘 드려야 되지, 담배 피울래요?"

그의 말투가 무례하게 느껴져 진솔의 표정이 조금 굳어졌다.

"예전에 끊었어요."

"대단하네요. 금연초로 끊었어요?"

"아뇨. 순전히, 의지력으로."

건은 진솔의 무뚝뚝한 얼굴을 종이컵 너머로 가만히 지켜보았다. 아하, 지기 싫으시다? 커피 뽑아 오겠다고 후다닥 일어서는 거 보니 어지간히 어색한 모양이었다. 내성적이란 소린 익히 들었지만 그래도 이 정도 오래 일했으면 꽤 변했을 법도 한데. 지금 그녀는 왜 빨리 회의를 시작하지 않느냐는 무언의 항의로, 연필을 보란 듯이 만지작거리며 기다리고 있었다. 어깨 조금 아래까지 내려오는 생머리를 고무줄로 묶었고 예의 청바지와 수수한 남방셔츠 차림이었다. 늘 맨얼굴로 다니더니 오늘은 그래도 립스틱을 바른 것 같다. 건은 비스듬히 기대앉아 조용히 연기를 날려 보냈다.

탐색전이 길군. 진솔은 속으로 비딱하게 중얼거렸다. 기관지가 시원찮은 그녀는 매년 겨울이면 가벼운 천식이 도져 괴로운 사람이었다. 어쨌든 여자가 담배 피운다고 인상 쓰는 남자도 싫지만, 대뜸 '작가라니까 담배 정도는 피우겠죠?' 하며 떠보듯 담뱃갑 내미는 남자도 기분 나빴다. 바람이 세게 불어와 진솔이 펼쳐놓은 다이어리의 페이지가 화라락 넘어갔다. 커피는 프림이 많이 쏟아졌는지 텁텁했다.

"올해의 목표 '연연하지 말자'. 어디에 연연하지 말잔 거예요?"

뭐? 진솔이 아차 싶어 내려다보니 앞쪽 연간 스케줄과 목표를 적어놓은 페이지를 바람이 펼쳐놓았다. 건이 고개를 기울여 뻔뻔스럽게 읽고 있는 참이었다. 진솔은 다이어리를 확 끌어당겼다.

"남의 글을 왜 함부로 읽어요?"

"그 글씨만 무지 커서 눈에 확 들어옵디다."

"참 나."

진솔은 이맛살을 찌푸렸다. 올해의 목표뿐 아니라 그 아래엔 1월부터 12월까지, 월별 목표도 줄줄이 적혀 있었다. 설마 그것까지 본 건 아니겠지.

"공 작가님 올해 많이 바빴겠어요. 벌써 시월인데."

진솔은 그런 그를 짧게 노려보았다. 다 본 모양이군.

건은 웃음기를 참으며, 언짢게 입 모양만 달싹이는 진솔을 바라보았다. 서른한 살이라는데 아직도 무슨 고교생처럼 수첩에 올해의 목표를 적어가지고 다니다니. 평소 모범생처럼 조용히, 그림자마냥 방송국을 왔다 갔다 하는 그녀가 좀 궁금하긴 했었다.

"아무튼 앞으로 잘해봅시다. 며칠 꽃마차 모니터했는데, 기존 꼭지들 그대로 살려서 가도 무리 없겠던데요. 나이 든 청취층이 많으니까 이 프로는 내용이 자주 바뀌어 좋을 것도 없고."

예상외로 건이 수월하게 나오자 진솔은 잠자코 다음 말을 기다렸다. 일단 이렇게 기존의 내용을 치하한 다음, 본인의 새로운 개편안을 내놓기 마련이다. 그런데 건은 다이어리를 덮고 큐시트를 진솔 앞으로 밀어주더니 빈 종이컵에 담배를 넣어 끄고 벌써 일어설 눈치였다. 진솔은 당황스러웠다.

"미팅, 끝났어요?"

"끝났는데."

"아무것도 회의 안 했잖아요."

"방금 했잖아요. 얼굴 보고 커피 마셨으면 됐죠."

진솔은 미심쩍어서 그를 가만히 쳐다보고 있었다. 건이 싱긋 웃었다.

"진심으로 이러나, 부러 이러나 싶죠? 진심이니까 안심하고. 잘 맞춰봅시다. 나, 편한 피디니까."

"…글쎄요. 편한지는 두고 봐야 아는 거죠."

"왜요, 시집도 낸 글쟁이라서? 나 시인이라 싫다 그랬다면서요."

그녀가 멈칫거렸다.

"누가… 그래요?"

"안희연 작가요. '젠장' 그랬다던데?"

진솔은 뭐라 반박할 말이 없어 붕어처럼 뻐끔거리기만 했다. 어디까지나 사실이었으니까. 짐짓 헛기침을 하며 완곡하게 돌려 표현했다.

"뭐, 솔직히… 작가 입장에선 글 쓰는 피디들 불편하죠."

건이 태연스레 팔짱을 끼더니 비죽거렸다.

"바른대로 말해 딱 질색이란 뜻이네. 어째서요?"

"글이라곤 젬병인 피디들도 나 쓸 줄은 몰라도 볼 줄은 압니다, 그러면서 갈구는데. 쓰기까지 제대로 되는 피디들 유세야 말도 못 하죠."

"피차 쓰는 노릇 힘든 줄 아니까 덜 갈굴 거라는 생각은 안 들어요?"

"전혀 안 들어요. 그 말에 한두 번 속은 것도 아니고."

건이 피식 웃더니 다이어리를 챙겨 일어났다.

"그럼, 한 번만 더 믿고 속아봐요. 녹음이 기다려서 먼저 일어날게요."

"…생방 두 개 말고 맡은 프로 또 있어요?"

"어쩌다 〈시인의 마을〉까지 떠맡았습니다. 일주일치 몰아서 녹음해버릴 거니까, 부담은 없고."

건은 심드렁하게 스튜디오로 향하더니 자물쇠 비밀번호를 차례로 눌렀다. 철컥 은색 철문이 열리자 그는 뒤도 안 돌아보고 복도 안으로 사라져버렸다.

〈시인의 마을〉. 그건 문단의 연륜 있는 시인을 진행자로 앉히고 제작하는 10분짜리 데일리였다. 매일 밤 자정, 음악을 배경으로 시 한 편을 낭송하고 짧게 해설해주는 교양 프로였다. 이건 프로듀서가 명색이 시인인 데다 아직 가정을 꾸리지 않은 총각이니, 선배들 대신 자잘한 일감을 더 떠맡은 모양이었다.

여하튼 첫 미팅은 수월하게 끝난 편이지만 그가 언제까지 털털하게 나올지는 두고 봐야 했다. 어쩌면 당분간 지켜보다가 서서히 변화를 줄 작정인지도 모르지. 진솔은 천천히 고개를 저으며 건이 주고 간 큐시트를 들여다보았다. 노래와 멘트가 들어갈 위치, 코드 음악을 넣을 부분이 꼼꼼하게 그려져 있었다. 장일봉 피디는 대강의 윤곽을 입으로 불러주는 스타일인데 그래도 이 사람은 그려서라도 주니 고맙게 여겨야겠다고, 진솔은 내심 비딱하게 생각했다. 이윽고 그녀도 다이어리를 덮고 자리에서 일어났다. 자료실에서 빌린 음반을 반납해야 했다.

진솔은 출입문이 반쯤 열린 제5스튜디오 앞을 지나다 순간 발걸음을 멈췄다. 유리부스 너머 헤드폰을 쓰고 마이크 앞에 앉은 진행자가 시야에 확 들어왔기 때문이었다. 진솔의 눈이 둥그레졌다. 그는 고종렬 시인이었다!

저도 모르게 스튜디오 출입문에 기대어 고개를 살짝 내밀고 시인을 훔쳐보았다. 녹음할 릴 테이프를 트랙에 걸던 건이 그런 그녀를 발견했다.

"왜요, 더 물어볼 거 있어요?"

진솔이 작은 탄성처럼 속삭였다.

"와, 고종렬 선생님이시잖아요. 건 피디님이 섭외한 거예요, 새 진행자로?"

"그런데요."

"학교 다닐 때, 우리 시 창작 강의에 한 학기 출강하신 적 있었어요. 근 십 년 만에 다시 뵙는 거라서요."

그땐 고 시인이 30대 후반이었으니 지금은 쉰을 바라보는 나이일 것이다. 진솔은 꿈꾸듯 황홀한 눈동자로 부스 안의 시인을 응시하고 있었다. 건의 입에서 핏 웃음이 새어 나왔다. 선망의 눈초리란 저런 것이로군.

"토크백 눌러줄 테니 인사할래요?"

건이 음향기기 테이블의 붉은 단추에 손을 올리자 진솔은 얼른 말리듯이 고개를 저었다.

"안 돼요, 쑥스럽게 이제 와서 어떻게 인사해요. 나 알아보지도 못하실 텐데…."

그 사실이 못내 안타까운지 그녀의 목소리에선 한숨이 묻어 나왔다. 건은 비로소 천천히 진솔을 돌아보았다. 무슨 아이돌 스타를 흠모하는 소녀 팬처럼 그녀는 스튜디오 문 뒤에 숨어서 두근거리며 저 중년의 시인을 엿보고 있는 것이다. 그는 안중에도 없이. 아까만 해도 무뚝뚝하던 진솔의 입매는 부드럽게 풀어져 어렴풋한 미소마저 어려 있었다. 건의 시선이 가늘어졌다. 뭐야, 이 여자. 조금 전까지 '시인은 재수 없다'고 이마에 써놓고 앉아 있더니. 순간 그녀가 결정적으로 속삭였다.

"세상에. 저분 시 정말 좋아요."

건은 슬쩍 눈썹을 치켜올렸다. 왠지 웃기기도 했지만… 어라? 묘하게, 기분이 나빴다.

토요일 오후. 광화문 교보문고 매장은 책을 고르는 수많은 사람들로 북적였다. 진솔은 시집 코너 앞에서 빽빽하게 꽂힌 책들을 찬찬히 훑어보고 있었다. 출판사 이름과 제목을 미리 알아보고 온 터였다. 같은 출판사에서 출간된, 차례대로 번호가 매겨진 일련의 시선집 가운데서 드디어 이건의 시집을 발견하고 책장에서 빼내 들었다.

《이 고요한 금빛 먼지》

표지 제목 아래, 그의 얼굴이 거친 화풍의 캐리커처로 표현돼 있었다. 계산대에서 정가 5천 원을 지불하면서 '언제 이렇게 시집 값이 올랐나' 진솔은 생각했다. 3천 5백 원 할 무렵에 한창 열심히 시를 읽었었다. 하긴 다른 물가 오르는 걸 보면, 시인들 뼈 빠지게 써내는 거 보면, 시집 한 권에 5천 원이라… 그래도 되지 뭐 하고 진솔은 중얼거렸다.

교보문고에서 나와 인사동 쪽으로 방향을 잡고, 종로 거리를 걷기 시작했다. 길가 가로수 은행잎이 노랗게 물들어가고 있었다. 10년 넘게 낯익은 거리. 스무 살 때 고향을 떠나 상경한 후로, 광화문에서 동대문으로 이어지는 이 길을 진솔은 얼마나 많이 걸었던가. 서울에 정이 안 붙어 무작정 정들 때까지 걸어보자 하고서 다녔던 길이었다.

자취방이 있던 동대문 근처에서 출발해 도매 약국들이 즐비한 종로 5가, 종묘와 세운상가가 마주 보고 선 4가, 단성사 극장이 보이는 3가를 거쳐 낙원상가와 인사동 앞을 지나, 매년 마지막 밤 제야의 범종을 울리는 종각까지 그대로 쉬지 않고 터벅터벅 걷곤 했었다. 그리고 조금 더 가면 변함없이 큰

칼 옆에 찬 이순신 장군이 높다랗게 버티고 선 광화문 사거리….

스물하나 둘이었던 그 시절. 진솔은 그렇게 광화문까지 걸어 교보문고에 들어가, 서가 사이 쭈그리고 앉아 두어 시간 아픈 다리를 쉬면서 책을 읽다가는, 다시 걷거나 버스를 타고 자취방까지 돌아오곤 했었다. 이미 오래전 일이었다. 하지만 번쩍이는 고층 빌딩들이 더 많이 들어서긴 했어도, 낡고 빛바랜 종로통 거리와 간판들은 그 무렵이나 지금이나 마찬가지 느낌이었다.

인사동 골목으로 막 접어들었을 때 휴대폰 벨이 울렸다. 액정에 '한가람' 이름이 떴다. 진솔과 친하게 지내는 동갑내기로, 행복스튜디오 취재를 맡아 하는 쾌활하고 당찬 리포터였다.

"미안해! 인터뷰 따는 데 생각보다 오래 걸렸어. 이제 출발하니까 한 사십 분 뒤에나 도착하겠다."

"괜찮아. 천천히 와."

"길바닥에 서 있지 말고 어디 들어가서 기다려. 지난번에 갔던 데, 거기로 갈게."

어느 건물 2층 '지대방'이란 전통찻집. 진솔은 창가 나무탁자 앞에 앉아 이건의 시집을 읽기 시작했다. 한 페이지 한 페이지 읽어나가는 동안 시간 가는 줄 모르고 그녀는 시집에 빠져들었다.

거의 뒷부분에 이르렀을 때 진솔은 읽기를 멈추고 한숨을 쉬며, 시선을 창밖의 거리로 주었다. 그의 시를 행간을 따라 읽다 보니 감정이 격해지려 했다. 오랜만에 찾아드는 이런 감정의 풍랑은, 반갑지 않았다. 괜히 잔잔하던 마음의 촉수를 저돌적으로 건드리는 이런 느낌은…. 뭐가 고요한 금빛 먼지라는 거야. 역설적으로 갖다 붙이긴!

멍하니 창밖을 내다보는데, 맞은편 좁은 골목에서 한 여자가 걸어 나오는 모습이 시야에 들어왔다. 흰 블라우스에 하늘색 플레어스커트를 받쳐 입은 긴 생머리의 여자. 진솔이 그동안 인사동 거리에서 두세 번 스쳐 간 적이 있었던, 그 자태나 인상이 왠지 기억에 남았던 여자였다. 지난번에도 이 자리에 앉아서 본 것 같은데 저 골목 안쪽에 살고 있나?

여자는 종종걸음으로 저만큼 떨어진 약국 안으로 들어갔다.

"뭘 그렇게 넋 놓고 보냐?"

언제 왔는지 가람이 탁자에 녹음기 가방을 내려놓더니 건너편 의자에 털썩 주저앉았다. 진솔은 약국 문을 계속 지켜보다가 여자가 유리문을 밀고 나오자 손짓으로 가볍게 가리켰다.

"저 여자, 너무 이쁘지 않니?"

가람이 창밖을 내다보며 여자를 한번 훑더니 시큰둥하게 촌평했다.

"아이고, 가냘퍼라. 바람 불면 허리 꺾어지겠다."

"그래도 강단 있어 뵈는데. 고전적인 미인 같아."

"몰라. 난 여자들은 눈에 안 들어오니까. 이쁘거나 말거나."

가람은 별 관심 없는 듯 대나무를 잘라 만든 메뉴판을 살펴 보더니 중얼거렸다.

"커피도 있나? 여기 와서 커피 마시긴 좀 그러나? 녹차나 마시지 뭐."

여자는 다시 맞은편 골목 안으로 총총히 사라졌다. 메뉴판을 치워버린 가람이 문득 진솔 앞에 펼쳐진 시집을 보더니 휙 끌어당겨 표지를 확인했다.

"아핫! 건 피디 시집이로구만. 너한테 주디?"

"서점에서 샀다. 본인이 주지도 않는데 대뜸 달라 그럴 수도 없고. 상대를 알고 나를 알아야 살아남지."

"시집 한 권 읽는다고 알 수 있어?"

"대강은 알 수 있지 않겠니?"

가람이 동의할 수 없다는 표정으로 머리를 절레절레 흔들 었다.

"글을 보고 사람을 알 수 있다는 말, 이제 못 믿겠어. 그 기준이 뿌리까지 흔들리더라니까? 성질 뭐 같은 외부 필자들 원고 써오는 거 봐라. 사뿐사뿐 얼마나 곱게들 쓰는지."

"다른 원고들은 그럴 수도 있지만 시는 아니야. 시는 마지막까지 보루로 남아 있는 거야, 내면의 고백이니까. 난 그렇게 믿으련다."

진솔이 짐짓 약 올리듯 말하자 가람은 날름 혀를 내밀었다.

"잘났다 그래. 그보다, 나 살 좀 빠진 거 같니? 태음인 플랜 시작한 지 이 주쨌데."

요즘 식이요법으로 다이어트하느라 체질에 부쩍 관심이 많아진 가람이었다. 진솔이 그런 친구를 훑어보더니 고개를 끄덕였다.

"좀 빠진 거 같아. 운동도 해?"

"그럼! 수영장 다니잖아. 너도 같이하자. 방송국 옆에 스포츠센터, 거기 시설 괜찮아."

진솔은 망설였다. 예전에도 한번 수영을 배우려 시도했다가 실패한 적이 있었다. 물에 적응이 잘 안 됐기 때문이었는데 비단 수영 아니더라도 그녀는 운동 신경이 바닥이었다.

"생각해볼게."

다시 시집을 끌어당기며 진솔은 잠시 딴생각에 잠긴 채 페이지를 만지작거렸다. 가람이 보기에 지금 눈앞에 앉아 있는 저 걱정 많은 친구는 온통 새 담당 피디에 대한 생각으로 골똘한 눈치였다.

"야, 너무 신경 쓰지 마. 의외로 너랑 건 피디랑 잘 맞을 것도 같은데? 그 남자, 체질로 따지자면 수(水) 같지 않니? 유연해 보여. 사고방식이나 행동하는 거나, 물같이 잘 끼었다가 슬쩍 잘 빠져나가기도 하고."

그러더니 가람은 고개를 갸웃하며 다시 정정했다.

"아니다! 차라리 금(金)인 것 같다. 그 남자 좀 차갑게 느껴지기도 하잖아."

가람이 혼자 이랬다저랬다 평가하는 동안 진솔은 시집의 페이지를 하릴없이 좌르르 훑어대고 있더니 천천히 고개를 저었다.

"여태 이거 읽고 난 느낌인데 둘 다 아닌 거 같아."

"그래? 네 결론은 뭔데."

시집을 탁 덮으며 진솔은 한숨처럼 말했다.

"…불이야."

찻집에서 나오자 오후의 햇볕이 인사동 거리를 구석구석 비추고 있었다. 줄지어 들어선 찻집들과 예스러운 물건을 파는 상점들, 리어카를 세워둔 노점상들을 지나 그들은 나란히 종로 3가 쪽으로 내려가고 있었다. 극장에서 영화를 볼 계획이었다. 가람이 궁금해하며 물었다.

"오늘 너네 우성아파트 시끄럽겠다. 김 국장 생일이라고 피디들 저녁 먹으러 건너간다던데, 너도 가니?"

"김 국장이 날 왜 초대하니? 직원들 모이는 데 프리랜서 부르나, 뭐."

"같은 아파트 살면서 쏙 빼놓는 건 좀 그렇다. 작년까진 잘 불렀었는데. 올봄에 작가 노조 만들어지고 나선 좀 쌀쌀한 거 같지?"

진솔은 잠자코 고개를 끄덕였다. 노조가 만들어지면서 진통도 많고 탈도 많았지만, 어쨌든 섭외나 취재 등 잡일이 조금 줄어들긴 했다. 갑자기 가람이 진솔의 팔을 툭툭 쳤다.

"저기 봐. 아까 그 여자다."

길 건너 맞은편에 그 골목 안의 여자가 한 남자의 팔짱을 끼고 나란히 걸어가고 있었다. 여자가 남자를 올려다보는데 미소가 참 환했다.

"애인인가 봐."

진솔의 입가에도 미소가 떠올랐다. 좋은 남자 앞에선 저렇게 웃는구나, 저 여자는. 하지만 가람은 뜨악한 표정이었다.

"윽! 두 사람 머리카락 길이가 똑같다. 저 남자, 뭐냐."

뒷모습이 보이는 남자는 등허리까지 길게 내려온 머리카락을 고무줄로 묶고 개량 한복처럼 펄럭펄럭한 옷차림을 하고 있었다. 그들은 길가 리어카 앞에 멈춰 서더니, 자잘한 옛날 물건들을 웃으면서 들여다보았다. 덕분에 진솔과 가람은 남자의 옆얼굴을 얼핏 확인할 수 있었다. 하얀 피부에 텁수룩한 수염이 인중과 입 주위를 따라 자라 있었다.

"저런 남자 싫어. 옷차림 봐, 무슨 도 닦는 사람처럼 헐렁헐렁. 이마에 쓰여 있잖아, 난 바람이에요…. 여자 고생시켜."

가람이 비죽거리자 진솔은 가볍게 째려보았다.

"왜 행복하게 지나가는 커플한테 화풀이냐, 보기만 좋네. 너 그 무대 연출가랑 찢어지고 나서 심사가 꼬였지, 요즘?"

"그래, 꼭 아픈 델 찔러라. 지금 내 눈엔, 팔짱 끼고 가는 것들은 다 웬수다, 흥!"

가람은 남자 편력이 심한 편이었다. 연애 상대가 반년에 한 번꼴로 바뀌는 것 같았는데, 그때마다 그 남자를 열정적으로 사랑한다며 절실하게 고백했고, 돌아서면 천하에 그런 나쁘고 엉터리 같은 놈이 없었다며 펄펄 뛰었다. 대단한 에너지였다. 그것도 능력이라고 진솔은 생각했다. 두 친구는 그렇게 인사동 거리를 걸어 내려오고 있었다.

그날 저녁 여덟 시 무렵이었다.

마포 우성아파트 114동 102호가 진솔의 17평짜리 전셋집의 주소였다. 3년 전 방송국 근처에 아파트를 얻을 때 1층과 13층 두 군데가 나왔고 그녀는 부동산의 충고를 마다하고 1층을 얻었다. 약간 고소공포증이 있었기 때문에 진솔은 엘리베이터 타는 일이 은근히 스트레스였다. 직장에서야 어쩔 수 없었지만 스스로 선택할 수 있는 집을 고를 때는 엘리베이터를 이용하지 않는 편이 좋았다.

격주 토요일 저녁마다 우성아파트는 단체로 재활용품 분리수거를 실시하고 있었다. 진솔이 재활용품이 담긴 종이박스를 안고 막 집을 나서려 할 때였다. 1층 현관 쪽에서 벼락같은 남자의 고함 소리가 들려왔다.

"그러니까 왜 당신 집 쓰레기를 2층 올라가는 계단에 놔두냐고! 2층 사람들 계단으로 다니는 줄 뻔히 알면서, 얼마나 거치적거리겠어?"

지지 않고 악쓰는 여자의 목소리가 따라붙었다.

"그게 얼마나 자리를 차지했다고 그래요? 계단 한가운데
놔뒀어요? 옆에 구석자리에 박아놨는데, 아저씨 걸을 때 발에
치인 적 있었어요? 있었냐고!"

"이 여자가! 보기 싫고 냄새나잖아! 당신 집 안에나 놔둘
것이지 왜 공동장소에 쓰레기 박스를 두냔 말야, 내 말은!"

"아니, 그런데 이 아저씨가 얻다 대고 반말에 이 여자 저 여
자야? 댁이 내 신랑이야 뭐야! 듣자 듣자 하니 정말 웃기는
인간이네!"

"뭐어? 그래서 지금 당신이 잘했다는 거야? 씨팔, 여자가
이렇게 드세니 정말! 에잇, 재수 없어!"

재활용 박스를 들고 엘리베이터를 내려온 사람들이 슬금슬
금 그들을 쳐다보며 현관 쪽으로 내려가고 있었다.

진솔은 조용히 문을 닫고 박스를 도로 현관 바닥에 내려놓
았다. 잠시 그렇게 서 있다가, 그녀는 작업 공간으로 쓰는 작
은 방으로 들어갔다. 사용한 지 오래된 손때 묻은 컴퓨터를
켜고, 벽에 걸린 코르크 메모판에서 월요일 원고에 빠뜨리면
안 될 내용들이 있는지 확인했다. 행복스튜디오에 한가람 리
포터가 인터뷰한 여성학자의 코멘트가 들어갈 것이다. 진행
자가 미리 인물 프로필을 말해줄 수 있도록 자료를 찾아야
했다.

인터넷에 접속해 검색하는 동안에도 복도로 면한 창문 너머 연신 바깥의 고함 소리가 들려왔다. 누군가 제삼자가 가세했는지 다른 목소리도 들렸다. 진솔은 책상 서랍을 열고 휴대용 시디플레이어를 꺼내 헤드폰을 썼다. 리모컨의 볼륨을 높이고 버튼을 누르자 아바(ABBA)의 골든 히트곡이 귓속을 파고들었다.

그녀의 어머니가 좋아해서 어릴 때부터 듣고 자란 노래들…. 언젠가 진솔은 텔레비전 교육방송에서 방영된 아바 특집 다큐멘터리를 녹화한 적이 있었다. 비요른과 아그네사, 베니와 프리다. 두 쌍의 부부 커플로 이루어진 스웨덴 출신 아바는 그들이 이혼을 하면서 자연히 그룹도 해체되었다. 그 후 세 사람은 각자 솔로 활동을 활발히 했지만, 아그네사는 언젠가부터 은둔 생활을 하고 있다고 했다. 아바의 추억을 돌이키기 싫어 그 시절 자신의 음반도 듣지 않는다고 했다. 다큐멘터리 제작팀은 아그네사를 인터뷰하기 위해 노력했으나 그녀는 끝내 거절했다. 진솔은 아그네사가 좋았다. 저 맑은 음색. 사랑이 끝나면 노래도 끝인 여자.

벽시계의 바늘이 열 시를 넘겼을 때 진솔은 비로소 컴퓨터를 끄고 자리에서 일어났다. 창밖은 어둠이 짙게 내려앉았고 사방은 조용했다. 그녀는 재활용 박스를 들고 현관문을 나섰다. 다시 2주 뒤를 기다리면 쓰레기가 너무 많이 쌓인다.

아파트 마당에 종류별로 분리수거해놓은 꽉 찬 포대자루들이 줄지어 서 있었다. 진솔은 주둥이를 느슨하게 묶어놓은 노끈을 풀어서 자루 속을 들여다보았다. 그리고 우유팩은 팩대로, 병은 병대로, 캔은 캔대로, 폐지와 플라스틱은 또 그것들대로 넣어야 할 곳에 분류해 넣기 시작했다. 경비 아저씨가 나오면 혼날지도 모르니까 빨리 해야겠다고 생각하면서.

그때 건은 우성아파트 단지 중 가장 넓은 평수가 위치한 203동에서 입구 쪽으로 천천히 걸어 나오고 있었다. 직속 상사인 김 국장 생일이라, 저녁 식사 초대를 받고 피디들이 대부분 몰려간 날이었다. 술자리가 거해지면서 거실 한쪽에선 포커판이 벌어졌다. 그도 술을 더 하고는 싶었지만, 그 자리에선 별로 내키지 않아 대충 인사하고 빠져나온 참이었다.

택시를 타고 인사동으로 쏠까 말까 건은 망설이고 있었다. 그곳엔 그의 오랜 동창들이 작은 찻집을 하고 있었고, 언제든 가면 그 친구들과 유쾌하게 마실 수 있었다. 토요일 밤이라 부담 없이 건너갈 수 있는데도 막상 움직이려니 좀 귀찮은 것 같기도 했다. 거의 아파트 정문 가까이 왔을 때, 저만치 쌓아놓은 포대자루들 앞에서 부스럭부스럭 움직이는 누군가가 보였다. …공진솔?

"거기서 뭐 해요?"

진솔이 화들짝 놀라 돌아보니 건이 애매하게 놀리는 표정으로 서 있었다.

"남이 버린 것 중에 주워다 쓸 만한 거 찾는 거예요?"

그녀는 살짝 이마를 찌푸렸다. 저 남자는 말을 해도….

"설마요. 때를 놓쳐서 이제 분리수거하는 거예요. 여긴 웬일이세요?"

"김 국장 생일이라 지금 203동에 여럿이 있어요."

"아아-."

진솔이 생각난 듯 끄덕이더니 박스에 담긴 재활용품들을 다시 자루 속에 찾아 넣었다. 그가 옆에서 지켜보고 있자 진솔은 신경이 쓰였다. 왜 안 가고 서 있는 거지? 어색하게스리. 건이 허리를 굽혀 박스에서 빈 통조림 깡통 하나를 꺼내더니, 아파트 마당 가로등 불빛에 이리저리 라벨을 비춰 보았다.

"이거 사 먹어요? 별로 맛없는데. 야자수 그려진 상표가 맛있어요."

"난 그게 맛있어요."

그녀가 무뚝뚝하게 대꾸했다. 건은 박스 안을 들여다보며 이것저것 주워 올렸다. 아예 분리수거를 같이 할 모양이었다.

"진솔 씨 식생활 문제 있네. 밥은 제대로 해 먹는 거예요? 왜 이렇게 인스턴트 껍데기가 많아. 오렌지 주스는 엄청 좋아하네. 하루에 한 병 이상 마시나 보다."

"그냥 내버려두고 가요, 내가 할 거니까."

황당해진 진솔이 약하게 항의했지만 건은 들은 척도 안 했다.

"활명수 병이 몇 개나 있는 거야. 소화 잘 안 돼요? 밥을 제때 안 먹어요?"

"내버려두라니까요! 얼른 가세요."

그녀의 목소리에 약간 날이 섰다. 건이 자루 속에다 병을 챙겨 넣으며 편하게 얘기했다.

"빨리 하고 맥주나 한잔합시다. 개편하고 한 번도 같이 자리 안 했잖아요."

"…이 시간에요? 너무 늦었는데."

"벌써 졸려요?"

진솔의 얼굴에 당황스런 기색이 스쳤다.

"그건 아니지만 갑작스러워서…. 다음에 하죠."

"프로그램 얘기할 건데?"

진솔이 그런 건을 물끄러미 쳐다보더니 안 믿는다는 투로 말했다.

"거짓말."

그가 피식 웃었다.

"안 속네. 하지만 또 모르죠, 얘기하다 보면 꽃마차 말도 나올지. 스태프끼리 친목 도모하자는데 뭘 그렇게 망설입니까?"

그녀는 들키지 않도록 나직하게 한숨을 쉬었다. 저 남자와 오랫동안 대화할 마음의 준비가 아직 안 됐다. 하지만 그래, 어차피 낯익혀야 할 거라면 빨리 해버리는 편이 낫겠지.

"알았어요. 집에 가서 지갑 갖고 나올게요."

"됐어요, 오늘은 내가 살게요."

진솔은 머뭇거리다가 그냥 고개를 끄덕였다.

잠시 후 두 사람은 우성아파트 상가 건물, 어느 호프집 창가 자리에 마주하고 앉았다. 별로 넓지 않은 홀은 손님도 많지 않았고, 벽에 걸린 시원찮은 스피커에선 그저 그런 음악들이 밋밋하게 흘러나왔다. 진솔은 테이블 아래서 바지에 손을 문질러 먼지를 닦았다. 집에서 입던 옷 그대로 나왔더니 복장도 헐렁하고 여러모로 어색했지만, 생각만큼 자리가 불편하지는 않았다.

맥주와 마른안주가 테이블에 놓이고, 첫 잔을 비울 때쯤 건이 물었다.

"일한 지 오래됐죠?"

"…햇수로 9년째요. 건 피디님은 여기가 첫 직장이에요?"

"엄밀히 말하면 두 번째. 첫 직장은 일주일 만에 그만뒀어요. 광고 회사 카피라이터로 들어갔는데 넥타이를 매라고 하길래."

"…넥타이 매면 어때서요?"

"난 목이 졸리면 아무 생각도 안 나요. 그런데 어떻게 카피를 써요."

그의 태연한 말투에 진솔은 속으로 비딱하게 생각했다. 애개, 잘난 척은. 그럼 넥타이 매고 카피라이터 노릇하는 그 많은 남자들은 다 뭐란 말이야.

"별것도 아닌데 까다로운 척하네, 생각했죠?"

"…아니요."

건이 픽 웃더니 술잔을 입에 가져가 한 모금 마시고 내려놓았다.

"고종렬 시인이 그렇게 좋아요?"

진솔은 가볍게 어깨를 으쓱해 보였다.

"좋잖아요. 건 피디님도 그분 시가 좋다고 생각하니까 섭외했을 테고."

"단순히 시가 좋다고 그런 표정이 나오나? 완전히 팬이던데 뭐. 황홀하데요, 그날 진솔 씨 표정."

그녀에게서 웃음이 새어 나왔다.

"실은 사연이 있긴 해요. 학교 다닐 때 일이었는데, 어느 날 강의 중간 휴식 시간에 내가 자판기 커피 한 잔을 뽑아서 고 선생님 드린 적이 있었어요. 그랬더니 정색을 하면서 심각하게 묻는 거예요. 학생이 무슨 돈이 있다고 강사가 커피를 얻어 마시겠느냐, 이거 뽑는 데 얼마 들었냐!"

"그래서요?"

"백 원밖에 안 들었으니 괜찮다고 하는데, 고 선생님이 잔뜩 긴장한 표정으로 양복 주머니를 뒤지더니 백 원짜리를 꺼내 허둥지둥 주셨어요. 내 얼굴은 한 번도 똑바로 못 쳐다보시고 말이죠."

건이 낮게 웃음소리를 내자 진솔도 따라 미소 지었다.

"솔직히 무안하긴 했지만 뭐랄까, 그런 느낌이 팍 왔어요. 와- 이 사람 정말 시인 같다! …반했죠."

건이 고개를 젖히며 하하하 웃었다.

"역시, 원인은 한 인간에 대한 환상이었어. 시가 중요한 게 아니야."

웃음 뒤의 여운이 한동안 테이블 주변을 감돌았다. 말할까 말까 망설이던 진솔이 입을 열었다.

"사실 오늘 시집 한 권 사서, 찻집에 앉아 그 자리에서 다 읽었어요."

그녀는 시선을 비스듬히 테이블 가장자리에 두고, 손가락으로 그 자리를 문지르고 있었다. 그런 진솔을 바라보는 건의 입가에 희미하게 웃음이 스쳤다.

"누구 거요?"

"…뻔하잖아요. 알면서 왜 물어요?"

"뭐하러 사요, 나한테 달라 그러지. 사인까지 멋있게 해서 줄 텐데."

그녀는 시선을 들어 그의 얼굴을 마주 보았다.

"감상이 어땠느냐고 안 물어봐요?"

"그런 걸 왜 물어요. 작가 손을 떠난 글은 읽는 사람 몫인데. 본인들이 알아서 느끼겠지."

심드렁한 그의 말에 진솔은 잠자코 고개를 끄덕였다. 침묵이 흘렀다. 그들 말고 손님이 딱 한 테이블 남은 홀 구석에서 두런거리는 소리가 시원찮은 음악에 섞여 들려왔다.

3층 호프집 창밖으로 멀리 당인리 발전소의 높다란 굴뚝들이 어둠 속에 윤곽을 드러내고 있었다. 굴뚝 꼭대기에서 붉은 불빛들이 깜빡깜빡 점멸했다.

불쑥 건이 말했다.

"그런데 말예요."

진솔은 그를 쳐다보며 조용히 다음 말을 기다렸다.

"내 시, 어땠어요?"

한순간 멍하다 진솔은 그만 웃음을 터뜨렸다. 건도 웃고 있었다. 왠지 그녀의 기분이 갑자기 밝아졌다.

"좋게 얘기해요, 솔직히 얘기해요?"

"두 가지 버전으로 다 말해봐요."

"좋았어요. 내가 이런 말 하긴 뭐하지만… 인상적이었고 감정 이입도 충실히 되고, 기억에 오래 남을 거 같아요. 하지만 솔직히 말하면 내 책꽂이에 꽂아두고 보관하긴 싫은 시집이었어요."

"무슨 뜻이에요?"

"너무 건드려요, 감정을. 그래서 좀 막막해져서… 가지긴 싫었어요."

건이 가만히 보고 있자 진솔은 괜히 무안해져 일부러 퉁명스럽게 덧붙였다.

"칭찬이냐 흉이냐 묻지 말아요. 나도 잘 모르겠으니까."

"칭찬이겠지. 내 시를 보고 흉이 나올 리가 없어."

건이 피식거려 진솔도 기가 차서 피 웃어버리고 말았다. 그녀는 속으로 신기해하고 있었다. 이렇게 빨리 낯가림이 풀린 경우도 참 드물었으니까.

시간이 흐르면서 두 사람은 이런저런 이야기를 나누었다. 건은 고향이 서울이라고 했다. 서울에서 태어나 계속 살아온 토박이. 그에 비해 진솔은 지방의 한갓진 소도시가 고향이었다. 빈 맥주병이 테이블에 꽤 늘어났을 때 그녀가 물었다.

"그 시집에 담긴 시들 언제 썼던 거예요?"

"삼 년에서 육 년 전 사이에 쓴 것들 묶은 거예요."

"그때, 목하 아픈 사랑 하고 있었죠?"

건이 아무 대꾸 없이 바라보기만 해 그녀는 약간 당황스러워졌다. 너무 직설적인 질문이었나? 역시 실수했나 보다.

"아, 미안해요. 초면에… 아니, 초면은 아니지만 첫 자리에서 부담스런 질문을 했네. 취소할게요, 취소."

"원래 그렇게 소심해요?"

진솔은 멈칫했다. 건이 딱하다는 듯이 말했다.

"궁금하면 물어볼 수도 있는 거지, 뭘 취소까지 해요?"

소심, 이란 말이 가슴에 와서 탁 박혔다. 그건 진솔이 듣기 싫어하는 말이었다. 굳이 짚어주지 않아도 자신이 그런 타입이란 건 잘 알고 있으니까. 그녀가 말이 없자 건은 낮게 웃으며 미끼를 던지듯 제안했다.

"진솔 씨 연애했던 얘기 해주면 나도 해주죠."

그녀가 피 하며 입을 비죽였다. 건이 짐짓 놀려댔다.

"아 참, 소심한 사람이지? 얘기할 리가 없구나."

"나 원. 그게 뭐 별거라고…."

진솔이 반쯤은 오기로 중얼거리더니 내친김에 그저 담담하게 말했다.

"연애는 딱 두 번 해봤어요. 첫사랑은 학생 때 이른바 캠퍼스 커플인지 뭔지 하는 거. 두 번째는 사회 나와서 몇 년 있다가."

"왜 둘 다 물 건너갔어요?"

"첫사랑은 입 밖으로 꺼내고 싶지도 않구요. 두 번째는… 뭐랄까, 회의가 느껴져서요."

진솔은 기분이 묘해졌다. 몇 년 동안 친하게 지낸 가람한테조차 말하지 않았던 이야기들인데 왜 이 남자 앞에서 읊어대고 있는 거지? 아아, 모르겠다. 그건 나중에 이불 속에 들어가서 생각해봐야지….

"처음 방송국 들어왔을 때 같이 일했던 아나운서였어요. 연말 시상을 노리는 중요한 특집 기획서를 스태프들이 함께 제출했는데, 내 게 채택되고 그 사람 게 탈락됐어요. 엄청 기분 나빠하더군요. 나를 순간 경쟁상대로 생각했던 거예요. 물론 이해하라면 할 수도 있어요. 공은 공이고 사는 사? 선의의 경쟁? 아니, 내가 느끼기에 그건 선의의 경쟁이 아니었어요. 그냥, 나한테 밀려서 화가 났던 거야. 자존심 상했던 거죠. 그게 뭐야. 무슨 애인이 그래. 그렇지 않아요? 아, 정말 시시했어."

"…시시하네, 정말."

"그렇죠? 그래서 며칠 뒤에 헤어지자고 했더니, 아무 말 않고 동의하는 표정이더군요. 정말 웃기죠?"

건이 따스하게 웃었다.

"웃기네요. 건배."

그가 내민 잔에 그녀도 우호적으로 잔을 부딪쳤다. 어느새 호프집에는 그들밖에 남아 있지 않았다. 음악도 끊기고, 주인은 카운터 뒤에서 졸고 있는지 어쩌는지 보이지도 않았다. 썰렁하고 적막한 홀에서 그와 마주 앉아 진솔은 모처럼 마음이 편했다. 오랜만에 떠올린 추억인데 아무렇지도 않은 걸 보면 정말 옛날이야기가 됐나 보았다.

지나간 사랑은, 돌이켜봐도 잘 모르겠다는 느낌이었다. 정말 사랑이었나? 아니었나? 별로 중요한 일이 아닌 것 같기도 했다. 진솔은 중얼거리듯 말했다.

"나이 먹어서 사랑하는 게 힘들어지는 건… 남자 여자라는 정체성이 점점 사라져서 그런 거 같아요. 세상 살면서 같이 경쟁하고 싸우고… 더 이상 이성한테 잘 보이고 싶은 본능이, 없어져가는 거 느낄 때 있어요."

"남자가, 남자로 안 보여요?"

건이 담담하게 묻자 진솔은 생각에 잠긴 표정으로 천천히 고개를 저었다.

"그 정도까지는 아닌데 가끔 살다 보면…. 실은 아까 저녁 때 분리수거하려고 나가는데 복도에서 어떤 아주머니랑 아저씨가 무시무시하게 싸웠어요. 한 치 양보도 없이. 뭐 그럴 수도 있는 거지만… 그 사람들은 그때 상대방이 남자 여자로 전혀 보이지 않았던 거예요. 인간 대 인간으로 계급장 떼고 맞짱 붙듯이, 성별 떼고 이기려고 기 쓰고 싸웠던 거죠. 뭐, 그런 느낌이요."

말하고 나니 또 좀 그랬다. 너무 자신의 얘기만 한 것 같아 어쩐지 손해 본 느낌이었다. 그래, 저 남자 얘길 들으면 피장파장이 되겠지. 진솔은 짐짓 씩씩하게 맞은편의 그를 쳐다보았다.

"자, 그럼 이번엔…."

"어, 헬리콥터다."

저도 모르게 건이 가리키는 창밖으로 고개를 돌리니, 당인리 발전소 위로 헬기 한 대가 어두운 밤하늘을 날고 있었다. 어둠에 묻혀 윤곽은 거의 구별되지 않았지만, 두 개의 붉은 불빛이 허공에 뜬 채 깜빡이며 수평으로 이동하고 있었다. 타타타타 돌아가는 프로펠러 소리가 음악이 끊긴 호프집 안으로 희미하게 들려왔다. 헬기는 발전소 굴뚝 위를 스치며 인천 방향으로 날아갔다. 그가 물었다.

"헬기 타본 적 있어요?"

"…한 번요. 김해공항에서 거제도 취재 넘어갔을 때."

"난 헬기가 멋있어요. 중학생 때까진 파일럿이 되고 싶었는데. 불빛이 앞뒤로 두 개, 저건 수송선이네요. 치누크."

진솔은 그런 건 가만히 응시했다. 그가 부드럽게 웃었다.

"나가죠."

속은 느낌. 나쁜 사람이었군…. 그러나 별로 따지고 싶지도 않았다. 이상하게, 기분 나쁘지도 않았다. 진솔은 묵묵히 고개를 끄덕였다.

거리로 나오니 시원한 밤공기가 폐 속으로 밀려 들어왔다. 도로엔 차량이 훨씬 줄어들었고, 대부분 가게들이 간판의 불을 끈 상태였다.

"덕분에 잘 마셨어요. 재밌었구요. 그럼, 잘 들어가세요."

"뭐야. 누구 맘대로 재밌었고, 잘 들어간다는 거예요?"

진솔은 어리둥절해져 그를 올려다보았다. 건이 당연하다는 투로 말했다.

"2차 가야죠."

"너무 늦었어요."

"술 마시기에 늦은 시간은 없어요. 무조건 따라와요. 2차 안 가면 당신하고 일 같이 안 해."

건이 웃더니 진솔의 팔을 휙 붙잡고 성큼성큼 앞서 걷기 시작했다. 팔이 붙잡힌 채 끌려가며 그녀는 당황했다. 이건 아닌데? 계획에 들어 있던 일이 아니야. 곤란해, 경우가 아니라고. 진솔의 머릿속에서, 잠에서 깨어난 듯 경계경보가 울리기 시작했다.

2

"머리를 더 넣으라니까. 완전히 집어넣어!"

킥판을 붙잡고 엉거주춤 떠 있는 진솔의 머리를 가람이 인정사정없이 물속으로 내리눌렀다. 그 바람에 호흡을 잘못해 물을 먹은 진솔이 숨 막힐 듯 기침을 하며 수영장 바닥에 발을 딛고 일어섰다. 놓쳐버린 파란색 킥판이 옆 라인으로 둥실 흘러갔다.

"뭐야, 갑자기 누르면 어떡해!"

사레가 들려 숨을 고르는 와중에도 진솔이 라인 너머 팔을 뻗으려 하자, 가람은 수면 위로 드러난 그녀의 살갗을 찰싹 때렸다.

"안 빠져 죽어, 그런 거 의지하지 말고 그냥 떠봐."

10월도 중순으로 접어든 일요일 오후였다. 방송국 근처의 스포츠센터 지하 수영장은 시설이 좋다고 입소문이 나, 휴일 자유수영을 즐기려는 사람들로 활기를 띠었다. 그 맨 구석 라인에서, 미니 만국기 깃발들 아래 진솔과 가람이 아까부터 옥신각신하고 있었다. 진솔의 물 적응 연습이 뜻대로 되지 않자 가람은 답답한 동시에 전투적인 의욕이 솟는 모양이었다. 반드시 오늘 안에 물에 떠서 호흡하는 법을 마스터시키고 말겠다는 의지가 가람의 벗은 어깨에 늠름하게 깃들어 있었다.

"입안으로 물이 들어오는 걸 거북해하지 마. 파— 하고 숨 쉴 때 입이 반쯤은 물에 잠겨 있어야 해."

진솔의 팔을 붙잡고 천천히 수영장 바닥을 뒷걸음질 치며 가람이 연신 나무라듯 가르쳤다. 몇 미터쯤 호흡하며 따라오던 진솔이 또 물을 먹고 가람의 손에서 벗어나 다시 바닥에 섰다. 매운 코끝을 손가락으로 주무르며 진솔은 괴롭게 기침을 했다. 삐익 날카로운 호각 소리가 그들의 머리 위로 날아왔다.

"거기, 개인강습하지 마세요."

수영장을 돌아보며 안전관리 중인 코치가 짧은 반바지와 소매 없는 티셔츠 차림으로 풀장 밖에 버티고 서서 큰 소리로 주의를 주었다. 근처에 있던 사람들이 흘끔 진솔과 가람 쪽을 돌아보았다. 가람이 남자를 올려다보며 물었다.

"왜 하지 말란 거예요?"

"수영장 규칙입니다. 다른 손님들한테도 방해되고, 아무튼 개인강습은 금지예요."

"친구한테 가르쳐주는 거예요. 전문적으로 강습하는 게 아니고요."

"아는데요, 그래도 안 됩니다. 규칙이거든요?"

코치는 설레설레 손을 저어 보이곤 슬리퍼를 끌며 천천히 풀 가장자리를 따라 돌기 시작했다. 가람이 어이없어하며 미간을 찌푸렸다.

"참 나, 웃긴다. 코치들은 개인강습하잖아. 그것도 라인 하나 통째로 차지하고. 그런데 손님들끼리는 안 된다?"

"됐어. 혼자서 연습할게. 신경 쓰지 말고 너 수영해."

진솔은 차라리 잘됐다는, 반쯤 체념한 표정이었다. 물에 들어온 지 한 시간. 지금까지 진행 상태로 봐선 역시 수영은 자신과 궁합이 안 맞는 운동이 아닐까 싶었다. 가람이 할 수 없다는 듯 어깨를 으쓱하더니 격려의 차원으로 진솔의 등을 탁 때렸다. 맨살에 얻어맞는 손길이 어찌나 매운지 진솔은 잠깐 휘청거렸다.

가람이 능숙한 평영으로 유연하게 멀어져갔다. 저만치 수면에서 올라왔다 내려갔다 하는 친구의 머리를 부럽게 보다가, 진솔은 풀 가장자리에 놓인 킥판을 집으러 몸을 움직였다. 막 노란색 하나를 들었을 때, 그녀는 두 라인 건너에서 쳐다보고 있는 이건과 정면으로 눈이 마주쳤다.

이런.

진솔은 저도 모르게 휙 고개를 돌려버렸다. 언제 왔던 거지? 처음 올 때만 해도 없었던 거 같은데. 무슨 조화인지 갑자기 가슴이 두근, 했다.

수모를 눌러쓰고 물안경까지 끼고 있으니 어쩌면 못 알아봤을 수도 있다고 위안하면서, 진솔은 킥판에 몸을 의지해 어설프게 반대편으로 헤엄치기 시작했다. 그러나 몇 미터 나아가지도 못했을 때, 라인 아래로 낮게 잠수해 다가온 건이 그녀의 바로 앞에서 철썩 상체를 내밀었다.

"물이 무서워요?"

몸에서 물방울이 뚝뚝 떨어지는 그가 수경을 이마 위로 올리며 물었다. 진솔은 엉겁결에 바닥을 딛고 일어나 킥판을 수영복 가슴께에서 끌어안았다.

"머리를 엉거주춤 쳐드니 다리가 가라앉죠. 풀장 바닥에 가라앉은 거 구경한다 생각해요. 누가 코 빠뜨린 거 있나 없나, 이렇게."

"그렇게 생각하면, 물이 입안으로 들어오는 게 더 그렇다구요."

"다시 해봐요. 호흡하는 요령 알려줄게요."

건이 가까이 다가와 진솔의 팔을 잡으려 했지만 그녀는 고개를 저으며 한 발짝 뒤로 물러났다.

"개인강습하지 말랬어요. 아까 여기 코치 말이."

"그런 게 어딨어요, 우리 마음이지. 말도 안 되는 규칙은 어겨도 돼요."

"싫어요. 굳이 언짢은 소리 들을 필요 뭐 있다고."

수경을 벗어 물에다 행구며 무뚝뚝 고집스럽게 말하는 그녀를 건이 내려다보았다.

"남이 하지 말라면 안 해요?"

"네, 안 해요."

그가 뭐라 한마디 하려는데, 겨자색 수영복을 입은 안희연이 라인 경계 줄에 두 팔을 걸치며 몸을 쭉 밀었다.

"오빠, 뭐 해. 나 팔 꺾는 각도 좀 봐달라니까요?"

건은 순간 망설였으나 곧 희연 쪽으로 돌아섰다.

"잠깐만요, 진솔 씨."

잠깐만은 무슨! 이 방송국에서 일해온 3년 동안 오늘처럼 안희연이 반가운 적은 없었다. 귀여운 엽기 스타일의 펭귄이 그려진 겨자색 수모 밑으로, 등을 돌린 희연의 까무잡잡한 목덜미와 어깨선이 건강하고 발랄해 보였다. 두 사람이 옆 라인으로 건너가 서로 바짝 붙어서 자유형 폼을 교정하고 있을 때 진솔은 수영장 끄트머리의 은빛 사다리를 향해 깡충깡충 물속을 뛰어갔다.

호오― 둘이서 같이 온 모양이군. 수영장을 나란히 다니는 피디와 작가라. 진솔은 어쩐지 떨떠름하게 생각하며 사다리 기둥을 붙잡고 올라왔다. 샤워장과 탈의실로 향하는 계단을 오를 땐, 혹시 뒷모습에 날아와 꽂힐지 모르는 시선을 대비해 킥판으로 슬쩍 엉덩이를 가리면서.

해가 점점 짧아져 저녁 일곱 시를 넘기자, 17층 로비에서
내다보이는 마포의 하늘은 어느새 어둑해져 있었다. 꽃마차
원고를 일찌감치 넘긴 진솔은 창가 회의용 탁자 앞에 앉아 한
가롭게 지역정보지를 들여다보고 있었다. 벼룩시장, 교차로,
가로수 등의 이름이 붙은, 일주일에 세 차례쯤 발행되는 정보
지를 거리에서 뽑아와 읽는 것이 그녀의 취미 생활 가운데 하
나였다.

음반과 큐시트가 든 케이스를 들고 건이 올라왔다. 매일 저
녁 여덟 시가 꽃마차 타임이었고, 오늘은 청취자 신청곡을 받
는 날이라 바쁘기 때문에 작가가 함께 있어주는 게 좋았다.
진솔은 로비 구석에서 신문을 넘기며 혼자 빙그레 웃음을 깨
물고 있었다.

"뭐가 그렇게 재밌어요?"

진솔은 다가오는 건을 흘끗 쳐다보더니, 읽던 페이지로 시
선을 내렸다. 입가에 미소가 묻은 채로 그녀는 고개를 천천히
흔들었다.

"도시 사람들은 웃겨요. 재밌는 캐릭터가 무지 많거든요."

"그래요? 그럼 같이 웃읍시다, 요즘 별로 낙도 없는데."

건은 케이스를 탁자에 내려놓고 그녀 옆에 편하게 걸터앉
았다. 진솔이 정보지를 그쪽으로 약간 밀어주고는 줄광고란

한 귀퉁이를 손가락으로 짚으며 소리 내어 읽었다.

"사업 같이할 오빠 같은 남자분 구해요. 30대 후반 여사장. 연락처 공일일 구팔구삼 이일구팔."

건이 싱긋이 웃자 그녀도 쿡쿡거리며 덧붙였다.

"차라리 꽃뱀 백, 이렇게 쓰지. 이런 광고 보고 정말 연락하는 사람이 있나 봐요."

"당연하죠. 반응이 있으니 꾸준히 공급이 되겠지."

"바지사장 같은 호구 스타일의 남자들 말이죠?"

"설마. 내 생각엔 같은 선수들끼리 물고 물릴 거 같은데?"

진솔은 아아 하듯 고개를 끄덕였다.

"맞아. 그럴 수도 있겠네요."

그녀가 앞으로 넘어간 페이지를 다시금 펼치더니 손가락으로 훑으며 무엇인가 찾아 내려갔다.

"아까 또 찍어놓은 게 있었는데… 아, 이거다. 동해안 2층집. 바다 전망 좋음. 서울 집과 교환 바람! 멋지지 않아요?"

"뭐가 멋져요?"

"다짜고짜 교환 바란다잖아요, 아무 설명도 없이. 팔고 사는 것도 아니고 대뜸 맞바꾸자는데. 난 이런 광고가 재밌어요. 서울에 진짜 내 집이 있다면, 확 전화 걸고 싶을 거 같아요."

건이 피식 실소했다.

"동해안 가서 살고 싶어요?"

"뭐, 시골 같은 데서 살고 싶다는 생각은 늘 하죠. 서울은 너무 복잡하고, 사실 삭막하니까."

"선입견 아닌가? 난 한 번도 서울이 삭막하다고 느껴본 적 없는데."

"건 피디님은 여기가 고향이니까 그렇죠."

진솔은 웃으며 정보지를 덮어 가지런하게 접었다. 건이 손목에 찬 시계를 들여다보더니 의자를 밀고 일어났다.

"십오 분 전이네요, 슬슬 들어가죠."

두 사람은 각자 짐을 챙겨 나란히 스튜디오로 향했다.

─어이구, 여러분 안녕하십니까. 노래 실은 꽃마차 황해조 올습니다.

조명이 환한 주조정실 창밖으로, 어둠이 내린 하늘 아래 마포대교를 통과하는 차량들의 불빛이 꼬리를 물고 이어졌다. 〈내 고향으로 마차는 간다〉 경쾌한 경음악이 시그널로 뜨자 부스에서 진행자 황해조 선생이 특유의 구수한 오프닝을 시작했다.

생방송이 이루어지는 주조정실에는 그들 외에도 홍헌표 엔지니어가 함께하고 있었다. 잠시 후 광고가 끝나면 연결할 청취자 전화를 선별하느라 진솔은 네 대의 전화기 앞에서 바쁘게 통화 중이었다.

"신청곡은요? 〈사랑에 속고 돈에 울고〉요."

그녀는 연필로 빠르게 메모해나갔다.

"오늘 두 번째로 연결되실 거거든요? 일단 지금은 끊으셨다가, 첫 번째 분 순서 끝나면 저희 쪽에서 전화드릴 겁니다. 멀리 가지 마시고 수화기 옆에서 기다려주세요."

이어서 울려대는 다른 전화를 받아 들었다.

"노래 실은 꽃마차입니다. 어디에 누구십니까?"

"아, 공 작가 선생! 내래 종로구 이화동 사는 이필관올시다."

귀에 익은 노인의 이북 사투리가 건너오자 진솔은 난감해졌다. 그녀가 주소와 이름까지 기억할 정도로 자주 전화하는 꽃마차 블랙리스트 가운데 하나였다. 열혈 청취자인 것은 감사하지만, 그렇다고 같은 사람을 번번이 연결할 수는 없는 노릇이다. 진솔이 달래듯 말을 건넸다.

"안녕하셨어요, 할아버지. 이번엔 오랜만에 전화하셨네요."

"기러게 말이디요. 그간 사적으루다 바쁜 일들이 있었기 따문에, 본의 아니게 뜸할 수밖에 없었시요. 허허허."

"네에. 그런데 지금, 순서가 다 마감됐거든요. 다음에 다시 전화 주시겠습니까?"

그녀가 곧 끊을 태세이자 노인의 음성이 바빠졌다.

"아니 아니, 작가 선생. 내래 상품은 필요 없시요. 지난번에 두어 번 받았으니까 그거이 다른 양반들 나눠 주시고, 난 고저 황해조 선생하고 쏨씽 톡어밧이나 할라구 기러디요. 꼭 들고 싶은 노래도 있구 해서리."

쏨씽 톡어밧? Something to talk about? 진솔은 피식 소리 없이 웃었다. 평소 통화해본 느낌으로는 재미있는 할아버지 였으나 그래도 곤란하다.

"죄송합니다. 다음 기회에 연결해볼게요."

"에, 기렁다문 신청곡만이라도 어드렇게 안 되겠습둥? 백 년설 선생의 〈마도로스 수기〉! 실은 내래 그간 병원에 좀 누 워 있다가 퇴원한 지 얼마 안 돼요."

그녀의 입에서 작게 한숨이 흘러나왔다. 이렇게 막무가내 로 조르는 데는 약했다. 옆에서 다른 전화가 요란하게 울려대 마음도 급해졌다.

"그럼 끝날 때쯤에 노래만 틀어드릴게요. 안녕히 들어가세 요. …네, 어디에 누구십니까?"

어느새 황해조 선생은 첫 번째 청취자와 전화 데이트 중이 었다. 50대 중반인 황 선생은 현역에서 은퇴한 코미디언 출신 으로, 옛 동료들과 더불어 개그 코미디 시대를 연 1세대로 평 가받는 인물이었다. 말하자면 원조 시절의 코미디에서 현대 적인 개그로 넘어오는 과정의 중간 다리였다고 할까. 그런 점 에서 황 선생은 본인이 '개척자'라는 자부심을 갖고 있었다. 연륜이 무색하지 않게, 그는 청취자의 긴장을 풀어주며 신나 게 너스레를 끌어나갔다.

진솔은 방금 걸려온 전화를 마지막 순서로 정한 뒤, 더 이상 받지 않으려고 넉 대의 수화기를 바닥에 내려놓았다. 황 선생이 통화를 끝맺자 흘러간 가요가 바로 전파를 타기 시작했다.

"건 피디님, 마지막 곡으로 나갔으면 하는 노래가 있는데. 신청곡이에요."

시디를 트랙에 올려놓으며 건이 흘끔 돌아보았다.

"뭔데요?"

"백년설의 〈마도로스 수기〉요."

문득 그의 표정이 애매해지더니 이맛살을 슬쩍 찌푸리며 거절의 표시로 손을 내저었다.

"싫어요. 그 노래는."

"왜요?"

"나, 그 노래에 알레르기 있어요."

간단하게 무시해버리며 그는 기기의 버튼을 눌러 다음 곡 트랙 숫자를 지정했다. 진솔은 조금 당황스러웠다.

"약속을 했는데요, 틀어주겠다고."

"진솔 씨가 한 약속이지. 내가 알 게 뭐야."

그녀가 난처해져서 머뭇거리자 기기 앞에 앉아 있던 서른 여섯 살 총각 홍헌표 엔지니어가 끼어들었다.

"왜 안 틀어준다는 거야? 진솔 씨 곤란해하잖아. 틀어!"

"왜 이래요, 선배. 선곡은 피디 마음입니다."

건이 태연하게 응수했다. 홍헌표가 짐짓 오버할 태세로 건을 노려보며 그녀의 편을 들었다.

"허, 선배 말을 우습게 아네? 진솔 씨, 내가 틀어줄게요, 내가."

진솔은 이미 기분이 좀 나빠졌기 때문에 샐쭉함을 감추고 들으라는 듯 일부러 심드렁하게 대꾸했다.

"아뇨, 뭐. 피디가 싫다는데 됐어요. 할 수 없죠."

"스무디 사주면 틀어주지."

건이 씩 웃으며 그녀를 쳐다보았다.

"…스무디가 뭔데요."

"애개- 스무디를 몰라요? 올여름을 어떻게 난 거야. 잠깐만요."

건이 놀리듯 말하더니 금세 방송으로 주의를 돌렸다. 노래가 끝나고 사인이 떨어지자 두 번째 청취자와 연결되었다. 대화가 오가는 동안 피디와 엔지니어는 소리에 집중하고 있었다.

진솔은 사이드 탁자 앞에 앉은 채 그런 건의 뒷모습을 물끄러미 쳐다보았다. 지난 보름간 같이 호흡을 맞춰오는 동안 그녀는 이건이란 남자를 알 것 같기도 했고 모를 것 같기도 했다. 시집을 봤을 땐 데일 것처럼 뜨겁게 느껴지더니 실생활에서의 행동은 어딘지 무심한 듯 '나 좀 지루해' 이런 표정을 짓고 있기도 했고, 갑자기 정곡을 찌르는 질문을 던져 가슴 뜨끔하게 하다가 지금은 뭐? '스무디 사주면 틀어주지'라고? 자고로, 종잡을 수 없는 남자는 조심해야 하는 법이다.

다시 노래가 전파를 타자 건은 그녀를 향해 회전의자를 돌렸다.

"결정했어요, 사기로?"

진솔은 그를 짧게 노려보았다. 마음 같아서는 '됐네요' 하고 튕겨주고 싶었지만, 라디오 곁을 지키고 앉아 노래가 나오나 안 나오나 마지막까지 듣고 있을 노인을 생각하니 배짱이 사라졌다.

"…알았어요, 뭐."

그러자 홍헌표가 몹시 억울해하며 큰 소리로 항의했다.

"이럴 수가. 이렇게 간단하게 데이트 신청이 된단 말이야? 진솔 씨 너무하네. 내가 그렇게 여러 번 신청할 땐 항상 거절하면서!"

"제가 그랬어요?"

그녀는 홍헌표를 향해 모호한 웃음을 지어 보였다. 본인의 의지와 무관하게 아직 장가를 못 간 이 엔지니어는 평소 사내의 미혼 처자들에게 좌충우돌식으로 데이트 신청을 날리곤 했다. 진솔에게도 몇 번 대시하긴 했지만 그녀가 봤을 땐 결코 우호적인 감정 이상은 아니었다. 홍헌표는 군이 뜨거운 사랑이 찾아오지 않아도 웬만하면 결혼할 수 있다고 생각하는 타입의 남자인 것이다.

"당연히 그랬죠! 에이, 나한테도 기회를 줘봐요. 이번 일요일에 우리 드라이브 갑시다, 제부도로. 바닷물 갈라지는 섬 알죠? 어때요?"

홍은 오기가 발동한 듯 부르르 데이트를 청했다. 진솔이 짐짓 입꼬리를 올리면서 '이번엔 어떻게 거절한다?' 생각할 때, 이건과 눈이 마주쳤다. 건의 눈동자 속에 웃음기가 반짝이고 있었다. 속마음을 들킨 거 같아 그녀는 시선을 외면했다.

"일요일엔 선약이 있어서요."

"그럼 다음 주는?"

"선배, 마이크 가세요."

건이 그의 말을 잘랐다. 홍헌표가 아차 하며 스위치를 올리자 부스 위에 붉은 사인등이 들어왔다.

―가을밤으로 저물어가는 지금 시각, 여덟 시 이십오 분 지나고 있습니다그려. 듣고 싶은 노래와 나누고 싶은 사연 보내주십시오. 인터넷 홈페이지로 들어오시거나, 또 우리 어르신들께서 손수 쓰신 엽서나 편지 사연은 마포우체국 사서함 110호, 노래 실은 꽃마차 담당자 앞으로 부쳐주시면 저희가 소중하게 받아서 띄워드리겠습니다. 자아, 그럼 다음 손님을 연결해볼까요? 여보세요?

진솔은 살그머니 일어나 주조정실을 뒤로했다. 복도를 통과해 로비로 나오자, 벽에 설치된 스피커에선 여전히 꽃마차가 들려오고 있었다. 창턱에 걸터앉아 어둠과 불빛이 공존하는 마포 거리와 저 아래 드러누운 한강을 내려다보며 시간이 흐르기를 기다렸다. 맞은편 벽에 걸린 시계가 8시 50분을 가리킬 때 약속대로 마지막 곡이 용감무쌍하게 흘러나왔다.

항구야 항구야 항구야 헤이헤이 우리들은 마도로스다
창파(滄波)를 헤치는 몸이 사랑도 고향도 가지기가 싫다…

옛 가수의 낭랑한 음성이 인적 없는 17층 로비에 울려 퍼졌다. 그녀는 창틀에 조용히 머리를 기댔다. 검은 물결 잔잔한 한강을 따라 불빛을 밝힌 유람선이 뱃고동 소리도 없이 천천히 떠가고 있었다.

망고, 블루베리, 레몬셔벗, 그리고 트로피컬 색을 띤 무슨 주스와 얼음.

갖가지 재료가 믹서기에 들어가 윙- 갈리는 모습을 진솔이 지켜보고 있었다. 방송국 근처 아이스크림과 스무디를 취급하는 체인점이었다. 간판을 유심히 보지 않았을 뿐, 따라와보니 그녀도 늘 지나쳐 다닌 가게였다.

계산을 치른 뒤 진솔은 빨대를 꽂은 두 개의 스무디 컵을 양손에 쥐고, 건이 기다리는 바 앞으로 다가갔다. 둥근 스툴에 걸터앉아 그들은 나란히 밤거리를 내다보며 한동안 스무디를 빨아 먹고 있었다. 맛이 새콤달콤했다.

"그날 수영장에선 왜 도망갔어요?"

"도망간 거 아닌데…."

건이 핏 비죽거렸다.

"난 우리가 좀 친해졌다고 생각했더니, 혼자 착각이었던 게지. 섭섭했어요."

그녀는 잠자코 스무디만 먹고 있었지만 왠지 마음 한구석이 움직였다. 물론 그는 동료로서 잘 지내자는 뜻이겠지만, 그래도 누군가로부터 '우리가 친해졌다고 생각했다'라는 말을 들은 건 참 오랜만인 것 같았다.

"뭐 하나, 물어봐도 돼요?"

진솔이 입을 열었다.

"그럼요."

"김일성 죽었을 때… 어디서 뭐 하고 있었어요?"

건이 돌아보자 진지하고 담담한 그녀의 눈빛과 마주쳤다.

"그건 왜요?"

"그냥, 대답해봐요."

"소백산에 있었어요. 군대 막 제대하고, 친구하고 둘이 거기 산장에서 여름 한철 지내고 있었죠. 그해 여름 진짜 더웠는데."

건이 그때를 회상하더니 갑자기 피식 웃었다.

"하루는 같이 계곡에서 멱 감다가 나왔는데, 산 밑에서 마을 영감님이 부리나케 올라온 거예요. 그러고선 하는 말이, 김일성이 죽었대. 우린 당연히 안 믿었지. 김일성 죽었다는 유언비어가 한두 번인가 뭐? 그런데 신문을 들이미는 거예요, 사실이더군. 순간적으로 확 스쳐 가는 생각이, 이야- 제대했 길 얼마나 다행인가!"

진솔이 빙그레 따라 웃었다.

"실제로 내 뒤로 곧 나왔어야 될 군번들이 두 달 늦게 제대 했죠. 더 재밌었던 건 그 영감님이 몹시 긴장한 얼굴로, 총각 들 어서 고향 집으로 돌아가라 성화였던 거."

"왜 고향 집으로 돌아가요?"

"김일성이 죽었으니까!"

두 사람은 동시에 큰 소리로 웃음을 터뜨렸다. 잠시 웃음의 여운이 남아 그들은 기분 좋은 침묵으로 유리 너머 어두운 마 포 거리를 내다보고 있었다. 진솔이 입을 열었다.

"난 그때 여름방학 중이었는데, 아르바이트를 하고 있었어 요. 너무 더워서 좁은 자취방에 돌아가기도 싫고, 일 끝나면 시원한 대형서점에 가서 쪼그리고 앉아 책 봤어요. 94년 그 해가 서울 정도(定都) 600년이 된 해였거든요? 그래서 서점에 그런 책들이 많았죠. 서울에 살어리랏다, 내가 자란 서울, 서 울 600년 야사…. 하도 객지에 정이 안 붙길래 좀 알면 정들 까 해서 그런 책들 많이 읽고 지냈었어요."

건이 그런 진솔을 가만히 쳐다보았다.

"그래서, 정드는 데 성공했어요?"

"음, 뭐 지금은 미운 정 고운 정."

진솔은 웃으며 가볍게 어깨를 으쓱했다.

"누군가랑 친해지고 싶은데 낯가림 때문에 잘 안 될 때, 난 그렇게 가끔 물어봐요. 김일성 죽었을 때 어디서 뭐 하고 있었느냐고…. 나도 상대방 옛날을 모르고 그 사람도 내 옛날을 모르지만, 동시에 같은 날 무슨 일을 하고 있었는지 알게 되면 좀 가까운 느낌이 들더라고요. 그러려면 대부분 다 기억할 수 있는 날을 대야 하잖아요."

문득 건이 손을 뻗어 그녀의 어깨를 만졌다. 움찔 내려다보니 그가 손가락으로 옷 위에 내려앉은 작은 보푸라기를 집어내고 있었다.

"먼지가 묻어서."

"…아."

스무디는 바닥까지 다 비웠다. 아직도 입안에 달콤새콤한 열대과일 향이 머물러 있었다. 진솔이 빈 컵을 집어 들며 자리에서 일어났다.

"이제 그만 가요."

밖으로 나온 두 사람은 과일 그림이 그려진 불빛 환한 체인점 간판 아래서 작별 인사를 했다.

"그럼 내일 봬요."

"이번 일요일에 진짜 드라이브 갈래요? 제부도쯤으로."

건이 싱긋 웃으면서 묻자 진솔은 좀 황당한 표정이 되었다.

"놀리는 거예요, 아까 내가 대답하는 걸 못 들은 거예요?"

"듣기야 들었지. 혹시 나한텐 다르게 대답하나 싶어서."

말문이 막혀 물끄러미 서 있는 그녀를 향해 건은 장난이었다는 듯 손을 흔들었다.

"알아요, 알아. 별로 안 가고 싶어 하는 거. 내일 봐요, 두 시에 회의 있는 거 잊지 말고. 난 녹음도 잡혔으니까 늦지 말아요."

그가 대호오피스텔 쪽으로 걸어가는 뒷모습을 진솔은 그 자리에 서서 한참이나 지켜보았다. 가로등 불빛이 그의 모습을 비춰주더니 어느새 어둠 속으로 스미듯 그는 멀어져갔다.

분명히 창문을 닫고 잤는데 왜 커튼이 계속 펄럭이는 걸까. 저건 어디서 나타난 거지? 내 방에 언제부터 들어와 있었던 건지…. 진솔은 꿈결에서도 자신이 가위에 눌렸다는 것을 알 수 있었다. 가끔 피곤하면 겪는 일이었다. 제발 입에서 소리가 터져주면 좋은데. 소리를 낼 수 있으면 저게 떠날 텐데.

이윽고 겨우 손가락 끝에 감각이 느껴지면서 조금씩 몸을 움직일 수 있었다.

"…저리 가."

들릴 듯 말 듯한 목소리로 조그맣게 내뱉자, 가슴을 짓누르던 무엇인가가 획 사라져버렸다. 정신을 차려 방 안을 둘러보니 여전히 창문은 잘 닫혀 있었다. 밤새워 원고를 써서 이른 아침에 메일로 보내고는 뒤늦게 잠을 청했었다. 개편한 뒤로 좀 더 신경을 기울여 쓰다 보니 작업 시간도 전보다 길어졌고 스트레스를 약간 더 받긴 했다.

문득 탁상시계를 보고 진솔은 멍해졌다. 바늘이 1시 40분을 가리키고 있었다. 설마, 이렇게나 오래 잤다니. 간밤에 헤어질 때 그가 회의에 늦지 말라고 확인까지 했었다. 세수만 하고 뛰쳐나가도 늦을 것 같아 그녀는 벌떡 일어나 침대를 내려왔다.

종종걸음으로 진솔은 우성아파트 단지를 벗어났다. 평소 같으면 뛰어갔겠지만 가위눌린 뒤끝이라 몸이 무거워 엄두가 나지 않았다. 5분쯤 늦는 건 봐주겠지…. 단지 앞 횡단보도의 신호 대기가 유난히 길게 느껴졌다. 길을 건너자 저만치 마포 전철역 지하도가 보였다. 빠르게 그쪽을 향해 가는데 갑자기 요란한 사이렌 소리가 거리에 쏟아져 나왔다.

─여기는 민방위본부입니다. 전국에 공습경보를 발령합니다!

어디선가 나타난 팔뚝에 노란 완장을 두른 중년 사내가 거리의 행인들을 향해 날카롭게 호루라기를 불어댔다.

"민방위 대피 훈련이에요. 건물 쪽으로 붙으세요. 15분간 통행금지입니다."

도로변에서는 역시 완장을 두른 사내들이 교통 통제를 시키고 있었다. 순식간에 버스와 택시, 승용차들이 운행을 멈추고 도로는 거대한 주차장이 되었다.

정각 두 시에 벌어진 일이었다. 진솔이 당황스럽게 주위를 둘러보니, 그녀처럼 길 가다 발목이 잡힌 사람들이 빌딩 계단이나 현관쯤에 올라서서 짜증스러운 표정들을 짓고 있었다. 훈련이 끝날 때까지 이렇게 묶여 있다가 지하도를 건너 방송국으로 올라가면 거의 25분은 늦는 셈이다.

이런. 건 피디 녹음이 언제부터지? 잘하면 회의를 못 하게 될 것 같아 초조해지는데, 동시에 휴대폰 벨이 울리기 시작했다.

"왜 아직 안 와요? 어디예요?"

"그게… 어떡하죠? 민방위 훈련에 걸렸어요."

"뭐요?"

진솔이 미안한 목소리로 머뭇거리며 말했다.

"좀 늦잠을 잤는데… 하필 민방위네요. 지금 방송국 건너편인데 통행금지를 시켜서요."

"건너편 어느 쪽. 당신 안 보이는데?"

"어디서 보는데요?"

"17층 엘리베이터 앞 창가요."

"여기 성지 빌딩 앞이에요."

수화기 너머 한동안 아무 말이 없었다. 끊어버렸나? 잠시 기다리던 진솔이 할 수 없이 폴더를 닫으려는 순간, 건의 음성이 다시 들려왔다.

"그 빌딩 앞에 사람들 많네. 누가 누군지 알 수가 있나. 왼

팔 번쩍 들어봐요."

좀 망설이다 그녀가 왼쪽 팔을 엉거주춤 들어 올렸다.

"손, 반짝반짝 해봐요."

뭐? 왠지 속는 듯한 느낌은 들었지만, 진솔은 그냥 왼손을
반짝반짝 흔들어 보였다.

"아하! 당신 포착. 갈색 셔츠 입었네?"

순간 그녀의 입에서 피식 웃음이 새어 나왔다. 고개를 들어
건너편 방송국 건물의 17층 언저리를 올려다보았지만 작은
창문들로는 그의 모습을 확인할 수가 없었다.

진솔이 이쪽을 올려다보는 모습을 건은 창턱에 걸터앉아
바라보고 있었다. 사실 빌딩 앞 행인들 가운데서 그녀의 모
습을 단번에 알아보았지만, 괜히 장난 한번 걸어본 것이었다.
진솔이 손을 들고 반짝반짝 흔드는 모습에 그는 소리 없이 웃
은 참이었다.

"어차피 늦었으니까 천천히 와요. 기다리고 있을 테니."

통화가 끝나자 진솔의 마음도 한결 가볍고 편해졌다. 그가
기다리겠다고 말했으니까. 하지만 그래도… 저 지하도만 건
너면 곧바로 빌딩 현관으로 쏙 들어갈 수 있는데, 길바닥에
묶여 있는 게 좀 억울하기도 했다. 빨리 건너가고 싶었다.

슬쩍 보니 완장을 두른 사내는 다른 행인들을 통제시키느
라 바빴다. 그녀는 살그머니 걸음을 옮겨 지하도 쪽으로 다가
가기 시작했다. 막 계단을 내려가려는데 삐익 호루라기 소리

가 귓가를 찔렀다.

"이봐요, 아가씨! 경보 발령 중이잖아요. 통행 안 된다니까!"

"하지만 바로 건너편이거든요. 어차피 지하도는 방공호잖아요, 지금 제가 늦어서요."

"안 돼요, 안 돼. 여기 서 있는 분들 다 바쁜 사람들이에요!"

사내는 완강하게 손사래를 쳤다. 진솔이 콧잔등을 찌푸리는데 다시 휴대폰이 울렸다.

"뭐야, 왜 어설프게 탈출을 시도하고 그래요? 그냥 거기 계단 같은 데 편하게 앉아 있어요."

"…아직도 보고 있어요?"

"그럼 나 혼자 뭐 해. 여기 앉아서 기다리는 거지 뭐."

진솔은 어쩐지 마음 한구석이 따뜻해져 미소가 배어 나왔다. 어차피 10분이다. 그녀는 그만 마음을 비우고 빌딩 앞 계단 한 귀퉁이에 쭈그리고 앉았다. 그러고는 수화기에다 대고 웃으며 농담처럼 말했다.

"아 정말, 통일된 조국에서 살고 싶네요."

건너편에서 건의 웃음소리도 건너왔다.

"그러게요. 우리의 15분을 뺏어 가네요."

그의 입에서 나오는 '우리'라는 말이 따스하게 들렸다.

"지하도만 건너면 바로 들어갈 수 있는데 발이 묶이다니."

"다 그런 거예요. 경계 하나 넘는 게 얼마나 힘든 건데."

서로 휴대폰을 귀에다 가져다 댄 채 잠시 편안한 침묵이 흘렀다. 문득 건이 웃으며 말했다.

"아무래도 오늘 오프닝 곡 바꿔야겠다. 대한민국 노래방들 1번 곡으로."

"그게 뭔데요?"

"〈가거라 삼팔선〉."

진솔이 햇살처럼 환하게 웃음을 터뜨렸다.

　건은 천천히 폴더를 닫고 저 아래 도로 건너편 그녀가 앉아 있는 모습을 내려다보았다. 진솔이 손으로 머리카락을 쓸어 넘기고 있었다.

　거리에 바람이 불어와 머리카락을 날리자 진솔은 손으로 한번 쓸어 넘겼다. 차들이 일제히 멈춰 서서 그런가? 불어오는 바람 속에 웬일인지 매연 냄새가 섞이지 않은 것 같았다. 오랜만에 도로변에서 편하게 숨을 쉬었다. 가위눌려 언짢았던 기분은 벌써 날아가버렸다.

　그녀의 인생에서 서른한 번째로 찾아온 10월 15일, 그 어느 순간이었다.

　아침부터 낮게 가라앉았던 하늘이 저녁 무렵엔 먹구름으로 가득 차 사위를 어둑하게 했다. 가람과 늘 만나던 인사동 찻집에서 진솔은 약속 시간을 넘기고도 오지 않는 그녀를 기다리고 있었다. 몇 번 전화를 걸어보았더니 전원이 꺼져 있다는 안내만 흘러나올 뿐이었다. 읽던 책을 덮고 어떡할까 망설이는데 탁자에 놓아둔 휴대폰이 울렸다.

"미안. 아무래도 오늘 영화 못 보겠다."

"그걸 이제 연락하면 어떡하니?"

"좀 늦어도 나갈 생각이었거든. 그런데 어… 발목 잡혔어."

"누구한테?"

저편에서 머뭇거리는 기색이 느껴지자 진솔에게 어떤 직감이 스쳤다.

"한가람! 너 또 연애 시작했지?"

"야야, 작게 말해. 내 전화기, 말소리 다 샌단 말이야."

가람이 목소리를 한껏 낮춰 빠르게 속삭이더니 겸연쩍게 웃었다.

"응. 나 연애한다."

"지금 그 남자 집이구나?"

"진짜 미안해. 오늘 바람맞힌 거 열 배 보상한다. 조만간 비하인드 스토리 들려주면서 1차 2차 다 산다, 내가."

진솔의 입에서 미풍처럼 한숨이 새어 나왔다. 솔직히 이제 별로 듣고 싶지 않다고 하면 서운해할까?

결국 천천히 가방을 챙겨 찻집을 나섰다. 비좁고 어두침침한 계단을 내려와 건물 입구에서 주춤 멈춰 섰다. 언제부턴가 거리엔 세차게 소나기가 쏟아지고 있었다. 우산도 없이 종종걸음 치기엔 빗방울이 컸다. 처마 아래 몸을 붙이고 서서 그녀는 고개를 갸웃해 저 아래 길가를 눈대중으로 넘겨다보았다. 우산을 살 만한 편의점은 여기서는 보이지도 않는 위치라, 뛰어가는 동안 다 젖어버릴 것 같았다.

손에 쥔 휴대폰이 빗소리에 섞여 다시 울리자 진솔은 확인도 않고 무뚝뚝하게 받아 들었다.

"됐어. 자꾸 전화한다고 네가 나한테 올 것도 아니면서 뭘."

잠깐 침묵 뒤에 건의 목소리가 들려왔다.

"내가 갔으면 좋겠어요?"

진솔에게 당황스러움이 스쳤다.

"미안해요. 한가람 리포터인 줄 알고."

"황 선생님한테서 연락 왔는데 모레 갑자기 지방 스케줄이 잡혔답니다. 행사 사회를 맡게 됐다고, 화요일분 미리 녹음했으면 하시네요."

"그럼… 내일 이틀치 원고가 나가야겠구나."

역시 신의 계시였군. 비 오는 휴일 저녁, 조용히 집에 들어가서 일이나 열심히 하라는 뜻인 게지. 그녀는 씁쓸하게 생각했다.

"그래서, 데이트는 즐거워요?"

"…누가 데이트를 해요."

"선약 있다고 남자를 둘씩이나 바람맞혔잖소."

그가 '했소'라는 식으로 말할 때 늘 짓는 장난스런 표정이 떠올라 진솔은 픳 쓴웃음을 지었다.

"바람은 내가 맞았네요. 지금 비까지 뿌리는데 난 우산도 없이 길바닥에 섰고, 일거리는 많아지고. 멋진 휴일이군요."

"거기가 어딘데요."

"인사동이요."

"인사동 어디?"

말하면 아나 뭐, 싶으면서도 그녀는 점점 거세지는 빗줄기를 내다보며 망연히 대꾸했다.

"지대방이라고… 찻집 처마 밑에 처량하게 서 있는 중이죠."

"아아, 어디 가지 말고 거기 잠깐 있어요. 알았죠?"

"…왜요?"

의아하게 물어보는 차에 전화는 뚝 끊어졌다. 무슨 뜻이지? 미간을 모으고 잠시 궁리했지만, 시야를 흐리며 퍼붓는 빗줄기에 주의가 흐트러졌다. 다시 계단을 올라가야 하나, 이렇게 서서 비가 뜸해지기를 기다릴까 한동안 고민할 때였다. 잠시 후 맞은편 골목 안에서 언젠가의 낯익은 여자가 커다란 감색 우산을 들고 걸어 나오는 게 보였다. 진솔이 이 거리에서 가끔 스칠 때마다 어쩐지 기억에 남던 바로 그녀였다.

여자가 길을 건너 곧장 이쪽으로 다가오는 모습을 진솔은 홀린 듯이 쳐다보고 있었다. 멀리서 풍경처럼 지나쳤을 때도 예쁘다고 여겼지만, 쏟아지는 빗속에 점점 가까워지는 얼굴은 저녁 어스름을 배경으로 더 해맑아 보였다. 그녀의 종아리를 스칠 때마다 원피스 자락이 흔들렸다.

"아까부터 계속 서 계시길래 우산이 없으신가 해서요."

여자가 웃으며 말을 건네왔다. 진솔은 머뭇거리면서 마주 미소 지었다.

"네…."

"저 골목 안에 저희 가게가 있는데 잠깐 들어왔다 가시겠어요? 우산 빌려드릴게요."

잠시 망설이던 진솔은 이윽고 고개를 끄덕였다. 우산도 필요했지만 그보다는 예기치 않게 마주친 여자의 따뜻하고 선해 보이는 눈빛 때문이었으리라. 어쩌면 오늘 만나려 했던 인연은 가람이 아니라 그녀였던 게 아닐까? 빗속에서 두 여자가 그렇게 서로를 바라보고 있었다.

조명이 어두운 찻집 실내엔 어딘가 피워놓은 이국적인 향냄새가 희미하게 떠돌고 있었다. 어둠이 깃드는 유리창들은 크기가 작았고, 투박한 느낌으로 덧발라진 회벽은 손님들이 남기고 간 낙서들로 빈틈없이 빽빽했다. 그리 많지 않은 나무 탁자들마다 전통차와 간단한 주류의 메뉴가 적힌 표주박이 엎드린 채 놓여 있었다.

〈비 오는 날은 입구가 열린다〉

조금 전 여자를 따라 건물로 들어오면서 진솔은 2층 외벽에 걸린 찻집 간판을 처음으로 올려다보았다. 지금 그녀가 앉아 있는 자리 벽기둥엔 흑백사진 한 점이 걸려 있었다. 꽤 깊어 보이는, 쓸쓸하고 고즈넉한 저수지 물 사진. 수면은 잔잔한데 속에서 물결이 일렁이는 것처럼 느껴지는 풍경이었다.

"이 골목 자주 지나다녔는데 왜 여길 한 번도 못 봤을까요."

뜨거운 재스민차를 내오는 여자를 향해 진솔은 탁자 앞에 앉아 신기한 듯 입을 열었다. 맞은편 자리에 앉는 여자의 미소가 상냥했다.

"워낙 구석져서 단골들만 잘 알아요. 그리고 평소엔 밤에도 간판에 불을 안 켜요. 오늘같이 비 오는 날만 켜두고."

"안녕하십니까…."

문득 주방 쪽에서 낮고도 온화한 음성이 들리더니 언젠가 길에서 보았던 애인인 듯한 남자가 찻잔을 들고 그들 곁으로 다가왔다. 여자 앞에 잔을 내려주자, 그녀가 다정한 눈길로 그를 올려다보았다.

"고마워."

나란히 앉은 연인들과 마주하며 진솔은 새삼 묘한 기분이 되었다. 지금 찻집엔 그녀 말고는 구석진 자리의 손님 두어 명뿐이었지만, 주인들이 굳이 자신을 상대하며 같은 탁자에 앉는 게 어색했던 것이다. 마른 체격에 선천적인 듯 곱슬거리는 긴 머리칼을 단정하게 묶고 헐렁한 개량 한복식의 옷을 입은 남자는, 거뭇거뭇한 턱수염 탓에 첫인상이 그랬을 뿐 가까이서 보니 상당히 젊었다. 잠자코 향긋한 재스민차를 마시는데 남자가 말을 건네왔다.

"김선우라고 합니다. 옆에 이 친구는 애리."

"아… 네."

시선을 여전히 잔에다 두고 진솔은 애매하게 대답했다. 설마 내 이름도 대야 하는 건 아니겠지?

"음… 손님은 목표를 하나씩 정해놓고 차츰차츰 이루어가는 사람이군요. 맞나요?"

그녀는 찻잔을 내리고 그런 남자를 물끄러미 쳐다보았다. 느릿느릿 노래하는 듯한 말투. 눈이 마주치자 선우, 라는 이름의 그는 조용히 웃었다. 뭐라고 대답해야 하나. 물론 그 말은 상당히 사실에 근접하긴 했다. 진솔의 마음을 읽었는지 그가 천천히 덧붙였다.

"관상을 조금 보거든요. 손님은 글 쓰는 일이 업인 것 같습니다만."

진솔은 다소 놀란 표정으로 작게 고개를 끄덕였다. 선우의 곁에서 애리가 손으로 입을 가린 채 웃음을 참고 있었다. 그는 탁자에 올려놓은 진솔의 휴대폰을 가만히 들어 올리더니, 자신의 두 손바닥에 꼭 감싸 쥐었다. 그러고는 잠시 침묵하며 눈을 감았다. 마치 기를 모으듯… 선우가 미간을 찌푸리며 무언가를 투시하려고 애쓰는 동안, 진솔은 숨죽인 채 바라보고 있었다. 이윽고 그가 주의 깊게 입을 열었다.

"바보는 없다… 라고 쓰여 있네요."

그녀의 얼굴에 정말로 충격이 스쳐 갔다. 그는 휴대폰 폴더를 열어 액정에 입력된 문자를 확인하더니 만족스러운 듯 소년처럼 배시시 웃었다.

"Nobody's a fool…. 아무도 바보가 아니다. 제가 맞혔네요."

"그, 그러게요."

진솔이 더듬으며 대답했다.

"그럼 우리 가게를 방문하신 기념으로 글귀 하나를 선물해 드려도 될까요?"

온화하게 물어오는 그를 진솔은 경계의 빛으로 모호하게 보고만 있었다. 선우는 섬세한 느낌을 주는 손가락으로 기존의 문자를 지우더니, 새로 무엇인가를 입력하고는 그녀에게 돌려주었다.

"기왕 같은 맥락이면 이렇게 써놓으세요. 모든 사람은 스타, 라고."

액정을 들여다보니 영문이 바뀌어 있었다. Everybody's a star!

"제가 미래도 봐드릴까요?"

선우의 소리가 건너오자 진솔은 움찔하며 얼른 고개를 저었다.

"아니요, 괜찮습니다."

잠시 침묵이 흘렀다. 그녀는 어색한 미소를 지으며 주섬주섬 옆에 놓인 가방을 열어 지갑을 꺼냈다.

"차 잘 마셨습니다. 그만 가볼게요. 우산을 빌려주시면 다음에 와서 돌려드리고요."

찻값을 치르려는데 애리가 손을 내저었다.

"안 받을게요, 저희가 대접한 거니까. 그리고 지금 가시면 안 되는데."

"네?"

"만나볼 사람이 있으니까 지금은 가지 마세요."

진솔은 이상한 생각이 들어 긴장했다. 여자의 겉모습만 보고 인상이 좋아서 따라온 게 실수였던 걸까? 어떤 소수 종교인들인가? 아니면…. 짧은 순간 여러 가지 경우의 수가 머릿속을 스쳐 갔다. 그러고 보니 종로 거리를 걷다 보면 자주 불쑥불쑥 팔을 잡는 사람들이 있긴 했다. 진솔은 헛기침을 하며 조심스레 말했다.

"저는 도(道)에… 관심이 없는데요."

선우가 소리 내어 웃자 눈꼬리에 부드럽게 주름이 잡히고 훨씬 매력적인 인상이 되었다. 애리가 그를 흘겨보더니 아무래도 안 되겠는지 고개를 흔들었다.

"어휴. 더 못 하겠어, 바른대로 말해야지. 미안해요, 진솔 씨. 남자들이 장난기가 심해서."

진솔의 눈이 둥그레졌다.

"건이 친구예요, 저희."

"…이건 피디요?"

"네. 진솔 씨 얘기, 우리 요즘 많이 들었거든요."

진솔은 잠깐 상황을 정리해보았다. 그러니까 아까 거리에서 전화를 받았을 때부터…. 비로소 감이 올 것 같았다.

"이건 씨가… 제 얘기를 했다구요? 설마."

"마음 맞는 작가랑 일하게 됐다고 되게 좋아했어요. 신난 눈치던데요, 뭐."

애리가 만나서 반갑다는 듯이 활짝 웃었다. 찻집 출입문이 열리며 문 위에 매달아 놓은 풍경이 소리 내어 울자, 선우가 입구 쪽을 쳐다보았다.

"제 말 하니 오네."

간편한 캐주얼 차림의 건이 성큼성큼 다가오고 있었다.

"택시 타고 왔는데, 다 와서 좀 막혔다."

그러고는 진솔 옆자리에 털썩 자리하더니 돌아보며 장난스 럽게 싱긋 웃었다.

"어? 이게 누구야. 내일 원고는 다 써놓고 이런 데서 노닥 거리는 건가?"

"술 뭘로 할까? 솔잎주 어때?"

"싫어. 난 맥주."

선우의 물음에 건이 명쾌하게 잘라 말했다.

"안주는 내 마음대로 가져올게."

애리도 연인과 함께 주방으로 가버리자 진솔은 이마를 찌푸리며 건을 노려보았다.

"도대체 내 휴대폰은 언제 본 거예요?"

"휴대폰?"

"아무도 바보가 아니다, 이거요."

"아, 그거. 마음먹으면 기회야 얼마든지 있죠. 매일 얼굴 맞대는데."

건이 입꼬리를 씩 올렸다. 그녀는 어이가 없었다.

"선우 씨 때문에 진짜 놀랐어요. 도인인 줄 알고."

"도인은 무슨. 아직 갈 길이 먼 놈이니까 무시해요."

건이 재미있다는 듯이 하하 웃는데, 선우가 맥주와 도자기 술병을 들고 와 내려놓으며 느릿느릿 말했다.

"다 들렸어."

"그래?"

건이 태연하게 대꾸했다. 몇 잔 술이 오가고 분위기는 더 부드럽게 풀어졌다. 진솔이 마음의 여유를 가지고 찻집 내부를 둘러보니 구석구석마다 자그마한 소품들이 꽤 눈에 띄었다. 동남아풍의 코끼리 상. 나무 기둥에 걸린 이국적인 문양의 조각헝겊. 약간 먼지가 앉은 먼 나라의 이름 모를 타악기. 끝이 뾰족한 금빛 고깔을 쓴, 팔이 여섯 개 달린 춤추는 형상의 인형 따위… 회벽은 온갖 필체와 색상의 낙서들로 가득 도배돼 있었다. 무심히 훑어보는데 어느 한 줄이 눈길을 끌었다.

경혜야 너무 사랑해. 그런데 너 세상 그렇게 살지 마.

진솔이 물끄러미 그 낙서를 보더니 손가락으로 글씨가 적힌 벽면을 살짝 문질렀다.

"이거 쓴 사람, 너무 마음 아팠나 보다."

애리가 고개를 끄덕이며 그날을 회상했다.

"응. 나, 그 청년 기억나요. 밤늦게 친구들하고 같이 왔다가, 학생들 같았는데… 취해서 탁자에 엎드려 있더니 부스스 일어나서 낙서하더군요. 가고 난 뒤에 치우면서 보니까 그렇게 써놨데요."

건이 피식 웃었다.

"기왕이면, 경혜한테 세상 어떻게 살아야 하는지도 가르쳐주지."

"자기도 몰랐겠지, 어떻게 살아야 하는지는. 경혜가 틀렸다는 건 알아도, 맞는 건 또 못 가르쳐주는 법이거든…."

선우가 담담히 말하더니 개구쟁이처럼 덧붙였다.

"시인이란 놈이 그런 거 하나를 몰라. 멍청이."

진솔은 보이지 않게 웃음을 깨물었다. 선우가 그녀를 돌아보더니 천진스레 말했다.

"이건이 시인이 된 건 거의 내 공로예요. 저 녀석을 키운 건 8할이 나였죠."

그러자 건이 슬쩍 눈썹을 치켜올렸다.

"아하! 그 8할에 대해서 얘기하자면, 내 인생의 8할은 김선우를 기다리는 데 썼어. 그것도 대부분 길바닥에서. 어찌나 태평하고 느린지, 기다리며 쓴 시가 몇 편인지 기억도 안 나."

"목적지에 도착하는 것보다… 거기까지 가는 길이 좋으니까 그렇지."

선우는 대수로운 일도 아니라는 듯 히죽 웃었다. 애리가 물었다.

"진솔 씨는 매달 목표를 정해놨다면서요? 전해 듣기로 꽤 특이하다고 하던데."

탁자 아래 건의 다리를 한 대 차주고 싶은 충동을 진솔은 꾹 눌렀다.

"그냥 재미 삼아 정한 것들이라… 별로 현실성이 없어요."

하지만 애리는 그게 뭘까 궁금한 표정이었다. 진솔이 결국 소탈하게 웃으며 고백했다.

"예를 들면 밤에 창경궁 구경하기. 햇빛 아래서 말고, 야밤의 고궁 풍경이 너무 궁금해서요. 하지만 개방 시간이 끝나면 바로 관람객을 쫓아내니까 방법이 없더군요. 규정이 그래서."

"이런. 당신은 규정은 안 어기잖아, 수영장 모범생."

건이 놀려대자 애리가 감싸듯 진솔의 편을 들어주었다.

"그래도 멋져요. 그런 상상을 해본다는 게 기분 좋은 거잖아."

"정말."

선우도 맞장구를 쳤다. 진솔은 그들을 향해 따뜻하게 웃어 보였다. 상대방을 편하게 해주는 잘 어울리는 커플이라고 생각했다. 줄곧 낮은 톤으로 찻집 안을 흐르는 명상음악 선율에 귀를 기울이며 그녀는 낯선 장소, 낯선 얼굴들이 점점 친숙해지는 기분을 느꼈다. 비가 오면 입구가 열린다는 그곳에서.

두 사람이 찻집을 나온 건 거의 자정 무렵이었다. 어느새 비는 그쳐 있었고, 그들은 간판의 불이 대부분 꺼진 인사동 거리를 천천히 내려오고 있었다. 휴일엔 차량 통행이 금지되는 거리라 등 뒤에서 빵빵거리는 경적 소리 없이 느긋하게 보행할 수 있어 좋았다. 인적 드문 밤길을 이건과 나란히 걷고 있으니 꼭 데이트하는 기분이었지만, 진솔은 곧 쓸데없는 생각이라 여기며 마음속에서 그 느낌을 지워버렸다.

셔터를 내린 어느 찻집 앞을 지나다가 진솔이 그 간판을 보고는 무심히 중얼거렸다.

"꽃을 던지고 싶다— 저 제목도 멋지네요. 일류 뮤지션이나 아티스트나 그런 이들한테 꽃다발 안겨주는 느낌."

"글쎄. 박수칠 때 떠나라는 소리처럼 들리는데?"

심드렁한 건의 말투에 그녀는 피— 웃어버렸다.

"꼬였기는."

10월도 하순으로 접어들어 비가 그친 가을밤은 제법 서늘했다. 달도 별도 없는 캄캄한 하늘 아래 도로 양옆으로 잠들어 있는 가게들의 업종도 꽤나 다양했다. 오래전 처음 인사동을 구경했을 때는 참 고풍스러웠는데 지금은 스타벅스 체인점까지 입점해 있었다. 그런 거지, 세월 이기는 게 뭐가 있겠어. 진솔은 속으로 혼자 중얼거렸다. 집에 가면 써야 할 원고는 잔뜩 기다리지만, 그와 함께 걷고 있는 이 순간만큼은 마음이 편했다.

"밤새워야 되죠? 내일 원고량이 많아서."

"아마도요."

"그럼, 간단하게 뭐 좀 먹고 가요. 난 술 마시고 나면 배고파요."

진솔은 고개를 끄덕였다. 잠시 후 두 사람은 편의점 한 귀퉁이 스탠드 테이블 앞에 서서 뜨거운 컵라면을 먹고 있었다. 국물까지 한 모금 마시고 그녀가 의외라는 투로 말했다.

"라면도 오랜만에 먹으니까 맛있네. 한동안 정말 꼴 보기 싫었는데."

"왜요, 라면 먹다 엄청 체했어요?"

"아뇨. 좀⋯ 안 좋은 기억이 있어서. 별건 아니에요."

건이 딱하다는 듯 혀를 찼다.

"별거든 별거 아니든 얘기 꺼냈다가 그냥 말문 닫지 말아요. 소심하다고 또 놀릴 테니까."

진솔은 망설이더니 약간 쓴웃음으로 입을 열었다.

"예전에 사회 막 나와서 단칸방에서 자취할 때, 그런 일이 있었거든요. 늦게 퇴근한 날 출출해서 라면을 끓여 먹고 있었어요. 그런데 왠지 느낌이 이상해서 창문을 쳐다보니까….”

문득 젓가락질을 멈추고 그녀는 미간을 찌푸렸다. 그날 밤의 기억이 확 떠올랐다.

“웬 남자가 내 방 창문 앞에 붙어 서서 날 들여다보고 있는 거예요. 아, 얼마나 놀라고 오싹했는지. 누구냐고 소리치고 얼른 가서 창문을 확 닫아버렸죠.”

진솔은 젓가락을 쥔 오른손으로 드르륵 창문 닫는 시늉을 보여주었다. 얘기하다 보니 자기도 모르게 그날처럼 흥분이 되었다. 건이 혀를 차며 못마땅하게 인상을 썼다.

“저런. 그랬더니?”

“그러고서 한 일 분 정도? 잠깐 기다렸다가 이제 가버렸나 싶어 살며시 창문을 열어봤어요. 그런데 그 남자의 금테 안경이, 그 눈알이, 그대로 또 보이는 거예요. 계속 골목에 붙어 서 있었던 거죠.”

그녀가 부르르 진저리를 쳤다.

“한참 뒤에 라면을 마저 먹으려고 봤더니 퉁퉁 다 불어 있는데… 갑자기 눈물이 나잖아요. 막 짜증나면서… 이게 뭔가 싶고. 그대로 라면을 개수대에 엎어버렸죠.”

진솔이 휴- 한숨을 쉬더니 젓가락을 다시 컵라면 용기에 넣어 면발을 집어 들었다.

“그래서 한동안 접는 과도 있죠, 그거 청바지 주머니에 넣어가지고 다녔어요. 혹시 퇴근길에 위급할 때를 대비해서."

건이 어이없다는 듯 되물었다.

"잭나이프도 아니고 접는 과도?"

"잭나이프는 비싸잖아요. 아무튼 그 후로 일 년 정도는 아예 라면을 안 먹었고, 지금도 별로 자주 먹게 되진 않아요."

그런 그녀를 건이 따스하게 지켜보더니 부드럽게 웃으며 말했다.

"바보네. 라면하고 화해해요, 이제."

진솔은 면발을 입에 넣다가 쿡쿡 웃어버렸다. 왠지 그의 목소리를 듣고 나니 라면과 화해할 마음이 생기는 것도 같았다. 라면을 빙자한, 실은 힘들었던 그 시절의 언짢은 추억들과⋯. 그녀는 미소 지은 채 농담처럼 말했다.

"그래도 다 잊혀지진 않을걸요? 자고로, 눈물 젖은 라면을 먹어보지 않은 사람과는 인생을 논하지 말자, 가 내 지론이죠."

"인생을 논하는 게 그렇게 재밌나? 너무 자주 생각하네."

건이 짐짓 딱하다는 듯 놀려댔다.

"⋯무슨 뜻?"

"진솔 씨 원고에 인생이란 낱말이 상당히 자주 나온다는 거. 본인은 모르겠지, 뭐."

그녀는 멈칫 그를 쳐다보았다.

"내 원고가⋯ 그래요?"

"사흘에 두 번꼴로는 올라와요, 인생이란 단어가. 페이지로 치면, A4 아홉 장에 한 번쯤 되나? 덕분에 난 당신하고 늘 인생을 논하며 사는 기분이에요."

진솔은 충격받은 듯이 움직이지 않고 서 있었다. 설마… 내가 그렇게 자주 썼나?

"인생을 다 알려고 하지 말아요. 다쳐요. 또 라면 불겠네, 빨리 먹고."

건이 싱긋 태연하게 충고했다. 진솔이 그런 그를 가만히 바라보고 있었다.

창이 훤하게 밝아오도록 그녀는 자판에 손가락을 올려놓고 빳빳하게 앉아 있었다. 어느새 아침이었다. 그리고 넘겨야 할 원고는 하루치도 완성되지 않았다.

'당신 원고엔 인생, 이란 말이 너무 자주 올라와요.'

그의 목소리가 수시로 귓가에 끼어들어 자판을 두드리는 걸 방해했다. 이런, 어느 날 불현듯 '인생'의 돌부리에 걸려 넘어질 줄이야.

정말 의식하며 쓰다 보니, 멘트 결론 부분이 자주 그렇게 흘러간다는 것을 느낄 수가 있었다. 우선 오후 세 시에 생방송되는 행복스튜디오 원고부터 쓰기 시작했는데, 여태 절반 정도밖에 완성하지 못했다. 진솔은 여성 아나운서의 낭랑하고 톡톡 튀는 보이스톤을 상상하며 다시 자판을 두드려나갔다. 모니터에 한글 자음과 모음이 탁탁 새겨졌다.

　사과나무에 핀 꽃이 아닌데 사과꽃이라 불리는
　꽃이 있습니다.
　붕어도 안 들었는데 붕어빵이라 불리는 풀빵도 있죠?
　살아가는 게 늘 장밋빛은 아니지만, 장밋빛이라
　부를 수는 있어요.
　오드리 헵번이 그랬던가요? 와인 잔을 눈앞에 대고
　세상을 바라보라!
　그게 바로, 장밋빛 인생이다- 라구요.

　아차. 신음 소리가 흘러나왔다. 장밋빛, 인생? 커서를 신경
질적으로 옮겨 그 부분을 지웠다. 그러고는 3분간 멍청하게
모니터만 바라보고 있었다. 장밋빛 인생이란 말을 쓰지 않겠
다고 생각하니, 나머지 부분이 어정쩡해지고 결론이 나지 않
는 글이 되어버렸다. 진솔은 그만 그 멘트를 전부 삭제했다.
　시간은 자꾸만 흘러갔고 겨우 행복스튜디오 원고를 메일로
넣고 나자 그녀는 많이 지쳐버렸다. 아침은 건너뛴 데다, 냉
장고를 뒤져 늦어버린 점심을 억지로 챙겨 먹고 컴퓨터 앞으
로 돌아갔다. 다섯 시부터 꽃마차 화요일분 녹음이 잡혀 있
다. 하필 오늘처럼 글이 안 풀리는 날 진행자가 녹음을 원하
다니.

인생이란 말은 그림자도 찾아볼 수 없는 원고를 어찌어찌 완성해 다섯 시 턱에 닿아서야 또 한 차례 메일을 넣을 수 있었다. 자, 이번엔 월요일 꽃마차 생방분이 남았다. 원고를 쓸 수 있는 시간이 얼마 되지 않았다. 마음은 조급해졌고, 게다가 너무나 피곤했다. 인사동 찻집에서 늦게까지 노닥거릴 땐 좋았지만 후유증이 너무 컸다.

진솔은 고꾸라지듯 퍽, 이마를 책상에 놓인 국어사전에 박았다. 잠깐이라도 눈을 좀 붙이고 싶었지만 자면 안 된다. 머리가 무거워도 얼른 써서 넘기고 손 털어야지. 그다음에 푹 길게 자야겠다. 인생 따위 안 들어가는, 경쾌하면서도 주옥같은 멘트를 써야지. 정말 쓸 수 있을까? 휴… 알 게 뭐야. 하지만 책잡히긴 싫어. 좀 더 괜찮은 원고를 써서 내밀어야 해, 괜찮은 원고를. 그러니까 잠시만 쉬었다가 다시 쓰자…. 그녀는 저도 모르게 눈꺼풀을 감았다.

고개를 들 수도 없이 목과 어깨가 아팠다. 그렇게 이마를 박은 자세로 의자에 앉은 채 잠이 들다니. 잠결에도 긴장하고 있었는지, 용케 굴러떨어지지 않고 굳은 듯 잤나 보았다. 시간이 얼마나 지난 걸까? 다음 순간, 형광등이 파리하게 빛나고 복도로 난 창문이 어둠으로 물든 모습이 시야에 들어왔다. 탁상시계를 보고 진솔은 온몸이 굳어버렸다. 7시 40분이었다!

이게 뭐야. 농담하는 거야, 지금? 제발 깨어나자, 이런 식으로도 가위에 눌릴 수 있구나! 기다렸다는 듯이 옆에서 전화벨이 요란하게 울렸다. 마치 전화를 받는 순간 '넌 죽을 거야'라는 저주를 당한다는 어느 공포영화의 한 장면 같았다. 뻣뻣한 손길로 수화기를 들어 올렸지만, 목이 졸려 목소리가 잘 나오지 않았다.

"여, 여보세요."

"이십 분 전인데 원고 안 들어오네? 빨리 내놔요."

숨이 잘 안 쉬어지고 얼굴에 화르륵 열이 차오르면서 심장이 두근두근 뛰었다.

"그게… 실은 그게….."

"뭐, 말을 해요."

"하나도 못 썼어요."

무거운, 얼음 같은 침묵이 흘렀다. 그녀는 마른침을 꼴깍 삼켰다.

"십 분만 눈 붙이려고 했는데… 그만 오래 잠들었어요."

여전히 침묵. 어떻게든 상황을 수습하고 대책을 마련해야지 이럴 때가 아니었다. 진솔은 서둘러 말을 이었다.

"저기, 이렇게 하죠. 내가 빨리 오프닝을 써서 보낼 테니까 건 피디님이 두 번째 멘트를 쓰는 거예요. 쓸 수 있는 사람이 잖아요, 그죠? 그럼 시엠이랑 노래 두 곡 나가는 시간에 내가 사랑방 원고를 쓸 테니, 건 피디님은 그때 그 시절 코너를 동시에 쓰는 거죠. 그래서 주조정실 팩스로….."

"당장 뛰어와요."

그의 낮게 가라앉은 음성이 무뚝뚝하게 진솔의 말을 끊어 버렸다.

"…네?"

"바로 튀어나오라고!"

건이 소리를 버럭 질렀고 전화는 뚝 끊어졌다.

진솔은 수화기를 멍하니 들고 있더니, 다음 순간 와락 내려 놓고 후다닥 의자를 밀치며 달려 나가기 시작했다.

– 노래 실은 꽃마차 돌발 깜짝 노래방! 웬일입니까 웬일입니까, 날이면 날마다 오는 노래방이 아니올시다! 혜성처럼 나타날 꽃마차 신인가수 탄생의 기회! 지금 바로 전화 주십시오, 푸짐한 상품이 여러분을 기다립니다그려!

황해조 선생의 능청스런 애드리브가 전파를 타는 동안 저녁 여덟 시를 조금 넘긴 주조정실 풍경은 한마디로 북새통이었다. 콘솔 기기 앞에 붙어 앉은 홍헌표 엔지니어 뒤로, 다른 스튜디오에서 녹음 중이다 급히 불려온 두 명의 엔지니어들이 창고에서 노래방 기기를 끌고 와 연결시키고 있었다.

방금 도착한 진솔이 가쁜 숨을 몰아쉬며 연신 울리는 청취자들의 전화를 받아내는 곁에서 이건은 내선 인터폰을 누르고 있었다.

"총무부 연결이 왜 안 되지? 남아 있는 직원이 하나도 없나?"

"없어, 없어. 거긴 다 여섯 시 칼퇴근이야."

홍헌표가 알아서 시엠을 내보내고는 바랄 걸 바라라는 듯 손사래를 쳤다. 건은 인터폰을 확 내려놓더니 기기 앞으로 돌아가 토크백으로 진행자를 불렀다.

"황 선생님. 일단 상품 고지해주십시오. 3등상 이태리제 수입 항공가방, 2등상 휴대용 시디플레이어, 1등상 미니 오디오로요."

부스 안 헤드폰을 쓰고 마이크 앞에 앉은 황 선생이 볼펜으로 메모를 했다. 껄껄대는 웃음소리가 스피커로 흘러나왔다.

"아니, 돌발 땜질하면서 언제 이렇게 협찬을 받은 거야?"

"글쎄 말입니다."

건이 한숨 쉬며 대꾸하자 홍헌표가 미심쩍게 물었다.

"총무부에 확인도 안 하고 협찬품을 막 날려? 그러다가 여분이 없으면 어떡하려고."

"지난번 리스트 넘어온 거 봤는데 설마 좀 남았겠죠. 정 없으면 피디 지갑 털어 사든지 아니면…."

건이 사이드 탁자 앞에서 열심히 통화 중인 진솔을 돌아보더니 슬쩍 시비를 걸었다.

"작가 월급에서 까든지."

휴… 그래. 내가 잘못한 거니 뭐라고 비꼬든 유구무언이지만, 그래도 저런 표정 짓는 건 은근히 얄미워. 진솔은 새로 울리는 전화를 받으며 속으로 중얼거렸다. 음반자료실에 근무하는 30대 후반의 싱글 김미영이 실로폰을 찾아 들고 부리나케 들어왔다.

"어휴, 선반에서 겨우 꺼냈네. 작년에 쓰고 처박아뒀더니 먼지가 보얗게 쌓였어요. 대충 닦았는데."

"아, 고맙습니다. 좀 넣어주실래요?"

미영이 부스 문을 열고 들어가 황 선생에게 실로폰을 건네는 동안, 건은 지금까지 신청받은 곡을 버튼으로 예약하기 시작했다. 그 뒷모습을 훔쳐보며 진솔은 목에 걸린 불편함을 삼켰다.

"꽃마차 노래방입니다. 성함, 노래 제목 말씀해주시겠습니까?"

"공 작가님, 무고하셨습네까. 노래방에 본인도 참여하갔시요. 백년설 선생의 〈마도로스 수기〉!"

꽃마차 블랙리스트에 올라 있는 익숙한 노인의 이북 사투리였다. 오늘도 변함없이 라디오 곁에 앉아 계신 모양이었다.

"그 노래는 지난번에 나갔었는데요, 할아버님."

"그거이 백 선생 음성이었구 이번은 내 소리로다가 부르겠다는 거이디요."

"죄송합니다. 다른 분들께도 기회를 드려야 하기 때문에요, 오늘은 양보해주시면 감사하겠습니다."

언짢게 들리지 않도록 정중히 거절하고는 수화기들을 내려놓았다. 번갯불에 콩을 구워 먹는 듯한 부산스러움이 지나가고, 슬슬 지원자를 그만 받아도 될 것 같았다. 황 선생은 오십대 주부와 나누던 잡다한 가정사 이야기를 정리하고 있었다.

─우리 주부님, 말씀 참 즐거웠습니다. 오늘 부르실 노래는요?

─아유, 잘하진 못하는데 은방울자매의 〈마포종점〉 할게요.

─〈마포종점〉! 아하, 여기가 바로 또 마포인 줄 어떻게 아시고. 깜짝 노래방 첫 테이프를 끊는 노래, 〈마포종점〉 되겠습니다. 자, 음악 돌려주세요!

기계음 특유의 쿵짝대는 전주 뒤로 약간 긴장한 아주머니의 간드러진 음정이 전파를 탔다.

밤 깊은 마포종점 갈 곳 없는 밤 전차
비에 젖어 너도 섰고 갈 곳 없는 나도 섰다…

홍헌표가 구두 코끝을 까딱이며 태평스레 허밍으로 따라 불렀다.

진솔은 비로소 한숨 돌리는 기분이었다. 집에서부터 결사적으로 뛰어오는 바람에, 이마와 등에 땀이 촉촉하게 배었다. 흐트러진 머리카락을 손가락으로 빗어 고무줄로 다시 묶었다. 어쨌든 프로듀서가 적당히 커버는 했으니 남은 일은 방송이 끝난 뒤 싫은 소리나 한바탕 듣는 것뿐이었다. 펑크 상황을 잘 넘기게 되어 다행이다 싶으면서도 역시 마음이 무거웠다.

신청자들의 노래가 어느 정도 클라이맥스를 넘어서면 황 선생이 실로폰으로 '딩동댕'이거나 '땡'을 쳤다. 곤란할 만큼 음정, 박자를 무시하는 경우가 아니면 후하게 합격을 주는 편이었다.

시간은 잘도 흘렀고 어느새 마지막 연결만 남겨두고 있었다. 메모대로 휴대폰 번호를 누르던 진솔의 얼굴에 난처함이 떠올랐다. 멀리 가지 말고 전화 옆에 있어달라고 신신당부했건만 세 번째 걸었을 때야 상대방이 나왔다.

"라디오 듣고 계시죠? 지금 분 끝나면 바로 연결합니다. 말씀 잘 나누시고⋯."

"아, 죄송한데요. 제가 택시 기사인데 막 손님을 태워서요, 급하게 공항으로 쏴야 됩니다."

"네? 하지만 곧 들어갈 텐데."

"아까는 빈 차라서 정차해놓고 쉬고 있었거든요. 미안합니다."

전화는 무정하게 끊어졌고 진솔은 긴장해 등을 똑바로 세웠다. 마지막 선수가 폭탄이었다니, 곧바로 대타를 찾아야 했다. 백 퍼센트 확실하게 이 순간 라디오 곁에 있을 청취자. 진솔은 노트를 재빨리 뒤져 문제의 번호를 찾아냈다.

"할아버지? 지금 노래하실 수 있으세요? ⋯다른 곡으로 불러주세요. 〈대지의 항구〉는 어떻습니까? 같은 백년설 선생 노랜데."

"기래도 좋디요. 이래나저래나, 피차 항구 찾아가는 노래들이 아니겠슴둥."

그녀는 건을 향해 예약곡을 바꾸라고 신호했다. 노인은 기분이 좋은지 껄껄껄 웃었고 금세 라인이 연결됐다.

- 오랜만에 다시 뵙겠습니다, 내래 이필관올시다.

- 아이구, 어르신 안녕하셨습니까. 한동안 소식이 없으시더니 어떻게 건강은….

- 허허, 그간 왜 뜸했냐면은 연락을 취하디 않아서가 아니구 우리 공 작가 선생이 자꾸 나를 안 시켜주려 해서리 그리된 거이디요. 아, 나를 거 왜 캇또하는지 모르갔시요. 기런데 오늘은….

- 아, 하하. 세월 참 빨리 가지요? 가을바람 소슬히 부나 했더니 그새 산에 단풍들이….

진솔은 손가락으로 탁자를 톡톡 두드리며 조마조마하게 그들의 대화를 듣고 있었다. 살짝 건을 쳐다보니 딱딱하게 굳어 있는 뒷모습이 역시 긴장한 것 같았다. 문득 그가 돌아보며 물었다.

"이 할아버지 관등성명 대봐요."

그녀는 조심스럽게 노트 귀퉁이를 만지작거렸다. 블랙리스트인 걸 아는 걸까? 그래도 상황이 급했으니 어쩔 수 없었어. 노트를 펼쳐보지 않아도 주소와 이름을 외운다.

"종로구 이화동에 사는 이필관 할아버진데요."

"이화동 산 1-1번지?"

"…어떻게 알았어요?"

동그래진 진솔의 눈과 그의 시선이 마주쳤다. 웃어야 할지 말아야 할지, 황당하고도 복잡한 기색이 건의 눈빛에 스쳐 갔다.

"이분 꽃마차에 자주 전화해요?"

"네. 장일봉 피디 땐 매일같이 걸려왔는데, 자꾸 커트시켰더니 요즘은 뜸한 편인데요. …왜요?"

건은 손가락에 낀 애꿎은 사인펜 자루만 돌리고 있더니 이윽고 어깨를 으쓱하며 난처하게 중얼거렸다.

"…우리 할아버지네요."

그녀의 입이 벌어졌다. 옆에서 홍헌표가 코미디 같은 소리라는 듯 뜬금없게 되물었다.

"진짜? 자네 할아버지야?"

건은 대꾸하지 않았다. 자못 곤란해진 그의 표정 때문에 진솔은 저도 모르게 풋 웃음이 새어 나왔다.

버들잎 외로운 이정표 밑에 말을 매는 나그네야 해가 졌느냐 쉬지 말고 쉬지를 말고 달빛에 길을 물어…

노인의 배포 큰 노랫소리가 주조정실을 쩌렁하게 울리고,

그녀는 그의 등 뒤에 앉아 자신의 상황도 잊은 채 그렇게 웃음을 깨물고 있었다.

이제는 자연스레 인사를 주고받게 된 스무디 가게 여주인이, 투명한 유리 아래 갖가지 재료가 담긴 대형 냉장고 너머로 두 개의 컵을 건네주었다. 방송을 마치고 그와 늦은 저녁을 먹고 나면 으레 후식 챙기는 기분으로 이 가게에 들르곤 했다.

밤거리가 내다보이는 유리창 앞 스툴에 걸터앉아, 건은 생각에 잠겨 손가락으로 자신의 관자놀이를 가볍게 누르고 있었다. 진솔은 망설이듯 옆자리에 앉으며 열대과일이 섞인 그의 스무디를 앞으로 밀어주었다.

"…머리 아파요?"

그의 시큰둥한 대답이 돌아왔다.

"하루 저녁에 충격을 두 번 받았는데, 안 아플까."

무안해진 진솔이 바에 올려둔 가방을 당기더니 앞주머니 지퍼를 열려고 했다.

"나 물파스 있는데… 줄까요?"

"물파스는 왜요."

"관자놀이에 조금 바르면 두통이 훨씬 덜해져요."

건은 어이없어하며 짧게 혀를 찼다.

"약물 오남용 사례예요, 그거."

"진짜 효과 있는데…"

그녀는 조그맣게 중얼거리고는, 차라리 먼저 사과하는 게 낫겠다 싶어 낮게 한숨을 내쉬었다.

"그래요, 건 피디님 언짢은 거 당연해요. 작가 때문에 방송을 땜질하게 돼서… 뭐라 드릴 말씀이 없어요. 정말 미안합니다."

건이 그런 진솔을 빨대 너머로 물끄러미 쳐다보았다. 스무디 컵을 손끝으로 만지작거리며 그녀는 다시 어렵게 입을 열었다.

"변명이지만, 게으름 피우다가 못 넘긴 건 아니에요. 간밤에 집에 돌아오자마자 밤새서 줄곧 작업했는데 실은… 자꾸 단어를 걸러내야 한다고 생각하다 보니까."

피식 재미있다는 웃음이 그의 입가에 걸렸다.

"거, 사과 한번 되게 심각하네. 일하다 보면 실수하는 날도 있지 뭘 그렇게 정색을 하고 얘기해요? 듣는 사람 어색하게. 꼭 내가 나쁜 놈 같잖아요."

"…화나지 않았어요?"

"무슨 화까지 나요. 그냥 아차, 싶고 좀 바빠졌을 뿐이지. 어쨌든 잘 끝났는데 뭐."

그의 편안한 말투에 진솔은 다소 마음이 놓이기도 하고 고맙기도 했다. 밤길을 달리는 차량의 소음은 유리문에 차단되고 그들뿐인 가게는 조용했다. 주방 한 귀퉁이 믹서 앞에서 여주인이 한가롭게 책장을 넘기는 소리가 바스락 들려왔다.

문득 생각난 듯 건이 입을 열었다.

"참, 낮에 선우랑 통화했는데, 진솔 씨 자주 놀러 오라고 전해달라네요. 애리도 다시 보고 싶다 한다고. 당신 느낌이 좋았나 봐요."

간밤의 화기애애했던 분위기가 비로소 생각나 진솔의 입가에도 미소가 떠올랐다.

"애리 씨, 실은 그전부터 난 몇 번 봤었어요, 인사동에서."

그가 뜻밖이라는 투로 진솔을 돌아보았다.

"그래요?"

"너무 예뻐서 눈길이 가는 사람이었어요. 음… 풍경처럼 분위기가 고왔다 그럴까? 어제 우산 들고 다가오는데 기분이 묘하데요. 얘기 나눠보니까 마음도 통할 거 같고. 나도 애리 씨 좋아요."

"몸이 너무 약해요, 애리는. 살도 좀 붙고 그래야 되는데."

시선을 돌리며 건이 담담하게 말했다. 그녀의 가냘프고 호리호리한 체격을 떠올리며 진솔은 천천히 끄덕거렸다. 연인의 품에 쏙 들어갈 것만 같던 맞춤한 어깨도 그려졌다.

"선우 씨랑 둘이 잘 어울려요. 남이 보기에도."

"그렇겠죠. 십 년을 같이 지냈으니까."

"정말? 굉장하네요, 멋지다…."

진솔이 감탄하자 건은 이해하기 힘들다는 듯 슬쩍 갸웃했다.

"십 년이나 연애한 게 멋져요?"

"그렇지 않나요? 강산 한 번 바뀌는 동안에도 서로 마음 변치 않았다는 건데. 두 사람 사이에 아무도 낄 틈이 없겠다."

그는 잠시 말이 없더니 불현듯 화제를 돌려버렸다.

"…꽃마차 노래방 말예요. 오늘 보니 반응 괜찮은 것 같던데 아예 고정으로 박을까요, 우리?"

예상치 않은 질문에 진솔은 머뭇거리며 생각해보았다.

"고정 코너로 만들면 심사위원도 필요하잖아요."

"섭외해야지. 트로트 가수 중에서 한 사람 컨택해보죠. 패널 목소리가 들어가주는 것도 나쁘지 않겠다 싶네요."

진솔은 동의의 표시로 고개를 끄덕였다. 청취자 참여 부분이 늘어나면 작가가 감당할 원고량이 조금이라도 줄어드는 셈이니 반대할 이유가 없었다.

"그나저나 협찬품이 있어야 할 텐데. 아까 누가 1등 했더라?"

"〈마포종점〉 부른 아주머니요. 2등은, 할아버님이."

두 사람은 동시에 피식 웃었다. 건은 새삼 황당해하며 설레설레 고개를 저었다.

"세상에. 내 할아버지가 블랙리스트에 올라와 계실 줄이야. 아버지 들으시면 어이없어하시겠네."

"우리 방송 들으시는 거 전혀 몰랐어요?"

"집에서 독립해 나온 지 꽤 됐으니까요. 우리 할아버지, 젊었을 때 선원이셨어요. 말 그대로 오대양을 누비고 다닌."

진솔이 아아- 하며 크게 주억거렸다.

"어쩐지 〈마도로스 수기〉!"

"그렇지! 바로 그거. 술 취하시면 어찌나 그 노래만 줄기차
게 부르시던지. 귀에 딱지가 앉아서 내가 그 노래에 알레르기
가 있다는 거예요."

그들은 서로 마주한 채 쿡쿡거렸다. 어둠에 감싸인 마포 하
늘 저 멀리, 당인리 발전소 굴뚝의 붉은 불빛이 여전히 느리
게 깜빡이고 있었다. 턱에 손을 괴고 그 모습을 물끄러미 올
려다보다 진솔은 한숨 쉬듯 편안하게 말했다.

"난 종점이란 말이 좋아요. 몇 년 전에 버스 종점 동네에서
산 적도 있었는데, 누가 물어보면 '157번 종점에 살아요' 그
렇게 대답했죠."

"종점? 막다른 곳까지 가보자, 이런 거?"

"아니, 그런 거보다는… 그냥 맘 편한 느낌. 막차 버스에서
졸아도 안심이 되고, 맘 놓고 있어도 정류장 놓칠 걱정 없이
무사히 집에 갈 수 있다는… 그런 느낌요."

진솔은 멍하니 가게 유리 너머 깊어가는 밤하늘을 내다보
았고, 건이 그런 그녀를 곁에서 조용히 지켜보고 있었다.

3

10월의 마지막 토요일은 맑고 화창한 가을 하늘로 시작되었다. 진솔은 동행한 작가들과 함께 요란한 동력 소리를 내며 파도를 가로지르는 페리호의 갑판에 나와 있었다. 신촌 시외버스터미널에서 경기도 강화로, 거기서 다시 외포리 선착장까지 버스를 타고 와 오늘 야유회를 위해 모인 방송국 직원들과 합류해 승선한 참이었다.

서해 석모도로 운항하는 페리호는 승용차를 실을 수 있는 구조여서 개인 차량을 가져온 사람들이 세워놓은 차의 유리마다 주파수와 로고 스티커가 붙어 있었다. 오랜만에 만나는 바다는 햇살 아래 수면을 반짝이며 기분 좋게 출렁이고 있었다. 배 후미 스크루가 일으키는 물보라 뒤로 방금 물결을 가르고 지나온 뱃길이 길게 자국으로 남았다 지워지곤 했다.

진솔은 최 작가, 김 작가와 나란히 갑판 난간에 기대서서 배를 따라 날아오는 갈매기 떼를 향해 새우깡을 던지고 있었다. 이미 관광객이 주는 먹이에 익숙해진 갈매기들이 쏜살같이 날아와 부리로 정확히 가로채 물어 갔다.

　"징그럽게 잘도 받아먹네. 날쌔기도 해라."

　왕고참 최 작가가 손에 묻은 과자 가루를 비벼 털며 바닷새들을 향해 칭찬인지 흉인지 모를 말을 구시렁거렸다. '꺄앗!' 갑판 저쪽에서 높은 웃음과도 같은 비명 소리가 들려왔다. 여객선 승객 중에서도 단연 돋보이는 패셔너블한 안희연이 바싹 다가온 갈매기를 피하느라 두 팔로 두건 쓴 이마를 감싸고 있었다. 그러고는 곁에 선 이건 쪽으로 뒷걸음질쳐 새 떼로부터 떨어졌다.

　"갈매기 까만 눈이랑 마주쳤어!"

　살짝 찌푸린 희연이 애교스럽게 투덜대는 소리가 여기까지 건너왔다. 지켜보던 김 작가가 고까운 얼굴로 짐짓 흉내를 냈다.

　"갈매기, 까만 눈이랑, 마주쳤어! 그러면서 건 피디 옆구리에 찰싹 달라붙기는. 아주 대놓고 표 내네?"

　"표 내면 어때, 낚아채는 사람이 임자지. 아이그 안희연, 귀여워라. 하여간 젊고 이쁜 것들은 무슨 짓을 해도 괜찮아."

　최 작가가 능글맞게 웃으며 흥미로워했다. 희연이 건에게 새우깡 봉지를 건네주며 고개를 도리도리 흔드는 것을 지켜보다 진솔은 시선을 거두었다. 몇 걸음 떨어진 갑판 구석에선 이선영 피디가 아까부터 휴대폰으로 계속 통화를 시도하고 있었다. 다음 주 초대 손님 섭외가 원활하지 않아 그녀는 신경이 곤두서 있었다.

"아직도 연락이 안 돼요?"

"스케줄 바쁜 양반이라더니 아예 전원을 꺼놓고 피하는 것 같아. 이번 주는 왜 이렇게 섭외가 꼬이냐."

엄격해 보이는 미간에 주름을 잡으며 이선영은 휴대폰을 닫아버리고는 진솔에게 물었다.

"한가람 리포터 요즘 연애해?"

"…왜요?"

"방송 끝마치면 쌩하니 사라져서 말야. 그저께도 붙잡고 회의 좀 하려 했더니 그새 가버렸더라고. 오늘 야유회도 빠지고."

진솔은 다 알면서 그러느냐는 투로 웃기만 했다.

선실에서는 한 무리의 사내들이 일찌감치 아이스박스에서 캔맥주를 꺼내 마시고 있었다. 그들의 왁자한 웃음소리와 말소리가 갑판까지 건너왔다. 선실 안의 남자들은 장일봉 피디를 비롯해 대부분 마초 스타일의 유부남들이었는데, 총각으로선 유일하게 홍헌표가 의기투합 어울려 놀고 있었다.

배 위로 불어오는 바닷바람이 제법 싸늘하게 느껴져 진솔은 카디건을 걸친 팔을 가볍게 문질렀다. 바람이 머리카락을 헝클어뜨려 손가락으로 빗어 넘기다 문득 맞은편 난간에 기대서서 자신을 바라보는 이건과 정면으로 눈이 마주쳤다. 그가 싱긋 웃었고 순간 진솔의 심장이 두근, 뛰었다. 그녀는 그만 고개를 돌려버렸다.

"심장병인가…?"

중얼거리는 진솔을 최 작가가 흘끔 쳐다보았다.

"왜, 공 작가 심장이 안 좋아?"

"요즘 좀… 왼쪽 가슴이 따끔따끔할 때가 잦아서요."

"그거 과로에 수면 부족 탓이야. 매일 밤새워서 원고 쓰지? 그러지 마, 모름지기 해 떠 있을 때 작업하고 밤엔 베개 끌어안고 자야 해."

선배의 충고에 진솔은 묵묵히 고개를 끄덕였다. 그래, 그렇겠지. 수면 부족 때문일 거야.

뿌우- 뱃고동 소리가 크게 울렸다. 어느새 15킬로미터의 서해 바닷길을 헤쳐 와, 저만치 빛바랜 단풍 숲이 우거진 석모도가 가까이 떠올라 있었다.

"저 소나무 기둥에 매달린 풍선들을 각각 터뜨리고 돌아오는 거예요. 남자 여자가 같이 한 조가 되고, 이긴 팀이 진 팀을 갯벌에 밀어뜨리는 겁니다. 알아들었죠?"

석모도 민머루 해수욕장. 갯벌과 염전이 펼쳐진 그곳에서 수십 명의 직원들은 단체로 주문해 온 점심 도시락을 비우고 한동안 자유시간을 가진 참이었다. 레크리에이션 사회를 맡은 홍헌표가 확성기를 켜고 경기 규칙을 우렁차게 설명했지만, 들을 필요도 없었다. 발목 하나씩을 한데 묶은 2인 1조가 저 멀리 떨어진 소나무까지 달려가 풍선을 터뜨리고 돌아오는 단순한 경기일 뿐, 진짜 목적은 갯벌에 사람들을 빠뜨려 뒹굴게 하겠다는 데 있었다.

"웬 명랑운동회? 우린 안 해, 허리 아파."

3, 40대 유부녀들로 구성된 돗자리파들이 투덜대더니 등 뒤를 병풍처럼 감싼 나무둥치에 기대앉아 보이콧할 자세를 취했다. 청백으로 나뉘어 호명된 이들이 모래사장의 스타트 라인 앞으로 모여들기 시작했다. 쾌활한 적극파들이 앞줄에 섰고, 독촉에 마지못해 일어난 심드렁 분자들이 줄 꽁무니에 따라붙었다. 진솔과 함께 백팀 뒷줄에 선 김 작가가 좌우를 훑어보더니 킥킥 웃으며 귓속말로 속삭였다.

"뭐가 청군 백군이야. 대호팀, 우성팀이구만."

아닌 게 아니라 대호오피스텔과 우성아파트 주요 인물들을 중심으로 그와 친한 인맥들이 얼추 나눠져 있어 진솔도 따라 웃고 말았다. 호각 소리가 해변에 울려 퍼지고, 요란한 응원 속에 경기가 시작되었다. 실로 가관이었다. 한 팀의 승패가 갈릴 때마다 구경꾼들의 환호성은 남의 꼴을 관람하는 재미와 나도 저렇게 될지 모른다는 우려가 반반으로 터져 나왔다.

갯벌에 떠밀려 진흙탕을 뒤집어쓴 이들이 점점 늘어나자

갈아입을 옷을 챙겨오지 않은 진솔은 은근히 걱정이 되었다. 야유회 공식 일정은 1박 2일이지만, 원치 않는 사람들은 마지막 여객선으로 섬을 빠져나갈 테니 그녀도 거기에 끼어 집에 갈 작정이었다.

"쉬엄쉬엄 달려갔다 와보자고! 머드팩이 피부에도 좋대."

어떻게 줄을 서다 보니 한 조를 이루게 된 장일봉 피디가 껄껄 웃으며 호기롭게 말했다. 진솔은 야무진 표정으로 고개를 저었다.

"안 돼요, 저는 이겨야 해요. 갈아입을 옷이 없거든요."

"어, 그래? 좋아. 그럼 구관이 명관인 걸 보여주지!"

그들의 상대팀은 이건과 안희연 커플이었다. 건강하고 날렵해 보이는 두 사람이 나란히 대결 모드로 서 있자 그녀는 좀 불안해졌다. 어쨌든 이겨야 옷을 버리지 않고 돌아갈 수 있다. 출발선 앞에 서서 건이 진솔을 향해 따뜻하게 웃더니 말을 건넸다.

"이런. 적군으로 만났네? 마음 아파라."

다시, 두근.

진솔은 가슴속 깊이 한숨을 내쉬었다. 저런 사소하고 의미 없는 농담에 심장이 두근거리다니 조짐이 좋지 않았다. 누구 마음대로 저렇게 바라보고 웃음 주는 거야? 나빠, 나쁘다고….

삐잇- 호각이 울리고, 응원 소리를 귓가로 들으며 소나무를 향해 출발했다. 1년 반 동안 호흡을 맞췄던 역사가 무색하지 않게 진솔과 장일봉은 의외로 발걸음이 잘 맞았다. 풍선을 터뜨리고 돌아오는 길에 흘끗 보니 거의 막상막하의 속도로 서로가 달리고 있었다. 마침내 라인을 통과한 순간, 홍헌표의 깃발이 백군 쪽으로 뻗었다. 진솔 팀의 아슬아슬한 승리였다.

건은 재미있어하며 싱글싱글 웃고 있었지만, 희연은 스타일 멋진 옷에 뻘칠을 하려니 꽤나 난감한 표정이었다. 우르르 몰려간 갯벌 어귀에서 진솔은 양팔 옷소매를 걷어 올리곤 희연의 등을 확 떠밀어 시원하게 뻘밭으로 빠뜨려버렸다. 동시에 장 피디도 씨름하듯 건의 다리를 걸어 패대기쳤다. 터지는 웃음소리와 비명 소리를 뒤로하고 진솔은 재빨리 그곳을 벗어났다.

나무 그늘 아래 돗자리로 돌아오니, 이선영과 최 작가는 갯벌의 난리 북새통엔 아랑곳없이 한창 종신보험에 관한 얘기로 열을 올리는 중이었다. 진솔은 돗자리 옆에 놓인 아이스박스에서 음료수 캔 하나를 꺼내 들고 그녀들의 옆자리에 나란히 앉아 쉬었다. 경기에 져 뻘밭에 나뒹군 김 작가가, 진흙투성이가 된 팔다리를 흔들어 터는 모습이 저만치 보였다.

게임은 뒷전인 채 이미 옷을 버린 사람들끼리는 본격적으로 갯벌을 뛰고 굴리며 유쾌하게 야유회를 즐기고 있었다. 얼마나 지났을까. 짧아지는 가을 해가 제법 서쪽으로 옮겨가자 해변에서 가까운 통나무 민박집으로 하나둘 샤워 도구를 챙겨 몰려가기 시작했다. 오늘 밤 섬에 남을 이들이 단체로 묵을 장소였다.

건이 돗자리 쪽으로 천천히 걸어 올라오더니, 무릎을 세워 두 팔로 끌어안은 진솔 앞에 우뚝 버티고 섰다. 이마에 그림자가 지자 그녀가 고개를 들었다.

"맥주 하나만 꺼내줄래요? 손이 더러워서."

진솔은 잠자코 아이스박스를 열어 차가운 캔맥주를 꺼내고는 진흙에 닿지 않도록 새끼손가락을 치켜올려, 건의 손바닥에 얼른 떨어뜨리듯 내려놓았다. 그의 눈썹이 슬쩍 올라갔다. 목이 말랐는지 캔을 따서 금세 절반 정도를 마시고 건은 짓궂은 표정으로 말을 걸었다.

"아까 이겼다고 되게 좋아하데?"

"…뭐, 당연하죠. 이겼으니까."

"어찌나 신나게 밀어젖히는지 안희연이 아주 허공으로 날아갑디다."

왠지 지고 싶지가 않아서 진솔은 입꼬리를 올리며 무심한 척 응수했다.

"내가 팔 힘은 좀 쓰거든요."

무뚝뚝 새침하게 턱을 치켜올린 그녀를 건은 눈을 가늘게 뜨고 가만히 내려다보았다. 그리고 묵묵히 캔에 남은 맥주를 마저 마시더니 저만치 떨어진 쓰레기 자루 속으로 툭 던져 넣었다. 다음 순간, 건은 진솔의 두 팔을 꽉 붙들고 와락 당겨 일으켜버렸다. 순식간에 돗자리 밖으로 끌려 나오며 그녀는 당황해서 소리쳤다.

"뭐 하는 거예요? 놔요!"

"팔 힘 세다면서. 버텨보시든지."

싱글거리며 웃고 있었지만 그녀를 결박한 힘은 그저 장난스러운 게 아니었다. 갯벌로 끌고 들어갈 작정임을 직감하고, 그의 팔 안에서 빠져나오려 버둥거렸으나 역부족이었다.

"여분 옷을 안 갖고 왔어요! 놔줘요, 정말이라고요!"

"그게 나랑 무슨 상관인데요?"

안 끌려가려고 질질 발을 끌자 건이 그녀를 냉큼 안아 들어 올렸다. 이미 진솔의 옷은 그의 몸에서 묻은 진흙으로 여기저기 얼룩무늬가 생겨버렸다. 이 작은 소동에 근처 사람들의 시선이 한꺼번에 쏠렸다. 돗자리에선 이선영 피디가 의외의 장면이란 듯 조금 놀라서 바라보고, 최 작가는 사뭇 구경거리 생겨 즐겁다는 표정이었다.

안기다시피 끌려온 진솔의 눈앞에 비스듬히 기울어진 잿빛 갯벌이 수평선처럼 펼쳐졌다. 결국 어쩔 수 없이 마음을 비우고 그녀가 소리쳤다.

"좋아요, 대신 나도 가만히 있진 않을 거예요!"

"아아, 뜻대로!"

건이 가볍게 응수하며 그녀를 갯벌에 처넣었다. 석모도 질 퍽이는 뻘밭에 진솔은 보기 좋게 나뒹굴었다. 머리카락부터 운동화 끝까지 온통 뻘투성이가 된 채 진솔은 뺨에 묻은 진흙을 손등으로 훔쳐내며 기가 막힌 듯 천천히 일어나 앉았다. 갯벌에서 놀던 사람들이 그들의 선례를 보더니, 아까 자신들을 밀어젖힌 이긴 팀을 찾아 와아- 소리 지르며 해수욕장으로 달려 올라갔다. 금세 해변에선 술래잡기가 벌어지고, 밀고 당기는 실랑이 소리, 비명과 웃음소리가 가을 바닷가를 떠들썩하게 했다.

진솔은 갯벌에 쭈그리고 앉아 저만치 웃고 서 있는 건을 원망스레 올려다보았다. 서쪽 하늘로 비껴간 해가 뻘이 묻은 그들의 이마와 머리카락을 따스하게 비춰주었다. 다음 순간 그녀가 뭉친 진흙덩이가 퍽- 건의 머리를 가격했다.

"아얏. 뭐야, 아프잖아요."

"아프라고 던졌죠, 그럼."

건이 낮게 웃음을 터뜨리더니 곧 허리를 굽혀 똑같이 진흙을 뭉쳤다. 진솔도 서둘러 반죽을 만들고는 벌떡 일어나 그를 향해 던지고 얼른 몸을 돌렸다. 동시에 그의 뻘도 날아와 그녀의 등에 퍽 하고 퍼져나갔다.

"…얄미워라."

진솔은 윗옷 끄트머리를 잡고 펄럭여 등에 묻은 뻘을 털어내면서 건을 노려보며 진담 반 농담 반 중얼거렸다. 사람 곤란하게 만들어놓고 재미있어하는 저 남자. 여러모로 마음까지 혼란스럽게 하는….

"애개, 얄미워? 같이 놀자는 건데, 섭섭하네."

말이 없는 그녀를 보고 비로소 건이 달래듯 말했다.

"내 옷 줄게요. 두 벌 가져왔으니까."

"…됐어요, 크기도 안 맞을 텐데. 작가들 중에 누가 여벌이 있겠죠, 뭐."

진솔은 그의 곁을 스쳐 해수욕장 위로 걸어 올라왔다. 돗자리 가까이 오니 최 작가가 가관이라는 듯 킬킬대며 웃음을 베어 물었다. 진솔이 한숨을 삼키며 부탁했다.

"선배, 나 옷 좀 빌려줄 수 있어요?"

"아니, 나도 없어. 이따 저녁 배 타고 나갈 거거든."

"이 피디님은요?"

"안 갖고 왔지. 야유회 와서 잠자고 갈 상황이 되겠어, 내가?"

이선영도 고개를 절레절레 젓자 진솔은 정말 난처해졌다. 마지막 배가 저녁 일곱 시에 섬을 떠난다고 했고 이제 한 시간 남짓밖에 남지 않았다. 이런 꼴로는 서울에 갈 수가 없으니 그 전에 빨리 옷도 구하고 샤워도 해야 했다. 여벌이 있을 만한 사람을 찾아 주위를 둘러보는데 스포츠 가방을 든 건이 성큼성큼 다가왔다.

"깨끗한 트레이닝복 배달 왔습니다. 자, 택일해요. 블랙과 화이트 중에서 어떤 거?"

놀리듯이 말하며 건은 가방 지퍼를 열어 문제의 트레이닝복을 꺼내 주었다. 같은 브랜드, 색상만 다른 두 벌의 운동복이 나란히 모습을 드러냈지만 그녀는 망설였다. 팔과 다리 부분에 옆으로 길게 들어간 스트라이프 라인까지, 디자인도 똑같은 저 옷을 입는다면 무슨 커플룩처럼 보일 것 같았다. 그가 의아하게 쳐다보며 기다리자 진솔은 머리카락을 귓바퀴 뒤로 넘기며 어색하게 입을 열었다.

"…흰색으로 입을게요. 고마워요."

"고맙기는. 더 이쁜 옷으로 줄 수 없어 안타깝소!"

씨익 웃으며 그는 흰색 운동복을 돗자리에 툭 던져주더니, 자신은 검은색을 가지고 샤워를 하러 통나무 민박집 쪽으로 올라갔다. 깨끗한 수건으로 운동복을 감싸 쥐는 진솔을 보고 최 작가가 재미있다는 듯이 하하 웃었다.

"이거 안희연 눈에 불꽃 튀는 거 구경하게 생겼네. 둘이 똑같은 옷 입고 오늘 밤 내내 붙어 다니는 게 어때?"

놀려대는 선배를 가볍게 흘겨보며 진솔은 피식 웃었다. 민박집 쪽으로 올라가는데 저만치 나무줄기에 기대서서 자신을 지켜보는 안희연과 잠깐 눈이 마주쳤다. 어느새 다시 말쑥하고 화려한 스타일로 돌아온 희연은 꽤 심통이 난 듯했지만 그녀는 그냥 모른 척 지나쳤다.

샤워를 마치고 건의 트레이닝복으로 갈아입으니 옷이 너무 커 허리에 매달린 끈을 바싹 당겨 졸라매고 바짓단과 소매도 둥둥 걷어야 했다. 꼭 밭 매러 가는 농사꾼처럼 보일 것 같았지만 찬밥 더운밥 가릴 형편은 아니었다.

민박집에서 내려오자 선착장으로 출발할 차량들이 해수욕장 입구에서 사람들을 기다리고 있었다. 진솔도 가방을 마저 챙겨 섬을 빠져나갈 이들의 행렬에 끼었다. 여러 대의 차량에 나눠 타기 위해 기다리는데, 문득 해변에서 크게 외치는 자신의 이름 소리가 날아왔다.

"공진솔! 어디 가요?"

깜짝 놀라 돌아보니 검은 트레이닝복으로 갈아입은 이건이 허리에 손을 짚은 채 저 멀리 서 있었다. 주변의 시선이 그녀에게로 몰리자 진솔은 순간 당황했다.

"…서울 가는데요?"

그가 미간을 찌푸린 채 이쪽으로 다가오는 모습을 그녀는 두근거리며 바라보고 있었다. 뭐야, 왜 저렇게 내 이름을 크게 부른 거야. 그리고 왜 또 다가오는 건데?

"서울을 왜 가는데."

코앞에 서서 다짜고짜 그가 물었다.

"…왜 가긴요, 집에 가죠."

"야유회 공식 일정은 1박 2일이에요. 무슨 스태프가 자기 혼자 움직이나? 피디도 남아 있는데."

"말도 안 돼요. 그건 개인 자유지."

"아하 그래요? 그럼, 내 옷 벗어주고 가요."

어이가 없어 진솔의 입이 벌어졌다.

"나 참. 치사해라."

"맞아요, 나 치사해요."

건의 대꾸에 주변에서 웃음이 일자 진솔은 얼굴이 붉어지려는 걸 간신히 참았다. 뭐라 말 못 하고 머뭇거리는 그녀의 등짝을 최 작가와 이선영이 장난스레 툭툭 떠다밀었다.

"못 이기는 척 남아라, 진솔 씨. 유부녀들 눈꼴사나워서 원. 가라, 가."

건은 그녀의 어깨에서 가방을 빼앗아 자신이 둘러멨다.

"오늘 밤 남은 사람들끼리 캠프파이어 한대요. 준비하러 가는데 같이 갑시다."

싱긋 웃는 건의 미소가 눈부셔 진솔은 어쩐지 두렵고도 짠한 마음이었다. 해변을 향해 돌아서는 그의 어깨와 등, 짧은 머리카락 아래 드러난 깨끗한 목덜미도 그녀의 가슴을 파고들었다. 서해 바다 위로 저녁노을이 물들어 수평선은 푸르고 붉은 색감으로 온통 젖어 있었다.

밤이 되자 싸늘한 바닷바람이 해변으로 불어왔다. 서른 명 남짓한 사람들이 커다랗게 원을 그려 둘러앉은 가운데, 활활 타오르는 모닥불이 따뜻한 온기를 퍼뜨려주고 있었다. 저마다 잔을 주거니 받거니 하며 끝도 없는 이야기 속에 기분 좋게 취해갔다.

가지 말고 함께 있자고 붙잡아놓고선 정작 건은 안희연 곁에서 그녀의 이야기를 들어주고 있었다. 진솔도 김 작가를 비롯해 가까이 앉은 다른 직원들과 몇 마디 대화를 주고받다가 나중엔 그들의 이야기를 가끔씩 끄덕이며 듣기만 했다.

꽤 마셨음에도 불구하고 아직은 쓰러지지 않은 홍헌표가 소주병과 종이컵을 들고 다니며 사람들에게 잔을 권하더니 드디어 진솔 앞에 털썩 주저앉았다.

"우리 진솔 씨하고도 한잔을 빠뜨릴 수 없지. 아, 여긴 맥주인가? 자, 건배!"

그녀도 웃으며 같이 종이컵을 부딪치고 마셨다. 깊은 밤 야유회 수다의 레퍼토리답게 사람들의 이야기는 점점 공포스런 괴담 쪽으로 흐르고 있었다. 엠티 귀신, 바다 귀신, 변소 귀신, 민박집 귀신 등등 꽤 많은 주인공들이 등장했을 때 홍헌표는 경외감을 담은 표정으로 한마디 덧붙였다.

"아무리 수없이 업그레이드가 돼도 변소 귀신 얘기 중에 으뜸은 역시 그거야. 밑에서 손이 쑥 올라와서 빨간 종이 줄까, 파란 종이 줄까? 했다는 거 말이지. 아, 난 그걸 중학생 때 처음 들었는데 야간 자율학습 하다가 머리카락이 쭈뼛 섰다니까? 지금 들으면 시시할지 몰라도 그 시절엔 쇼킹한 얘기였다고! 안 그래요?"

그의 적당히 취한 시선이 진솔에게로 날아오자 그녀는 애매하게 웃으며 뭔가 대꾸해줄 말을 찾았다. 이건의 웃음기 어린 목소리가 어깨 너머로 들려온 것은 그때였다.

"뒷간 괴담의 클래식이죠. 원조라고 할까."

홍이 손가락을 딱 소리 나게 튀겼다.

"그렇지! 클래식! 허, 왜 난 그런 말이 생각이 안 날까? 내 말이 바로 그거야, 건 피디. 다른 얘기들이 아무리 도가 세도 제일 처음 들었던 게 가장 기억에 남는다ー 이 말이지."

"물론이죠. 그런 의미에서 진솔 씨, 바람이나 쐬러 갈래요?"

건이 양손에 쥔 두 개의 캔맥주를 장난스럽게 흔들어 보이자 그녀에게 저절로 미소가 떠올랐다.

"…좋죠."

흰색 검은색 똑같은 트레이닝복을 입은 두 사람이 모닥불 가에서 멀어져 해변을 걷는 동안, 홍헌표의 씩씩한 뒷간 괴담은 바람을 타고 끊어졌다 이어졌다 하더니 어느 순간 들리지 않게 돼버렸다. 캠프파이어장을 벗어나자 섬과 바다엔 짙은 어둠이 내려 있었다. 밤하늘에 밝고 하얗게 빛나는 뭇별들을 잠시 올려다보다 진솔이 입을 열었다.

"정말 귀신이 있을 것 같아요?"

건은 어깨를 으쓱했다.

"모르겠는데. 증명할 수 없는 건 뭐라 할 말이 없어요. 선우라면 그 질문에 몇 시간이라도 대답하겠지만."

진솔은 인사동 찻집 주인을 떠올리며 빙그레 웃었다. 바다가 내려다보이는 언덕쯤에서 두 사람은 걸음을 멈추고 바닥에 걸터앉았다. 그들의 등 뒤로 오랜 바닷바람에 둥치가 섬

안쪽으로 굽은 해송들이 어둠 속에 비스듬히 윤곽을 드러냈다. 가져온 맥주를 마시면서 한동안 그들은 편안한 침묵 속에 앉아 있었다.

문득 진솔이 풋 웃음소리를 냈다.

"실은 난 빨간 종이 파란 종이보다, 빨간 버스 파란 버스가 더 무서워요."

"그게 뭔데요?"

"서울에 처음 상경했을 무렵이었어요. 어디를 가려고 버스를 타는데, 34번이었나? 그 빨간 버스를 타야 한다는 거예요. 그래서 정류장에서 한참을 기다렸죠."

12년 전 그날의 황당함이 다시금 선하게 살아왔다.

"빨간 줄이 그려진 버스가 오길래 올라타면서 혹시나 행선지를 물어봤더니, 기사 아저씨 말이 이건 파란 버스라 거기 안 간다는 거예요. 얼떨결에 내려서 확인해보니까 내 눈엔 분명히 빨간 버스가 맞는데 말이죠."

건은 감 잡았다는 듯 웃음을 터뜨렸다.

"그 후에도 빨간 버스가 두 대나 더 왔는데 아저씨들이 다 파란 버스라고 우기잖아요. 얼마나 곤혹스럽고 황당하던지…. 대체 서울 사람들은 다 색맹인가? 그러다가 한 시간도 넘게 흘러가고 나중엔 정류장에 서서 너무 어이가 없어 딱 울고 싶어지데요."

"버스 줄무늬 색깔로 구별했구나? 번호판 색깔을 봐야 하는 걸."

그녀는 억울했다는 듯이 크게 고개를 끄덕였고 두 사람은 함께 웃었다. 사위는 고요하고 언덕 아래 밀려오는 파도 소리만 규칙적으로 철썩거렸다. 저 멀리 섬 외곽의 해안 초소에서 희미한 불빛이 새어 나와 그곳에 사람이 있음을 알려주었다. 건이 담담히 입을 열었다.

"음. 나한테도 쉽게 잊히지 않는 빨강 파랑이 있어요. 군대 말년 때 졸병 하나가 훈련 나갔다가 총을 잃어버렸는데, 다행히 금방 찾긴 했지만 엄청 얼차려를 받고 혼쭐이 났죠."

바람에 실려 오는 그의 목소리가 좋아 진솔은 가만히 귀를 기울이며 듣고 있었다.

"녀석은 그걸로 끝난 줄 안 모양이었는데 웬걸, 주말에 그 애인이 면회를 왔어요. 외박 허가 받으려고 갔더니 당직사관 왈, 지난번 총을 잃어버린 사건에 대해 반성문 여섯 장을 빽빽이 작성하라! 뭐, 마음은 급하지만 별수 있나. 바로 쓰려고 덤비는데 또 조건이 따라붙었죠. 뭔 줄 알아요?"

"모르죠."

"빨강 파랑 검정 볼펜 세 자루를 던져 주면서, 한 글자 한 글자마다 세 가지 색깔로 번갈아가며 작성하라."

그녀의 표정이 웃을 듯 말 듯 어이없게 찡그려졌다.

"심했다!"

"애인은 위병소에서 하염없이 기다리지, 날은 저물지, 글자마다 색깔은 달라야 하지. 하하, 난 지금까지도 그런 눈물겨운 총천연색 반성문은 구경한 적이 없어요. 결국 해가 다 져서 나가는데 내무반에서 푼돈 걷어 데이트 비용 쥐어줬죠. 하도 불쌍해 보이길래."

진솔은 터지는 웃음을 손으로 틀어막고 쿡쿡거렸다. 그도 빙긋이 웃더니 부드럽게 덧붙였다.

"군대 면회 와주는 아가씨들은 다 상 줘야 해요. 얼마나 예쁘고 고마워. 그러니 그런 반성문 쓴 녀석도 금세 행복해지고."

"칫, 수상 거부다."

진솔이 혼자 중얼거렸다.

"뭐라고요?"

잠시 말이 없다가 그녀는 짐짓 가볍게 으쓱해 보였다.

"첫사랑이요, 면회 몇 번 가줬거든요. 그거 생각하면 지금도 자다가 벌떡 일어나 후회하는데 상을 주긴 무슨…. 순 남자들 생각이지."

건이 고개를 뒤로 젖히며 큰 소리로 웃음을 터뜨렸다.

"저런, 공진솔 인생도 순탄하진 않았네. 하하."

별로 중요한 일도 아니라는 듯 재미있어하는 그가 얄밉기도 하고 따스하기도 해서, 진솔은 그만 작게 따라 웃어버렸다. 섬 해안선에 스미는 파도 소리가 마음까지 적셔오는 고요한 밤이었다.

–연탄재 함부로 발로 차지 마라. 너는 누구에게 한 번이라도 뜨거운 사람이었느냐.[•]

부스 안 고종렬 시인의 어눌하면서도 조용한 낭송이 스피커를 통해 흘러나왔다. 시인의 마을 일주일분을 녹음하는 제5스튜디오 구석에 진솔은 의자를 갖다 놓고 경청하고 있었다. 세련된 달변은 아니지만 고 시인의 시 낭송과 해설을 듣노라면 꼭 어느 농촌의 보리밭길을 걷는 듯한 맛이 느껴졌다. 릴 테이프를 걸어놓고 함께 듣는 건의 곁에서 그녀는 나직이 따라 읊었다.

"연탄재 함부로 차지 마라…. 시구절 좋네요. 너는 누구에게 한 번, 뜨거운 사람이었느냐."

건이 회전의자에 기대앉은 채 피식 웃었다.

"좋기야 하죠. 때가 일러서 그렇지."

"때가 이르다뇨?"

"아직 가을인데 벌써 연탄재를 들고 오셨으니 말예요. 계절이나 시기에 맞춰달라고 두어 번 말씀드렸는데, 아직도 완전히 감이 안 오시나 봐요. 그때그때 당신 필이 꽂힌 시들을 골라 오시거든."

무슨 뜻인지 알 것 같아 그녀는 그냥 웃어버렸다. 진행자로서 프로는 아닐지라도 아마추어 느낌이 물씬 나는 편이 고종

• 안도현, 〈너에게 묻는다〉, 《외롭고 높고 쓸쓸한》(문학동네, 1994)

렬 시인과 이 프로그램에 차라리 어울렸다. 모처럼 실수 없이 한 편의 해설이 끝났다.

"이번엔 엔지 한번 안 내셨네요. 잘하셨습니다."

헤드폰을 쓴 채 원고만 뚫어져라 들여다보던 고 시인이 그 말에 비로소 고개를 들고 환하게 웃었다. 늘 수줍은 듯 무뚝뚝하던 얼굴이 몇 년은 젊어 보이고 순진스러워져 진솔은 감탄하며 속삭였다.

"방금 고 선생님 표정 봤어요? 저분도 웃으니까 저렇게 변하네요?"

"또 시작이군. 대한민국에 시인이 고종렬 선생뿐인 거 같지, 당신은?"

"그건 아니지만 내 가까운 주변에선 그렇죠. 어디, 시인이 또 있나요?"

그녀가 놀리듯 쳐다보자 투덜대던 건의 표정이 꽤 미묘해졌다.

"오늘 좀 얄밉네…. 어지간히 한가한가 봐요, 남의 프로 녹음하는데 구경이나 하고 있고. 그만 나가서 일 보지 그래요?"

"미안하지만 정말 한가해요. 원고 쓸 게 없다고요."

진솔이 웃음을 터뜨리더니 곧 진지한 기색으로 다시 물었다.

"근데 왜 요즘은 시 안 써요? 시집 나오고 삼 년쯤 지났는데."

건이 새로운 테이프를 트랩에 걸면서 무심한 척 대꾸했다.

"글쎄. 부질없나 보지 뭐. 시 쓰면 또 뭐하나?"

그의 시큰둥한 뒷모습에다 대고 진솔은 미간을 찌푸렸다. 그렇게 대답하는 건 왠지 마음에 들지 않았다.

"부질없기는…. 진짜 시인이면 그 부질없음을 쓰든지. 순 핑계야."

건이 하하 웃어버리는데 인터폰이 울렸다. 수화기를 든 그녀의 귓가로 로비 경비원의 목소리가 들려왔다.

"꽃마차팀 거기 계십니까? 이필관 씨라는 할아버님이 상품 받으러 오셨는데 올려 보낼까요?"

"아… 잠깐만 기다려주십사고 전해주실래요?"

인터폰을 내려놓고 그녀는 건을 돌아보았다.

"건 피디님 할아버지 오셨대요, 상품 타시러."

"엇, 진짜? 기어이 행차하시다니. 주말에 집으로 갖다드리 겠다고 했는데."

건은 고개를 갸웃하더니, 부스 안에서 물을 마시며 목을 가다듬는 고 시인을 흘끗 쳐다보았다. 아직 녹음이 더 남아 있어 난감한 눈치였다. 진솔이 자신의 파일을 들고 의자에서 일어섰다.

"내가 챙겨드릴게 마저 녹음하세요."

"그래주면 정말 고맙죠. 지하 커피숍에 가 있을래요? 빨리 끝내고 내려갈 테니까."

"그래요."

진솔은 담담하게 대답하고 스튜디오를 나섰다. 아래층에 들러 노래방 2등 상품인 휴대용 시디플레이어를 챙겼다. 엘리베이터를 타고 로비로 내려가니, 언제부터였는지 현관의 대형 유리창 너머 땅거미가 찾아온 거리엔 가을비가 부슬부슬 내리고 있었다.

노인은 안내 데스크 앞에 위풍당당한 풍채로 버티고 서 있었다. 티끌 하나 없는 흰색 양복 상의와 검은 바지, 끝에 약간 흙탕물이 튀긴 했지만 반짝거리는 흰 구두를 신은 채 손에는 젖은 우산을 쥐고 있었다. 가까이 다가가니 눈빛도 형형하게 그녀를 마주 보는데, 젊은 시절엔 꽤 미남이었을 외모였다.

"작가 선생?"

대뜸 우렁찬 목소리로 이 노인은 진솔의 손을 꽉 잡고 힘있게 흔들었다.

"이거이 만나보게 돼서 반갑구만. 내래 바로 이필관올시다."

"안녕하세요? 처음 뵙겠습니다. 이건 피디 내려올 때까지 우선 차 한잔하시죠."

그녀도 쑥스럽게 웃으며 가볍게 목례했다. 건물의 지하 커피숍은 입점한 지 오래되어 인테리어나 분위기가 다방 같은 느낌이었다. 주문한 쌍화차와 녹차가 테이블에 놓이자 이 노인은 사뭇 유쾌한지 허허 웃으며 입을 열었다.

"아시는지 모르겠지만, 내래 젊어서 한때는 오대양을 누빈

마도로스였지요. 인천항 떠나서 싱가포르! 때로는 상하이. 기리구 혹시 건이 녀석이, 지 할애비가 트럼펫 불었단 얘기도 하던가요?"

"아니요, 트럼펫 얘기는…."

진솔이 고개를 젓자 노인은 그런 사실을 빠뜨렸냐는 듯 못마땅하게 혀를 찼다.

"내래 왕년에 악단 출신이외다. 트럼펫을 상당한 수준으로 연주한 바 있구, 백년설 선생이 서라벌 레코드사 계실 시절엔 신인가수 오디션에 참가한 일화도 있었디요."

그녀가 진지하고도 예의바르게 고개를 끄덕여 보였다.

"그럼 가수로 활동하시기도…?"

"아니 아니, 기랬으문야 좋았겠디만 유감스럽게도 탈락을 해서리. 그때 백 선생 심사평이, 자네는 노래는 안 되지 않겠느냐-고 하셔서 내 그길로 악단을 접고 배를 탄 것이 아니겠습둥."

"아아, 네…."

진솔은 희미하게 웃음을 얼버무리며 따뜻한 녹차 잔을 들어 한 모금 마셨다. 노인도 쌍화차의 달걀노른자와 얇게 썬 대추 고명들을 스푼으로 휘휘 젓더니 점잖게 맛을 음미했다.

"기래 우리 손주 녀석이, 공 작가님 고생은 안 시킵디까?"

"고생은요… 아닙니다."

"모자란 데가 한두 군데가 아닌 녀석이니끼니, 글재주 있으신 공 작가님이 여러모로 지도 편달해주셔야 할 거입니다. 내래 건이 놈이 썼다는 시집이 집에 꽂혀 있기에 일괄적으로다가 주욱 읽어보긴 했소만, 원 한심스러워서 말이다요!"

"무슨 말씀을 하시는 거예요, 대체."

어이없어하는 건의 목소리가 툭 끼어들더니 그가 진솔의 곁에 털썩 주저앉았다. 찌푸린 손자의 얼굴을 태연하게 마주보며 이 노인은 한 수 가르치듯 나무랐다.

"대관절 새파랗게 젊은 사나이 시가 어째 기리 사랑 타령이네? 뭔가 호연지기가 가슴 벅차게 살아 있어야디, 젊어 청춘에 사랑 때문에 속 다 태우고 말 끼야? 험한 백두대간이나 뭐 망망대해 시퍼런 거이라고는 눈 씻고 봐도 없었다! 그에 비해 우리 공 작가 선생은…."

노인이 그녀 쪽을 돌아보더니 흐뭇한 웃음을 띠며 감탄하듯 덧붙였다.

"항상 인생에 관해 말씀을 하시디 않네. 인생이란 무엇인가! 내래 방송 때마다 아주 귀담아듣고 있디요."

녹차를 마시던 진솔이 갑자기 사레가 들려 연달아 기침을 했다. 얼른 옆에 놓인 엽차를 한 모금 마시며 그녀는 민망함을 감추려 애썼다. 아아, 또 만났다, 인생! 정말 자주 쓰긴 했었나 보다. 건은 팔짱을 낀 채 웃을 듯 말 듯한 표정으로 그런 그녀를 지켜보고 있었다. 이 노인이 사뭇 호기를 부리며 말에 힘을 실었다.

"항구에 아가씨가 꽃을 들고 유혹해도 말이다. 아서라, 손짓 말자! 뱃머리를 돌리는 초연함이 있어야 사내인 게지."

"제가 듣기로 할아버지 악단 그만두신 건, 거기 여가수분이랑 연애하시는 바람에 할머니가 가만히 안 있으셔서 그런 줄로 아는데 말입니다."

건이 씩 웃자 노인은 흠칫 당황해 헛기침을 뱉었다.

"기거이 순 니 할미가 오바한 증언이다."

못 들은 척 웃음을 숨기는 진솔을 향해 건이 물었다.

"근데 왜 요즘은 인생에 관한 멘트가 없어요? 통 안 올라오데?"

진솔은 어처구니가 없어 그를 살짝 노려보았다.

"댁이 그런 말 좀 그만 쓰라고 했잖아요."

"내가 언제 쓰지 말라고 했어요? 그냥 자주 올라온다고만 했지. 가끔은 당신이 내린 인생에 대한 정의도 재미있어요."

그녀는 믿기지 않는다는 듯이 피– 하고 비죽였다. 어느새 이 노인은 돋보기를 쓰고 제품 케이스에서 시디플레이어를 꺼내 이리저리 관찰해보고 있었다. 리모컨도 만져보고 헤드폰 관절도 접어보고, 보너스로 들어 있던 트로트 음반도 구경하다 뭐가 복잡하게 느껴졌는지 이맛살에 주름을 잡는 중이었다. 진솔이 탁자 너머로 손을 뻗어 플레이어 뚜껑을 여는 시범부터 보였다.

"사용법 가르쳐드릴게요. 한번 배우면 간단하거든요, 할아버님."

이마를 맞대고 작동법을 가르치고 배우는 두 사람을 지켜보다가 건은 손목시계를 확인하며 자리에서 일어났다.

"삼십 분 뒤에 꽃마차 들어가요. 방송 마치고 집까지 모셔다드릴 테니까, 비도 오는데 혼자 가지 마시고 좀 기다리세요."

이 노인이 그거 잘됐다는 듯 반색을 하며 손자를 올려다보았다.

"아, 기럼 말이디. 내래 생방송 현장을 구경해도 되갔어?"

"옆에서 구경하시는 건 괜찮아요. 그럼 같이 올라가시죠."

노인의 얼굴에 개구쟁이처럼 즐거운 기색이 피어올랐다. 씩 웃으며 일어서는 노인에게서 건과 많이 닮은 모습을 발견하고 진솔의 입가에도 웃음이 스몄다.

저녁 8시 5분. 주조정실 사이드 탁자에 오늘은 두 명의 손님이 진솔과 나란히 앉아 있었다. 꽃마차 노래방의 심사위원으로 초빙된 트로트 인기가수 태진아와 구경하러 올라온 이필관 노인이 그들이었다.

"태진아 선생 아니십니까! 내래 이건 프로듀사 할애비 되는 사람입니다."

이 노인이 반색하며 악수를 청하자 초대가수도 마주 웃으며 친절하게 그 손을 잡았다.

"아, 예. 반갑습니다."

시엠을 내보내고 건이 맞은편 음반자료실에 잠시 효과음을 가지러 간 동안, 초대가수는 부스 문을 열고 진행석으로 들어갔다. 그런데 갑자기 이 노인이 덩달아 일어서더니 가수의 뒤를 따라 부스로 들어가는 것이었다. 진솔이 깜짝 놀라 일어서서 제지하려 했다.

"할아버님은 들어가시면 안 됩니다. 여기서 지켜보세요."

"아니, 기왕지사 참관하는 거인데 좀 소상히 가까이서 보고 싶어 기러디요. 내 딴짓 않구 가만히 보기만 할 거외다."

"하지만 안 되는데, 밖에서도 충분히⋯."

"아, 걱정 말라우요. 아무 짓도 안 한다니끼니."

노인은 휘휘 손을 내저으며 순식간에 안으로 들어가버렸다. 홍헌표가 '어?' 하며 어리벙벙 쳐다보더니, 건이 음반을 가지고 돌아오자 저 광경 좀 보라고 눈짓을 했다. 부스를 확인하고 건의 표정이 황당해졌다.

"할아버지, 나오세요! 거길 왜 들어가셨어요?"

유리 너머에서는 황해조 선생이 난처한 듯 너털웃음을 짓고 있었고, 심사위원 자리의 태진아도 실로폰 앞에서 상황을 지켜보는 중이었다. 이 노인은 마이크 테이블 옆 보조의자에 엉덩이를 걸치고 앉더니 조용히 하겠다는 약속을 지키겠다는 듯 입도 뻥긋 않고 손사래만 쳤다. 걱정 말라. 내래 아무 소리도 안 낸다⋯!

"아니, 그래도 안 됩니다. 나오셔야….."

"건 피디, 시엠 끝나. 토크백 손 떼."

홍헌표가 그의 말을 잘랐다. 금세 광고가 끝나고 마이크 사인등이 들어오자 황 선생이 멘트를 내보냈다.

─ 네, 열화와 같은 성원 속에 기대하고 고대하시던 꽃마차 노래방 시간입니다. 벌써 여섯 분의 신청자가 마감을 해주셨는데요. 지금 제 곁에는 트로트의 제왕, 인기가수 태진아 씨가 심사위원으로 나와 계십니다. 어서 오십시오!

─ 안녕하십니까, 여러분의 태진압니다. 꽃마차 노래방 심사를 맡게 돼 아주 영광이구요. 앞으로 청취자 여러분과 함께 매주 한 번씩 사랑의 만리장성을 쌓아볼까 합니다. 잘 부탁드려요.

─ 하하핫, 만리장성! 거 좋죠. 자, 오늘의 첫 노래 손님, 강서구 화곡동에서 꾀꼬리 같은 목소리의 주부님이 기다리고 계십니다. 도전 곡목은 나훈아의 〈사랑〉이라고 신청해주셨는데요, 말씀 나눠보죠. 여보세요?

첫 번째 통화가 진행되는 동안 주조정실의 스태프들은 다소 긴장하고 있었다. 그러나 부스 안의 이 노인이 워낙 꼿꼿하게 굳은 자세로 앉아 미동도 없는지라 나중엔 다들 조금씩 안심하게 되었다. 게다가 여든 살 노인에게 매정하게 자꾸 나오라 하기도 뭣했고, 진행하는 황 선생도 손짓으로 괜찮을 것 같다는 사인을 보내와 그냥저냥 넘어가는 참이었다. 곧 전주가 흘러나오고 나이 지긋한 주부의 노랫소리가 전파를 탔다.

이 세상에 하나밖에 둘도 없는 내 여인아
보고 또 보고 또 쳐다봐도 싫지 않은 내 사랑아
비 내리는 여름날엔 내 가슴은 우산이 되고…

황 선생과 태진아가 장난스럽게 노래의 리듬을 타며, 어깨
동무하듯 듀엣으로 나란히 몸을 좌우로 흔들었다. 베테랑들의
너스레에 바깥의 세 사람은 웃음을 머금었지만, 정작 이필관
노인만은 여전히 무릎에 주먹을 얹은 차렷 자세로 꼼짝 않고
허공을 노려본 채 콧잔등에 땀이 송골송골 맺혀 있었다.

마포 밤하늘 아래 시간은 흐르고 흘렀다. 초대가수 역시 웬
만하면 후하게 합격을 주는 편이라 다섯 번의 노래 중 딱 한
번만 '땡' 실로폰이 울렸을 뿐이었다. 그러나 도로변 담배 가
판대의 주인이라는 마지막 도전자는 그들이 듣기에도 음정
박자에 문제가 많긴 했다.

문패도 번짓수도 없느은 주막에
궂은 비 내리이는 이 밤도 애절쿠료

이 노인의 굵고 흰 눈썹이 심상치 않게 꿈틀거렸다. 무릎에
올려놓은 주름진 손등에서 힘줄도 불거졌다.

능수버어들 태질하아는 창살에 기대애어…

순간 무정하고도 확실한 '땡' 소리가 낭랑하게 허공을 울리고, 어찌 된 영문인지 실로폰 채를 손에 쥔 노인의 노한 음성이 걸림 없이 고스란히 전파를 탔다.

– 백년설 선생 노래를, 기렇게 부르는 거이 경우가 아니디!

진솔은 저도 모르게 두 손으로 자신의 입을 막았다. 건은 얼음처럼 뻣뻣하게 굳어버리고 홍헌표의 낯빛도 사색이 되었다. 실로폰 채를 무심코 내려놓았다가 졸지에 빼앗긴 태진아는 어안이 벙벙한 표정이었고 황 선생도 이루 말할 수 없는 기색으로 황망해하고 있었다.

'땡' 소리와 괴상한 코멘트에 무안해진 청취자가 일방적으로 전화를 끊어버리자 무시무시한 침묵이 약 4초간 흘렀다. 이 노인이 콧방울을 실룩거리는 옆에서 황 선생이 왓하하핫 크게 웃음을 터뜨렸다.

– 아, 거참, 말입니다! 왓하하핫….

그러나 그 과장된 웃음 뒤에 무어라 멘트가 이어지질 않았다. 참으로 공허한 진행자의 액션이었다.

"대체 방송이 효도 잔치야? 아니, 그렇게 공사를 구별 안 하면 어떡하나?"

머리끝까지 화가 난 김 국장이 건을 향해 낯을 붉히며 언성을 높였다. 우성아파트 집에서 여느 때처럼 습관적으로 라디오를 틀어놓았던 김 국장은, 조금 전 방송사고를 듣고는 저녁 먹던 숟가락을 집어 던지고 슬리퍼를 끌고 방송국으로 건너온 참이었다. 건이 진지한 태도로 담담하게 사과했다.

"죄송합니다. 전부 제 불찰입니다."

"무슨 다른 원인도 아니고, 어떻게 생방송 부스에 출연진 아닌 사람이 들어가 있을 수가 있나? 응? 홈페이지 열어봐, 지금 청취자들 비난 글이 몇 건이 올라왔는지!"

진솔은 김 국장 데스크에서 이만큼 떨어져 건의 책상 근처에서 같이 꾸지람 듣는 기분으로 조용히 듣고 서 있었다. 홈페이지는 새삼 다시 열어볼 것도 없이 아까 그녀가 확인한 바로는 벌써 수십 건의 비난 게시물이, 코미디 같은 해프닝이라 재미있었다고 장난치듯 써놓은 글들과 뒤섞여 우르르 올라와 있었다. 굳은 표정으로 묵묵히 듣고 선 건에게 김 국장은 심술궂게 말을 이었다.

"자네 말야. 학벌 좋고 입사 성적도 수석이었고, 업무 능력 있고, 내 여러모로 괜찮게 봤는데 요즘 그래서 자만하고 있는 거 아닌가? 열정과 노력 없이 매너리즘으로 일해도 될 거 같아? 사회가 만만해 보이나?"

심기를 건드리는 말에 건의 눈썹이 슬쩍 올라갔다. 평소 여러모로 그를 좋게 봤다는 국장의 말엔 공감이 안 갔다. 괜히 우성파, 대호파라 하겠는가. 건 자신은 무슨 파니 해서 특별히 붙어 다닌 적도 없었지만 학연이나 지연 등으로 인해 그렇게 두루 엮어져 있다는 것을 모르는 바 아니었다. 약간 화가 나긴 했지만 그는 그저 참았다. 김 국장은 한동안 더 싫은 소리를 하더니 내일까지 시말서를 제출하라는 말로 끝을 맺었다. 잘하면 인사고과에도 반영될 성싶었다.

대부분 퇴근해버린 한적한 복도에서 진솔과 건은 잠자코 엘리베이터를 기다렸다. 문이 열리고 타고 내려가는 동안에도 작은 사각 공간엔 여전히 침묵이 흘렀다. 진솔이 그를 살짝 올려다보며 조심스레 말을 걸어보았다.

"…입사 시험, 수석 했었나 봐요?"

그가 어이없는 표정으로 지금 장난치냐는 듯이 쳐다보는 바람에 그녀는 그만 입을 다물었다. 분위기 좀 풀어보려고 했더니 역시 칭찬이라도 때가 안 맞으면 소용이 없군….

방범등이 켜진 주차장으로 내려오자 밤비가 제법 부슬부슬 내리고, 콘크리트 바닥 곳곳에 얕은 물웅덩이가 고여 있었다. 이필관 노인은 건의 승용차 뒷좌석에 일찌감치 정좌하고 앉아, 상품으로 받은 시디플레이어의 헤드폰을 쓰고 노래를 감상하며 기다리고 있었다.

건이 무뚝뚝하게 운전석 도어를 열자 진솔이 뒷좌석 창문에 대고 고개를 꾸벅 숙였다.

"안녕히 들어가세요, 할아버님."

그러자 그의 퉁명스런 목소리가 차 지붕을 넘어 날아왔다.

"안녕히 가시라니, 지금 당신 혼자 도망가겠다는 거예요?"

"…도망이라뇨?"

"나 실컷 혼나는 거 안 봤어요? 시말서 쓰게 생겼는데 내가 설마 이 책임을 안 물을 줄 알고?"

진솔은 어이가 없어 약하게 항의했다.

"세상에. 그게 내 탓이었나요 뭐."

"할아버지가 부스에 들어가셨을 때 난 주조정실에 없었어요, 음반 가지러 나갔었지. 당신이 안 붙잡고 뭐 했어요?"

가랑비 속에서 그녀는 기가 막혀 가까스로 말을 이었다.

"그 상황에 어떻게 붙잡아요? 강제로 어른 옷자락을 당겨낼 수도 없고!"

"아무튼 빨리 타요. 나도 데스크에 당한 거 작가한테 화풀이할 거니까."

그는 운전석에 한쪽 발을 걸치고는, 황당하게 서 있는 진솔을 보며 또 한 번 툭 쏘았다.

"빨리 타요. 비 다 맞잖아요."

건이 시동을 걸자 뒷좌석 창문이 내려가더니 이 노인이 웃으며 손짓을 했다.

"작가 선생. 비 맞고 섰지 말구 날래 타시오. 데려다달라 해야디, 밤길도 궂은데."

휴… 뭐가 어떻게 돌아가는 건지. 진솔은 머뭇거리며 조수석 문을 열고 올라탔다. 비에 젖은 머리카락과 어깨를 손수건을 꺼내 대강 닦고, 건에게도 건네주려다 어쩐지 얄미워서 그만둬 버렸다. 함께 있으면 늘 페이스 말려들게 하는 저 남자, 뭐가 이쁘다고.

"자기만 닦는 거 봐라."

핸들을 돌려 주차장을 벗어나며 옆에서 그가 시비조로 말했다. 별수 없이 그녀가 손수건을 내밀자 그는 당연하다는 듯 받아 들었다.

"자! 길 모르면 직진하라우!"

뒷좌석에서 느닷없이 큰 소리로 외친 이 노인 때문에 진솔은 움찔 놀랐다. 헤드폰 음악 탓에 당신 목소리가 훨씬 크게 나온다는 걸 노인은 모르는 듯했다.

"집에 가는 길을 제가 왜 모릅니까? 그리고 마포에서 이화동까지는 어차피 직진이에요."

"누가 네 녀석한테 길 모른다 하던? 방금 그 말은 내 인생관을, 공 작가님한테 피력한 거이다."

건이 시큰둥하게 응수했다.

"마도로스였던 분 인생관이 뭐가 그래요. 길 모르면 직진이라니. 나침반으로 찾으셔야 하는 거 아닌가?"

순간 노인이 우산 손잡이 끝으로 운전석 손자의 뒤통수를 보기 좋게 때려주었다.

"콩알만 할 때부터 토 달던 버르장머리는 여전하구만기래. 이 녀석 형은 마냥 점잖은 인물인데 인석은 막둥이라 다 받아주며 키워가지구서리, 저 나이 먹도록 태도가 방만하다!"

건이 나지막하게 한숨을 쉬었다.

"아파요, 할아버지. 그리고 좀 작게 말씀하셔도 다 들려요."

"뭐시라?"

"…아닙니다."

건은 포기한 듯 어깨를 으쓱하더니 젖은 도로 위로 차를 몰아갔다. 은근히 줄기차게 내리는 가을비를 앞 유리의 와이퍼가 규칙적으로 움직이며 닦아냈다. 시내는 여전히 많은 차량들로 혼잡했다.

늦은 밤, 집에서 점점 멀어지고 있었지만 진솔은 왠지 마음이 차분해지고 조금은 설레기도 했다. 비록 다정다감한 분위기는 아닐지라도 그가 운전하는 차에 처음으로, 또 그의 옆자리에 타본 것이었다. 이런 것도 드라이브 축에 낀다면 말이지만.

종묘 앞을 통과할 무렵 핸즈프리에 붙여놓은 휴대폰이 울리자 건은 스피커폰 모드로 버튼을 눌렀다.

"오늘 방송 잘 들었다…. 그거 새로운 이벤트였니?"

조용하고도 느긋한 목소리가 차 안에 흘러나와 그녀는 무심코 귀를 기울였다. 늘 농담을 진담처럼 하는 인사동 찻집주인 김선우였다. 건이 핸들을 쥔 채 쓴웃음을 지었다.

"그래, 눈물 나는 이벤트였다. 재밌었냐?"

"응. 그래서 혹시 네가 술 생각이 나지 않았을까 해서 말이

142

야."

곁에서 애리의 명랑한 음성도 함께 들려왔다.

"건아 빨리 와. 우리, 입구에 불 켰어."

"지금은 안 돼. 이화동 집에 가는 길이다. 갔다가 다시 마포로 돌아와야 해."

"우린 오늘 너랑 꼭 마시고 싶은데…"

선우가 한 번 더 권했지만 건은 부드럽게 거절했다.

"오늘 밤엔 여러 군데 이동하기가 좀 그렇다. 다음에 보자."

전화는 끊어졌고 어느덧 차는 혜화동으로 접어들었다. 도로에서 우측 골목으로 꺾어 경사진 언덕길을 올라가면 이화동이었다.

그의 본가는 산을 뒤로한 높은 지대에 있었다. 아주 오래전부터 그곳에 있었던 것처럼 세월의 흔적이 묻어나는, 단단하고 정성껏 지은 느낌의 단층 양옥이었다. 밤이 깊어지자 빗줄기는 더 굵어졌고, 진솔은 가로등 아래서 손자와 함께 대문으로 들어가는 이 노인을 배웅했다. 같이 들어가 뭐라도 먹고 가라는 노인의 말을 너무 늦은 시각이라 웃으며 사양하고 차 안에 앉아 기다렸다.

잠시 후 건이 운전석에 올라타더니 우산을 접어 뒷좌석 바닥으로 넘기고는 불쑥 보온병을 내밀었다.

"많이 기다렸죠? 어른들 세 분만 계시는 집이라 적적하셨는지 자고 가라고 붙잡는 걸, 동행이 있다고 나왔어요. 그랬더니 어머니가 커피를 타 주시네."

비 오는 밤 약간 춥다 싶었는데 보온병에 담긴 커피가 반가
웠다.

"와, 커피 타임으로 딱이네요."

두 사람은 집 앞 골목에 그렇게 차를 세워둔 채, 차창에 뿌
리는 빗줄기와 와이퍼 너머 이화동 밤 풍경을 바라보며 뜨거
운 커피를 나눠 마셨다. 그의 집 담장 위로 키 큰 나무들과 지
금은 잎이 떨어진 꽃나무 덩굴들이 어둠 속에 윤곽을 드러내
고 있었다. 대문 옆 산으로 이어지는 모퉁이에는 꽤 굵은 나
무 두 그루가 높다랗게 자라 있었다.

"…은행나문가 봐요."

그녀의 시선이 가는 곳을 건이 흘끔 쳐다보았다.

"맞아요. 형이랑 내가 태어났을 때 아버지가 심으신 거예
요. 왼쪽 나무는 수령 36년, 오른쪽 나무는 33년."

"형도 여기 같이 안 사시나 봐요. 장가가서 분가…?"

"이민 갔어요, 뉴질랜드로. 결혼을 일찍 했는데, 조카들 교
육 문제로 고민하더니 그렇게 결론을 내리데요."

진솔이 나직이 고개를 끄덕였다.

"요즘 뉴질랜드로 이민들 많이 가긴 하더군요."

잠시 생각에 잠겨 있던 그가 담담하게 입을 열었다.

"…실은 아버지가 중학교 교장 선생님이시라 그 때문에 많
이 화를 내셨죠. 당신이 교육자니까. 이 땅의 교육을 못 믿는

다면, 아버지를 못 믿는다는 거 아니냐고. 형은 우리 집안 종손이거든요."

"아….."

한동안 침묵 속에 와이퍼 소리와 아스팔트 바닥에 내리꽂히는 빗소리만이 차 안에 가득 고여왔다. 그의 표정이 왠지 개운하지 않아서 진솔은 짐짓 웃으며 화제를 돌렸다.

"아무튼 여기가 바로 이화동 산 1-1번지였군요. 내 꽃마차 노트에 이 주소가 몇 번이나 적혀 있는지 몰라요."

그도 피식 따라 웃었다.

"할아버지, 결국 안타를 치고야 마셨지. 옛날부터 가족들 곤경에 빠뜨리시는 건 여전하시죠."

"그러셨어요?"

"할머니가 일찍 돌아가셨는데, 집안 여론으로는 할아버지 때문에 화병이 나셨다는 게 지배적인 의견이죠. 그래도 난 어릴 때 할아버지를 제일 좋아했어요. 집 안에 굴러다니는 잡동사니들은 죄다 할아버지 물건이었거든."

건이 장난꾸러기처럼 씩 웃자 입매가 매력적으로 느껴져 진솔은 홀린 듯이 그 모습을 응시하고 있었다.

"세계 여러 나라에서 가져온 알쏭달쏭한 물건들 있잖아요 왜. 그걸로 형이랑 해적선 놀이 많이 했었지. 할머니는 싫어하셨지만."

그가 꼬마였을 무렵을 한번 상상해보았다. 괴상한 물건들

을 쥐고 다니며 해적 놀이를 하고 있는 어린 소년을. 건의 짓
궂은 웃음이 진솔은 좋았다. 때로는 심술부리듯 때로는 부드
럽고 따스하게 말하는 그가, 무심한 척 잘난 척도 하지만 선
한 느낌을 주는 그가 사랑스러웠다. 불현듯 그녀의 가슴이 철
렁 내려앉았다. 사랑…스러워?

진솔의 기분을 아는지 모르는지 건은 또다시 다정하게 말
했다.

"여기 앉아서 당신하고 얘기하고 있으니까 좋네. 아까 주차
장에서 심통 내서 미안해요. 그냥, 할아버지 모셔다드리고 잠
깐 말이나 하고 싶어 억지로 데려온 거예요. 알죠?"

진솔은 뭐라 말 못 하고 그저 끄덕이기만 했다. 입을 열면
두근거리는 심장이 감당이 안 될 것 같았기에. 그래서 약간
굳은 채로 차창 밖만 바라보고 있었다. 그와 일하게 된 지 한
달이 지났고 이젠 건에 관해 알 것 같았다. 툭툭 대수롭지 않
은 척 말해도, 전달하고자 하는 뜻이 액면 그대로는 아닌 남
자. 그녀도 불필요한 오해는 하지 않는다. 다만 윤곽을 드러
내는 자신의 감정이 당혹스러운 거였지….

"왜 그래요? 어디 불편해요?"

의아해진 건이 가까이 몸을 기울여 그녀의 표정을 들여다
보려 했다.

"아니… 괜찮아요."

눈이 마주치면 혹시 마음을 들킬 것 같아 시선을 피하려는

데 그가 그녀의 뺨을 손가락으로 붙잡았다.

"아닌 것 같은데? 나 쳐다봐요."

두근두근. 이제 빗소리보다 진솔의 귓가엔 자신의 고동 소리가 더 크게 울려오는 듯했다. 그들의 시선이 마주쳤다. 뺨에 와 닿은 손가락의 감촉이 선연하게 살아오고, 건의 시선이 천천히 자신의 입술에 내려와 앉는 것을 진솔은 느낄 수 있었다. 그가… 키스하려는 걸까?

똑똑똑. 누군가가 운전석 차창을 두드렸다. 건이 돌아보자 차 옆에 우산을 나란히 받쳐 쓴 한 쌍의 커플이 서 있었다. 창을 내리니 선우가 허리를 숙여 안을 들여다보고는 뜻밖이란 표정을 지었다.

"어라, 진솔 씨네? 여기서 둘이 뭐 하고 있는 거야?"

건은 어이없이 그런 친구를 바라보았다.

"연애나 해볼까 하던 참이었다, 왜. 그러는 너희는 갑자기 뭐야."

"우리…? 가을비 우산 속이지."

빙긋이 웃는 선우 곁에서 애리가 웃음을 터뜨렸다.

"네가 못 온다고 해서 우리가 오기로 한 거야. 진솔 씨, 같이 놀아요."

좀 당황스럽기도 했지만 그들 커플이 재미있고 반갑기도 해서 진솔은 마주 웃어버렸다. 정말 가을비가 그들의 차 지붕과 우산 위에 끝도 없이 촉촉이 내리고 있었다.

혜화동 낙산공원 아래 어느 편의점에서 여자들은 맥주와 안줏거리를 함께 골랐다. 매장 선반에서 애리가 땅콩과 잔멸치가 든 캔을 집어 드는데 그 손톱 끄트머리마다 봉숭아물이 초승달처럼 남아 있었다. 진솔이 아몬드 캔을 같이 집어 들자 애리가 웃으며 말했다.

"피스타치오로 사요. 건이는 피스타치오 껍질 까먹는 거 좋아하거든요."

"…그래요? 아무거나 먹지 않고서."

진솔도 웃으며 아몬드 캔을 내려놓고 피스타치오 캔으로 골랐다. 계산을 치르고 밖으로 나오자 나란히 담배를 피우고 있던 남자들이 쇼핑봉지를 받아 들었다.

그들은 짝을 지어 우산을 받쳐 들고 낙산공원 길을 걸어 올라갔다. 어둠에 잠긴 숲길 옆으로, 커다란 파라솔이 펼쳐진 간이테이블이 목적지였다. 진솔은 이곳에 처음 와봤지만 남자들은 오래전부터 익숙한 곳인 듯했다. 인적 없는 밤 공원은 온통 비에 젖어 있었으나 파라솔 덕분에 테이블과 의자는 무사한 편이었다.

내리는 빗속에서 그들은 테이블 가까이 의자를 당기고, 파라솔 아래 기분 좋게 술을 마셨다. 선우와 애리는 여태 함께 있다 왔으면서도 또 서로의 곁에 붙어 앉아 담소를 나누고 있었다. 주로 애리가 속삭이듯 말하고 그는 빙그레 웃는 풍경을 무심히 지켜보다 진솔은 문득 건이 너무나 조용하다는 걸 깨달았다.

건은 왠지 낯설고도 어두운 표정으로 묵묵히 생각에 잠겨 있었다. 아까 차 안에서 편하게 얘기하기에 괜찮아진 줄 알았더니 아무래도 저녁때 일이 계속 언짢은 모양이라고 그녀는 안타깝게 여겼다.

"…아직도 기분이 안 좋아요?"

건이 조용히 진솔을 돌아보았다.

"조금은. 화가 나네요."

"상황이 그저 꼬였던 거예요. 물론 방송사고가 난 건 잘못이긴 하지만."

그가 고개를 저었다.

"아니, 그 일 말고. 그게 문제가 아니라 그냥 나한테 화가 난 거예요. 그 사람 말이 맞거든."

희미하게 쓴웃음 짓는 그의 얼굴을 그녀는 물끄러미 바라보았다.

"김 국장 말이 맞았다는 거지. 열정과 노력 없이 요령만으로 일할 수 있을 것 같아? 라는 거. 요즘 내가 딱 그렇거든. 난 다만, 다른 사람이 그걸 알아차릴 거라곤 생각 못 했었어요."

어두운 얼굴로 담담하게 말하는 그가 진솔은 마음 아팠다. 열정이 없다고? 그가?

"다른 사람들 눈엔 그렇게 비치지 않아요. 나도 못 느꼈고. 일 잘하는 프로듀서라고 다들 생각하는 걸요 뭐. 그런 거 몰라요."

"나는 알잖아요."

건이 허무한 느낌으로 픽 대꾸해서 그녀는 더 속상해졌다.

"그럼… 왜 그런 건데요. 시도 부질없어서 못 쓰겠다 하고. 일하는 것도 그렇고. 재미없어요, 사는 게?"

그가 싱긋 웃더니 짧게 고개를 한 번 끄덕였다.

"응! 재미없어요."

대수롭지 않게 웃는 그를 보며 진솔의 심장이 다시금 죄어들었다.

"무슨 소리들이신가. 새삼스레 돈도 명예도 사랑도 다 싫다— 이 분위기야?"

선우가 듣고 있었는지 태평하게 끼어들었다. 건은 어깨를 으쓱해 보였다.

"그건, 셋을 다 가진 사람 입에서 나와야 설득력이 있지. 난 다 없으니 그건 아니지."

"바보 같긴…. 그거 다 가진 사람들은 그런 말 안 해, 못 해. 안 가졌으니 할 수 있는 말이지."

애리가 작게 한숨을 쉬더니 의자를 끌어와 건의 옆에 가까이 앉았다. 그러고는 웃으며 친구의 얼굴을 들여다보았다.

"뭐가 문젠데. 노래 불러줄까? 그럼 기분 좋아지겠니?"

건이 하하 웃더니 그런 애리를 따스하게 바라보았다.

"그래. 오랜만에 네 노래 들으면 기분이 풀릴 것도 같다."

"좋아. 뭐 부를까?"

"음… 〈진주난봉가〉."

그녀가 약간 수줍게 웃더니 목청을 가다듬는 모습을, 진솔은 미묘한 기분으로 지켜보고 있었다. 건의 시선이 애리에게 박혀 움직일 줄 몰랐다. 비 내리는 밤의 숲을 배경으로 애리는 무릎에 가벼운 손가락 장단을 치며 노래하기 시작했다. 한때 국악을 배운 듯한 소리였다.

울도 담도 없는 집에서 시집살이 삼 년 만에
시어머니 하시는 말씀 애야 아가 며늘아가
진주낭군 오실 터이니 진주 남강 빨래 가라
진주 남강 빨래 가니 산도 좋고 물도 좋아
우당탕탕 두들기는데 난데없는 말굽 소리
곁눈으로 힐끗 보니 하늘 같은 갓을 쓰고
구름 같은 말을 타고서 못 본 듯이 지나더라…

노래하는 애리의 표정이 왠지 슬퍼 보였다. 저 민요가 구슬픈 가락이라 그런 것일까. 건은 말없이 이마에 손을 괴고 애리를 지켜보고 있었다. 그의 표정도 쓸쓸해 보여 진솔은 가슴한 곳이 콕콕 쑤셔왔다.

시어머니 하시는 말씀 애야 아가 며늘아가

진주낭군 오시었으니 사랑방에 들러가라

사랑방에 올라보니 온갖 가지 안주에다

기생첩을 옆에 끼고서 권주가를 부르더라

이것을 본 며늘아기 아래채로 건너 나와

비단 석 자 베어내어 목을 매어 죽었더라

진주낭군 이 말 듣고 버선발로 뛰어나와

너 이럴 줄 내 몰랐다 사랑 사랑 내 사랑아

화류객정 삼 년이요 본뎃정은 백 년인데

너 이럴 줄 내 몰랐다 사랑 사랑 내 사랑아…

노래가 끝나고 테이블 주변엔 잠시 정적이 흘렀다. 문득 애리가 손가락으로 가볍게 눈가를 문지르더니 쑥스러워했다.

"아, 난 왜 이 노래만 부르면 눈물이 나려고 그러지? 백 번을 불러도 백 번 다 그래. 창피해라."

"아니야, 잘 불렀어. 듣기 좋았고…. 그렇지, 김선우?"

건이 그를 부르자 다들 시선이 선우를 향했다. 그러나 선우는 파라솔 바깥 비 내리는 밤하늘을 물끄러미 올려다보고 있었다. 그들의 시선을 느끼고 비로소 그가 고개를 돌리더니 천천히 입을 열었다.

"시월의 끝이야. 오늘 밤 비가 안 왔다면 여기 공원에서 별자리 몇 개쯤은 볼 수 있었을 텐데. 가을 별자리들은 신화가 지나치게 많아. 사람 마음 우울하게 만드는 기운이 있어. 당신들 다 조심해야 해."

건이 쯧쯧 혀를 차더니 장난스럽게 말했다.

"또 혼자 딴생각하고 있었군. 너, 나가서 빗속에 오 분간 서 있어."

선우의 눈동자가 순간 반짝하고 빛났다.

"진짜? 꼭 그래야 해?"

"물론이지! 넌 그래도 싸니까."

"그럼… 그러지 뭐."

선우가 싱긋이 웃더니 의자에서 일어나 파라솔 밖으로 나가버렸다. 쏟아지는 빗속에 팔을 벌리고 서자 금세 그의 머리와 옷이 젖어갔다. 애리가 깜짝 놀라 연인을 향해 소리쳤다.

"뭐 하는 거야? 감기 걸리게. 얼른 들어와."

"재밌어. 기분 좋아. 이건, 너도 나오지 그래?"

"그럴까, 그럼?"

건이 자리에서 일어나자 애리가 그의 소맷자락을 잡아당겼다.

"너까지 왜 이러니? 가만 앉아 있어도 으슬으슬 추운데."

"너, 추워? 그럼 내 옷 입고 있어."

건은 재킷을 벗더니 애리의 어깨에 걸쳐주고 반팔 티셔츠 차림으로 빗속으로 나갔다. 두 남자가 함께 킬킬거리며 비를 맞고 서 있는 모습을 진솔은 말없이 고요하게 지켜보고 있었다. 애리가 못 말린다는 투로 한숨을 쉬며 그녀에게 말을 건

넀다.

"저 꼴들 좀 봐요. 왜 남자들은 나이를 먹어도 자기들이 열일곱 살인 줄 알죠?"

진솔은 그저 담담히 웃었다. 남자들은 물에 젖은 부랑아들처럼 돼가더니, 의기투합 웃음을 터뜨리며 저만치 숲 쪽으로 뛰어가기 시작했다. 애리는 테이블에 팔꿈치를 걸치고 그 광경을 딱하게 바라보고 있었다. 문득 진솔이 말했다.

"…봉숭아물이 참 고와요."

애리가 자신의 손끝을 내려다보고는 행복한 표정으로 웃어 보였다.

"여름에 선우가 들여준 거예요. 첫눈 올 때까지 남아 있으면 좋겠는데. 많이 내려가버려서."

"소원이 이루어진다는 거 때문에요?"

"응. 그걸 꼭 믿는 건 아니지만, 어쩐지 기분에."

그렇게 웃는 그녀가 예뻐 보여서 진솔은 마음 한구석이 아렸다.

"소원이 뭔데요. 물어봐도 된다면."

잠시 망설이더니 애리는 고백하듯 입을 열었다.

"올해가 가기 전에 선우가… 이제 우리 결혼해서 아기 가질래? 하고 말해주는 거요."

그러곤 조금 쓸쓸한 표정으로 웃었다. 지금 숲길 앞의 풍경이 순간 아득해 보여 진솔은 깊은숨을 들이마셨다. 남자들은 저만큼 빗속에서 자기들끼리 엉겨 붙어 장난을 치고 있었고, 파라솔 지붕을 때리는 빗소리만 낙산공원 숲에 내린 밤안개와 더불어 자욱했다.

4

꿈결같이 나지막하게 앓는 소리가 들렸던 것 같다. 잠에서 깨
어날 때쯤 진솔은 그것이 자신의 목소리라는 걸 알았다. 차츰
방 안 풍경이 또렷하게 살아오자 그녀는 베개에 얼굴을 묻고
한숨을 쉬었다. 어깨가 아프고, 뻣뻣하게 굳어 있던 팔다리도
두드려 맞은 듯 쑤셨다. 이마엔 미열감이, 따끔거리는 목에선
몇 차례 기침이 터져 나왔다. 어젯밤 차가운 비가 쏟아지는
혜화동 낙산공원에서 파라솔 아래 두어 시간 앉아 있었던 것
이 감기몸살을 안겨다 준 모양이었다.

　으슬으슬 추운 느낌을 참고 그녀는 쑤신 팔을 주무르며 천
천히 침대를 내려왔다. 컨디션도 안 좋은 데다 몸도 마음도 가
라앉는 느낌이었다. 출근하기 전에 병원부터 들러야지…. 언
젠가부터 몸이 아플 조짐이 보이면 곧바로 병원을 찾아 주사

를 맞거나 약을 타서 먹었다. 그런대로 며칠 견디면 저절로 떨어질 것 같은 감기라도 '오늘 밤 한번 자보고'라는 식으로 증상을 지켜보지 않았다. 체력을 믿을 수 없는 터에 오래 아프면 자신만 괴롭고, 앓는 동안 원고도 부실해질 게 뻔했으니까.

우성아파트 상가 2층에 자리 잡은 가정의학과엔 감기 치료하러 온 아이들과 엄마들 대여섯이 대기실에 앉아 있었다. 진솔은 창구에 보험카드를 접수하고, 열대어가 헤엄치는 수족관 옆 소파에 걸터앉아 멍하니 순서를 기다렸다. 맞은편 유리창 너머로 이웃한 건물의 호프집이 올려다보였다. 언젠가 이건과 함께 처음으로 맥주를 마셨던 곳이다.

'그 시집에 담긴 시들, 언제 썼던 건가요?'

'삼 년에서 육 년 전 사이에 쓴 것들 묶은 거예요.'

'그때, 목하 아픈 사랑 하고 있었죠?'

그가 대답을 했던가? 그렇지 않았다, 슬쩍 말을 돌렸을 뿐. 진솔은 왠지 우울해져버렸다. 신경 쓰지 말자. 새삼스레 언제부터 그 사람을 마음에 담았다고…. 건물 외벽에 걸린 호프집 간판에서 억지로 눈길을 돌렸다. 초록빛 수초가 일렁이는 수족관, 조그마한 물달팽이들이 달라붙은 유리에 그녀의 얼굴이 어른거리며 비치고 있었다.

"너 소문났더라? 건 피디랑 그렇게 친하게 지낸다며?"

오후 네 시. 행복스튜디오 생방을 마치고 진솔과 가람은 함께 비상구 계단을 내려오는 참이었다.

"…아니야. 과장된 거야."

"과장은 무슨. 리포터들 말이 야유회 때 둘이 썩 잘 어울렸다더라. 아주 공개적으로 붙어 있었다던데? 옷도 똑같이 입고."

"좀 지나갈게요."

밑에서 올라오던 안희연이 곁을 스쳐 가며 어깨를 부딪치는 바람에 진솔은 잠깐 멈춰 서야 했다. 찬바람 나게 스튜디오 복도로 들어가는 희연을 올려다보며 가람이 눈살을 찌푸렸다.

"저 애는 넓은 공간 놔두고 왜 우리 옆을 스쳐 가나?"

다시 계단을 내려가며 진솔이 화제를 돌려버렸다.

"너 요즘 붙잡고 얘기하기 힘들다고 이선영 피디가 그러더라. 혹시 연애하는 거 아니냐고."

"그 선배, 눈치 하난 여우라니까."

가람이 씩 웃더니 얼른 계단 아래 사람이 있는지를 확인하고 진솔을 비상구 구석진 곳으로 끌고 갔다.

"나, 결혼하련다."

친구의 폭탄 같은 발언에 진솔의 입이 벌어졌다.

"뭐?"

"필이 팍 꽂혔어. 이번엔 벤처니 아트니 이런 쪽도 아니고, 대기업 경영기획실 팀장인데 능력 있고 쿨한 남자야. 얼마 전신도시에 서른여섯 평 아파트 분양받아서 혼자 살고 있어. 발코니 새시에 파란색 보호 테이프도 안 떨어진 새 아파트. 요즘 둘이서 그 집에 채워 넣을 가구 보러 다니느라 좀 바빴지."

시원시원하게 브리핑하고 어깨를 으쓱하는 가람을 진솔은 당황스럽게 쳐다보고 있었다.

"그렇지만 만난 지 얼마나 됐다고."

"딱 두 달 됐지. 야, 길게 사귀는 게 좋은 줄 아니? 이상하게 오래 연애하는 커플일수록 뭔가 문제가 있다는 뜻이야. 알아?"

'십 년이나 연애한 게 멋진가?'

또다시 기억 속 그의 목소리가 툭 끼어들었다. 그녀는 재빨리 고개를 저어 털어버렸다. 아무 때나 끼어들지 말아요, 제발.

늦은 오후가 작가실이 가장 붐비는 시간대였다. 낮 방송을 마친 뒤 남아서 수다를 풀거나 저녁 타임 원고를 쓰거나, 자료를 교환하느라 복닥복닥한 작가실 한구석에서 진솔은 가방을 열고 낮에 타온 약을 꺼내고 있었다. 콧물이 나올 것 같아 휴대용 티슈도 꺼내는데 노크 소리와 함께 문이 열렸다.

"진솔 씨 내려왔습니까?"

작가들 시선이 일제히 문 쪽으로 향하자 건은 한꺼번에 인사를 해치우듯 좌중을 향해 싱긋 웃어 보였다.

"공 작가, 어떤 남자가 찾아왔네."

누군가 큰 소리로 노래하듯 말해서 곳곳에 작게 웃음이 일었다. 진솔이 그쪽을 향해 쓴웃음을 지어 보이곤 약 한 봉지와 티슈를 들고 문 쪽으로 나왔다. 사무실을 가로질러 복도를 향해 같이 걸어가며 건이 불가사의하다는 듯 입을 열었다.

"이 방송국엔 분명히 남자 작가도 많은데, 왜 작가실에선 항상 여인들밖에 볼 수가 없는 거지?"

건의 목소리가 평소와 다르게 좀 쉬어 있었기 때문에 진솔은 티슈 몇 장을 뽑아 들면서 그를 흘끔 올려다보았다.

"남자 작가들은 따로 모이는 아지트가 있어요. 목이 쉬었나 봐요?"

"감기 걸렸어요, 어제 비 맞으면서 객기 부렸더니. 그 아지트가 어딘데?"

"방송국 뒷골목에 중화요릿집 현래장이요."

그가 낮게 웃음을 터뜨렸다.

"저런, 불쌍하네."

"여자들 수가 훨씬 많으니까 자연히 그리된 거죠."

건이 입을 비죽거리며 장난스럽게 응수했다.

"천만에. 남자 수가 두 배라 해도 작가실은 여자들이 쓰게 될걸요? 내기해도 좋아."

하지만 진솔은 그다지 같이 미소 지을 기분은 아니었다. 생수통이 놓인 복도 끝까지 오자 그녀는 티슈를 가져다 대고 코를 풀었다. 금세 코끝이 빨갛게 되어 구겨버린 티슈를 생수통 아래 휴지통에다 버리는 것을 그가 물끄러미 지켜보았다.

"당신도 감기 걸렸어요?"

진솔은 대꾸 없이 그저 끄덕이기만 했다. 건은 복도 창틀에 걸터앉더니 피로한 기색으로 짧은 머리카락을 한번 쓸어 올렸다. 아닌 게 아니라 그도 컨디션이 안 좋아 보이긴 했다.

"…나 왜 찾았어요?"

담담히 물어오는 그녀를 향해 건은 희미하게 웃었다.

"원고 하나만 써달라 부탁하려고. A4 두 장 정도면 되는데."

"무슨 원고?"

"내 시말서."

그녀가 작게 이맛살을 찌푸렸다.

"말도 안 돼."

"좀 써줘요. 나, 시말서 같은 거 한 번도 안 써봤다고."

"누구는 써봤게요? 다른 작가한테 부탁해보세요."

그의 말을 깨끗이 무시한 채 약이나 먹을 작정으로, 가지고 온 약봉지의 귀퉁이를 찢었다. 머리가 새삼 더 지끈거렸다.

"사건 경위와 자초지종을 다 아는 사람이 당신인데 누구한테 부탁하라는 거예요?"

종이컵을 꺼내 생수통의 물을 받았다. 창틀에 기대 있던 건이 일어나 옆으로 다가오더니 부드럽게 그 물컵을 빼앗아 생수통 꼭대기에 올려놓았다.

"이 약, 혼자 먹으려고?"

진솔은 조금 혼란스러운 기분이 되어 짓궂은 건의 표정을 가만히 올려다보았다. 그가 생각보다 가까이 서 있었다. 특유의 장난스런 웃음이 감돌았지만 확실히 평소보다는 좀 까칠한 얼굴이었다.

"자기 혼자만 병원 다녀와서 약 챙겨 먹고. 나도 아프지만 병원 갈 시간도 없었다고."

"…그러게 누가 한밤중에 그 비를 다 맞으래요?"

그녀가 조용히 나무라자 건은 두어 차례 기침을 했다. 일부러 그러는 것 같기도 하고, 목이 쉰 걸 보면 진짜 탈이 난 것 같기도 했다.

"나, 열도 나요. 약 나눠 먹어야 해."

진솔은 복잡한 눈길로 그런 그를 바라보고만 있었다. 나빠. 아무리 생각해도 나쁜 사람이라고…. 이윽고 그녀는 들키지 않게 한숨을 삼키며 손에 든 약봉지를 그에게 내밀었다.

"그럼 건 피디님이 드세요. 나는 또 있으니까."

"누가 혼자 다 먹겠다고 했나? 같이 먹자 그랬지."

건이 봉지를 받아 들더니 자신의 손바닥에 거꾸로 털어냈다. 색깔이 다른 여섯 개의 알약이 굴러 나오자, 그가 세 알씩 공평하게 나누더니 세 알을 도로 집어 진솔에게 내밀었다.

"손바닥 펴요."

그녀는 어이가 없어 머뭇거렸다.

"…이게 뭐예요. 그럼 누구는 콧물만 낫고, 누구는 기침만

낫게요?"

"따지기는. 그게 뭐가 중요해요, 나눠 먹는 데 의의가 있지."

건이 약을 떨어뜨리려 하자 진솔이 얼떨결에 손바닥을 펼쳐 받았다. 그가 자기 몫을 입에 털어 넣더니 생수통 위의 컵을 집어 물과 함께 넘겼다. 그러고는 컵을 그녀에게 건네주고 볼일 끝났다는 듯 사무실 쪽으로 돌아가버렸다.

그런 건의 뒷모습을 응시하다 진솔은 손바닥에 올라앉은 세 개의 알약을 미묘한 마음으로 내려다보았다. 도대체… 효과가 반밖에 없을, 이 남겨진 약을 어쩌나. 굳은 듯 서 있던 그녀는 다소 비장한 기분이 되어 다시 컵에 물을 따르고 자신도 약을 삼켜버렸다. 나도 몰라, 될 대로 되라지. 고층 빌딩 창문 너머 파란 가을 하늘이 높다랗게 떠 있었다. 그 푸름이 시려서 그녀는 가만히 눈을 감았다가 떠보았다.

그날 밤. 거실에서 작은 모형 뻐꾸기가 열한 번 뻐꾹뻐꾹 울었다. 처음 이 아파트로 이사 왔을 때 가람이 사 들고 온 벽시계였다. 복도로 면한 창문 밖은 어둠에 잠겼고, 진솔은 간간이 티슈로 코를 풀어가며 컴퓨터 앞에 앉아 자판을 두드리고 있었다. 발치에 놓인 휴지통 바닥이 구겨진 티슈로 가려졌을 때쯤 별안간 휴대폰이 방 안의 적막함을 뚫고 요란하게 울렸다.

"잠깐 산책하러 나올래요? 나 이제 퇴근하는데."

건의 허스키하게 잠긴 목소리가 들려오자 그녀는 한밤에 복병을 만난 것처럼 가슴이 철렁했지만 애써 아무렇지 않은 척 대답했다.

"지금 원고 쓰는데요. …이 시간까지 남아 있었어요?"

"시말서 썼잖아요. 커피 한잔해요, 이대로 집에 가려니까 좀 심심하네."

그의 무심하고도 따스한 웃음소리가 귓가를 파고들었다. 그래, 당신은 심심하겠지. 난 두근두근 마음이 조이고…. 진솔의 입가에 희미하게 쓴웃음이 스쳤다.

"나갔다가 들어오면 일하기 싫어져요. 또 펑크 내길 바라진 않겠죠?"

건이 우습지도 않다는 듯 콧방귀를 뀌었다.

"잘났소. 그걸 협박이라고 하다니. 알았어요, 뭐."

전화는 끊어졌고 진솔은 알게 모르게 서운한 기분을 지우며 다시 자판에 손가락을 올려놓았다. 오프닝을 포함해 멘트가 여섯 군데. 코너 구성이 두 군데. 얼마나 흘렀을까. 거실에서 또 뻐꾸기가 울었고, 그 열두 번의 뻐꾹 소리에 이어 기다렸다는 듯 휴대폰 벨이 꼬리를 물었다.

"아직 다 안 썼어요?"

"…그런데요?"

"거, 쓰는 거 되게 느리네."

다시 뚝.

먹통이 된 전화기를 찌푸리며 바라보다 천천히 책상에 내려놓았다. 그 후로는 왠지 집중이 잘 되지 않아 삭제키를 반복해 누르는 경우가 잦아졌다. 벽시계가 한 시를 알렸을 땐 저도 모르게 시선이 휴대폰으로 향했지만 다행인지 아닌지 그저 잠잠했다. 복도 창문 너머 늦은 귀가 차량들이 주차장에 차를 대는 엔진 소리가 간혹 들려올 뿐 늦은 밤 아파트 단지는 적막하기만 했다.

이윽고 진솔은 마지막 마침표를 찍은 완성본을 메일로 발송한 뒤 컴퓨터를 끄고 자리에서 일어났다. 허리를 펴주며 침실로 건너가서는 잠옷을 꺼내 침대에 올려놓고, 입고 있던 실내복 단추를 풀기 시작했다. 오늘 밤은 스탠드 조명이라도 켜놓고 깜깜하지 않게 해둬야지….

예전에 가람이 함께 살자고 했을 때 그럴걸. 지금이라도 룸메이트 해보자고 말해볼까 싶기도 했다. 혼자 지내는 게 편하기도 하지만, 나쁜 꿈을 꾸거나 문득 외롭고 쓸쓸한 느낌이 찾아올 때 함께 사는 사람이 있으면 좋을 텐데 싶었다. 하긴 가람이 곧 결혼하겠다고 선언한 마당에 때늦은 생각이지만.

휴대폰 벨이 다시 울린 것은 그때였다. 움찔 놀란 그녀가 가만히 폴더를 열었다.

"다 썼네? 나와요."

"…어떻게 알았어요?"

"십 분마다 메일함 체크하고 있었어요, 한 시간 전부터. 사분 전에 넣었네."

말문이 막혀 머뭇거리다 진솔은 건조하게 입을 열었다.

"너무 늦었잖아요. 내일 회사에서 봐요."

수화기 너머 침묵이 흘렀다. 너무 냉정하게 얘기했나? 조금 미안해지려는데 아니나 다를까 꽤 섭섭한 듯한 건의 목소리가 들려왔다.

"저런… 두 시간 반을 기다린 사람한테 이렇게 무정할 수가. 나, 상처받았소."

그녀의 입에서 그만 실소가 새어 나왔다. 나, 상처받았소? 어이없기도 하고 뭐랄까… 아, 따스하게 사랑스럽기도 했다. 젠장.

"나올 거예요, 바람맞힐 거예요? 확실하게 말해요."

진솔은 풀다가 만 실내복 단추만 애꿎게 만지작거렸다. 망설이는 자신의 모습이 침실 벽 거울에 비치는 것을 복잡하게 바라보면서. 이 시각에 당신이랑 산책하는 게 나로선 단순한 일이 아니에요. 댁은 별생각 없이 하는 말이겠지만…. 그러나 그런 속삭임을 그녀는 외면해버렸다.

"…나갈게요."

결국 진솔은 자신이 그를 보고 싶어 했음을 깨달았다.

감기가 덧나지 않도록 두툼한 점퍼를 청바지 위에 걸쳐 입고 벙거지 모자도 푹 눌러썼다. 가을 밤거리엔 꽤 쌀쌀한 바람이 불어오고 가로수에서 떨어진 낙엽들이 어둠 속을 스산하게 뒹굴며 쓸려 다녔다. 인적 드문 우성아파트 단지를 빠져나오니 저만치 상가 편의점 앞에서 건이 기다리고 있었다. 어두운 도로변에 그곳만 불빛이 환하고, 덩달아 그의 모습도 선연해 보였다.

"중무장했네요."

다가오는 그녀를 보며 건이 부드럽게 웃었다. 네, 마음도요. 진솔은 속으로 중얼거리며 그저 고개를 끄덕여 보였다. 그가 품에 넣고 있던 따뜻한 캔커피를 건네주더니 가위바위보를 하려는 듯 오른손을 가볍게 들었다.

"어디로 갈지 정하죠. 내가 이기면 동쪽, 당신이 이기면 서쪽."

얼떨결에 손을 들고 함께 가위바위보를 했다. 그녀가 바위, 그가 가위.

잠시 후, 두 사람은 서쪽 마포대교 위를 나란히 걸어가고 있었다. 차도와 블록으로 구분된 가장자리 인도를 따라 걷는 동안 강바람이 차갑게 불어왔다. 하지만 따스한 커피 맛이 향긋해서일까, 진솔은 개의치 않는 기분이었다.

다리 중간쯤에 이르러 그녀가 난간을 손바닥으로 톡톡 치더니 생각난 듯 입을 열었다.

"지난여름에 여기 올라가서 자살하겠다고 소동 부리는 사람, 본 적 있었어요. 119랑 경찰이 몰려오고 난리도 아니었죠."

"그래서 뛰어내렸어요?"

"아뇨. 계속 소리만 지르다가, 잘 달래니까 내려왔어요. 진짜 죽을 작정인 사람은 그렇게 난간에 오래 앉아 있지도 않잖아요."

건이 피식 웃었다.

"세상한테 소리 지르고 싶어서 올라갔구나?"

"응. 자기 얘기 들어달라고. 다들 쌓이고 맺힌 것들이 많나봐요."

"그렇겠죠. 사는 건 양떼같이 빡세니까."

진솔이 그를 흘끔 올려다보았다.

"양떼같이?"

건의 입가에 빙그레 미소가 번졌다.

"그거, 우리 동기들 사이에 유명한 욕이에요."

"…욕이라구요?"

"스무 살 때 일인데, 갓 입학해서 신입생 환영회 날이었어요. 학과 동문들이 모조리 모인 자리에서 선우 녀석이 장난스럽게 느릿느릿 말했지. 이야… 사람들 졸라 많다…."

막 고교생 티를 벗었을 두 남자가 상상돼 그녀도 웃음이 스몄다.

"옆에 있던 한 선배가 못마땅하게 나무라더군. 넌 글을 쓰겠다고 왔으면서 무슨 표현이 그러냐? 사람들이 양떼같이 많다- 뭐 이렇게 말해야지."

조금 쉬어 허스키해진 건의 목소리가 듣기 좋아 진솔은 귀를 기울였다. 마포대교가 지금보다 다섯 배는 길었으면 좋겠다 생각하면서.

"환영회 끝나고 그 선배가 우리한테 라면을 사줬어요, 속풀게 먹으라고. 그때 선우가 그랬죠. 이야, 라면이 양떼같이 맛있네요, 형… 바로 주먹이 녀석 턱으로 날아들었지, 감히 선배를 놀려?"

벙거지 모자 아래 그녀가 웃음을 터뜨렸다. 여의도 방면에서 오는 차량의 헤드라이트 불빛이 그들의 옆모습을 비춰주며 차례로 스쳐 가고 두 사람은 천천히 걷기만 했다. 그와 친구들의 대학 시절은 어땠을까 무심히 생각해보다, 진솔은 저절로 한 여자의 맑은 얼굴을 떠올리곤 잠시 말이 없어졌다. 굳이 이야기를 듣지 않아도 항상 그들 세 사람이 붙어 지냈을 것만 같은 느낌 때문에.

마포대교를 건넌 두 사람은 여의나루역 아랫길로 내려가 한강 둔치 쪽으로 발걸음을 옮겼다. 검은 강물에 방금 건너온 대교의 불빛이 어른어른 흔들리고, 저 멀리 물가에 정박한 유람선 모양의 선상 카페들이 영업을 끝내고 잠들어 있었다. 강변 어느 돌계단 중간쯤에 앉아 두 사람은 흘러가는 어두운 강물을 잠자코 내려다보았다.

조금은 피로한 기색으로 묵묵히 앉아 있는 건의 옆모습을 그녀는 살짝 쳐다보았다. 컨디션이 별로 좋지도 않으면서 굳이 퇴근길을 서두르기 싫었던 이유가 뭐였을까…. 대교를 걸어오는 동안에도 그는 평소처럼 농담을 했지만, 어젯밤 이후 그에게서 묻어오는 어떤 그늘을 진솔은 감지할 수 있었다.

"…시말서 쓰는 거 언짢았죠?"

건이 피식 쓴웃음을 지었다.

"좋지야 않았죠. 그래도 뭐, 마음에 두지는 않아요."

"…우울해 보여요, 많이."

"아- 그렇긴 하죠. 이유는 다르지만."

"애리 씨 때문에?"

그가 멈칫, 하더니 천천히 그녀를 돌아보았다. 서로의 시선이 마주쳤지만 진솔은 피하지 않고 담담하게 응시했다. 복잡하고도 미묘한 기색이 건의 눈빛을 스쳐 가더니 이윽고 그는 희미하게 나무라듯 웃었다.

"당신, 파울이야."

그의 말이 따끔따끔한 파편이 되어 그녀에게 아프게 박혔다. 빈 커피 캔을 자신의 운동화 발치에 내려놓으며 진솔은 그만 시선을 떨어뜨렸다.

"미안해요. 괜히 아는 척했다면…."

"아니, 사과할 거 없어요. 실은."

건은 고개를 저으며 온화하게 말했다.

"…당신이 알게 되길 은연중 바랐는지도 모르겠어요. 요즘 난 뭐랄까… 어쩐지 용량이 꽉 차버린 느낌이어서, 사람도 그게 가능하다면 한 번쯤 포맷되고 싶다는 생각 가끔 해요. 깨끗하게 가슴 탁 트이면서 숨 쉴 수 있게."

그 목소리가 쓸쓸해 진솔은 가슴이 먹먹했지만 겉으로는 그저 팔로 무릎을 끌어안고 웅크린 채 조용히 듣고만 있었다. 그의 낮고 부드러운 웃음소리가 귓가에 들려왔다.

"차라리 속에 있는 말 다 털어버리고 이제 그만 마음 비우고 싶다 생각하는데, 들어줄 사람이 없었죠. 대나무 숲을 찾아가서 소리 지를 것도 아니고."

"당신 마음… 한 번도 표현해본 적 없었어요? 애리 씨나 선우 씨한테."

"없었어요. 해서도 안 되는 거고. 두 사람뿐만 아니라 누구한테도. 당신이 처음이고, 아마 마지막일 거예요."

밤바람에 강물 냄새가 섞여 묻어왔다. 진솔은 벙거지 모자를 잡아당겨 얼굴이 절반은 가려질 정도로 더 푹 눌러썼다. 그렇게나마 해두면 자신의 감정을 들키지 않을 것 같았다. 그녀의 마음을 아는지 모르는지 건은 생각에 잠긴 얼굴로 천천히 말을 이었다.

"두 사람 서로 사랑하지. 나도 알아요. 하지만 선우는 여전히 뜬구름이고, 애리는 기다려. 언젠가 그 애가 나한테 말한 적 있었죠. 십 년이 백 년처럼 느껴지는 기분 알아? 선우를 사랑해온 지난 십 년이 나한테 그래, 라고."

그녀는 호흡을 고르며 애써 담담하게 물었다.

"그런 얘기를, 애리 씨는 왜 연인한테 안 해요?"

"얘기해도 웃기만 하니까. 그래서 한 번은 애리가 크게 울어버렸는데, 그 녀석이 서글픈 얼굴로 그러더래요. 울지 마. 울지만 마…. 울면 어떻게 해야 할지 모르겠다…. 그 후로 애리는 선우 앞에선 안 울어요. 나한테 와서 울지."

그래. 차라리 울고 싶은 마음이란 이런 걸까? 그의 한 마디한 마디가 가슴이 아려서 견디기가 힘들었다.

"그래도, 당신이라도 다정하게 달래주니까… 그나마 다행이네요."

"천만에. 나라고 위로하는 법을 알 거 같아요? 여자가 울 때 어떡해야 할지 모르기는 나도 마찬가지예요. 난 다만, 지켜보면서 견디는 거지. 그 녀석이 울지 말라고 했다는데 나까지 막아버릴 순 없으니까."

건은 다분히 자조적인 쓴웃음을 지었다. 그 모습을 모자 챙아래로 바라보다 진솔은 살며시 외면하며 물었다.

"그럼 만약 당신이라면 애리 씨를 안 울릴 건가요?"

"확답이야 못 하겠죠, 누구든 완벽한 연인이 될 순 없을 테니. 하지만 확실한 건 바람같이 굴어서 외롭게 만들진 않을 거예요. 난 내 여자는, 줄기차게 손 붙잡고 다닐 거니까. 안고다니고."

한참이나 그들은 말이 없었다. 도심의 고층 빌딩들이 밤하늘에 스카이라인을 이루고, 멀리 어둠 속에 떠오른 한강철교를 차창마다 불을 밝힌 기차가 소리도 없이 달려갔다. 문득 그녀가 훌쩍거리더니 점퍼 주머니를 부스럭부스럭 뒤졌다. 티슈를 꺼내 코를 풀자 건은 새삼 미안해했다.

"저런, 감기 걸린 줄 알면서 나오라고 우겼네요."

"…아뇨, 뭐. 심한 것도 아닌데."

진솔은 티슈를 구겨 다시 주머니에 넣었다. 건이 그런 그녀를 따스하게 바라보더니 망설이며 말했다.

"실은… 아까 기다리면서 생각해봤어요. 왜 한밤중에 나는 이 사람을 불러내는 거지? 하고. 한참 생각했더니 답이 나오데요."

진솔에게 뜻밖의 표정이 스쳐 갔다. 나에 대해서?

"개편하고 처음 회의하던 날 기억나요? 그때 내가 당신 다이어리 엿봤던 거."

그녀는 잠자코 끄덕거렸다.

"처음 눈에 들어온 글귀가 그거였지. '연연하지 말자'. 그리고 그 밑으로 빼곡히 글자들이 적혀 있는데, 연연하지 말자면서 챙길 목표는 잔뜩 써놓은 당신이 웃기기도 하고… 좀 궁금해졌죠. 이 사람하고 친해지면 심심하지 않겠다 싶었어요."

진솔이 시큰둥한 목소리로 덤덤히 중얼거렸다.

"그럼 실망했겠네요. 난 별로 재미없는 사람이니까…."

"정말 그렇게 생각해요? 난 당신같이 재밌는 사람은 처음인데."

"내가… 재밌어요? 설마."

믿을 수 없어 하는 그녀를 향해 건은 슬쩍 미간을 찌푸렸다.

"설마라니. 그럼 내가 재미도 없는 사람이랑 이 밤에 얘기하고 싶어서, 두 시간 넘게 기다리고 아쉬운 소리 해가며 불러냈단 말예요? 세상만사 아무리 부질없어도 내가 그렇게까지 한가한 사람은 아니지."

진심일까? 진솔이 자신 없게 쳐다보는데 건은 마주 보더니 하하 웃었다.

"뭐야, 턱밖에 안 보이네."

그녀의 얼굴을 절반이나 가려버린 벙거지 챙을 그가 손가락으로 살짝 들어 올렸다.

"음. 이제 입술까진 보이고."

그저 무심한 건의 손길에 당황하며 진솔은 피하듯 벙거지를 제대로 고쳐 쓰고는 돌계단에서 일어났다.

"…이제 그만 가요. 너무 늦으면 건 피디님 출근이 피곤하잖아요. 나야 늦잠 잘 수 있지만."

"괜히 남 핑계는. 자기가 가고 싶으니까."

그도 자리를 털고 일어났다.

두 사람은 다시 마포대교를 건너 길을 되짚어 오기 시작했다. 점퍼 옷깃을 여미며 주머니에 손을 찔러 넣고 걷는 진솔 옆에서, 건은 가볍게 스트레칭하며 두 팔을 허공에 뻗었다 내리거나 휘두르고 있었다. 그러고는 농담처럼 말했다.

"그래서 말인데. 아무리 생각해도 요즘 진솔 씨는, 나한테 일기장 같은 사람이에요."

"…일기장?"

"표현이 좀 그런가? 아무튼 어제도 이화동 우리 집까지 같이 가고 싶었지, 오늘도 당신이랑 마무리가 안 되니 뭔가 허전했지, 수첩에 몇 줄 적는 것처럼 꼭 진솔 씨한테 하루를 정리하게 되잖아요. 요즘 계속 그랬으니까."

진솔은 좀 묘한 기분이 되어 그와 나란히 걸었다. 좋은 뜻으로 받아들여야 하나? 어쩐지 이건 아닌데 싶기도 하고…. 생각 끝에 그녀가 신중히 입을 열었다.

"그러니까… 날 친구로 여긴다는 말이네요. 그죠?"

건이 픽 쓴웃음을 날렸다.

"새삼스럽소! 그건 기본이지. 그리고 친구라고 다 속에 있는 말 들려주나? 하여튼 남의 성의 몰라주기는."

그의 말투에서 따스한 친근함을 느끼고 진솔은 마음이 짠해졌다. 비록 더 많은 서글픈 이야기를 듣고 오는 길이긴 하지만. 마포대교가 끝나는 멀리 방송국 빌딩 꼭대기에서 붉은 네온등이 켜진 주파수가 반짝이며 그들을 내려다보고 있었다.

건이 우성아파트까지 바래다주고 돌아간 뒤 진솔은 잠옷 차림으로 간단히 세수를 하고 침실로 들어왔다. 감기 기운에

밤늦은 산책까지 했으니 제법 피로할 법도 하건만 솔직히 잠이 올지는 의문이었다.

서랍장 앞에 앉아 아까의 산책을 생각하며 로션을 바르는데 협탁에 놓아둔 휴대폰이 맑은 신호음을 울렸다. 문자 메시지 알림이었다. 이 밤중에 누가? 폴더를 열어본 그녀의 얼굴에 천천히 조용한 미소가 번졌다.

Dear Diary

잘 자요. 좋은 꿈꾸고.

건의 메시지였다. 휴대폰을 제자리에 올려놓고 진솔은 스탠드 조명을 켰다. 형광등을 끈 뒤 침대로 들어가서는 눈을 감고 잠을 청했다. 1분, 2분, 3분…. 감은 눈꺼풀 위로 스탠드 조명이 밝게 스며들어 그녀는 몸을 한 번 뒤척였다.

그러고도 한참을 누워 있다 아무래도 안 되겠는지 벌떡 몸을 일으켜 스탠드를 꺼버렸다. 캄캄한 어둠이 방 안을 순식간에 가득 채웠다. 어둠 속에서 손을 뻗어 협탁의 휴대폰을 집어 들었다. 폴더를 열자 액정의 푸른빛이 침대 주변을 어렴풋이 물들였다. 받은 메시지 확인.

Dear Diary

잘 자요. 좋은 꿈꾸고.

저도 모르게 미소 지은 채 물끄러미 바라보다 그녀는 순간 정신을 차리고 폴더를 탁 닫아버렸다. 침대에 얼굴을 파묻고는 커다란 베개로 타조처럼 자신의 머리를 덮어버렸다. 그리고 휴대폰을 쥔 오른손으로 매트리스를 두어 번 팡팡 내리쳤다. 바보야, 바보! 공진솔, 그냥 잘 자라는 인사잖아. 침대에 눌린 귓가로 매트리스의 용수철이 울리는 소리가 희미하게 들려왔다.

잠시 후… 그녀는 그대로 스르르 잠이 들었다. 여전히 휴대폰을 손에 쥔 채. 오랜만에 깊고도 단잠이 그날 진솔에게 찾아왔다. 편안한 꿈결같이.

쾌청한 푸른 하늘, 도심의 고층 빌딩 위에 높은 구름 몇 점이 떠 있는 전형적인 가을 날씨였다. 푹 자고 난 덕인지 몸도 마음도 한결 개운해져 진솔은 총총히 걸음을 재촉했다. 취미 삼아 읽는 거리의 지역정보지도 두어 부 뽑아 들었다. 불어오는 서늘한 바람에 머리도 맑아진 느낌이었다.

사무실 입구 우편함 캐비닛에서 그녀는 노래 실은 꽃마차함의 뚜껑을 열었다. 마포우체국 사서함 110호를 거쳐 온 우편물들이 차곡차곡 쌓여 있었다. 얼마 전 모니터 요원을 모집한다는 공지가 나간 터라 신청서들이 꽤 섞여 있었다. 지원자들의 신상 명세가 들어 있는 봉투와 일반 신청곡 사연을 따로 분류하다 그녀의 시선이 한 통의 편지 겉봉에 머물렀다. 발신

자란에 각이 선명하게 살아 있는 힘찬 필체로 주소와 이름이
뚜벅뚜벅 적혀 있었다.

서울시 종로구 이화동 산 1-1 李芯官 (모니터 要員 志願書 在中)

그만 웃음이 새어 나왔다. 고개를 설레설레 저으며 이필관
노인의 지원서를 포함한 우편물들을 가방 안에 넣고는 사무
실을 가로질러 편집실로 향했다. 그곳엔 먼저 출근한 가람이
두 개의 릴 테이프를 걸어놓고 취재 내용을 부지런히 편집하
고 있었다.

"오늘 녹음 있다는 거 깜빡할 뻔했어. 대본 프린트 해왔니?
보여줘봐."

가람이 손을 내밀며 재촉하자 진솔은 챙겨온 행복스튜디
오 녹음분 원고를 건네주었다. 입에 볼펜을 물고 원고를 훑어
보던 가람이 자신이 들어갈 부분을 찾아내곤 커다랗게 원을
그려 체크를 했다. 진솔은 기기 옆 의자에 앉아 손에 턱을 괸
채 친구의 일하는 모습을 한가롭게 지켜보기 시작했다. 인터
뷰에 응한 인물이 불필요한 '에… 음…' 발음을 자주 했기 때
문에 가람은 그 부분만 티 안 나게 잘라내느라 버튼을 반복해
눌러대고 있었다. 한참이나 진솔이 조용하자 가람이 흘끔 돌
아보았다.

"왜 그렇게 넋 놓고 있냐?"

혼자만의 생각에 잠겨 있던 진솔이 천천히 입을 열었다.

"있잖아… 누가 너한테 일기장 같다고 그러면, 넌 느낌이 어떨 거 같니?"

"일기장? 글쎄다. 누가 한 말이냐에 따라 다르지. 남자가?"

진솔이 끄덕이자 가람은 뜬금없다는 듯 이맛살을 모았다.

"남자가 여자한테 일기장 같다? 그게 뭐야. 난 별로 필이 안 오는데?"

"난 좋은데."

수줍은 듯한 그녀의 말에 가람이 수상쩍어하더니 알겠다는 표정으로 씩 웃었다.

"건 피디로군. 역시 둘이 사귀는 거였어."

"아니야. 우린 그냥 친구야."

그녀가 단호하게 손을 내저었다. 릴 테이프를 돌리던 동작을 뚝 멈추고 가람이 푸하하 웃어버렸다.

"친구? 야, 내가 하늘이 두 쪽 나도 안 믿는 게 뭔 줄 알아? 남자 여자 간에 우린 아무 사심 없이 순수한 친구예요, 라고 말하는 거다. 친구 같은 소리 하네."

"왜 친구가 안 돼? 그럴 수 있지. 난 그 사람, 그렇게 생각하기로 마음먹었어."

솔직히 진솔이 오전 내내 고민해서 내린 진지한 결론이었다. 지금이라면… 아직 감정이 더 무르익기 전인 지금이라면, 건을 좋은 친구처럼 대할 수 있으리라 여겼다. 서로 느낌이

통하고 마음도 잘 맞는 그런 사이로. 그 편이 서로에게 안전하고 치명적인 내상을 입지 않아도 되니까. 가람이 바짝 몸을 기울이더니 은근히 목소리를 낮추었다.

"그럼 너, 이건이란 남자랑 야심한 밤에… 한 방에서, 같은 침대 속에 들어가서 잘 일이 생겨도 말야. 날 밝을 때까지 아무 일도 안 일어날 자신 있어? 가슴에 손을 얹고 얘기해봐."

"무슨 비유가 그래?"

"어때서, 요점 정리된 질문인데."

진솔이 그런 그녀를 못마땅하게 노려보았다.

"…아무 일 안 일어날 수 있어."

"아하, 그러서? 좋아. 넌 뭐, 믿고 속아주지. 하지만 그 남자도 그럴까?"

뭐라고 응수해야 좋을지 미처 떠오르지 않아 진솔은 머뭇거리다 좀 자신 없게 말했다.

"물론이지. 하지만 애당초 같은 침대에 들어갈 리가 없는데 그런 가정법은 의미가 없어."

가람이 가소롭다는 듯 코웃음을 쳤다.

"친구는 너랑 나 같은 사이를 가리키는 말이야. 너랑 건 피디 같은 사이가 아니라. 가슴에 새겨라, 응?"

입씨름으로는 가람을 이길 수 없다. 진솔은 한숨을 쉬며 어깨를 으쓱하곤 화제를 돌려버렸다.

"개국 특집 건은 준비하고 있어?"

"뭘 벌써 준비하니? 닥치면 발바닥 불나게 뛰어다녀야지. 아, 세월 잘 간다. 특방 하고 나면 나이 한 살 더 먹을 일만 남았어."

가람은 금세 심드렁한 표정이 되어 완성본 테이프를 차르르 빠르게 감았다. 이 방송국의 개국기념일은 매년 11월 중순이었고 이제 보름 정도 남았다. 슬슬 기획하고 준비해서 특집 프로그램을 만들어 쏘아 보내고 나면 금세 연말이 된다. 철컥. 테이프가 다 감기자 가람이 트랩에서 빼내어 상자 속에 집어넣고는 진솔의 어깨를 탁 짚었다.

"올라가자!"

두 시간 뒤. 진솔은 행복스튜디오 일요일 녹음분이 든 상자를 주조정실 진열장에 꽂고 있었다. 휴일에 당직 엔지니어가 찾아서 걸 수 있도록 진열장 칸칸마다 날짜와 요일이 표시돼 있었다. 월드뮤직 생방 중인 이건과 안희연은 기기 앞에서 이마를 맞댄 채 뭔가 의논 중이었고, 혼자 회전의자를 좌우로 흔들며 심심하게 음악을 듣던 홍헌표가 그녀를 보더니 표정에 생기를 띠었다.

"오, 진솔 씨! 오늘 저녁 시간 어때요? 내가 근사한 코스로 모실게."

그녀는 속지 않겠다는 듯 웃으며 고개를 저었다.

"어제 홍 엔지님, 다른 여직원한테 데이트 신청하는 거 다

봤어요, 저."

"에이, 내가 언제? 그건 장난이었고. 난 진짜 공 작가하고 데이트하고 싶어요. 딱 이상형이거든. 내가 팬인 거 몰라요?"

마침 사이드 탁자에서 전화벨이 울려 진솔은 대답을 피하기 좋도록 수화기를 들었다.

"네, 방송국입니다."

"월드뮤직이죠? 음악 하나 신청하고 싶은데 말입니다…."

낮게 울리는 어딘지 귀에 익은 온화한 목소리가 건너왔다. 진솔이 기기 앞의 건에게 물었다.

"이 프로, 신청곡도 받나요?"

건이 돌아보더니 가볍게 끄덕였다.

"가끔은. 제목 들어봐서."

"무슨 곡 원하십니까?"

그러자 저편에서 잠깐 여백이 흐르더니 곧 반가워하는 기색이 전해져왔다.

"아아, 이 목소리 진솔 씨구나…. 여기 인사동입니다."

"아… 선우 씨, 안녕하세요."

비로소 그녀도 찻집 주인을 알아보았다. 가게에 라디오를 틀어놓았는지 지금 부스에서 멘트를 내보내는 디제이의 음성이 수화기 너머 볼륨만 다르게 동시 스테레오로 들려왔다. 프로듀서 옆에서 희연이 미묘하게 그녀를 주시하고 있었다. 진솔은 수화기에 귀를 기울였다.

"⟨The circle is not round⟩. 뮤지션은요? ···유고슬라비아 아나스타샤."

"아나스타샤. 러닝 타임 몇 분?"

듣고 있던 건이 물었다.

"몇 분짜리 곡인가요? ···16분!"

역시 그럴 줄 알았다는 듯 그는 피식 웃었다.

"미안하지만 본인 가게에서나 들으라고 해요. 너무 길고, 오늘은 안 돼."

진솔도 웃으며 선우에게 전했다.

"미안하지만 가게에서 들으시래요."

"저런. 그러죠 뭐. 참, 모레가 애리 생일이라 조촐하게 파티할 건데 건이랑 같이 오세요."

예상치 못한 초대에 그녀는 바로 대답을 못 하고 망설였다.

"꼭요. 진솔 씨 안 오면 우리 섭섭해할 겁니다."

선우가 진심 어린 느낌으로 우호적으로 말해서 진솔은 고마운 마음이 들었다. 아무튼 그들에 대한 인상은 처음부터 좋았으니까.

"···네, 가능하면요."

"그리고 건이한테 대신 말 좀 전해줄래요?"

개구쟁이 같은 웃음소리가 들리더니 선우가 천진하게 속삭였다.

"엿 먹으라고···."

진솔은 전화기를 내려놓고 이상야릇 찌푸린 채 건을 응시했다. 의아하게 마주 보는 건에게 그녀는 심각한 얼굴로 진지하게 전달했다.

"…엿 먹어요."

그의 눈썹이 '뭐?' 하듯 슬쩍 치켜올라갔다. 옆에서 홍헌표가 눈이 휘둥그레진 채 쳐다보았지만 그녀는 깔끔하게 입꼬리를 씩 올려주곤 주조정실을 나와버렸다. 그래, 이렇게 편하게 대하면 되는 거야. 그런대로 잘하고 있어⋯. 건에게 짓궂은 장난을 친 게 좋아서 괜히 입가에 미소가 스몄다. 마음 한구석 쿡쿡 아려오는 아픔이 있었지만 진솔은 그냥 외면했다. 앞으로는 더 자연스럽게 잘 대할 수 있으리라 여기면서.

"의외로 입이 거친데, 공진솔?"

17층 로비 창가. 회의용 탁자에서 꽃마차 특집 기획서를 짜고 있으려니 방송을 마친 건이 다가와 맞은편 의자에 털썩 앉았다. 참고 자료로 펼쳐놓은 스크랩 파일과 노트, 읽다가 접어둔 지역정보지가 탁자에 이리저리 놓여 있었다.

"몰랐나 보네요. 나, 터프한 면도 있어요."

진솔이 호기롭게 응수하자 건은 입을 비죽거렸다.

"터프? 잘난 척하긴. 어설픈 똘마니 같았어."

그리고 그들은 함께 웃어버렸다. 그가 정보지를 흘끗 턱으로 가리켰다.

"오늘은 뭐 재미있는 광고 없었어요?"

"그보다 더 재밌는 게 손에 들어왔죠."

진솔은 가방을 열고 모니터 요원 신청서들을 꺼냈다. 문제의 이필관 노인의 봉투를 찾아내고는 알맹이를 빼고 겉봉만 건네 보여주었다. 선명하게 쓰여 있는 낯익은 주소와 필체를 확인하고 건은 짧은 신음 소리를 냈다.

"진짜 주인공은 이거예요."

그녀가 짠- 하며 빽빽하게 작성된 문구점에서 파는 이력서 한 장을 그의 코앞에다 펼쳐주었다. 이력서 사진란에 붙은 조부의 모습을 보고 건의 눈동자가 커졌다. 그건 한창 시절, 풍운아 같은 사내가 마도로스 모자를 쓰고 찍은 빛바랜 흑백 사진이었다. 젊은 이필관 선원이 30도 각도로 어깨를 돌린 채 카메라를 십분 의식해 빛나는 치아를 드러내고 활짝 웃고 있었다.

"세상에. 이게 언제 적 사진이야?"

건은 기가 막혀 중얼거렸다. 진솔이 맞은편에서 쿡쿡 웃었다.

"정말 미남이셨네요."

"아아, 여러 여인 울리셨지."

그는 이력서를 받아 들더니 난감한 표정으로 대충 읽어 내려갔다.

"1923년 함경남도 흥남에서 종손으로 출생. 흥남고등보통

학교 우수한 성적으로 졸업. 1·4 후퇴 때 처자식을 구출해 남하. …구출? 백년설 선생 주최, 서라벌 레코드사 제1회 신인 가수 오디션 참가."

"역대 최고령 모니터 요원이네요."

진솔의 농담에 건은 어림도 없는 소리라는 듯 이력서를 접어버렸다.

"무서운 소리 말아요. 차라리 내가 사표를 쓰는 게 빠르지."

"어때서요. 제일 열심히 듣는 청취자신데."

"아하! 모니터 요원 관리를 작가가 하실 의향이 있나 보네. 그럼 당신이 책임지든지."

둘 다 짐짓 인상을 쓴 채 서로 장난스럽게 마주 보고 있는데, 스튜디오 복도에서 희연이 나와 그들을 향해 다가왔다.

"오빠, 5스튜디오 지금 비었대요."

희연의 말에 건은 아쉬운 표정으로 천천히 자리에서 일어났다.

"이따가 시인의 마을 녹음 들어가는데, 구경 올래요?"

진솔이 그를 올려다보며 따뜻하게 웃었다.

"기획서 정리해야 돼요. 다음 주까지 제출해야 한다면서요."

"오케이, 그럼 나중에 봐요."

남기고 간 그의 웃음이 부드러워서 진솔은 한순간 숨이 막혔지만 곧 그런 감정을 지워버리려 애썼다. 이 노인의 지원서를 원래대로 봉투에 넣어 가방 속에 챙겨두는데 희연이 탁자에 걸터앉더니 말을 건네왔다.

"인사동에 간 적 있으셨나 봐요. 비가 오면 입구가 열린다에."

"…응. 희연 씨도 가봤나 보네."

"가본 정도가 아니죠. 한땐 거기서 살다시피 했으니까. 그럼 애리 언니도 만나봤겠네요?"

희연의 말투가 어딘지 묘해서 진솔은 불편한 기분이 들었다. 펜으로 기획서 초안을 써내려가며 그녀는 무심한 척 고개만 끄덕여주었다.

"그 세 사람 분위기 어떤 거 같아요? 다른 사람이 낄 여지가 없어 보이지 않던가요?"

멈칫, 쓰기를 멈추고 시선을 들었다. 희연의 입가에 도전적이면서 약간 자조적이기도 한 미소가 서려 있었다. 진솔의 표정이 어렴풋 굳어졌다.

"무슨 뜻이야, 그런 말?"

"정말 몰라요? 공 작가님 보기보다 둔하시다. 그 세 사람, 같이 있으면 딱 감이 오는데."

진솔은 그만 언짢아지고 말았다. 낮게 한숨을 쉬며 그녀는 희연을 똑바로 응시했다.

"희연 씨. 그렇게 에둘러서 알 듯 모를 듯 얘기하는 거, 좀 그래. 하고 싶은 말 있으면 바로 하든가."

"건이 오빠 감정 말예요. 그 언니 못 잊는 거 눈치채시지 않았나요?"

그녀의 안색에서 살짝 핏기가 사라지는 걸 희연은 복잡한 표정으로 마주 보고 있었다.

"괜히 엉뚱하게 옆에서 공 작가님이 상처받을까 좀 걱정돼서요. 요즘 오빠랑 가까이 지내시길래 혹시나."

진솔이 건조한 목소리로 조용히 나무라듯 말했다.

"건 피디 마음을 희연 씨가 어떻게 알아서 그렇게 말해? 남의 마음, 쉽게 단정 지어도 돼?"

"왜 모르겠어요, 오빠랑 난 비밀이 없는데. 서로 다 알죠. 그 언니 오빠들 처음 만났을 때부터 사연, 다 알거든요."

희연은 당연하지 않겠냐는 듯 쓴웃음을 지었다. 그녀의 고백이 진솔의 가슴에 빠르게 생채기를 내며 스쳐 갔고, 그 다친 마음을 가다듬기 위해선 꽤 노력이 필요했다.

"…그래? 아무튼 무슨 뜻인지는 알겠는데… 나한테 굳이 말할 필요는 없었을 거 같아. 희연 씨가 내 감정까지 넘겨짚는 거, 별로 기분은 안 좋네."

"넘겨짚은 거라면 미안해요. 그냥 오빠가 다른 여자한테 마음 내줄 사람이 아니라서 해본 소리예요. 내가 누구보다 잘 아니까. 특별히 공 작가님한테 유감 있지 않다는 거, 아시죠? 그럼 수고하세요."

희연 역시 가라앉은 얼굴로 가방을 어깨에 둘러메더니 긴 머리칼을 찰랑거리며 비상구 쪽으로 내려가 버렸다. 난데없는 기습이란 게 이런 걸까? 어이없고, 허탈한 기분이 되어 진솔은 그만 펜을 놓아버렸다.

불과 어젯밤의 일이었다. 그가, 바람 부는 한강 둔치에서 검은 물을 내려다보며 쓸쓸하게 말했던 것이. 남자의 음성이 그렇게 촉촉하게 느껴질 수도 있다는 걸, 진솔은 어제 처음 알았다.

'말한 적 없었어요, 그래서도 안 되는 거고. 누구한테도. 당신이 처음이고, 아마 마지막일 거야.'

그녀는 파일을 덮어버렸다. 그냥… 머릿속이 복잡했고 문자가 눈에 들어오지 않았다. 안희연에게 자신의 속마음 한 자락을 들켰다는 것보다 그가 한 말이 거짓말에 가까웠다는 게 더 가슴 아팠다. 주섬주섬 가방을 챙기고 일어나 진솔은 스튜디오 복도로 들어섰다. 방송국 안에서 누구에게도 방해받지 않고 잠시 몸과 마음을 숨길 만한 곳, 음반자료실로 발걸음이 향했다.

복도를 지나치는 동안 진솔의 이성이 스스로를 설득했다. 그게 무슨 대수라고 내 마음이 이럴까. 무슨 세기의 비밀도 아니고, 낭만적인 맹세나 은밀한 약속도 아닌 것을. 나한테 그 말을 했을 땐, 그는 순간적인 진심으로 그렇게 생각하고 있었을 거야. 처음 고백하는 것처럼, 그때 그 마음은 그랬을 거야. 그렇지만 왠지 서운한 건 무슨 까닭…? 이성은 그렇게 속삭였지만 감정은 쉽게 받아들여지지가 않았다.

음반자료실은 언제 와도 한가하고 시간이 느리게 흘러가는 공간이었다. 김미영 혼자 관리하는 이곳은 방음 장치가 된 두꺼운 출입문만 닫아버리면, 등잔 밑이 어둡다는 말처럼 빌딩 안에서 유일하게 방송이 안 들리는 곳이었다. 바로 복도 맞은편 주조정실에서 온종일 건너오는 현장 소리에 질린 김미영이 '들을 권리'를 주장하며 개인 오디오에다 올드팝이나 클래식을 틀어놓기 때문이었다.

음반이 천장까지 가득 채워진 사각 공간에 들어서자 진솔은 출입문을 닫고 비로소 깊은숨을 내쉬었다. 실내엔 변함없이 올드팝이 흐르고 있었고, 김미영은 자신의 자리에서 음반 대출 기록을 컴퓨터에 입력하거나 시디의 뒷면을 부드러운 천으로 닦고 있었다.

"어서 와, 진솔 씨."

"안녕, 언니."

진솔이 희미하게 웃어 보이곤 POP 라벨이 붙은 코너로 들어갔다. 앞뒤로 길고 빽빽한 진열장 사이, 알파벳 S자 앞에서 그녀는 잠시 멍하니 서 있었다. 음악의 미로 같은 이곳의 느낌이 좋았고, 그래서 그저 조금 위로받고 싶었는데. 겨우 수습하려 한 마음의 평화가 금세 깨지고 말았다.

"이봐요. 그새 또 내가 보고 싶어서 따라온 거예요?"

흠칫 놀라 돌아보니 건이 빙그레 웃으며 맞은편 BGM 코너 앞에 서 있었다. 고 시인이 낭송할 때 배경으로 깔 경음악을 고르던 중에 그녀들의 인사말을 들었나 보았다.

"…설마 그럴까 봐서요."

표정 없이 담담하게 대꾸했지만… 어떻게 이런 와중에도 가슴은 뛰는 걸까. 진솔은 그만 울고 싶었다. 그가 다가오더니 그녀에게서 조금 떨어진 진열장에 기대섰다.

"기획서 만들다가 힘들면 혼자 머리 아프지 말고 얘기해요. 같이 작성하게."

"아뇨. 저 혼자 끝낼 수 있어요. 완성되면 건네드릴게요, 빠르면 모레라도."

진솔은 돌아보지 않은 채 음반을 고르는 척 손을 진열장으로 가져가며 말했다. 끄덕이며 돌아서려던 건이 아- 하고 다시 말을 건넸다.

"모레 애리 생일이라 모일 건데, 같이 가요."

그녀의 심장 저 아래가 작은 불꽃이 터지듯 따끔거렸다.

"아까 선우 씨도 그러긴 했는데… 글쎄요. 힘들 것 같네요."

"글쎄요는 무슨. 나 혼자 가기 심심한데 같이 가요."

진솔의 표정이 차갑게 굳어버렸다. 그가 저런 식으로 말하는 게 이젠 싫었다. 저도 모르게 쌀쌀하게 말이 나왔다.

"본인이 심심할 땐 꼭 그렇게 누구를 불러내거나 데려가야 하나요? 나쁜 습관이에요."

건에게 의아한 기색이 스쳤다. 이상하다는 걸 느끼고 그는 고개를 갸웃해 진솔의 표정을 읽으려 했다.

"뭐예요, 갑자기. 기분이 안 좋아요?"

그녀는 말없이 음반들만 차례로 뒤적이고 있었다. 잠시 침묵하던 그가 답답한 듯 비꼬았다.

"대체 뭘 찾는데? 아까부터 손만 왔다 갔다 하잖아요."

진솔이 충동적으로 S자 칸에서 시디 하나를 꺼내 들더니 저만치 책상 앞의 김미영을 건너다보며 물었다.

"언니, 나 듣고 싶은 노래 있는데 여기서 틀어도 돼요?"

미영이 무심히 안경을 올리면서 쳐다보았다.

"그럼. 이리 줘, 무슨 노랜데?"

"스키터 데이비스. 4번 트랙 틀어줄래요? 〈He says the same things to me〉."

들으란 듯이 또박또박 말하며 진솔은 그의 앞을 무관심하게 스쳐 가 미영에게 음반을 건네주었다. 제목을 듣더니 건의 눈썹이 슬쩍 치켜올라갔다.

"스키터 언니 좋지. 지금 곡 끝나면 틀어줄게."

"고마워요."

진솔은 그의 시선을 피해 한쪽 구석에 의자를 당겨 앉았다. 그리고 가방 속에서 다이어리와 펜을 꺼내 무엇인가 바쁜 척 쓰기 시작했다. 실은 낙서와도 같은 의미 없는 기호들이었지만. 건은 팔짱을 낀 채 진열장에 옆구리를 기대고 서서 그런 진솔을 묵묵히 응시하고 있었다. 그의 눈길을 따가울 만큼 의식하면서도 그녀는 고집스럽게 다이어리만 내려다보았다.

"왜 그래요?"

건이 단도직입적으로 물었다. 진솔은 쳐다보지도 않고 무뚝뚝하게 응수했다.

"뭐가요."

"화났잖아."

"화날 만한 일도 아니고, 화나지도 않았어요."

"거짓말."

"마음대로 생각하세요."

그의 표정도 굳어져버렸다. 하얀 페이지에 진솔은 이렇게 낙서를 쓰고 있었다. 더는, 저 남자 페이스에 말리지 않을 거야.

건의 목소리에 차가운 기운이 감돌았다.

"1분간 기회를 주겠어요. 그 안에, 왜 화났는지 얘기해요. 카운트 시작."

얘기하라고? 그런 사소하고도 미묘한 감정의 골을, 어떻게 구체적으로 물어보나? 뭐가 중요하다고. 그야말로 부질없지…. 진솔은 애써 차분하게 입을 열었다.

"오해예요. 얘기할 거 없어요. 신경 쓰지 말고 일 보세요."

"10초 경과."

그녀는 불편한 마음으로 말없이 외면하고 있었다.

"30초. 1분 지나면 얘기해도 안 들어요, 나."

"정말 아무것도 아니라고 했잖아요."

그녀의 말은 무시한 채 잠시 후 건이 무뚝뚝하게 내뱉었다.

"1분. 당신, 시시해."

그도 화가 난 듯 음반을 들고 차갑게 출입문 쪽으로 향했다. 뚜벅뚜벅 발소리 뒤에 쾅 문이 닫히고 나자, 비로소 스키터 특유의 비음이 섞인 또랑또랑한 노래가 흘러나오고 있음을 깨달았다.

진솔은 나지막이 한숨을 쉬며 유리창 너머 파란 하늘과 구름을 멍하니 바라보았다. 오전에 집에서 나올 땐 저 구름들이 그렇게 예쁘고 평화롭게 보이더니…. 김미영이 그런 그녀를 조심스레 넘겨다보았다.

"어째 사랑싸움처럼 보인다? 이건 씨랑 사귀니?"

"…언니까지 왜 그래요. 왜 다들 그렇게 묻지?"

"그래 보이는 면이 있으니까 그렇지."

진솔은 우울한 얼굴로 가만히 고개를 저었다.

"아니에요, 절대. 그렇게 될 가능성도 없고."

미영은 그만 관심을 거두고 손질한 음반들을 아코디언 마냥 두 팔 가득 끌어안고 진열장으로 갔다. 그러고는 흘러나오는 올드팝을 흥얼흥얼 허밍으로 따라 부르며, 능숙하게 알파벳 제자리를 찾아 꽂아나가기 시작했다. 참으로 오랜만에 듣는 옛 가수의 노래가 진솔의 가슴을 파고들었다.

어젯밤 그가 당신에게 입맞춤하며
뭐라고 말했는지 제가 얘기해볼까요?
그는 내게도 똑같은 말을 한답니다.
그의 사랑이 진실이 아니란 걸
당신이 깨닫는 게 고통이겠지만
당신 마음에 상처가 되었다면 나 또한
마음이 어땠을지 생각해보세요.
그는 나한테도 똑같이 말했답니다….

말도 안 돼. 그녀에게 문득 쓴웃음이 스쳐 갔다. 그 남자가
언제 사랑한다고 했는데? 그 남자가 언제 입맞춤을 했고…
언제 내가 기대하도록 했는데? 그는 아무 짓도 하지 않았다.
분명히 그런데… 왜 마치 잠든 사이 몰래 찾아와 입 맞추고
가기라도 한 것처럼, 내겐 그렇게 느껴지는 것일까? 눈이 시
리게 푸른 하늘을 바라보다 진솔은 조용히 중얼거렸다.
　"…우습네."
　가을이 깊어가는 어느 우울한 오후 한때였다.

5

"에이, 그러면 내 차(車)한테 먹히지. 한 수 물러요."

로비를 지나가는 사람들에게 들릴 만큼 커다랗게 충고를 하며 홍헌표 엔지니어는 방금 진솔이 내려놓은 장기 알을 손가락으로 쿡 찔렀다.

햇살이 비껴드는 오후. 17층 한쪽의 응접세트에서 진솔은 장기판을 가운데 두고 홍헌표와 마주하고 있는 참이었다. 근무 교대까지 시간이 남았던 그가 마침 로비에서 맞닥뜨린 그녀를 붙잡고 '딱 한 판만'을 주장했기 때문이었다.

"아니에요. 잡히지 않는 길인데?"

"요번 말고, 다음 수에서 잡히게 돼 있다고. 볼래요? 진솔 씨 상(像)이 여기로 오면 내가 포(包)로 건너갈 거고. 그럼 진솔 씨가 다시 이렇게 옮기면, 내 차(車)가 버티고 있다가 딱 잡게 되는 거지."

홍헌표의 남자다운 굵은 손이 장기판 허공에 오가는 걸 지켜보다 진솔은 피식 실소를 흘렸다. 그 정도 길은 그녀도 내다볼 수 있었다. 그가 생각하는 것과는 다른 길을 예상해 방금 상(像)을 그리 옮긴 터였다.

"괜찮아요. 내가 알아서 둘게요. 홍 엔지님 두세요."

허- 답답하다는 투로 홍은 탄식했다.

"봐줄 때 한 수 물러요. 그렇게 두면 안 된다니까. 내가 설마 여자랑 두면서 인정사정없이 그럴까 봐."

역시나. 진솔은 한숨을 쉬었다. 장기 두자고 할 때 그냥 바쁘다고 지나갔어야 하는 건데. 번번이 데이트 신청을 거절했던 게 미안해서 두기 시작했더니, 예상대로 재미도 없고 난처하기만 했다. 나름대로 상대를 위해서 그런다는 것은 알겠다. 속내는 의리 있고 착한 남자. 하지만 여자와 노련하게 연애하기엔 정말 심리 파악이 안 되는 사람이다.

"나, 무르는 거 싫어해요. 져도 괜찮으니까 그냥 둬요."

그녀의 모호한 미소에 홍헌표는 거참 이상하다는 듯 갸웃거리며 마지못해 다음 수를 두었다. 익숙한 누군가의 목소리가 그녀의 귓가를 파고들었다.

"홍 선배. 아까 기술위원님이 찾으시던데?"

이건이다. 그가 회의용 탁자에 다이어리를 던져놓고 태연하게 앉자 진솔의 표정이 살짝 굳어버렸다.

"위원님이? 아, 나 오늘 비번이라 그래주지. 또 무슨 일을 시키시려고."

귀찮다는 투로 투덜대긴 했지만 방송국 개국 때부터 살아 있는 역사이자 기술부 최고참인 박 위원을 홍헌표만큼 깍듯하게 모시고 따르는 사람도 없었다. 건은 별 관심 없는 투로 들고 온 파일을 펼쳐 검토해가기 시작했다.

진솔의 감각이 섬세한 안테나처럼 건을 의식하고 있었다. 왜 하필 여기 올라와서 일을 하는지, 아래층 사무실에 책상이 버젓이 있으면서. 평소 조용한 곳을 찾아 자주 올라오는 줄 알면서 그녀는 괜히 속으로 중얼거렸다. 지난 며칠 동안 진솔의 신경은 퍽이나 지쳐 있었다. 건의 일거수일투족이 미묘하게 심기를 건드렸고, 무시하듯 찬바람 부는 그의 태도에 무심할 수가 없었다. 상처받지 않겠다고 결심했지만 마음이란 뜻대로 되는 것도 아니었다.

"어? 지금 그게 새로 전진할 타이밍이 아닌데? 딴생각하는 거 아니에요? 여기부터 살려야지."

홍헌표가 또 코치를 시작하자 진솔은 손지갑을 들고 짐짓 입꼬리를 올린 채 의자에서 일어섰다.

"커피나 음료 마시면서 하죠. 뭐 뽑아다 드릴까요?"

홍은 그거 고맙다는 듯이 활짝 웃었다.

"이야, 아가씨가 사주는 거네. 나는 시원한 캔! 갈아 만든 주스 같은 걸로."

"…건 피디님도 주스 뽑아다 드려요?"

굳이 말을 걸고 싶진 않았지만 로비에 같이 있으면서 누락시키는 것도 뭣해 건을 향해 뜨악하게 물었다.

"나, 단것 싫어해요."

담배 연기를 뱉으며 건이 무뚝뚝하게 말했다. 여전히 자료에만 관심을 둔 채 돌아보지도 않고. 진솔은 그에게 들릴 정도의 크기로 중얼거렸다.

"…스무디도 달기만 하더만."

그러고는 재빨리 엘리베이터 앞 자동판매기 코너로 향했다. 그의 모습이 안 보이자 비로소 한숨 돌릴 것 같았다. 윙소리를 내며 돌아가는 기계 옆에서 진솔은 창틀에 기대 가라앉은 기분으로 마포 거리를 내다보았다. 잘할 수 있을까. 저 남자처럼 차갑게, 무심하게, 자기 페이스로 관심을 끊을 수 있을까. 어쩐지 쉽지 않을 것 같아 막막하기만 했다.

그날 밤이 늦도록 진솔은 작가실에서 일에 파묻혀 있었다. 기획서를 다 마무리했다고 생각했을 때, 예상하지 못했던 몇 가지 오류가 눈에 띈 탓이었다. 개국 기념 꽃마차 특집 '길이남을 가요인 20인선'을 준비했는데, 문제는 음악인들의 이름에 있었다. 시대를 초월해 지금까지 사랑받는 전통가요의 기라성 같은 인물들 가운데 예명을 두 개 이상 사용한 사람들이 제법 있었던 것이다.

이를테면 '무적인 작사 이재호 작곡'인 곡을 조사하다 보니 두 사람이 예명만 다른 동일 인물인 경우였다. 유명한 〈불효자는 웁니다〉를 부른 가수 진방남도 그 시절 왕성하게 노랫말을 지었던 작사가 반야월과 동일인으로 나타났다. 저마다 생애를 조명하며 활동상을 들려주기로 했는데 이렇게 겹치는 부분이 생겼으니 인물 선정을 다시 조절해야 할 것 같았다.

　늦게까지 야근하며 자료를 찾았지만 그들의 생전 에피소드를 골고루 찾기란 여러모로 무리였다. 일제강점기와 6·25 전쟁을 거치면서 자료들이 많이 사라졌고, 워낙 오래전 사람들인 까닭에 공식적으로 기록된 사실들 외에 재미있는 일화를 얻기 힘들었다.

　진솔은 자료를 철해놓은 파일을 덮어버리고 책상에 풀썩 엎드렸다. 작가실 벽에 걸린 시계가 밤 열 시를 가리키고 있었다. 빨리 특집을 끝내버려야 홀가분하게 연말을 맞이할 텐데. 당장 이건과 의논해야 한다는 사실도 스트레스를 받게 했다. 냉기가 뚝뚝 흐르는 남자를, 툭툭 내뱉는 말마다 가슴에 박히는 남자를, 이처럼 피곤한 때에 상대해야만 하다니. 건은 지금 스튜디오에서 편집 작업 중이었다. 계단만 올라가면 얼굴을 맞대고 이 특집 문제를 상의할 수 있건만, 왜 발이 안 떨어질까.

　진솔의 내부에서 이성과 감정이 싸우다 결국은 이성이 승리의 깃발을 올렸다. 파일을 챙겨 들고 작가실을 나와 그녀는 털레털레 계단을 올랐다.

주조정실에서 영화음악실 녹음분을 혼자 내보내고 있는 야간 엔지니어 외에는 17층 복도에 인적이라곤 없었다. 어두운 스튜디오들을 지나 맨 구석방 홀로 불이 켜진 제3스튜디오로 향했다. 희미하던 음악 소리가 점점 가까워지고, 이윽고 회전의자 등받이에 비스듬히 기대앉아 피곤한 듯 고개를 젖힌 건의 모습을 볼 수 있었다. 발소리를 듣더니 그가 귀찮은 표정으로 눈을 떴다.

"의논할 게 있는데요."

"…아직 편집 안 끝났는데?"

느릿느릿 건성으로 답하는 저 목소리. 진솔은 못 들은 척 무시하고 말을 이었다.

"기획안 수정해야 할 것 같아서요. 처음 선정했던 인물이 스무 명인데 그중에서 여섯 사람이 겹쳐요. 그리고 에피소드도 부족해요. 방송국에 있는 건 대부분 공식 자료라서."

"자료가 왜 없어요, 어디 숨었는지 모르는 게 탈이지. 옛날 신문 데이터에서 찾으면 되잖아요."

그가 별문제도 아니라는 듯 무덤덤하게 대꾸하는 바람에 진솔은 슬그머니 반항심이 솟았다. 그렇게 나오겠다는 뜻인가?

"몇십 년 전 신문 자료를 어떻게 다 뒤져요? 검색 한 번 하면 주르르 뜨는 것도 아닌데."

"당연히 안 뜨지."

그만 말문이 막혔다. 건이 비로소 회전의자를 돌려 그녀를 똑바로 바라보는데, 그 표정을 가늠할 수가 없었다. 시비를 거는 건지 장난을 치고 싶은 건지. 입매는 딱딱한데 눈동자엔 희미하게 웃음이 서린 것 같기도 했다. 아니, 비웃음일 거야. 그녀는 아랫입술을 지그시 깨물었다.

건이 트랙에서 음반을 꺼내고 다음 곡으로 바꿔 끼우더니 지나가는 투로 말했다.

"나한테 자료 다 있어요. 걱정 안 해도 돼요."

"…정말요?"

그가 천천히 고개를 끄덕였다. 어떻게 그런 자료가 있다는 걸까. 마음이 복잡한 와중에도 진솔은 다행이란 생각이 들었다.

"그럼… 기다렸다 받아 갈게요."

대답도 없었다. 건은 다시 그녀를 무시하기로 마음먹었는지 편집에 몰두했다. 미리 녹음해둔 황해조 선생의 멘트가 흘러나왔다. 원고 내용을 들어보니 다가오는 일요일분이다.

진솔은 나지막하게 한숨을 쉬고 보조의자를 끌어다 스튜디오 구석에 앉았다. 설마 한 시간 안엔 끝날 테니 자료를 받아서 집에 돌아가 좀 더 들여다봐야겠다 싶었다. 트랩에 걸린 테이프가 천천히 돌아가고 스피커에선 개화기 기생의 창가가 구슬프게 흘러나오고 있었다. 지지직 잡음이 빗소리로 들리는, 스테레오 느낌이라곤 하나도 없는 유성기 복각 음반이었다.

스튜디오 창밖으로 검은 어둠에 잠긴 마포 하늘이 펼쳐져 있었다. 유리에 그들의 모습이 비쳤고, 진솔은 창에 어리는 건의 옆모습을 물끄러미 바라보았다. 그렇게 하니 차라리 마음 놓고 그를 관찰할 수 있었지만 이내 심경이 복잡해져 그만 눈길을 돌려버렸다.

서로 한마디 말없이 편집이 끝나고 이윽고 건은 의자에서 일어나 다 감긴 테이프와 음반들을 정리하기 시작했다. 그러고는 무뚝뚝하게 말했다.

"퇴근 안 합니까?"

"…자료를 받아야 가죠."

"무슨 자료? 아아, 그거. 지금은 없어요. 이화동 집에 있지."

진솔은 그를 어이없게 쳐다보았다.

"할아버지 자료예요, 옛날 악단 시절에 스크랩하신. 누렇게 바랜 두꺼운 앨범으로 다섯 권이죠. 별별 웃기는 얘기들이 다 있습디다, 스캔들까지."

건이 씨익 입꼬리를 올리자 그녀는 약이 올랐다.

"반가운 소리네요. 하지만 진작 얘기를 해주죠. 여태 기다렸잖아요."

"기다렸던 건가? 난 몰랐는데."

"그럼 내가 왜 뒤에 앉아 있었다고 생각해요?"

"당신 원고 모니터하는 줄 알았지. 어떤 점을 고쳐야 하나, 어디가 모자라나. 이런 거."

그가 태연히 이죽거리자 진솔은 드디어 속에서 뜨거운 것이 울컥 치밀었다. 며칠간 꾹꾹 눌러 참았지만, 해도 너무한다 싶었다. 그녀는 어금니를 지그시 물고 중얼거렸다.

"한 대… 때려주고 싶네, 정말."

"뭐요?"

"때려주고 싶다고 그랬어요! 도대체, 남자가 왜 그래요?"

"남자가 뭐요. 남자는 어떻게 해야 하는 사람인데?"

그들의 시선이 불꽃처럼 마주쳤다. 진솔은 의자에서 벌떡 일어나 그의 앞으로 똑바로 다가섰다. 파일을 방어벽처럼 가슴에 꼭 끌어안은 채. 더 이상은 참기가 힘들었다. 사람을 가시방석에 앉혀놓는 것도 하루 이틀이지. 목소리가 조금 떨려 나왔지만 애써 또박또박 말했다.

"내가 몇 번이나 화해하려고 애쓰는 거 몰랐어요? 먼저 말 걸고 분위기 풀어보려고 노력했는데, 댁이 한 번이라도 제대로 받아준 적 있었어요? 꼭 그렇게 매 순간마다 나한테 화난 것처럼 굴어야 했어요? 정말 신경이 다 닳겠어요!"

"그게 더 나빠. 왜 아무 일도 없었던 것처럼 굴어요? 분명히 나한테 화났으면서 이유조차 말해주지 않고, 왜 덮어두려고만 해요?"

어느새 비웃음 같은 장난기는 사라지고, 건은 진지한 얼굴로 정색하며 화를 냈다. 그도 지난 며칠 동안 감정이 쌓여 있긴 마찬가지였다.

"꼭 하나하나 따져야 돼요? 그냥, 모른 척 넘어가줘도 되잖아요. 내가 말하기 곤란해하는 것 같으면! 한 번쯤… 봐주면 안 돼요?"

"그렇게 생각할 일 같으면 애초에 화내는 건 뭐야. 사람 마음 뒤집어놓고. 당신 속만 뒤집힌 거 같아요?"

진솔은 그만 눈물이 핑 돌았지만, 그 앞에서는 절대로 울고 싶지 않아 입술을 깨물며 참았다. 참… 서운하고 슬펐다. 이유도 모르고 당해야 했던 건의 입장도 이해 못 하는 바는 아니지만, 만약 그 상대가 진솔이 아니었다면. 그래, 만약 그녀… 애리였다면 그가 이렇게 냉랭하게 굴지는 않았으리란 생각이 들었다.

그녀는 시선을 피해버리고, 앉았던 의자를 원래 자리로 밀어다 놓았다. 숨을 한 번 고르고는 그를 쳐다보지 않고 말했다.

"…많이 늦었네요. 들어가세요."

"이봐요."

그가 위험할 만큼 나직한 목소리로 불렀지만 진솔은 빠른 걸음으로 스튜디오를 나섰다. 눈물이 쏟아질 것 같아 어서 그 자리를 피하고 싶은 마음뿐이었다.

"공진솔!"

귀를 막고 싶은 심정으로 그녀는 복도를 종종걸음으로 지나쳐 여자 화장실로 들어섰지만, 세면대에서 손을 씻고 있는 당직 아나운서를 보고는 이내 발걸음을 돌렸다. 혼자 있을 곳. 안 보이게 숨어버릴 곳. 진솔은 비상구 문을 열고 어둠에 잠긴 계단을 올랐다. 인기척을 감지한 센서가 어두운 황색등을 켰다.

옥상으로 향하는 계단 중간에 걸터앉아 무릎에 얼굴을 묻어버렸다. 울면 안 돼. 여기서 울면 정말 시시한 사람이 되고 말아, 그 남자 말처럼. 어깨를 들썩이며 깊이 숨을 들이쉬는데, 오래 못 가 비상구 문이 열렸다.

"나가세요."

진솔이 힘들게 경고했다. 그녀의 말을 무시한 채 건은 낮은 한숨을 쉬며 천천히 계단을 올라왔다.

"나가달라고 했어요. 가까이 오면 정말 때려버릴 거예요."

"그러시든지. 때릴 자신이나 있으면."

고개 숙인 그녀의 귓가에 우울한 그의 목소리가 묻어왔다. 진솔보다 한 칸 밑에, 그녀의 발치 옆으로 털썩 주저앉아 건은 계단 벽에 등을 기댔다. 조도 낮은 센서등 아래 그를 외면하고 있는 그녀의 모습이 한눈에 들어왔다.

한동안 두 사람 다 말도, 움직임도 없었다. 피차 뭔가 따질 게 있을 것도 같았고 불만을 터뜨리고도 싶었지만, 그들은 약속이나 한 듯 침묵을 지켰다. 고요가 계속되자 센서등도 꺼져버렸다. 저 아래 환기창을 통해 도심의 불빛이 새어 들어올 뿐 비상계단은 어둠 속에 잠겼다.

"…며칠 동안 곰곰이 생각해봤어요."

가라앉은 말투로 그가 말문을 열었다.

"당신 성격상 화가 났다는 건 내가 분명 무슨 중요한 잘못을 했다는 뜻이라고. 그런데 아무리 되돌려봐도, 내가 뭘 잘못했는지 알 수가 없었어요. 모르는 사이에 실수를 한 건지."

진솔은 무릎에 턱을 괸 채 잠자코 자신의 신발 끝을 내려다보고 있었다. 건의 목소리가 시무룩하게 들려서 가슴 한구석이 콕콕 쑤시듯 아려왔다.

"하지만 당신은 나한테 그걸 알려줄 마음이 없어. 그래서 이렇게 생각하기로 했어요. 내가 무슨 잘못을 했겠지만, 당신은 그만 날 용서해야 해. 그러지 못하겠다면 난 이유를 물어야 돼요."

"…댁 잘못도 아니에요."

진솔이 고개를 들자 희미한 어둠 속에서 그와 눈길이 닿았다. 한숨과 함께 손가락으로 머리카락을 쓸어 넘기며 그녀는 맥없이 쓴웃음을 지었다.

"따지고 보면 그렇다고요. 신경 쓰지 말아요, 이젠. 그냥… 나 혼자 잘못 생각했을 뿐이니까."

건은 복잡한 눈길로 그런 진솔을 바라보고 있었다. 서운한 듯한, 아직은 화가 다 지워지지 않은 눈빛으로.

"당신 나쁜 점이 뭔 줄 알아요?"

"…뭔데요."

"사람한테 마음 안 주는 거. 울타리 튼튼하게 둘러치고 속내 안 보여주는 거."

그의 말이 진솔의 가슴을 아프게 파고들었다. 마음 안 주는 거? 겨우 가라앉았다고 생각한 눈물이 다시 핑 돌아서 괴로워졌다.

"알지도 못하면서… 그런 식으로 말하지 마요."

건이 몸을 일으키더니 그녀 앞으로 상체를 기울여 다짐받듯 말했다.

"그게 싫으면 다음부터는 말을 해요. 이번 한 번만 서로 넘어가는 거야. 약속할 수 있어요?"

왠지 목이 메어 진솔은 고개만 끄덕거렸다. 아- 울고 싶지 않은데, 정말이지… 하지만 눈물샘은 의지를 배반해버렸고 건은 충격받은 듯 멈칫 굳어버렸다.

"…울어요?"

"아니에요."

하지만 갑자기 서러움이 물밀듯 밀려왔다. 며칠간 쌓였던 긴장이 와르르 무너지고, 그의 태도 때문에 얼어붙었던 마음이 한꺼번에 녹아버린 탓이었다. 진솔은 그만 무릎에 얼굴을 묻고 정말로 울어버리고 말았다.

건은 당황한 채 그녀의 발치에 앉아 있었다. 난감하게 머뭇거리더니 아무래도 안 되겠는지 손을 내밀어 그녀의 어깨를 잡았다.

"이봐요, 다 풀었는데 왜 울어. 내가 꼭 나쁜 놈 된 거 같아."

"…나쁘죠 뭘."

울음소리를 애써 죽이면서도, 진솔은 밉게 속삭였다. 바로 가까이서 건이 한숨을 쉬자 그녀의 앞머리가 살랑 날렸다. 그도 답답하긴 마찬가지인 것 같았다.

"미치겠네, 정말…. 대체 내가 뭘 잘못한 거야?"

웃어야 할지 울어야 할지 모르겠다는 듯이, 건은 파묻고 있는 진솔의 머리에 자신의 이마를 콩- 갖다 댔다. 그러고는 위로하듯 장난스럽게 쿡쿡 웃어서 그녀도 그만 울음 반 웃음 반 같이 쿡쿡거리고 말았다.

"이젠 웃는 거요?"

"몰라요, 나도."

이상한 사람. 하루에도 몇 번씩 미웠다 고왔다 하는 사람. 진솔은 그렇게 건의 이마의 감촉을 느끼며, 울다 웃다 어두운 계단참에 한참을 앉아 있었다. 손바닥만 한 창으로 도심의 불빛이 그런 두 사람의 그림자를 비춰주고 있었다.

그날 이후 두 사람은 다시 예전으로 돌아간 것 같았다. 적어도 겉으로 보기에는 평온했고, 꽃마차 생방을 마친 뒤 늦은 저녁 식사는 자연히 두 사람이서 먹을 때가 많았다. 덕분에 진솔은 갈수록 그와 좋은 친구가 되고 있음을 느꼈다. 이걸로 충분하다, 그 이상은 욕심내지 말아야지… 하면서도 마음 한 편 조금은 쓸쓸하기도 했다.

황해조 선생의 지방 대학 강의가 있는 목요일은 꽃마차팀이 전날 녹음을 해버려 가장 한가한 날이기도 했다. 일찌감치 퇴근 준비를 하고 진솔은 작가실을 나섰다. 사무실을 통과하면서 버릇처럼 살짝 건의 책상을 건너다보았다. 노트북을 열어놓고 한창 작업 중인 것 같아 인사를 생략하고 지나가려는데 곧바로 그의 목소리가 따라붙었다.

"어라, 우리 작가 말도 없이 간다?"

"…바쁜 줄 알았죠."

진솔이 걸음을 멈추자 건은 옆자리 의자를 당겨 툭툭 쳤다.

"앉아서 이거 한번 봐줘요."

옆자리에 앉아, 그가 돌려주는 노트북 모니터를 가까이 들여다보았다. 한글 파일이 열려 있었고 얼핏 문단을 보니 산문시 같았다.

"시인의 마을 원고예요?"

"어때요?"

그녀는 가볍게 미간을 모으고 쓱 한번 읽었다.

"글쎄요… 뭐, 무난하네요."

건의 눈썹이 슬쩍 올라갔다.

"무난?"

퉁명스런 말투에 비로소 그를 돌아보았다. 짐짓 찌푸린 표정을 만난 그녀의 입가에 웃음이 스며 나왔다.

"어, 당신 시였어요? 어디, 다시 볼게요."

"됐네. 기회는 한 번이었소."

건이 진솔의 손을 막더니 노트북 뚜껑을 탁 닫아버렸다. 진솔이 아쉬워하며 항의했다.

"아까는 건성으로 읽었어요. 댁이 썼다고 말을 해야지 찬찬히 보죠."

"한 번 읽어서 필이 안 왔으면 그만이지 뭘. 두 번 세 번 읽고 감 잡아봐야, 안 반가워요."

그러면서도 건은 장난스럽게 웃었다. 그러고는 책꽂이에 압정으로 눌러놓은 주간 스케줄표를 확인하더니 말했다.

"저녁때 다른 약속 있어요?"

"아뇨, 없어요."

"제작부 회의 마치면 일곱 시쯤 될 텐데. 그때 나올래요? 같이 저녁 먹고 한잔하게."

잠깐 망설였지만 곧 진솔은 미소로 고개를 끄덕였다.

"좋아요."

"오케이. 내가 전화할게요, 집에 가서 기다려요."

그가 싱긋 웃는 모습이 좋아서 진솔은 가슴이 뛰었다. 엘리베이터 앞까지 걸어오는 동안 여러 감정이 교차돼 지나갔다. 언제까지일지는 모르지만, 지금 이 순간의 행복을 느끼는 건 괜찮을 것 같았다. 적어도 1층 로비에서 그녀를 맞닥뜨리기 전까지는 그랬다.

로비 안내 데스크 앞을 서성이는 낯익은 여자의 모습을 발견하고 진솔은 제자리에 멈춰 섰다. 발목까지 오는 멜빵치마를 입은, 올리브색 스웨터 위로 찰랑이는 긴 머리카락이 눈에 띄는 그녀.

"애리 씨?"

애리가 조금 놀란 듯이 이쪽을 돌아보았다. 곧 누군지 알아보고 반가운 기색이 되었으나, 두 손을 모아 코끝을 살짝 가리는 품이 어쩐지 쑥스러워하는 것 같았다. 진솔이 그녀 가까이 다가갔다.

"오랜만이에요. 어쩐 일이세요?"

"아… 마침 근처에 지나갈 일이 있어서 잠깐 건이 좀 만나보고 가려고요. 근데 휴대폰을 안 받네요. 신분증도 없고, 인터폰 번호도 생각이 안 나서."

애리는 울었던 것 같았다. 애써 코끝을 살짝살짝 가렸지만 울어서 빨갛게 된 흔적을 지울 수는 없었다. 서늘하게 아름다운 눈시울도 지금은 발그스름하게 충혈돼 있었다. 그녀가 무안할 것 같아 진솔은 모른 척하는 게 나을 거란 생각이 들었다. 그를 만나러 왔구나. 속상하지 않다면 거짓말이겠지만 진솔은 애리가 마음 편하도록 웃어 보였다.

"내선 573번이에요. 안내 데스크에서 돌려달라고 얘기하세요. 그럼 내려올 거예요."

"고마워요…. 진솔 씨는 잘 지냈어요?"

애리가 웃으니 두 뺨에 보조개가 팬다.

"네. 며칠 전 생일 땐 못 가서 미안했어요."

"아니에요. 바빴을 텐데 우리가 조른 거 같아서 미안하더라고요. 마음 쓰지 말아요."

그녀가 손을 휘휘 내저으며 오히려 미안해했다. 천생, 착한 사람. 진솔은 한결같은 애리의 분위기에 어쩔 수 없이 미소를 짓고 말았다. 안다, 그녀가 예쁜 사람이란 걸….

로비에 그녀를 남겨두고 건물을 나섰다. 지하도를 건너 우성아파트까지 걸어오는 동안 진솔의 마음은 다 가라앉아버리고 말았다. 눈앞에 애리가 안 보이니 비로소 마음 놓고 우울해할 수 있을 것 같았다. 무슨 일 때문에 울었던 걸까. 선우 때문일까? 어떤 일이든 건에게 의논하고 싶어서 찾아왔을 터였다.

처음으로 진솔은 그녀가 미워지려 했다. 그 남자가 마음에 품은 여자라서가 아니라 그녀가 그의 마음을 아프게 할 테니까 미워지려 했다. 그들의 오랜 우정까지 질투하면 안 되는 줄 알지만, 번번이 잊힐 만하면 다시 헤집는 상처일 테니까. 그가 아픈 거 보고 싶지 않으니까.

"그래. 네 그릇도 겨우 여기까지인 거지, 공진솔."

터벅터벅 길을 걸어가며 스스로에게 중얼거렸다. 언제였더라, 애리를 인사동 거리에서 풍경처럼 처음 보았던 날이. 웃는 모습이 참 정겹다고 생각한 여자. 정말 미워하고 싶지는 않았다.

발코니 창으로 노을이 지고 해가 저물어도 진솔은 건의 전화를 기다리지 않았다. 전화할 리가 없다고 생각했다. 컴퓨터 앞에서 흐트러지는 신경을 모아 원고만 줄곧 써내려갈 뿐이었다. 어느덧 벽에 걸린 뻐꾸기시계가 열 번을 울었고 예상했던 대로 전화는 걸려오지 않았다.

별로… 실망도 없었다. 허리를 한 번 펴주고는 컴퓨터를 끄고 욕실로 들어가 손을 씻었다. 일찍 잠자리에 들어야겠다고 생각하는데 갑자기 전화벨이 울렸다.

"미안해요. 늦어버렸네."

수화기 너머 그의 음성을 진솔은 말없이 듣고 있었다.

"지금 나와도… 괜찮겠어요?"

마음이 아파서 쉽게 입이 열리지 않았다. 늦었어요, 하고 이 전화를 끊을 수 있다면 얼마나 좋을까. 그렇게 할 수 있어.

"늦었….'

"잠깐만."

말을 가로막고 그가 부드럽게 웃었다.

"두 번 생각하고 대답하기. 기왕이면 나와준다고 얘기해요."

진솔의 입가에 쓴웃음이 스쳐 갔다. 그래도 그는 만나고 싶어 하는 거다. 약속을 잊지는 않았던 거라고, 어쩔 수 없었던 거라고 그녀는 생각하고 싶었다.

"…어디예요?"

두 사람은 우성아파트 앞 도로변의 어느 포장마차 안에 자리해 있었다. 비닐 천막이 쌀쌀한 밤바람을 막아주었고, 천장에 걸린 촉수 낮은 백열등 불빛이 포장마차 안을 아늑하게 비췄다. 늙수그레한 주인이 철판에 안주를 볶아대고 건과 진솔은 막 소주 한 잔씩을 비웠다.

건의 표정이 그다지 밝지 않아 진솔은 마음에 걸렸다. 저녁 때 로비에서 마주친 여자의 얼굴도 쉽게 지워지지 않았다.

"애리 씨… 울었던 것 같았어요."

그는 잔을 내려다보며 보일 듯 말 듯 쓴웃음을 지었다.

"부모님 때문에 좀 힘든가 봐요. 그동안 잘 버텼는데 사정이 자꾸 복잡해지네."

진솔은 가만히 고개를 끄덕였다. 뭔가 그녀에게 집안 문제가 있나 보다.

"그렇게 얘기 들어주는 거… 힘들지 않아요?"

건이 돌아보더니 피식 웃었다.

"그러는 당신은? 내 얘기 듣는 거 귀찮지 않고?"

진솔은 무어라 대꾸하지 못하고 눈동자에 떠오른 표정을 숨겨버렸다. 주인이 불판 너머 김이 오르는 안주 접시를 두 사람 사이에 내려놓았다. 기다란 나무 의자는 딱딱했지만 그리 불편하진 않았다.

"솔직히 이젠 잘 모르겠어요. 요즘 내 감정은, 애리를 좋아했던 그 시절의 여운 같은 건지도 모르겠고…."

"애써 아닌 척하지 않아도 돼요 뭐."

"아니, 별로 그런 건 아닌데? 꼭 사랑인가 아닌가 결론이 나야 하나?"

건은 담담하게 말하며 두 사람의 빈 잔에 소주를 따랐다.

"깊이 생각하기 싫어서 몇 년 전부터 생각을 안 하고 있는 상태예요. 복잡한 것도 없고, 익숙해진 것 같아. 생각 안 하고 살면 또 그냥 그렇게 흘러가요, 생활이란 건."

이상했다. 소주는 쓰기만 하고 맛이 없는 술이라 생각했는데 오늘 밤 그와 같이 마시는 소주는 달짝지근하게 감기는 것 같았으니. 백열등 불빛이 건의 얼굴을 비추고 턱 아래 그림자를 만드는 것을 진솔은 안타까운 기분으로 보고 있었다.

"…물어봐도 돼요? 언제부터 혼자 속마음 감추고 비밀을 갖게 됐는지."

대체 얼마 동안이나 혼자서 괴로웠던 거예요? 하고 묻고 싶었던 걸까. 잠깐 말이 없더니 그는 대수롭지 않게 대꾸했다.

"비슷한 시기에 군대를 갔었죠. 나는 부대가 의정부였고 선우는 최전방에 있었어요. 가끔 애리가 우리들 면회를 와주곤 했는데, 제대하고서야 확실히 알았죠. 나한텐 친구로 잠깐씩 들려준 거고, 녀석하고는… 연인 사이가 돼 있더군. 그러니까 팔 년 전쯤?"

그의 말투는 그저 가벼웠지만 진솔은 속상했다. 하지만 아무렇지 않은 척 끄덕이며 말을 돌렸다.

"부대가 의정부였구나. 나도 그쪽으로 두어 번 면회 가봤는데."

"아하. 그 후회막심한 첫사랑?"

건이 재미있어하며 놀리자 그녀는 피식 쓴웃음을 지었다.

"역시 공진솔도 고무신 꺾어 신었네. 내가 아는 사내들 중에 애인이 끝까지 기다려준 녀석은 선우밖에 없어요. 그 친구 복이지."

진솔이 입술을 비죽거리며 응수했다.

"왜요, 또 있잖아요. 그… 총천연색 반성문 썼다던 졸병."

"그 녀석도 결국은 차였어요. 그 사연도 눈물 없이는 얘기 못 하지."

"정말? 애인이랑 너무 좋아했다고 그러지 않았어요?"

건이 오래전 일을 추억하며 웃음을 터뜨렸다. 그가 웃을 때 입가가 부드럽게 허물어지는 느낌이 진솔은 좋았다. 우동 국물에 넣을 파를 써는 주인의 도마질 소리가 천막 바깥의 도로를 스쳐 가는 자동차 소음에 섞여 탁탁탁 규칙적으로 들려왔다.

"물론 그랬죠. 그런데 사랑이란 거, 얼마나 순간적이고 우스운 건지 알아요? 그 녀석이 차인 이유는 오직 하나였어. 편지를 써서 보냈는데 대뜸 첫 문장부터 맞춤법이 틀렸던 거야."

"맞춤법?"

"응. 어이없는 쉬운 맞춤법이. 아가씨가 통보하길, 너무 실망스러워서 널 사랑할 수 없겠다 하더라는군."

진솔이 이맛살을 찌푸리며 갸웃거렸다.

"설마 맞춤법 때문이었을까."

그는 개구쟁이 같은 표정으로 수수께끼를 냈다.

"자, 불러줄게요. 편지 첫 문장. '칠흑같이 까만 밤이로구나'. 여기서 어디가 틀렸을 거 같아요?"

그녀는 안주를 집어 먹던 나무젓가락을 거꾸로 해서 포장마차 리어카 합판 위에 글자를 써 보였다.

"칠흑! 칠-흙- 이라고 잘못 썼을 거 같아요."

"땡! 그렇게 많이들 틀리는 글자에서 실수했으면 차이지도 않았지."

그러자 진솔은 나무젓가락을 꼭 쥔 채 잠시 고민했다. 칠흑같이 까만 밤이로구나…에서, 그것 말고 틀릴 만한 글자가 있을까? 칠흑가치, 라고 썼나? 설마. 건이 나른하게 그런 진솔을 바라보며 웃고 있었다.

"절대로 못 맞힐걸? 내가 써줄게요."

건은 팔을 뻗어 저만치 놓여 있던 두루마리 휴지를 집더니 눈금 두 칸을 끊어내 접었다. 그러곤 점퍼 주머니에서 볼펜을 꺼내 휴지에 문제의 구절을 써서 그녀 앞으로 밀어주었다. 진솔이 백열등 불빛 아래 아무렇게나 달필로 쓰인 글자를 내려 다보았다.

칠흑같이 까만 밤이로군아.

그녀는 그만 풋 웃음을 터뜨리고는 딱하게 말했다.
"이럴 수가. 이거 슬픈 이야긴데. 웃으면 안 되는데."
"지금 그 친구, 기업 구단에서 뛰는 축구 선수예요. 미드필 드 공격수고 작년 시즌엔 상도 받았죠. 참한 여자 만나서 아 들딸 낳고 잘살고 있고."
"그래요? 더 잘됐네요."
그도 미소 띠며 짐짓 탄식조로 말했다.
"실수한 거야. 그까짓 맞춤법 하나 때문에 진짜 사나이 뜨 거운 가슴과 재능을 몰라본 거지. 얄팍한 사랑이여."
장난스런 그의 말에 진솔은 웃으며 천천히 고개를 저었다.
"꼭 그렇진 않아요. 갓 스무 살 넘긴 아가씨였다면서. 그 나 이에 꿈 많은 심정에, 그런 쉬운 글자 틀리는 남자 싫어질 수 도 있죠, 뭐. 아무 재능 없어도 편지 한 장 멋지게 보내는 남 자한테 끌릴 수도 있지 않나? 그런 걸 탓하면 안 되지."
건이 손으로 턱을 괸 채 그런 그녀를 바라보는데 불빛 아래 그늘진 눈길이 부드러웠다. 그가 따스하게 웃었다.

"편들기는."

가슴이 죄어오는 잔잔한 고통…. 진솔은 그와 함께 있는 밤이 좋았고, 좁은 이 공간이 좋았다. 주인이 솥뚜껑을 열자 뜨거운 훈기가 김과 함께 훅 피어올랐다. 천막 자락을 젖히고 두 명의 남자들이 어수선한 발소리와 더불어 포장마차로 들어섰다. 나무의자가 아스팔트 바닥에 긁히는 소리, 홍합 국물과 소주를 시키는 목소리를 귓전으로 들으며 한동안 말없이 술잔을 비웠다.

문득 만약 지금 이 자리에서 그에게 좋아한다고 고백한다면 그는 어떤 반응을 보일까… 궁금해지기도 했다. 밤늦은 술자리는 편안했고, 이렇게 조금은 가까워진 느낌을 타고 불쑥 말해버린다면. 하지만, 알고 있다. 자신이 그럴 리가 없다는 사실을. 그럴 만한 용기는 없을 거라는 걸.

"뭐 생각해요?"

건이 무심히 물어왔다. 진솔은 그의 필체가 적힌 휴지 조각을 만지작거리기만 했다.

"별로… 아무것도요."

"주말에 우리 집에 와요. 자료도 찾고 놀다 가요. 할아버지, 진솔 씨 얘기 자주 하시는데."

고개를 드니 그와 시선이 마주친다.

"이화동 집에요? 내가…?"

220

"뭐 어때서. 귀찮아요? 남의 집에 다니는 거?"

"아니요."

그녀는 당치도 않다는 듯 고개를 흔들었다.

"그럼 와요."

초대인가. 자료를 찾는다는 이유는 있지만, 그가 친숙하게 놀러 오라고 하는 게 어쩐지 낯설면서도 고마웠다. 누군가의 가정집을 방문한 게 도대체 얼마 전의 일이었는지 기억도 나지 않았다. 섬처럼 고립돼 지내왔던 시간들.

시간이 꽤 흘러 포장마차를 나왔을 땐 가로등만 남겨두고 건물의 간판들은 잠들어 있었다. 진솔은 차가운 밤공기에 약간의 술기운을 날려 보냈다. 뺨이 발그레하게 달아올라 있었고 바람 불 때마다 머리카락이 가볍게 날렸다.

그들은 컴컴한 상가 앞을 지나 우성아파트 쪽으로 걸었다. 잎이 떨어져가는 가로수 진입로를 걸으며 진솔이 불현듯 장난스럽게 말했다.

"근데 암만 생각해도, 역시 맞춤법 때문에 차버린 건 좀 그렇긴 했다."

"그게 실은 한 번이 아니라 두 번이었거든. 편지 마지막 문장에도 틀렸으니까."

건이 빙그레 웃었다.

"마지막 문장도? 어떻게?"

"처음 보내는 편지에 너무 내 얘기만 했군아."

두 사람은 동시에 웃음을 터뜨렸다. 어느새 아파트 앞이었고 그들은 경비실 앞 계단참에 서서 작별 인사를 했다.

"나와줘서 고마워요. 피곤했을 텐데."

"아뇨, 나도 재밌었는데요 뭐."

"그냥 재미만?"

진솔은 물끄러미 어둠 속에서 그의 얼굴을 올려다보았다. 무슨 뜻일까. 가끔 그가 툭툭 던지는 알 수 없는 말들. 그저 별 뜻 없이 지나치는 농담인지는 몰라도 그녀에겐 밤늦도록 돌이켜보게 하는 말이 되기도 한다.

"갈게요. 잘 자요."

그녀의 속을 아는지 모르는지, 건은 싱긋 웃고는 껑충 계단을 뛰어 내려갔다. 그가 멀어져가는 뒷모습을 지켜보다 진솔은 비로소 차가운 밤공기를 깊이 심호흡했다. 밤바람만큼이나 서늘하게 빛나는 달이 마포 일대를 내려다보고 있었다.

참 오랜만에 입은 스커트였다. 토요일 저녁, 이화동 건의 집 식탁에 앉아 진솔은 랩스커트 아래 종아리가 간질간질한 느낌에 사로잡혔다. 청바지 차림으로 오기가 뭣해 꺼내 입은 건데, 처음 봤을 때 그가 놀라운 듯 신기한 표정을 지어서 좀 무안하기도 했다. 이상한가? 그럴 리는 없다. 거리에서 쇼윈도에 비친 자신의 모습을 살짝 쳐다보았지만 받쳐 입은 쑥색 스웨터와 카디건까지 다 잘 어울렸다.

"집에 손님이 오랜만이라 너무 반갑네요. 나이 든 사람들만 지내다 보니 늘 적적해요."

맛깔스런 찬 접시를 그녀 앞으로 가까이 놓아주며 건의 어머니가 명랑한 수다를 풀었다. 50대 후반의 몸집이 자그마하고 표정이 밝은 부인이었다. 젊은 시절엔 꽤 미인이었을 것 같은. 나란히 서니 어머니의 키가 아들의 가슴께에 왔는데, 아까 얼핏 인사한 건의 아버지가 큰 키였다. 막 예순을 넘긴 아버지는 말수 적고 점잖은 타입인 듯했다. 진솔의 인사를 받고는 은근히 쑥스러워하며 슬그머니 안방으로 들어가버렸으니까.

건의 집에선 30년을 한자리에서 살아온 가족들의 체취가 곳곳에 묻어났다. 안주인이 부지런히 정리를 해도 티가 날 수밖에 없는 세월의 흔적이라고 할까. 지금은 쓰지 않는 옛날 가전제품들이 오래전 낯익은 브랜드가 찍힌 낡은 상자 안에 들어가, 싱크대 천장 위 공간과 주방 한 귀퉁이에 차곡차곡 쟁여져 있었다.

"잘 먹겠습니다."

따뜻한 보리차를 한 모금 마시고 진솔은 수저를 들었다. 사골 국물에 반찬은 나물 종류가 많았다. 좋아하는 가지무침도 있었고 무엇보다 보리차를 마시니 제대로 밥 같은 밥을 먹는 느낌이었다. 아파트에서나 식당에서나 정수기 물에 익숙해진 지 오래라 보리차가 이렇게 고소하다는 걸 잊어버리고 있었다.

"왜 이렇게 반찬이 많아요? 어머니 오늘 무리하셨네."

맞은편에서 겸상을 하던 건이 히죽 웃자, 어머니는 밉지 않게 아들을 흘겨보았다. 그런 모자의 모습이 정다워 보여 진솔은 조금 부럽기도 했다. 식탁 한쪽 소금통과 물잔을 따로 놓아둔 쟁반 옆에 작은 액자 하나가 세워져 있었다. 근래에 찍은 듯한 파란 잔디밭에서 뒹굴고 노는 꼬마들의 모습이었다.

"우리 손주들이에요. 작년까지 이 집에서 같이 살았는데 봄에 이민을 가서….."

부인의 말투에서 손자들에 대한 뿌듯함과 떠나보낸 서운함이 함께 느껴졌다.

"쌍둥인가요?"

"아니, 연년생. 꼭 쌍둥이 같죠? 아우 녀석이 형보다 더 쑥쑥 크더라고. 내년 봄에 꼭 보러 가려고 그래요. 아들 며느리도 다니러 오라 성화들이고."

그러더니 그녀는 아들을 돌아보며 섭섭하다는 투로 채근했다.

"건이 넌 왜 통 휴가를 못 내냐. 이번엔 꼭 좀 내, 같이 가게."

"일이 그러니까요. 한꺼번에 몰아서 녹음하든지 다른 피디한테 부탁해야 하는데 쉽지 않아요, 어머니."

"그래도 삼 년 넘게 휴가 내는 걸 한 번도 못 봤다. 겨우 이

삼 일 쉬는 게 다였지."

풀죽은 모친의 표정에 그는 선선히 고개를 끄덕여 보였다.

"조정은 해볼게요."

주방 입구 쪽에서 험, 헛기침 소리가 들려왔다. 아까부터 거실과 주방 사이를 오가며 기웃거리는 이필관 노인이었다.

"아직 식사 안 끝났다? 아아, 천천히 들라우."

말은 그렇게 하면서도 노인은 가볍게 들떠 뒷짐을 진 채 왔다 갔다 하고 있었다. 덕분에 진솔은 수저를 놓자마자 집 안을 따라다니며 그 옛날의 전리품들을 구경해야만 했다. 우선 거실 한쪽을 차지한 육중한 빛깔의 장식장부터. 유리문이 달린 장식장 칸칸마다 낯설고 기묘한 이방의 물건들이 빛이 바랜 채 진열돼 있었다.

"이거이 내래 일천구백오십 년대에 인도네시아에서 가지고 들어온 가면이다. 당시 칼리만탄 부족이 깎은 거인데, 내래 돈 주고 사디 않았어. 파랑새 담배 두 갑하고 바꿨다."

"아아, 네…."

나무를 거칠게 깎아 만든, 표정을 잘 파악하기 힘든 민속 가면이었다. 이마 부분에 부족민들이 그려 넣은 문양은 아마도 원래 붉은색이 아니었을까 싶었다. 이 노인은 손수 유리문을 열어 그녀가 진열품을 만져볼 수 있게 해주었다.

"아리랑 나오기 전이니끼니 오십팔 년 이전이갔구만. 그 시절엔 막궐련을 피웠어. 한 갑에 오십 환석 했다. 아, 이것도 좀 보라우."

노인은 장식장 아래 칸을 차지한 범선 모형을 자랑스레 가리켰다. 꽤 섬세하게 배 구석구석까지 표현해놓았고, 가운데 씩씩하게 세워놓은 마스트에 돛 하나하나 정성을 기울인 물건이었다.

"멋지네요. 이건 어디서 가져오셨어요?"

"허허, 가져온 거이 아니구 내래 직접 만들었디. 왕년에 이 필관이 손재주는 어디 내놔도 빠지지 않았다."

마도로스 시절 기념품들은 눈길을 끌 만큼 화려하지는 않았지만 세월의 손때가 묻은 채 집 안 곳곳에 잘 보관돼 있었다. 건의 집은 구식 주택답게 천장이 높고 창문도 굉장히 큰 편이었는데, 거실 벽은 어두운 나왕 같은 목재에 니스칠을 한 고동색 마감재로 이뤄져 있었다. 반질반질 닳은 마룻바닥도 약간 미끄러워, 아마도 이 집에서 자란 형제들은 어린 시절 마루를 미끄럼 타고 다니며 놀지 않았을까 상상될 정도였다.

어느새 마당을 향해 난 커다란 네 짝짜리 창문으로 어둠이 몰려와 있었다. 설명을 듣기 시작한 지 한 시간쯤 흘렀을까. 노인은 드디어 장롱 속에 보관하던 낡은 악기 상자를 가져와 트럼펫까지 꺼내주고 있었다. 푹신한 소파에 같이 앉아 진솔은 한때 악단에서 '날리던' 악기를 심각한 표정으로 구경했다.

그때 건은 건너편 기다란 소파에 드러누워 다리를 팔걸이에 올려놓은 채 책을 읽고 있었다. 한번 그녀와 눈이 마주쳤을 때 건의 눈동자에 '고소하다'는 웃음기가 반짝거리는 바람에 진솔은 잠깐 노려봐주기도 했다. 이필관 옹의 회고담이 항구에 밀려오는 파도같이 이어지는데, 마침내 건의 어머니가 안방에서 나와 시아버지를 만류했다.

"아버님, 시간이 많이 늦었네요. 작가 아가씨가 무슨 자료 때문에 왔다고 하지 않았나요?"

"기렇디 기렇디, 스크랩한 거! 내래 말이 길어졌구만기래. 잠시만 기다리라우. 날래 들고 올 테니끼니."

노인이 웃차 일어서서 방으로 호기롭게 자료를 가지러 간 사이 어머니가 아들을 나무랐다.

"넌 어떻게 손님 접대가 그러냐. 중간에 끊지 않으면 밤새도록 얘기하시는 줄 알면서, 그래 아가씨를 계속 내버려둬?"

건이 읽던 책을 내려놓으며 피식거렸다.

"기회가 안 오는 걸 어떡합니까. 할아버지 이 사람 팬인데. 내가 가로챌 틈이 있어야지."

"얼씨구 말은 청산유수. 할아버지 빼닮았지!"

아들의 무르팍을 철썩 소리 나게 때려주고 부인은 진솔을 온화하게 돌아보았다.

"지금이 기회니까 어서 옷 갈아입고 욕실 써요. 늦었으니 쉬고, 일은 내일 이 아이하고 같이 해요."

진솔은 의아해졌다. 옷을 갈아입으라고?

"금방 돌아갈 거니까 괜찮습니다. 이대로도 편해요."

"웅? 자고 간다면서."

건이 책을 탁자 위에 툭 내려놓더니 하품을 하며 아무렇지 않게 대꾸했다.

"맞아요, 자고 갈 거예요. 진솔 씨, 할아버지 스크랩북 다섯 권도 넘어요. 한두 시간 안에 추려내지도 못하고 통째로 들고 가기엔 너무 무거워. 내일 오전에 나랑 같이 골라내요."

진솔이 당황해서 머뭇거리자 건의 어머니가 호기심 어린 눈길로 그들을 지켜보았다. 그리 밝지 않은 거실 조명 아래 마주 본 두 사람의 기 싸움이 벌어졌다. 진솔은 부인에게로 시선을 돌리더니 쑥스럽게 웃으며 말했다.

"폐가 될 거 같아서…."

"아유, 폐는 무슨. 큰애들 나가고 방이 두 개나 텅텅 비었어요. 편하게 생각해요, 내 집같이."

눈가에 잔주름이 지며 웃는 부인의 인상이 푸근해 진솔은 저도 모르게 긴장이 누그러지는 걸 느꼈다. 배려해주고픈 마음이 묻어나오는 말투. 정말 그래도 될까? 처음 방문한 집에서 잠을 자는 것은 그녀로서는 평생 한 번도 해보지 않은 일이었다. 이 노인이 먼지 쌓인 두툼한 스크랩북을 들고 소파로 오자, 건의 어머니는 진솔의 옆구리를 쿡쿡 찌르며 부러 큰소리로 말했다.

"토요일도 늦게까지 일하다 왔으니 얼마나 피곤하겠어. 따라와요, 방 안내해줄게."

얼떨결에 팔을 붙잡혀 일어나는데 은빛 눈썹 아래 노인의 눈이 휘둥그레졌다.

"아니 어드렇게, 이거이 같이 봐야디?"

"아버님. 내일 보기로 다들 결정했네요."

호호 웃으며 부인은 진솔의 손을 붙들고 거실에서 나와 뒤뜰 쪽으로 난 작은 방으로 데려갔다. 복도라고 부르기엔 짧은, 다용도실로 향하는 마루 통로를 사이에 두고 방 두 칸이 마주 보고 있었다.

"멋도 없이, 지은 지 오래만 된 집이라 볼품없죠? 휑뎅하게 크기만 하고 웃풍도 제법 세요."

그녀가 쓸 방의 커다란 창문을 다시 잘 닫아주며 건의 어머니가 말했다. 바닥은 뜨끈뜨끈한 반면 공기가 약간 차갑게 느껴졌지만, 진솔의 마음은 따뜻했다. 꼬마들이 썼던 것 같은 이층침대가 놓여 있고, 아래층 매트리스에 갈아입을 트레이닝 바지와 티셔츠가 놓여 있었다. 아마도 어머니 옷인 듯했다.

"할아버님이 실망하셨으면 어떡하죠?"

진솔이 옷을 집어 들고 웃으며 말했다.

"괜찮아요. 그리고 아버님도 일찍 주무셔야 되고. 세월 앞에 장사 없다고 몇 달 전에 큰 수술 하셨다우. 워낙 체질이 용감한 분이라 저리 태연하게 다니시는데… 여든 넘은 노인 건강이라 옆에서 보는 우린 조마조마해요."

"아, 그러셨군요…."

건의 어머니는 한 짝짜리 장롱에서 이불과 시트를 꺼내오더니 매트리스에 씌우기 시작했다. 진솔이 거들어 함께 씌우고 폭신해 뵈는 이불도 깔았다.

"고맙습니다."

"고맙긴. 편히 쉬고 내일 봐요."

부인이 나간 뒤, 진솔은 먹물빛에 젖은 유리창을 호기심에 조금 열어보았다. 캄캄한 바깥 풍경에 눈이 익숙해지자 뒤뜰 어둠 속에서 윤곽을 드러낸 낮은 꽃나무들이 보였다. 사위는 고요했고 가을밤 풀벌레들만 풀숲 어딘가에 숨어 울음소리를 내고 있었다.

창문을 닫고 방 안을 한번 휘이 둘러보았다. 건의 어린 조카들이 썼던 책상 두 개가 이마를 맞대 놓여 있고, 귀퉁이 장식장에는 거실에서 본 것과 같은 구닥다리 기념품들이 몇 점 진열돼 있었다. 동남아풍의 향로나 촛대 같은 것, 장난감처럼 보이는 끝이 뭉툭한 화살과 활, 낡아가는 뱃사람 모자 따위…. 의자에 조용히 앉아 그녀는 방의 느낌에 적응되기를 기다렸다. 생경한 풍경이지만 불편한 마음은 아니었다.

책꽂이에 꽂힌 책들 가운데서 건의 시집을 발견했다. 이미 몇 번이나 읽은 시집이지만 여기서 만나니 색다른 느낌이 들었다. 행간 너머 그의 체취를 더 깊게 느끼는 기분. 페이지를 펼치는데, 책날개 속지에 사인해놓은 건의 필체가 눈에 띄었다. 시 같기도 하고 메모 같기도 한.

넌, 늘 춘향 같은 마음

네 사랑이 무사하기를.

내 사랑도 무사하니까.

가만히 그의 필체를 바라보고 있으려니… 진솔은 마음이
이상해졌다. 바늘에 찔린 것처럼 심장도 따끔거렸다. 받는 사
람의 이름이 없는 짧은 편지. 아마도, 건네주지 못한.

어쩐지 봐서는 안 될 개인적인 글귀 같아 그녀는 싸한 마음
을 누르고 가만히 시집을 제자리에 돌려놓았다. 똑똑 노크 소
리가 났다.

"…네."

편한 옷으로 갈아입은 건이 문간에 기대서서 포장을 뜯지
않은 새 칫솔을 장난스럽게 흔들어 보였다.

"칫솔 배달. 불편한 점 있어요?"

"아뇨. 고마워요."

칫솔을 건네준 뒤에도 건은 나가지 않고 계속 문간에 서 있
었다. 묻는 표정으로 쳐다보는 진솔 앞에서 그는 약간 멋쩍은
듯 손가락으로 이마를 슬쩍 문질렀다.

"난 지금부터 영화 볼 건데."

그녀도 그만 나직하게 웃어버렸다.

건의 방은 마루 통로를 사이에 둔 맞은편에 있었다. 그가
VTR에 비디오테이프를 넣고 재생시키는 동안, 진솔은 벽에

붙여놓은 2인용 소파를 혼자 차지하고 앉았다. 건은 뒤로 오더니 방바닥에 앉아 다리를 쭉 뻗은 채 소파에 등을 기대고 보기 시작했다. 바닥엔 주방에서 꺼내온 심심풀이로 집어 먹을 땅콩과 피스타치오 접시가 놓여 있었다.

영화 타이틀이 끝나고 본격적인 스토리로 접어들 무렵, 땅콩 접시로 뻗는 진솔의 손길을 건이 손등으로 쓱 막았다.

"가위바위보 해요."

"…왜요?"

"아무튼."

그를 따라 가위바위보를 했다. 건이 보. 진솔이 바위. 건은 짓궂게 쿡쿡거리더니 땅콩 접시를 그녀의 무릎에 올려놓았다.

"진솔 씨가 껍질 다 까요. 진 사람이 까고, 이긴 사람은 거저먹기."

그녀는 어이없는 얼굴로 그를 조금 노려보았다.

"얄밉다."

"뭐가? 속임수도 아닌데."

건은 은근히 즐거워하며 브라운관으로 고개를 돌려버렸다. 별수 없이 진솔은 땅콩과 피스타치오 접시를 무릎에 놓고 껍질을 까면서 영화를 보았다. 가끔 그가 손바닥을 소파 위로 내밀면 깐 알맹이를 얹어줘가면서. 이윽고 그녀는 껍질을 다 벗기고 접시를 바닥에 내려놓고는 푹신한 쿠션을 품에 껴안고 몸을 소파에 편히 기댔다.

아, 너무 열심히 깠나? 슬며시 졸렸다. 그와 같이 있으니 분명 설레는데, 그러면서도 아주 아늑하고 조금쯤 행복하기도 했다. 그리고… 서글펐다. 왜? 생각하고 싶지 않았다. 서글픈 이유 따위, 자세히 들여다보고 싶지 않았다. 그냥 지금이 좋아서, 이대로 고요히 두고 싶은 기분. 진솔은 졸렸지만 몰래 눈을 부비면서도 맞은편 방으로 건너가지 않았다. 그와 같이 있고 싶었다.

기척도 없이 너무 조용해 건은 뒤를 돌아보았다. 진솔이 쿠션을 끌어안은 채 팔걸이에 기대어 잠들어 있었다. 평소 어딘가 몸을 사리는 방어적인 태도는 온데간데없이 사라지고, 방심한 모습으로 잠든 여자가 거기 있었다. 경계선을 완전히 철수시킨 그녀의 모습은 처음인 것 같아 건은 다소 신기한 기분으로 진솔의 잠든 얼굴을 바라보고 있었다.

깨워서 앞방으로 보낼까 하다 곤히 잠든 걸 그러기가 뭣해 건은 담요 한 장을 들고 와 덮어주었다. 잠결에 무어라 중얼거리며 진솔이 약간 몸을 뒤척였다. 그녀가 눈부시지 않도록 건은 형광등 스위치를 내리고 아까처럼 소파에 기대앉았다. 틀어놓은 흑백영화는 그가 좋아해서 예전에 녹화해둔 작품이었다. 몇 번을 돌려봐도 늘 재미있었는데 진솔이 잠들어버리자 혼자 보기엔 별 흥미가 없어지고 말았다. 이상하게도.

그리고… 얼마나 흘렀을까. 진솔이 꿈결같이 눈을 뜨니 형광등은 꺼져 있고 브라운관의 푸른빛만이 물결처럼 방 안에 퍼져 있었다. 건은 소파에 머리를 기댄 채 팔짱 낀 자세 그대로 잠들어 있었다. 영화는 저 혼자 끝나버린 모양이었다.

진솔은 잠든 그의 모습을 가만히 내려다보았다. 손가락을 내밀어 그의 이마를 덮은 머리카락을 살짝 스쳐보기도 했다. 이건 꿈일까 아닐까. 난 깨어난 걸까 잠의 연장일까… 무방비하게 잠든 남자의 모습이 이렇게 아름다운지 예전엔 미처 알지 못했다. 5분만. 아니 10분만, 이 남자가 자는 모습을 지켜보다 앞방으로 건너가야지. 하루에도 열두 번씩 미웠다 고왔다 하는 남자. 무장 해제한 이건의 모습을 실컷 바라보다가.

가늘게 치지직거리는 텔레비전 소리에 섞여 뒤뜰 풀숲에서 귀뚜라미 같은 풀벌레들의 울음소리가 창문 너머 끝도 없이 들려왔다. 산을 타고 불어 내려와 덜컹덜컹 창을 미약하게 두드리는 밤바람도. 그녀의 마음속 어딘가에도 작은 풀벌레 한 마리가 들어와 끊임없이 속삭이는 밤이었다.

"일어나라우. 은행 따야 한다!"

우렁찬 목소리에 진솔이 깜짝 놀라 담요를 젖히고 벌떡 일어나니, 이 노인이 더 놀란 얼굴로 문간에 서 있었다.

"아니, 어드렇게 공 작가님이 이 방에서 자고 있네?"

"아, 저….'"

맞은편 문이 열리더니 건이 까치집이 된 머리를 손으로 쓸어 넘기며 나왔다.

"제가 여기서 잤어요, 할아버지."

이 노인이 젊은이들을 번갈아 살펴보더니 뒷짐을 진 채 험험 헛기침을 했다.

"뭐, 방은 바꿨어두 남녀가 유별했구만기래. 날래날래 세수하고 은행 주으러 가라우!"

눈이 마주치자 하품하던 건이 피곤하게 씩 웃었다. 진솔은 그만 가볍게 절망했다. 꿈결에 착각이 아니었던 거다. 까치집 지은 남자가 저렇게 예뻐 보이다니. 정말 암담했다.

휴일 아침 식사 전 가족의 운동 시간인 모양이었다. 마당에 나오니 건의 아버지가 트레이닝복 차림으로 화단에 물을 주고 있었다. 언젠가 야유회에서 본 적이 있는 낯익은 옷. 그러고 보니 지금 건이 입고 있는 트레이닝복도 그때 진솔이 빌려 입었던 것이었다.

"아, 알았다."

"뭘?"

"저번 야유회 갔을 때 댁이 트레이닝복을 두 벌이나 챙겨 온 까닭요. 온 가족 패션이네요. 집에 트레이닝복이 많죠?"

"하하, 맞았어요."

대문을 나서자 눈앞에 펼쳐진 오솔길 저편으로 가을 산이 성큼 다가섰다. 하늘엔 구름이 몇 조각 흘러가고 불어오는 바람엔 습기가 묻어 있었다. 산에서 건너오는 촉촉이 젖은 흙냄새 속에서, 건의 집 담 모퉁이 두 은행나무는 노랗게 익은 은행 열매를 한가득 매달고 서 있었다. 고개를 들어 나뭇가지에 달린 열매들을 가늠해보며 건이 장난스럽게 투덜거렸다.

"일요일 아침부터 은행털이를 해야 하다니. 이래서 독립한 건데."

진솔은 웃으며 땅에 떨어진 은행 열매부터 먼저 주워 자루에 담기 시작했다. 은행 껍질에서 풍기는 얄궂은 냄새가 마치 시골 들판의 똥거름 냄새처럼 코를 찔렀다. 건이 기다란 마당 빗자루로 나뭇가지를 툭툭 훑어내자 은행들이 후둑후둑 떨어져 내리고, 더러는 진솔의 머리와 어깨로도 때굴때굴 굴러떨어졌다. 아야- 그녀가 불평하자 건은 웃기만 했다.

이 노인은 산으로 올라가는 비탈진 길섶에 서서 헛둘헛둘 맨손체조를 하고 있었다. 다리도 들어 올리고 팔도 올렸다 내렸다 하며 운동에 열심이었다. 자루에 한참 은행 열매를 담다 진솔이 문득 허리를 펴니, 건의 집에서 저만치 몇십 미터 떨어진 곳에 커다랗고 긴 담장이 눈에 띄었다. 한눈에도 연륜이 오래돼 보였는데 누군가의 주택 부지치고는 꽤 큰 규모였다.

"저게 무슨 건물인가요?"

건은 비질을 멈추고 진솔이 가리키는 쪽을 돌아보았다.

"이화장이잖아요. 안 와봤어요?"

"이 동네는 처음이나 마찬가지예요."

말로만 들었던 이화장(梨花莊)이 여기 있었구나 싶어 그녀는 눈을 가늘게 뜨고 긴 담장을 건너다보았다. 그 너머 한옥의 기와지붕 꼭대기가 설핏 고개를 내밀고 있었다. 그러고 보니 동네 이름도 이화동이다.

"우리 집하고 번지수 끝자리만 달라요. 이화동 산 1-2번지가 이화장이거든. 아침 먹고 구경하러 갑시다, 그럼."

"은행 다 줍고 놀러 가라우. 자루 하나는 채워놓구서리. 아가씨 꼬실 생각만 하디 말구!"

대뜸 이 노인의 목소리가 건너오자 건은 미간에 주름을 잡았다.

"콩쥐 심정을 알겠네."

은행을 줍는 그녀의 손길에 웃음이 묻어났다. 휴일 아침이면 모자란 잠을 보충하느라 해가 중천에 뜰 때까지 늦잠 자는 게 버릇이었는데 차라리 일찍 일어나 몸을 움직여보니 훨씬 상쾌하다는 걸 느낄 수 있었다. 불어오는 바람에 흙냄새, 나무 냄새, 은행알 냄새가 섞여 코끝이 새큰한 아침이었다.

이화장은 이승만 대통령과 아내 프란체스카가 살았던 사택이었다. 80여 년 전에 지어진 소박한 구식 한옥들, 그 하나인 조각당(組閣堂)에서 대한민국 초대 내각이 구성되었으니 이화장은 그 시절의 많은 유품들이 보관된 곳이기도 했다. 건과 진솔은 트레이닝복 차림으로 넓은 부지의 산책로를 따라 한가하게 구경하며 걸어 다녔다. 수령이 오랜 나무들 사이로 관람객들이 쉬어 갈 벤치가 산책로 곳곳에서 눈에 띄었다.

프란체스카가 세상을 떠날 때까지 마지막으로 썼다는 방을 진솔은 찬찬히 둘러보며 구경했다. 부유한 사업가의 막내딸로 태어났지만 운명적인 사랑을 택해 이국땅의 초대 영부인으로 생을 마감한 외국 여인. 자개장과 테이블, 두 내외가 하와이 망명 시절 썼다는 토스트기와 컵, 접시까지 고스란히 유품으로 남아 있었다. 검소하게 살았다는 일화에 어울리게끔 '속옷은 기워 입고, 겉옷은 차려입고'라 쓰인 문구가 프란체스카의 방 한쪽에 걸려 있기도 했다.

휴일 오전 산책 삼아 구경 온 사람들이 삼삼오오 웃고 이야기하며 이화장을 돌아다니고 있었다. 깊어가는 가을바람이 제법 선선했다. 건과 진솔은 나무 아래 벤치에 나란히 앉아 단풍이 스러져가는 낙산 숲과 오래된 한옥들의 처마를 무심히 쳐다보고 있었다. 건이 재미있다는 듯이 입을 열었다.

"난 어릴 때 말예요. 이승만 대통령이 우리 친척이고, 이순신 장군이 집안 조상인 줄 알았어요."

"정말?"

"응. 할아버지가 하도 친한 척 말씀하셔서 진짜로 잘 아는 사인 줄 알았지. 이씨 성들이잖아요."

진솔이 빙그레 웃었다.

"아닌 줄 알게 됐을 땐 꽤나 섭섭했겠네요."

"뭐 섭섭할 것까진 없었는데 그보다는 이런 얘기들을 처음 접했을 때가 더 그랬죠. 친일파로 비판받는, 분단의 빌미를 제공한 이승만 박사였다라거나. 군사독재 시절 더 우상화된 이순신 장군이다라거나."

하고 건은 하하 웃었다. 그녀는 엷게 미소 지은 채 고개를 끄덕였다.

"서정주 시인도요."

"맞아요. 그 사람 시가 내 마음을 울컥 뒤흔드는데… 정작 시인의 과거가 어쨌다더라… 그런 얘기 하다 보면 서글프죠."

두 사람은 이화장 마당에 부서지는 가을 햇살을 바라보았다. 낮고 아담한 정자의 빛바랜 기와지붕 옆으로 줄지은 배나무 가지들이 드리워져 있었다. 한순간 인적이 사라지자, 진솔은 마치 시간이 멈춰버린 듯한 느낌에 사로잡혔다.

"고3 때였을 거예요. 더운 여름이었는데… 그때 법대 다니던 형이 두 달째 집에 안 들어온 적이 있었죠."

건이 담담하게 입을 열었다.

"하루는 형사들이 찾아와서 형에 대해 이것저것 묻고 돌아갔어요. 며칠 후 깜깜한 밤중에 형이 돌아왔는데 얼굴은 새까맣게 그을리고 제대로 안 먹고 다녔는지 무척 말랐더군. 형이 윗도리를 벗으니까, 메리야스 대신 입은 티셔츠에 뭐라고 적혀 있었는지 알아요?"

"몰라요."

"조국은 하나다."

두 사람은 소리 없이 마주 웃었다.

"아버지가 잘 드시지도 못하는 술을 하시더니 형을 불러다 앉히고 그러셨어요. 네가 생각하는 게 무엇인지는 알겠는데… 조국은 하나란 사실을 티셔츠에는 새기지 말고, 네 가슴에다만 새기고 살면 안 되겠느냐고. 그때, 우리 아버지 눈물 맺히신 거 처음 봤죠."

아침에 마당을 나설 때 화단에 물을 주고 있던, 예순 살쯤의 말수 적은 사람의 뒷모습이 눈앞을 스쳐 갔다. 은퇴를 몇 해 앞둔 교장 선생님이라고 했던가. 진솔은 그날 밤 그들 부자를 지켜보았을 건의 모습을 상상해보았다. 열아홉 살 그때도 이곳에 살고 있었던 그를. 한 가족이 몇십 년을 한곳에서 살아왔다는 건 어떤 느낌일까…. 그녀는 어쩐지 아지랑이 같은 기분이 되어 멍하니 생각에 잠겨 있었다.

"왜 당신은, 당신 얘기를 안 해요?"

건너오는 물음에 진솔은 천천히 그를 돌아보았다. 두 사람의 시선이 마주쳤다.

"고향. 부모님. 형제자매. 그런 이야기는 통 안 하잖아."

"…물어본 적 없었으니까."

"지금 묻는 거예요."

따스한 가을 햇살이 그의 어깨에 머무르는 것을, 부드러운 웃음이 그의 입가를 스쳐 가는 것을 진솔은 아릿하게 지켜보았다. 손을 내밀면 닿을 것 같은 햇살이었다.

"태어난 곳은 충주. 아버지는 어릴 때 돌아가셨고, 엄마는… 나 스무 살 때 재가하셨어요. 하나 키운 딸, 학교까지 입학시켰으니 한 살이라도 젊을 때 새 인생 찾으라고… 친척분들이 많이 권하셨죠. 내 생각도 그게 좋을 것 같았고."

건은 말없이 그녀를 바라보고 있었다.

"내가 혼수품 같이 골라줬어요. 이불부터 한복까지. 지금 대전에서 살고 계신데 올해 수험생인 아들 뒷바라지하느라 바쁘실 거예요. 전처가 남기고 간 아들이 있거든요. 결혼식장에서 봤을 땐 여덟 살 꼬마였는데."

말하고 나니 기분이 묘했다. 사회에서 만나는 사람들에게 별로 자랑스레 먼저 말했던 적은 없었지만, 누군가가 물어오면 간략하게 들려주었던 옛날이야기였다. 왜 명절 때마다 고향에 내려가지 않느냐고 물었던 한가람 리포터와 최 작가 정도가 전부이긴 했지만. 건이 싱긋 웃더니 그녀의 머리에 장난스레 손을 얹고 손가락으로 머리카락을 거칠게 흐트러뜨렸다.

"이야- 공진솔 멋지네. 그래서 엄마 시집보내드린 거예요?"

"네."

그녀도 그만 쿡쿡 웃어버렸다. 건이 진솔의 팔꿈치를 잡아당기며 벤치에서 일어섰다.

"낙산공원 산책하러 갑시다. 그리고 진짜 맛있는 냉면집에 가요. 사람들이 마을버스 타고 일부러 올라와서 먹는데, 허름하다고 얕보면 안 돼요. 줄 서서 먹거든."

엉겁결에 끌려 일어나며 진솔이 말했다.

"아침 먹은 지 얼마나 됐다고."

"에이, 냉면은 후식이지."

이화장을 나온 두 사람은 낙산공원으로 향하는 성곽을 따라 천천히 걸어 올라갔다. 지대가 높아, 울타리 같은 성곽 아래 서울의 도심이 훤히 내려다보였다. 이대로 동대문까지 이어진다는 성벽엔 넝쿨진 담쟁이가 갈색 거미줄처럼 잎을 떨어뜨린 채 감겨 있었고, 붉은 벽돌로 포장된 공원 산책로 군데군데 벤치와 정자가 호젓하게 놓여 있었다. 낙엽들이 뒹구는 길을 따라 한참을 걷다가 진솔이 입을 열었다.

"낙산이 왜 낙산인 줄 알아요? 낙타 등처럼 생겨서 그렇게 부르기 시작했대요."

건은 기특하다는 듯 피식 웃었다.

"이 동네는 처음이나 마찬가지라면서 그건 어떻게 알았나?"

"원래 한양 땅에 안 가본 사람이 한양 이야기는 더 잘 아는 법이죠. 그런 책 많이 읽었다고 얘기했잖아요.《서울 정도 600년》같은 책."

"그럼, 마포는 왜 마폰데요?"

"나루터인데 삼이 많이 나던 나루터였으니까. 대마(大麻) 말예요."

"아하."

건이 웃으며 끄덕이더니 걸음을 멈춰 성곽에 팔꿈치를 기대고 시가지를 내려다보았다. 진솔도 그의 곁에 서서 저 아래 펼쳐진 부산한 풍경을 바라보았다. 그들의 발치, 나지막한 산동네를 지나 밑으로 내려갈수록 점점 번화해지는 대학로 풍경. 조그맣게 보이는 건물들과 어지럽게 달리는 자동차들. 종로 쪽으로 나갈수록 점점 높아지는 빌딩 라인들…. 도시의 휴일 오전은 여느 때와 다름없이 바쁘게 돌아가고 있었다. 숲 냄새가 번져오는 산의 성곽에 기대선 지금이 오히려 비현실적으로 느껴질 만큼.

바람이 서늘하게 불어와 진솔의 머리카락을 날렸다. 높은 가을 하늘이 눈이 시리게끔 파랗게 비쳐왔다. 티 하나 없이, 마치 서울 하늘에 결계가 쳐진 것 같은 착각이 들었다. 12년을 지내면서도 늘 객지라는 생각만 들었는데 진솔은 오늘 처음으로 서울 하늘 아래 자신의 집이 있다는 느낌이었다. 비로소 두 번째 고향이 될 것만 같은. 그리고 그건, 그녀에게 사랑이 찾아왔기 때문이란 걸 깨달았다.

때로는… 예상치 못한 말들이 사람의 의지를 이기고 수면으로 떠오르는 것일까. 진솔은 가슴에서 넘쳐 오르는 안타까움으로 건을 바라보고 있었다. 그도 그녀의 시선을 느끼고는 무심히 돌아보았다. 건의 눈썹이 의문스럽게 올라갔다. 저도 모르게 말이 되어 나오는 것처럼, 진솔은 그를 응시한 채 입을 열었다.

"나요… 할 말이 있어요."

그도 잠자코 그런 진솔을 바라보고만 있었다.

"나… 당신 사랑해요."

아, 이런 믿기지 않는 순간에도 산의 공기는 얼마나 맑게 느껴지는지. 바람은 또 얼마나 선선하고, 가을 기운은 왜 이렇게도 마음을 싸-하게 만드는지. 심장이 두근거려 두 손을 꼭 깍지 끼긴 했지만 진솔은 떨지 않고 서 있을 수 있었다. 그래. 그녀의 마음이 속삭였다. 이렇게 난 고백해버린 거지. 스스로 내 발목을 잡은 거지. 어떤 대답을 듣는다 해도 후회하지 않을 것 같았다.

건의 표정에 혼란스러움이 스쳐 갔다. 짧은 순간 많은 감정이 그의 눈빛에 떠올랐다 사라지는 것을 진솔은 지켜보았다. 어쩌면 그는 알고 있었는지도 몰라, 내 마음을.

그는 말없이 그녀를 바라보더니 담담하게 입을 열었다.

"지나가는 바람일지도 몰라요."

진솔은 가슴 한구석이 알싸했지만 용기를 잃지 않고 다시 나직하게 말했다.

"그럴지도요. 하지만… 내 마음 내가 제일 잘 안다고 생각해요. 지금 내 마음이… 당신을 대할 때마다 느끼는 이런 마음이, 사랑일 거라고 생각해요."

건에게서 부드러운 한숨이 새어 나왔다.

"솔직히 대답할게요. 난… 사랑이 뭔지 이제 잘 모르겠어.

내 마음 들여다보는 일이 이젠 익숙하지가 않아요."

잠시 침묵이 흘렀다. 어찌하면 좋을까. 그의 말대로 차라리 지나가는 바람이라면 좋으련만. 짧은 바람이 내면의 풍차 날개 하나를 건드리며 그저 스쳐 갈 뿐인 거라면. 진솔은 애써 목소리를 가다듬었다.

"기다릴게요. 당신 감정 알게 될 때까지. 길게는 아니고… 짧으면 몇 달, 길어도 많이 길지는 않을 거예요. 당신이 아무리 생각해봐도 아닌 것 같다 그러면… 나, 정리할 수 있어요. 오래는 안 걸려요."

"당신이 힘들잖아… 그런 건."

"내 몫이니까, 괜찮아요. 내가 감당할 부분이니까."

건은 성곽에 기대선 채 묵묵히 저 멀리 시가지를 내려다보았다. 한동안 말도 없었고, 고개 돌린 그의 그림자 진 옆모습에서 표정 또한 느낄 수가 없었다. 가만히 기다리고 있는 진솔에게 그가 쉽지 않은 듯 말문을 열었다.

"시간을 조금만 줄래요? 잠시, 정리할 시간 같은 거. 내 마음… 들여다볼게요."

"…그래요."

조용히 고개를 끄덕이고 진솔도 저 아래 시가지로 시선을 돌렸다. 수많은 상념들이 그녀의 내부에서 파도쳤다. 겉으로 다 표현하지 못한, 안에서 고요히 끓고 있는 감정들을 산등성이에서 불어오는 바람이 달래주었다.

앞으로 어떤 일들이 있을지 지금의 그녀로선 예측할 수가 없었다. 다만 그 어떤 경우라도 다시는 서울이 싫다고 생각하진 않을 거라고 진솔은 소리 없이 속삭였다. 이 도시가 가져다준 기억들, 추억들을 나빴다고 여기진 않을 거라고. 외롭고 힘든 시간들이었지만 저 남자를 만나게 한 도시니까 미워하진 않을 거라고 속삭였다. 어느 가을날 휴일 오전. 햇살을 하얗게 반사하는 낙산 성곽 앞에서의 한때였다.

6

〈비 오는 날은 입구가 열린다〉는 언제 와도 계절과 시간이 고여 있는 것 같았다. 찻집에 앉아 흘러나오는 명상음악에 귀를 기울이고 있노라면 때로는 낮인지 밤인지도 모호해지는 기분이었다.

11월의 두 번째 휴일 오후. 진솔은 건과 함께 낮부터 인사동에 와 있는 참이었다. 가을이 깊어가면서 두 사람은 조금씩 더 가까워졌고, 그건 비단 진솔의 생각만은 아니었다. 오늘도 낮에 회사 근처에서 같이 점심을 먹고 그대로 헤어지기는 아쉬워 같이 이곳으로 넘어왔으니.

"대추차가 입에 맞을지 모르겠네요."

애리가 김이 모락모락 오르는 투박한 찻잔을 가져와 진솔의 앞에 놓아주고는 자신도 맞은편에 앉았다. 찻숟갈로 저어

한 모금 마셔보니 달짝하면서도 한약 재료가 들어간 듯한 맛
이 우러났다.

"맛있어요. 선우 씨는… 어디로 여행 간 건가요?"

"발 가는 대로 간다고 했어요. 하지만 대강 루트는 알죠. 지
금은 소백산 작은아버지 산장에 있을 거예요."

애리가 어깨를 으쓱하며 웃었다. 선우는 한 번씩 방랑벽이
도지면 짧게는 보름, 길면 두어 달씩 여행에서 돌아오지 않는
다고 했다. 진솔이 웃으며 말했다.

"보고 싶겠네요."

"안 그래도 다음 주쯤 만나러 갈 작정이에요. 선우 말이 그
때 유성우가 쏟아진대요. 굉장한 우주쇼가 될 거라던데 이번
에 못 보면 33년을 기다려야 한대요. 젊었을 때 미리 보자고
하더군요."

애리는 즐겁게 웃고는 무심히 덧붙였다.

"건이도 졸라서 같이 데려가야지."

주방 옆 창고 쪽에서 덜컹거리는 소음이 들리더니, 목장갑
을 낀 건이 커다란 전기난로를 꺼내 들고 나왔다. 슬슬 찻집
에 난방을 시작해야 할 무렵이었다.

"먼지 좀 닦아야겠다. 걸레 줘봐, 애리야."

애리가 걸레 두 개를 빨아다가 건과 나란히 쭈그리고 앉아
난로의 먼지를 닦아내는 것을 진솔은 담담하게 지켜보았다.
그녀가 뭐라고 말했는지 건이 하하 웃기도 했다. 화로 뚜껑을

열고 난로 속에 이물질이 끼었는지 점검한 다음 건은 플러그를 연결했다. 순식간에 화르륵 불꽃이 점화되며 붉은 열기가 원통형 화로에 피어올랐다.

그들에게서 눈길을 거두고 진솔은 대추차 향기를 맡으며 찻숟갈을 천천히 저었다. 낙산 성곽 앞에서 그렇게 고백해버린 일이 때로는 거짓말처럼 느껴지기도 했다. 햇빛 아래 하얗게 빨래를 너는 것처럼 한 점 거짓도 없이 속을 다 보여준 그때. 돌아서면 막상 그를 어떻게 볼까 염려되기도 했지만, 날이 가도 의외로 어색하지는 않았다. 건은 여느 때처럼 편안하게 진솔을 대했고, 즐거우면서도 사려 깊게 그녀를 만났다.

가끔… 진솔의 마음에 그늘이 드리워질 때가 있다면, 건이 자신의 마음을 들여다보겠다고 말한 그날의 약속이 떠오를 때였다. 그는 생각해보고 있는 것일까. 아직은 미련이 남아 있을지도 모를, 옛 감정들을 정리하고 있는 것일까. 한 번쯤 물어보고도 싶었지만 진솔은 채근하지 않기로 했다. 그러고 싶지 않았다. 조금은 더 건에게도 자신에게도 마음이 움직일 수 있는 여백을 주고 싶었다.

긍정적으로 기다리기로 마음먹으며 진솔은 가볍게 한숨을 쉬었다. 찻집 회벽엔 여전히 낙서들이 빼곡히 들어차 있었고, 그 가운데 취해서 갈기듯 써놓은 낙서 하나가 눈길을 끌었다.

우리는 안 될 것 같다

네 번은 하지 말자

- 세 번 시작하고 세 번 끝난 날

애리가 손을 씻고 마른행주에 닦으며 자리로 돌아왔다. 흰 행주를 쥔 그녀의 손끝에 아직도 붉은 봉숭아물이 얇게 남아 있었다.

"오래가네요, 봉숭아물이."

애리는 자신의 가늘고 긴 손가락을 펴더니 고개를 끄덕이며 내려다보았다.

"아껴서 깎았더니 그런가? 이제 얼마 안 남았어요."

입가에 맺힌 미소가 어느새 사라지고 그녀는 생각난 듯 진솔에게 사과했다.

"아 참. 지난번 그날, 건이랑 약속 있었다면서요? 그런 줄도 모르고 내가 연락 없이 찾아가는 바람에."

"별 약속 아니었어요. 퇴근하고 한잔하자는… 그런 거였어요."

"그랬다면 다행이지만…. 사실은, 그날 나 많이 힘들었어요. 그래서 미처 건이 상황을 물어볼 생각도 못 했죠."

애리는 그만 우울해진 듯 깨끗한 나무탁자를 무의식중에 습관처럼 닦았다. 작은 한숨이 그녀에게서 새어 나왔다.

"오랜만에 집에 갔었는데 엄마가 속상한 말씀을 하시는 바람에요. 하나뿐인 딸, 좀 더 훌륭해지길 바라신 것 같은데 내가 그만큼 못 돼서 속상하신가 봐요."

눈길을 내리깐 채 별 소용없는 행주질을 하는 그녀가 여리게 느껴졌다.

"난 그냥 이대로 행복할 수 있는데. 정말 그럴 수 있는데. 왜 그걸 못 믿는다는 건지…."

"…부모 마음이니까."

진솔이 혼잣말처럼 중얼거렸다. 애리는 고개를 끄덕이긴 했지만 그래도 받아들이기 힘든 표정이었다.

"선우한테는 말하지도 않았어요. 그 친구까지 속상하게 하고 싶진 않아서."

그래서 맘 아픈 일은 저 남자한테 말하나요? 진솔의 마음이 속삭였다. 하지만 저 사람도 속상하긴 마찬가지예요. 목까지 차오르는 말을 삼켜버리며 진솔은 쓸쓸하게 웃기만 했다. 건은 이제 벽걸이 히터들까지 분해해서 손봐주고 있었다. 애리를 도와주는 그의 태도에는 몸에 밴 익숙함이 있었고, 애리역시 그런 일들이 자연스러운 듯했다.

"지금 몇 시야? 시간 안 됐어?"

작업을 마친 건이 손을 씻고 돌아왔다. 카운터에 올려놓은 자명종 시계를 쳐다보더니 애리는 아차 하며 이마를 손가락으로 톡톡 쳤다.

"내 정신 좀 봐. 재방송까지 놓칠 뻔했다."

주방 쪽으로 종종걸음 치며 간 애리는 곧 노점상들이 흔히 쓰는 휴대용 소형 텔레비전을 들고 돌아왔다. 탁자에 올려놓고 전원을 켜자 광고가 나오고 있었다. 찻집을 흐르는 음악 소리 때문에 볼륨을 키워야 잘 들릴 것 같았지만 애리는 굳이 소리를 키우진 않았다. 화면 오른쪽 상단에 곧 방영될 프로그램 타이틀이 자막으로 떠 있었다. 진솔이 의아하게 물었다.

"재즈 콘서트? 안희연 씨 프로그램 아니에요?"

"맞아요. 항상 모니터해달라고 잔소리하는데, 통 시간을 맞출 수가 있어야죠."

애리가 콧등을 찡그리며 웃었다. 진솔 곁에 앉은 건은 텔레비전 쪽으로 자세를 바꾸며 오른팔을 자연스레 의자 등받이에 걸쳤다. 진솔의 어깨에 그의 팔이 감싸듯이 와 닿았다.

화면이 바뀌고 진행자가 오프닝 멘트를 시작할 때 약간 볼륨을 키웠다. 이름이 알려진 재즈 뮤지션이 진행을 맡고 있었고, 인사말이 끝나자 피아노가 놓인 무대로 뉴에이지 계열의 연주자가 걸어 나와 인사를 했다. 애리가 무심히 중얼거렸다.

"멘트 자연스럽네 뭐."

"잘 쓰면서 뭘 자꾸 귀찮게 모니터하라는 거야, 그 녀석은. 수시로 봤느냐고 물어서 피곤해."

건이 심드렁해하자 애리는 희연을 감싸며 온화하게 나무랐다.

"그러지 말고 신경 좀 써줘라. 그 애가 방송국에 들어간 건 네 영향도 무시 못 해. 고등학생 때부터 너 많이 따랐잖니."

건이 그런 애리를 물끄러미 보더니 허탈하다는 듯 픽 웃어
버려 진솔은 기분이 이상해지고 말았다. 그에게서 화제를 돌
리고 싶었다.

"애리 씨, 희연 씨랑 친한가 봐요."

"어머, 몰랐나 보다. 희연인 사촌동생이에요. 우리 이모 딸
이죠."

뜻밖의 말이라 진솔은 조금 놀랐다. 지나간 일들이 빠르게
뇌리를 스쳐 갔다. 그랬구나. 자기도 모르게 건을 돌아다보았
지만 그는 별 표정 없이 덤덤할 뿐이었다. 출입문에 매달린
풍경 소리와 함께 한 무리의 손님이 찻집에 들어서자 애리는
자리에서 일어났다.

"어서 오세요."

그녀가 메뉴판을 들고 손님들을 상대하는 동안 건도 일어
나 벗어놓았던 점퍼를 다시 찾아 입었다.

"이만 가죠, 우리도."

"…벌써?"

생각보다 빨리 일어서는 것 같아 진솔이 되물었다. 건은 애
리를 향해 가보겠다는 신호를 해 보였다. 애리가 빠른 걸음으
로 그들이 향하는 출입문 쪽으로 다가왔다.

"저녁 먹고 가라고 했잖아. 실컷 일해주고 그냥 가면 어떡
해, 미안하게."

"됐어. 가볼 데가 있어서 그래. 다음에 보자."

건이 부드럽게 말했지만 그녀는 못내 서운한 표정이었다.

"진솔 씨 또 봐요. 자주 오고요, 네?"

"그럴게요. 차 잘 마셨어요."

인사하고 돌아서는데 애리가 어쩐지 쓸쓸해 보여 마음에 걸렸다. 늘 함께 보이던 선우가 없어서 더 그럴까. 그 자리가 그리 불편했던 것도 아닌데, 저녁 정도 같이 먹을 수도 있었는데 왠지 그들 둘이서만 빠져나온 것 같은 느낌이 들었다. 나무 계단을 내려와 골목을 벗어나자 저물어가는 저녁 햇살이 인사동 거리를 비추고 있었다.

"어디 가는 건데요?"

"당신 야심 찬 프로젝트를 완수시키러."

건이 싱긋 웃더니 아무렇지도 않게 진솔의 손을 잡았다. 그와 더불어 걸으며 그녀의 가슴은 설레기 시작했다. 휴일 저녁 인사동 거리는 사람들로 붐볐다. 도로를 따라 늘어선 좌판들에서 짚신과 올망졸망한 도자기, 기념품 따위가 사위어가는 햇살 아래 마지막 해바라기를 하고 있었다. 어느새 하늘에 노을이 물들어갔다.

"갑자기 웬 창경궁에 올 생각을 했어요?"

관광객들 틈에 섞여 옥천교 교각을 건너며 진솔이 물었다. 돌로 만든 오래된 교각 아래 노을빛 섞인 얕은 물이 어른거렸다. 거의 폐문 시간을 앞두고 들어온 터라 그다지 오래 구경

할 수도 없을 것 같았다. 다른 관광객들은 이미 한 바퀴 돌고 입구인 홍화문 쪽으로 내려오는데 그들만 거꾸로 짚어 올라가고 있었다.

"진솔 씨 때문이라고 했잖아요. 여기서 밤이 될 때까지 있어야지."

건이 장난처럼 말했기 때문에 그녀도 나지막하게 웃음을 터뜨렸다.

"내 다이어리 때문에?"

"그런 원대한 목표는 못 잊지."

고즈넉한 궁궐 마당을 산책하며 건은 즐거운 기색이었다. 복잡한 서울 도심에 이렇게 넓고 고요한 공간이 존재한다는 사실이 신기할 만큼, 창경궁은 담장 하나로 바깥세상과 격리된 채 모래알 같은 세월을 살아가고 있었다.

고관대작들이 관직 서열에 따라 마당에 차례로 자리했던 명정전을 지나고, 숭문당 근처쯤 이르렀을 때 궁궐 곳곳 아름드리나무에 설치된 스피커에서 관리소의 방송이 나오기 시작했다.

―관람객 여러분께 안내 말씀드립니다. 폐관 시간이 임박했으니 입장하신 관람객께서는 한 분도 빠짐없이 출구 쪽으로 나와주시기 바랍니다.

안내 방송은 서너 차례나 계속되었다. 그들처럼 늦게 들어온 몇몇 사람들이 미련이 남는 발걸음을 돌려 오던 길을 되짚

어가기 시작했다. 미처 가보지 못한 저편 풍경을 아쉽게 남겨
두고 돌아서려는데 건이 그녀의 팔을 붙잡았다.

"안 나간다니까? 따라와요."

진솔의 눈동자가 커졌다.

"정말? 농담 아니고?"

"아니고."

그는 쿡쿡거리더니, 반대쪽 단청 건물을 향해 진솔을 데리
고 뛰기 시작했다. 엉겁결에 덩달아 달려가며 그녀가 웃음 반
찡그림 반 소리쳤다.

"금방 들킬 거예요!"

"공진솔 혼자면 들키지!"

짓궂게 놀리는 건은 그 순간 자신만만한 소년 같았다. 붉은
기둥들이 줄지어 늘어선 빈양문을 지나 내전으로 들어서니
인적 하나 없는 고요하고 드넓은 공간이 그들을 기다리고 있
었다. 팔각기와 처마가 노을 비낀 하늘로 곡선을 그리고, 단
풍을 떨어뜨린 나무들과 푸른 상록수들이 내전을 지켜온 오
랜 수령을 말해주고 있었다. 가라앉는 저녁 어스름 속에서 궁
궐 마당에 깔린 흰 포석이 기묘하게 도드라졌다.

"숨을 데가… 없을 것 같아요. 사방천지 이렇게 넓은데도."

눈앞의 풍경이 너무나 고즈넉하게 느껴져 진솔은 천천히
둘러보며 중얼거렸다. 건이 조용히 웃었다.

"당신 하나 못 숨길 것 같아요? 내 등 뒤도 있어요."

그의 음성이 따스해서 진솔의 마음엔 잔잔한 물결이 일었다. 건은 주위를 둘러보더니 북쪽에 위치한 전각으로 그녀를 이끌었다. 그곳은 경춘전이었고 뒤로는 상록수들이 담장까지 빽빽이 들어서 작은 숲을 이루고 있었다.

"여기서 어두워질 때까지 기다려요. 순찰 마칠 때까지."

나무숲 사이로 깊이 들어서서 그들은 바닥에 나란히 주저앉았다. 두 사람의 모습은 자연스레 어스름 속에 섞여들었고 땅에서 올라오는 흙냄새와 나무가 풍기는 특유의 향이 주위를 감돌았다.

잠시 후 팔에 완장을 두른 궁궐 관리인이 경춘전 마당을 심상히 훑어보며 지나갔다. 관리인이 사라진 뒤에도 그들은 사위에 어둠이 깔릴 때까지 숲속에서 느긋하게 기다리고 있었다. 그리고 드디어 조심스레 숲 밖으로 나왔을 때, 고궁은 사람 그림자 하나 없는 그들만의 세상이 되어 있었다.

"잠행 성공?"

"예스."

건이 웃으며 두 팔을 벌리자 진솔은 기쁜 나머지 그에게로 껑충 뛰어 와락 껴안아버렸다. 마술 같았다. 스스럼없이 그를 이렇게 껴안을 수 있다니. 진솔의 이마 위에서 건이 싱긋 웃었다.

"이렇게 한번 안아보네. 아, 좋아라."

그녀도 그만 웃고 말았다. 고궁은 어두웠지만 멀리 담장 밖으로 하늘 높이 솟은 도심의 고층빌딩들이 스카이라인을 빛내며 서 있었다. 궁궐 곳곳에 달빛인지 나무에 달아놓은 비상등인지 알 수 없는 희미한 빛이 스며들기도 했다.

두 사람은 손을 맞잡고 천천히 밤길을 산책했다. 바람이 제법 쌀쌀했지만 진솔은 추운 느낌 하나 안 들었다. 그저 세월의 흐름을 무심히 잊어버린 밤의 고궁이, 허공에 그들을 위한 장막을 치고 있는 듯 느껴졌을 뿐…. 그들의 느린 발소리만 미미하게 들려오는 가운데 진솔이 문득 입을 열었다.

"어릴 때 우리 고향에 향교가 있었어요. 동네 아이들이 몰래 들어가서 뛰어놀곤 했죠, 들키면 쫓겨났지만…. 근데 하루는 어떤 아이가 그러는 거예요. 저 향교에 사는 사람들이 우리를 다 보고 있대. 밤만 되면 그 사람들이 나와서 돌아다닌대."

건은 잠자코 귀 기울여 듣고 있었다.

"어린 마음에 너무 궁금했었어요. 어떤 사람들이 산다는 걸까. 혹시 귀신 아닌가? 그때부터 이런 고궁이나 향교 같은 데, 밤에 꼭 들어가보고 싶었죠."

그가 피식 웃더니 맞잡았던 손을 풀어 그녀의 어깨에 감싸듯 팔을 둘렀다.

"바람 꽤 분다. 감기는 어깨로 들어온대요. 막아줄게요."

"…처음 듣는다, 그런 말."

"우리 할머니가 자주 하신 말씀이었는데. 고뿔이 사람 어깨를 툭 치는 거래요. 이번엔 너다! 그러고 말이지."

건의 나직한 웃음소리를 귓가로 들으며 진솔은 행복해졌다. 어깨에 와 닿은 손의 감촉이 따뜻했고, 꼭 붙어서 걷는 그의 체온이 건너오는 게 사랑스러웠다. 그녀가 어린 시절 접해 보지 못했던 존재여서 그럴까, 그가 조부모의 이야기를 하는 게 듣기 좋았다.

"…돌아가신 지 오래되셨어요, 할머니는?"

"한 십오 년쯤? 할머니는 당신이 세상에 다시 오면 꼭 남자로 태어난다고 늘 그러셨죠. 남자로 태어나서 저 양반처럼 천지 방방곡곡 다닐란다, 하고."

진솔의 입가에 미소가 스몄다.

"어떤 마음으로 그러셨는지 알 것 같네요."

어둠 속에 아담한 정자가 서 있었다. 낡은 나무 계단을 밟고 정자에 오르자, 단청 처마 아래 굵직한 나무기둥 사이로 밤바람이 서늘히 통과해갔다. 이보다 더 고즈넉할 수는 없을 것 같아 진솔은 조용히 바람을 맞고 서 있었다.

옆에서 찰칵- 소리가 들려 돌아보니 건이 라이터를 켜 정자 내부에 걸린 현판을 비춰보는 중이었다. 동서남북 방향으로 네 개의 현판이 라이터 불빛 속에 차례로 드러났다. 다섯 글자씩 새겨진 한문을 그가 중얼거리듯 읽어나갔다.

春水滿四澤 춘수만사택 봄비에 연못의 물은 가득하고

夏雲多奇峯 하운다기봉 여름엔 구름이 봉우리를 만든다

秋月揚明輝 추월양명휘 가을 달빛은 휘황하게 빛나고

冬嶺秀孤松 동령수고송 겨울 고개엔 외로운 소나무가

우뚝하네

"…멋지네요."

"그러게. 사계절이 다 있네요."

그들은 정자 계단참에 걸터앉아 쉬었다. 맞은편 대전의 누
각이 그들이 앉은 자리에서 한눈에 들어왔다. 어쩐지 그 순간
진솔에게는 어디선가 한 번 이런 적이 있었던 것만 같은 느낌
이 들었다. 데자뷔일까. 윤회란 것을 언뜻 믿기는 힘들었지만
언젠가 본 듯한 낯익고도 묘한 느낌에 가볍게 소름이 돋았다.

"이런 곳에 오면 마음이 고요해지는 건 그 때문인 거 같아
요. 살면서 아등바등 힘든 거, 이루지 못해서 속상했던 거 생
각해보면… 어쩌면 다음 생이 있을 거야. 다음 생에선 더 잘
할 수 있을 거야. 내 것이 될 수도 있을 거야… 그런 위안이
되거든요, 난."

건은 잠시 말이 없더니 담담하게 대꾸했다.

"내가, 진짜 천기누설을 해볼까요?"

진솔은 무릎에 뺨을 기대고 앉아 그런 건을 가만히 바라보
고 있었다.

"실은 유물론이 옳을 거예요. 인생은 한 번뿐이야. 죽으면

흙으로 돌아가는 거고. 이번 생에 못 이뤘으면 그만이지, 다음을 기약한다는 건 웃긴 말이야."

"죽어보지 않았는데 어떻게 알아요. 아닐 수도 있지….."

"설령 윤회가 있다고 쳐요. 당신, 전생을 기억하나? 아무것도 모르잖아. 내가 알지 못하는 전생과 다음 생을 왜 생각해요, 이번 생을 살아야 하는 건데."

피식 웃는 그의 음성이 씁쓸하게 들렸다.

"정말 원하는 건, 이번 생에서 해야 해."

문득 진솔이 손을 올려 그의 머리칼을 넘겨주었다. 건이 고개를 돌리자 서로의 눈길이 마주쳤다. 그녀의 눈동자에 작은 떨림이 스쳐 갔다.

"…키스해도 돼요?"

저도 모르게 나온 속삭임. 물끄러미 그녀를 바라보더니 건이 복잡한 눈빛으로 부드럽게 웃었다.

"나한테 하는 말? 안 돼요."

진솔이 말을 잇지 못하고 가만히 보고 있는데, 그가 그녀에게로 천천히 몸을 기울였다.

"…내가 할 거예요."

그의 입술이 다가오는 것을 본 진솔은 그만 눈을 감았다. 어둠 속에서 건의 따스한 입술이 그녀의 입술에 스치듯 닿았다. 왠지 마음이 아파… 두근거림조차 마음 놓고 느낄 수 없는 입맞춤. 한순간의 거짓말처럼 짧은 온기를 남기고 사라지

는 입맞춤. 슬픔이 잔물결처럼 가슴에 퍼져와 진솔은 울고 싶
어졌다.

건의 고개 숙인 이마가 진솔의 이마에 마주 닿았다. 그의
마음을 알 수만 있다면. 방금과 같은, 그런 우호적이고 따뜻
하기만 한 키스. 배려하는 듯한, 사려 깊은 키스의 의미를 알
수만 있다면. 하지만 이 남자 역시 혼란스러워한다는 것을 진
솔은 느끼고 있었다. 손을 내밀어 잡아주고도 싶었지만 그럴
수 없었다. 그가 다가오지 않는다면, 그녀가 당긴다고 해서
무슨 소용일까.

건은 진솔의 이마에 그렇게 마주 기댄 채 무엇인가 생각에
잠겨 있었다. 이윽고 그 자신도 어찌할 수 없는 감정으로, 숨
도 크게 못 쉬고 있는 그녀의 이마와 머리에, 차례로 키스했
다. 그 따뜻한 입김은 그대로 다시 입술을 찾아 내려왔다. 그
러고는 이번엔 떠나가지 않았다. 입술 안쪽의 촉촉한 느낌마
저 전해지는 느리고도 부드러운 입맞춤. 드디어 진솔의 입술
이 열리자 그는 그녀의 뺨을 감싸 안고 촉촉한 입속으로 더
깊이 파고들어 왔다. 그녀의 심장이 미친 듯 뛰기 시작했고,
계단을 짚고 있던 손에 저절로 힘이 들어갔다. 턱을 붙잡은
건의 손이 뜨겁게 느껴졌다.

사랑인가요?

진솔의 마음이 묻고 있었다. 이 두 번째 입맞춤은, 당신 사
랑인가요? 아니면… 결계와도 같은 궁궐의 어둠이 빚어내는

순간일 뿐인가요.

천천히 입맞춤을 멈추고 건은 고개를 들었다. 달빛도 채 느껴지지 않는 어둠 속에서 진솔은 물음이 가득한 눈빛으로 그를 올려다보고 있었다. 아직은 그의 마음을 물어볼 때가 아니라고 생각하면서도, 가슴 가득 차오르는 서글픈 질문을 뿌리칠 수는 없었다. 그런 그녀를 건은 어두운 표정으로 내려다보았다.

"…내가 전에 했던 말 기억해요? 난, 사랑하는 사람이 생기면… 놓지도 않고 끌어안고 손 붙잡고 다닐 거라고. 내 여자한테는 그럴 거라고."

진솔은 보일 듯 말 듯 고개를 끄덕였다.

"나 엉큼한 놈 아닌데… 오늘 종일 당신 만졌어요. 인사동 찻집에서도 어깨에 팔 두르고, 여기서도 껴안고, 나도 모르게 자꾸 손이 갔어."

건은 낮게 한숨을 쉬더니 진솔에게서 조금 떨어져 손가락으로 자신의 머리를 쓸어 올렸다.

"요즘 항상 같이 지냈죠. 낮엔 일터에서 만나고 퇴근하면 둘이 시간 보내고. 당신 원고 쓸 시간까지 뺏는 줄 알면서. 오늘 아침도 오피스텔을 나올 때부터… 진솔 씨 하고 싶었던 거, 하나는 같이 해주고 싶다 생각했어요. 그 다이어리에 적혀 있던 것 중에서, 젠장."

그는 조금 쓸쓸하게 웃었다. 그녀를 돌아보지 않은 채.

"사랑이 뭔지는 모르겠지만… 이런 게 사랑이 아니면 또 뭐란 말이야."

진솔에게 이슬같이 눈물이 맺혔다. 사랑이 뭔지는 몰라도… 사랑 아니면 또 뭐란 말인가. 사랑이 아니면.

무릎에 턱을 괴고 앉아 그녀는 정자 계단 아래 희끄무레 드러난 댓돌을 내려다보았다. 그는 날 사랑하기 시작했어. 그녀는 알 수 있었다. 두렵기도 했지만 그래도 행복했다. 왜 이리 가슴이 아픈지는 모르겠지만 부질없는 환상일지라도, 스쳐 가는 바람이 풍차 날개를 건드리는 것일지라도, 한 번은 믿어 보고 싶었다. 그의 입맞춤과 포옹을. 그가 시작하는 사랑을.

"그래서, 담장에서 뛰어내렸단 말야? 안 다쳤어?"

"응. 안 다쳤어."

크레졸 소독 냄새가 남아 있는 16층 화장실. 칸막이 너머 햇볕이 들어오는 유리창 옆은 평소 청소 아주머니가 틈틈이 쉬는 곳이었다. 바닥이 한 칸쯤 높고 장판과 방석이 깔려 있어, 어른 두 사람 정도가 숨바꼭질로 앉아 속닥속닥 이야기하기엔 딱 좋은 공간이었다. 깔끔한 청소 아주머니 성격대로, 손바닥만 한 공간엔 안내 데스크에 꽂꽂이를 하고 남은 자투리 꽃 몇 송이가 재활용 음료수병에 꽂혀 놓여 있기도 했다.

그날 밤의 창경궁 탈출기를 회상하면서 진솔의 입가엔 빙그레 미소가 떠올랐다.

"창덕궁 쪽으로 연결된 담장은 아주 낮아. 어른 키보다 약간 높은 정도였어. 나무 타고 올라가는 게 좀 힘들었지, 뛰어내릴 땐 그 사람이 밑에서 받아줬으니까."

"얼씨구, 자랑질까지."

가람은 콧방귀를 뀌면서도 목하 사랑에 빠져 들떠 있는 친구를 보는 게 나쁘진 않았다. 무엇보다 소심한 공진솔이 그에게 감정을 고백했다는 사실이 꽤 기특했지만 한편으론 은근히 걱정스럽기도 했다.

"네가 먼저 사랑한다고 얘기할 정도면 뭔가 믿는 구석이 있었으니 가능했던 거 아니냐? 건 피디도 너한테 호감이 있다고 믿는 거지?"

창문 아래 설치된 은빛 스팀기에 등을 기대고 앉아 진솔은 담담히 고개를 끄덕였다.

"응. 솔직히 말하면… 날 좋아하는 거라고 생각해."

"그래. 두 사람이 똑같이 만나도 서로 끓는점이 다르긴 하지. 먼저 끓는 사람이 좀 손해긴 하지만, 뭐 네가 대시해서 잘 진행되고 있다니 나쁘진 않다야. 잘해봐."

가람이 씩 웃더니 경고하듯 말했다.

"그렇지만 명심해. 사랑은 부등호가 되면 안 돼. 이퀄이 돼야 한다고. 손해 보는 장사는 하지 마. 짝사랑 기간 길어서 좋을 것도 없고. 연애는 활력이지만, 짝사랑은 소모전이야. 알지?"

진솔은 피- 웃기만 했다. 가람의 충고가 진심인 줄은 알지만 그리 와닿지는 않았다. 사람마다 가치관은 다른 거니까. 진솔은 그냥, 그렇게 생각했다.

종종걸음 치는 발소리와 함께 최 작가가 화장실로 들어왔다. 미간을 찌푸린 채 세면대 앞에 서더니, 구역질을 참으며 티슈로 입을 누르고 지그시 기다렸다. 그러고는 수돗물을 틀어 입안을 한 번 헹궈냈다.

"속이 안 좋아요, 선배?"

보고 있던 진솔이 묻자 최 작가는 그 와중에도 장난스레 흐흐 음흉한 웃음을 연출했다.

"과연 그럴까. 하긴 처자들이 생각할 수 있는 게 그 정도지 뭐."

"무슨 말예요?"

거울 속에서 눈길이 마주친 순간 진솔과 가람이 동시에 탄성을 질렀다.

"선배, 임신했어?"

"오냐."

가람이 웃음 반 놀림 반 어이없어했다.

"어휴, 주책이유!"

"넌 무슨 축하 인사가 그러냐?"

"축하는 축하지만, 선배 내일모레 마흔이야. 여태 그렇게 금슬이 좋단 말예요?"

"금슬 좋아서 임신했겠니? 피임에 실패했다. 결과적으로 잘됐지만."

최 작가는 세면대에 엉덩이를 걸치고 앉더니 해바라기를 하고 있는 후배들을 향해 기분 좋게 웃었다. 첫아들이 초등학생이니 둘째가 태어나면 열 살도 넘는 터울이 지는 셈이었다.

"그런데 확실히 첫째 때와는 몸이 달라. 나이를 못 속이겠네. 애 아빠는 일 접으라고 안달이 났어."

"잘됐지, 뭘. 핑계 대고 쉬어요."

가람이 싱글거리며 부추겼지만 최 작가는 어림도 없는 소리란 표정이었다.

"누구 좋으라고? 이 기회에 나를 집 안에다 앉혀놓으려는 속셈 뻔히 아는걸. 근데 둘이서 무슨 비밀 얘기를 속닥거렸어? 이건 씨 얘기지?"

진솔은 좀 놀랐다. 그녀가 어떻게 알았을까. 최 작가는 사람 좋은 미소를 띠며 놀려댔다.

"다들 눈 있고 귀 있고 그래. 보면 모르니, 사귄다고 소문났더라. 축하해. 잘 어울리네."

"…그렇게까지 정식으로 사귄다 이런 건 아닌데."

"내부 진행 사정이야 두 사람 문제인 거고. 밖에 비치는 부분은 어쨌든 보기 좋다는 뜻이야. 난 이건 씨도 진솔 씨도 다 좋아하니까, 두 사람 얘기 듣고는 잘됐다 싶더라고."

최 작가가 따뜻한 마음으로 격려하는 걸 느낄 수 있어 고마운 생각이 들었다. 그렇구나…. 작가실로 돌아와 꽃마차 회의 자료를 프린트하면서 진솔은 골똘히 생각해보았다. 아마도 지난주에 끝난 개국 특집 방송 때문에 유난히 더 붙어 다녔던 게 계기였겠지. 원래 사내 커플 소문이란 보도자료처럼 빠르게 퍼지는 법이다.

그러나, 역시 어딜 가나 소문의 종착지는 있었다.

"진솔 씨! 드라이브 갑시다, 나 새 차 뽑았는데. 아직 구경 못 했죠?"

회의 때문에 계단을 올라가려다 16층 엘리베이터 앞에 우르르 서 있는 기술부 직원들 가운데 홍헌표와 딱 마주쳤다. 그가 최근 출시된 날렵한 신형 차를 뽑았다는 사실은 진작 알고 있었다. 기계와 자동차광인 그가 사무실에서 만나는 사람마다 자랑하는 바람에 귀퉁이 복사기 앞에서도 다 건너들을 수 있었던 것이다.

"어쩌죠? 못 갈 것 같은데요."

"에이, 왜요. 우리 둘이만 가기 뭣하면, 친구 없어요? 결혼 안 한 친구. 같이 가도 되는데."

너무 순진하게 속이 보여서 진솔은 웃고 말았다. 옆에 뒷짐을 지고 서 있던 박 위원이 점잖게 홍헌표를 나무랐다.

"자넨 왜 그리 눈치가 없나? 임자 있는 아가씨한테 왜 그래."

진솔의 얼굴이 확 붉어졌다. 환갑을 훌쩍 넘긴 기술위원까지 소문을 들었는지는 미처 예상 못 한 일이었다. 제작부 쪽 이야기가 기술부까지 건너갔다면 아는 사람은 다 안다는 뜻이다.

"임자라뇨?"

"아, 이건 프로듀서 말이야."

홍헌표는 그야말로 아닌 밤중에 홍두깨라는 듯 경악해서는 그녀를 휙 돌아보았다.

"설마! 아니죠, 진솔 씨? 그럴 리가 없어."

"뭐가 그럴 리가 없단 말입니까?"

구원병처럼 나타난 저 태연한 목소리. 건이 다이어리를 들고 그녀의 옆으로 다가왔다.

"자네 똑바로 말해. 정말 진솔 씨랑 커플된 거야, 진짜?"

건이 씩 웃어 보이더니 땡- 소리와 함께 엘리베이터 문이 열리자 엄지손가락으로 가리켰다.

"선배, 엘리베이터 왔네요."

"아 그게 문제야?"

먼저 올라탄 기술위원이 쯧쯧 혀를 차며 불렀다.

"이봐, 홍. 어서 타게."

"아, 예!"

홍헌표는 후다닥 올라타면서도 건을 향해 눈썹에 힘을 주는 것을 잊지 않았다. 문이 닫히기 직전 그의 입 모양이 농담처럼 '배신이야!' 하고 경고를 보내왔다.

"…소문났어요."

건과 함께 계단을 올라가면서 진솔은 헛기침으로 얼버무리며 말했다. 혹시 그가 남들의 관심에 신경 쓸까 봐 마음에 걸린 탓이었다.

"나도 들었어요."

선선히 대꾸하는 건의 표정은 아무렇지도 않았다. 전혀 신경 쓰지 않는다는 태도. 진솔은 들고 있던 파일로 살짝 입을 가리고, 그의 등 뒤를 따라가며 소리 없이 웃었다. 솔직하게 말해서, 지금 이 순간 그녀는 행복했다. 작가실 동료들이 한동안은 재미 삼아 놀릴 테지만 길어봐야 며칠이다. 좀 쑥스러워도 어때. 나는 즐겁고 행복하답니다- 하고 말해주고 싶었다.

로비 회의용 탁자에 파일을 내려놓고 진솔은 생각난 듯 다이어리 갈피에서 사진 한 장을 꺼냈다.

"이화동에서 추려왔던 스크랩 중에서요, 이 사진이 끼어 있었는데 아무리 봐도 가수는 아닌 것 같아서요. 당신 할머님 사진 아닌가요? 젊은 시절 모습인데."

그녀가 건네주는 손바닥만 한 흑백사진을 건이 받아 들었다. 비로드 재질의 한복을 입은, 얼굴이 둥글고 복스럽게 생긴 여인의 모습이었다. 그가 갸웃하며 들여다보더니 고개를 저었다.

"음… 우리 할머니는 확실히 아니에요. 코나 입매가 딴판인데 뭐. 할아버지가 왕년에 연애하셨던 분인가 보네."

"설마."

"아냐, 수상해. 가족 앨범엔 끼워놓을 수 없으니 스크랩 속에다 감춰두신 거겠지. 할아버지 스타일은 내가 다 알아요."

진솔이 웃음을 터뜨리자 그도 싱긋 웃으며 사진을 도로 밀어주었다. 그녀가 챙겨두라는 듯.

"거참 이상하지. 우리 할머니보다 안 이쁘신데, 왜 조강지처 놔두고 한눈파셨는지 모르겠어."

"그러게요. 근데 어머니 말씀이 둘째 손주가 할아버지랑 똑 닮았다던데."

새침한 진솔의 말에 그의 눈썹이 슬쩍 올라갔다.

"그거, 무슨 뜻이지?"

"아무 뜻도 아니에요. 그냥, 그러셨다고요."

그녀는 모른 척 사진을 도로 끼워 넣고 프린트해온 자료를 그에게 넘겼다. 속으로는 쿡쿡거리면서. 이렇게 괜히 시비를 걸어보는 것도 재미있다는 걸 알았다. 건이 어이없어하면서 탁자 아래 그녀의 청바지를 툭 발로 찼다.

"나빠, 공진솔. 산에 안 데려가야지."

"산? 무슨 산?"

"됐소. 안 데려갈 건데 뭐하러 말해."

"얘기해줘요."

"회의 시간이에요, 공 작가. 내가 이거 읽을 동안 제발 조용

271

히 좀 있어요."

심통을 부리며 자료를 펼쳐 들더니, 건은 곧 짧게 이발한 머리를 한 손으로 비스듬히 괴고 그녀가 뽑아준 프린트물을 읽어 내려갔다. 금세 집중해서 골똘해진 그의 옆모습을 진솔은 한숨 섞인 미소로 바라보고 있었다. 어른스러웠다가 소년 같았다가, 부드럽다가 짓궂다가. 건에게서 비치는 모습들이 그녀는 다 사랑스러웠다. 정말 병이 깊은 거야… 싶을 만큼. 그렇게 사랑이 자라는 동안 가을은 저물어가고 있었다.

11월 중순의 소백산 능선은 밤하늘을 굴곡 짓는 검은 윤곽으로 첫 모습을 드러냈다. 평지보다도 훨씬 빠르게 성큼 겨울이 가까웠음을 느끼게 하는 산의 공기와 기온. 녹음테이프를 넘기고 저녁이 다 되어 서울을 출발했던 터라 소백산 휴게소에 도착했을 땐 이미 캄캄한 밤이었다.

주차장에 차를 세워두고, 건과 진솔은 불빛 환한 휴게소 건물로 들어가 뜨거운 핫바를 하나씩 먹고 있었다. 시간이 촉박해 저녁을 거르고 달려와서 배가 출출했다. 건이 커피를 뽑으러 간 동안 진솔은 휴대폰을 열어 시간을 확인했다. 밤 9시 45분. 그래도 예정보다 일찍 도착한 셈이었다.

"그 핫바… 나, 한 입만 주세요."

웬 남자가 쓱 다가와 불쑥 말하는 바람에 진솔은 소스라치게 놀랐다. 획 돌아보니 수염이 자라고 머리카락이 긴 남자가

272

빙그레 미소 띤 채 서 있고, 그 옆에선 등산복 차림의 애리가 손등으로 입을 가리며 웃고 있었다. 진솔은 마음이 탁 놓여 어휴- 소리가 절로 나왔다.

"놀랐잖아요, 선우 씨. 벌써 나와 계셨어요?"

"혹시 일찍 도착할까 봐요. 한 시간 전부터 기다리고 있었어요."

선우가 묵고 있는 산장에 애리는 며칠 전 내려와서 함께 지내고 있었다. 오늘 밤 예년과는 비교도 안 되는 굉장한 유성우가 쏟아진다는 소식에 천문학에 종사하는 사람들은 물론 일반인들도 관측을 준비하는 이들이 많았다. 불빛 많은 도심에서 잘 관측할 수 있을 리는 없고, 건과 진솔은 선우의 초대에 산행도 겸해 소백산까지 내려온 셈이었다.

"어이-."

커피를 들고 온 건이 친구들을 보더니 짤막하게 인사를 건넸다. 두 잔의 커피를 다 함께 나눠 마시며 일행은 건의 차를 타고 휴게소를 출발했다. 선우가 알려주는 대로 휴게소에서 백 미터쯤 벗어난 옆길로 새어 들어가니 좁은 포장도로가 한동안 계속되었다. 차창 밖으로 어둠이 더 짙어지며 차는 어느새 울퉁불퉁한 흙길로 접어들었다. 헤드라이트 불빛 속으로 울창한 나무들이 가까워졌다가 차례로 뒤로 멀어져갔다.

"작은아버지는 잘 계셔?"

"여전하셔…. 산장이 꽤 낡아서 조만간 새로 지으려고 생각하시더라고. 너 오랜만에 온다고 기다리신다."

앞좌석 두 남자의 대화를 들으니 건은 지금 찾아가는 산장에 몇 번 묵은 적이 있는 것 같았다. 승용차가 더 들어갈 수 없을 것처럼 외진 풍경이 계속되었지만 선우는 익숙하게 길을 안내했다. 차체를 스쳐 가는 산바람 소리가 귓가에 윙윙 울려왔다.

이윽고 차는 불이 켜진 자그마한 산장 마당에 멈춰 섰다. 거기까지가 차로 올 수 있는 마지막 지점 같아 보였고, 산장 지붕 너머 진솔로서는 이름도 알 수 없는 소백산 봉우리들이 어둠 속에 위압적으로 솟아 있었다. 여기서부터 휴게소까지 걸어서 마중을 나온 선우와 애리가 대단하다 싶을 만큼.

문이 열리고 누런 개 한 마리가 어슬렁 모습을 나타내더니 곧이어 나이 지긋한 사내가 따라 나와 그들을 반겼다. 선우의 작은아버지였다.

"이건이! 이거 너무한 거 아니냐? 사회생활이 그렇게 바빴나그래? 몇 년 만이야, 대체."

"죄송합니다. 잘 지내셨어요?"

건은 웃으며 오십 줄을 훌쩍 넘긴 주인이 내민 손을 잡았다. 산장 처마에 매달린 비상등과 두어 개의 방 창문에서 조명이 비쳐 나올 뿐 주변은 온통 어둠이었고, 사람만 없었다면 금세 깊은 적막으로 가득 찰 것 같은 산발치였다.

단층 통나무집 산장 방에 진솔은 짐을 풀어놓고 공동욕실에 들어가 대강 얼굴과 손발만 씻었다. 맞은편 방에서 그동안 선우와 애리가 지낸 것 같았는데, 그들이 오는 바람에 애리가 진솔과 같은 방을 쓸 모양이었다.

식당 팻말이 붙은 공간은 세월을 타서 상당히 낡았지만 아늑한 느낌이 있었다. 주인과 선우가 차려 내온 산채비빔밥으로 늦은 식사를 마치고 나니 열한 시. 두꺼운 방한복과 털모자, 목도리로 중무장한 그들은 서둘러 산장 마당으로 나섰다.

"육안으로도 잘 보일까요? 소백산에 천문대가 있다고 들었던 것 같은데."

진솔의 물음에 선우가 싱긋 웃었다.

"연화봉에 있는데 밤에는 아무나 관측 못 해요. 그리고 이 정도 위치면 별똥별은 육안으로도 잘 보이죠."

마당 한가운데 나무 평상에 여자들이 올라앉았다. 초겨울 산 공기가 정신이 번쩍 들 만큼 쌀쌀했지만, 두터운 방한복을 입고 어깨에 담요를 뒤집어쓴 탓에 지독히 춥지는 않았다. 남자들이 나지막한 철판 깡통 안에 나뭇가지와 목재 부스러기를 집어넣고 불을 피웠다. 화로처럼 깡통에서 불길이 솟아오르자 여자들의 발치 가까이 놓아주었다.

"뜨거운 둥굴레차요."

산장 주인이 차가 담긴 보온병과 머그컵들을 가지고 나와 평상에 올려주기도 했다. 구수한 둥굴레차를 마시며 기다리기를 30분쯤. 캄캄한 밤하늘엔 뭇별들이 곧 쏟아질 것처럼 반짝이고 있었지만 어느 것 하나 꼬리를 끌며 떨어지는 건 없었다. 드디어 건이 평상에 벌렁 드러눕더니 투덜댔다.

"뭐야, 언제 떨어져. 기별이 없군."

"기다려라. 그 나이 처먹도록 성질만 급해서는⋯."

바닥에 쭈그리고 앉아 우산을 만지작거리던 선우가 태연스레 혀를 찼다. 그는 지금 산장 창고에 굴러다니던 우산을 가져와 맨 위 꼭지 부분을 돌려 빼내고 있었다. 볼트처럼 우산 꼭지가 빠지자 그는 그 구멍에 카메라 소켓을 빙글빙글 돌려 끼웠다. 기특하게도 사이즈가 딱 맞았고, 우산을 펼쳐 손잡이 부분을 땅에 꽂으니 그런대로 봐줄 만한 삼각대가 만들어졌다. 평상에서는 건이 편안하게 드러누워 밤하늘을 지켜보았고 애리와 진솔은 소곤소곤 수다를 나누고 있었다. 애리가 문득 선우를 돌아보며 물었다.

"오늘 떨어지는 유성이, 무슨 혜성 때문이라고 그랬어?"

"템플-터틀 혜성. 1866년에 뿌리고 간 잔해가 오늘 지구에 떨어지는 거야."

"맞다. 템플-터틀!"

진솔에게 설명해주다 미처 생각이 안 났던 애리가 크게 고개를 끄덕였다. 1866년이라⋯ 진솔은 새삼 신기한 느낌이 들었다.

"거의 백사십 년 전에 뿌린 별똥별을 지금 보는 거네요?"

그녀의 등 뒤에서 건이 대꾸했다.

"저런 별빛도 몇만 광년을 날아오잖아요. 삼만 년 전에 출발한 빛을 이제 우리가 보는 건데 뭐. 엄청나게 오래 걸린 우연이지."

"운명이야."

애리가 웃으며 말했다. 선우가 고개를 들더니 평상의 진솔을 향해 배려하듯 친절하게 물었다.

"내일은 뭐 하고 싶습니까? 산행이 좋은지 낚시가 좋은지… 진솔 씨가 고르세요."

"여기, 낚시할 곳도 있어요?"

"단양 쪽으로 나가면 저수지가 있어요. 거기 가서 닭도리탕 해 먹을까요, 우리?"

듣고 있던 애리가 끼어들었다.

"낚시 가서 무슨 닭도리탕을 해 먹어? 매운탕을 끓여야지."

"닭을 낚으면 되잖아…. 우린 계속 술을 마시는 거야, 낚싯대에 닭이 걸릴 때까지."

선우가 느릿느릿 말하는 바람에 모두들 하하 웃어버렸다. 산바람이 차갑게 불어왔고 공기에 노출된 뺨이 시려 진솔은 담요 속에 넣었던 손을 빼 얼굴을 감쌌다. 선우가 아 참, 하더니 말을 이었다.

"근데 그 저수지엔 전해지는 얘기가 있어요. 좀 무서운데."

"무슨 얘긴데요?"

"거기가 수몰지구거든요. 예전엔 시골 마을이었는데 마을

이 물에 잠길 테니 다들 떠나라 했지만, 어떤 할머니만 못 떠난다고 버텼대요. 전쟁 나간 아들이 돌아올 텐데 집이 없으면 어떡하냐고."

진솔은 두 뺨을 감싸고 앉아 가만히 듣고 있었다.

"아무리 설득해도 소용이 없어서, 할 수 없이 그냥 수문을 열었대요. 할머니는 그때 툇마루에 앉아서 다듬이질을 하고 있었는데 그대로 물에 잠겼죠. 그 후로 가끔 저수지에서 낚시꾼들이 그 소리를 듣는대요. 다듬이질하는 방망이 소리를. 뚝딱뚝딱…."

선우의 눈동자에 웃음기가 반짝이고 있었지만, 진솔은 웃음이 나오진 않았다.

"무서운 게 아니라… 슬픈 얘기네요, 뭐. 차라리 산행을 할래요."

"어, 떨어진다!"

갑자기 건이 외쳤기 때문에 그들은 밤하늘을 올려다보았다. 바야흐로 유성우가 시작되고 있었다. 북두칠성 근처의 사자자리에서 휘익 꼬리를 끌며 서너 개의 하얀 별똥별이 순식간에 떨어져 내렸다.

믿을 수 없게도 자정을 넘기면서부터 하늘에 붙박여 있던 별들이 우수수 궤도를 이탈하기 시작했다. 건과 선우는 번갈아 사진을 찍기도 하고, 자기들끼리 무엇인가 이야기를 주고받으며 웃어대기도 했다.

오랫동안 잊지 못할 밤하늘이었다. 산장 주방에서 꺼내온 맥주를 함께 마시면서 웃고 이야기하며 지켜본 두 시간 남짓, 2백 개도 넘는 유성우가 쏟아져 내렸다. 때로는 눈앞에서 목격하는 현상이 마치 환영처럼 느껴지기도 한다는 것을 진솔은 깨달았다.

철판 깡통 속의 모닥불이 사위어갈 무렵, 밤하늘에 검은 그림자를 그리며 떼 지어 이동하는 철새들을 보았다. 선두에서 날아가는 우두머리 뒤로 양 갈래로 줄지은 겨울 철새들이 밤을 도와 날아들고 있었다. 달은 저 멀리 떠 있고, 떨어지는 흰 유성우를 가로질러 새들의 날갯짓이 선하게 흘러갔다.

장작을 땐 방의 아랫목은 절절 끓을 만큼 뜨거웠다. 잠옷으로 갈아입은 진솔과 애리는 각자 요를 하나씩 펴고 이불 속으로 들어갔다. 진솔이 머리맡에 다이어리를 펼쳐 하루를 정리하는 동안, 애리는 겨를 넣은 길쭉한 사각 모양의 베개를 끌어안고 그런 진솔을 물끄러미 응시하고 있었다.

"진솔 씨, 이마 되게 예쁘다."

진솔은 이부자리 건너 그녀를 향해 피식 웃었다.

"나 예전에 인사동 길에서 애리 씨 여러 번 봤었어요. 선우 씨랑 항상 같이 있는 모습. 처음 애리 씨 봤을 때, 나 거의 반했었는데."

"정말?"

애리가 몸을 반 바퀴 굴리더니 팔꿈치 아래 베개를 끼고 엎드렸다. 눈에 호기심이 고여 있었다.

"우리를 봤단 말예요? 어땠는데, 첫인상이?"

"음… 애리 씨는 호리호리하고 미인이고 다정한 느낌. 그리고 선우 씨는… 좀 어려운 느낌?"

표현이 어떨지 몰라 진솔은 볼펜으로 멋쩍게 귓가를 두어 번 문질렀다. 애리는 "어려운 느낌…" 하고 따라 중얼거렸다. 한동안 그녀는 기척 없이 생각에 잠겨 있었고 진솔은 무심히 메모를 적어 내려갔다.

"난요… 가끔, 선우가 별을 잘못 찾아온 사람 같아요."

진솔은 펜을 멈추었다. 애리는 베개에 뺨을 괴고 편안히 엎드려 있었다. 긴 머리카락이 어깨선을 따라 부드럽게 흘러내린 채 그녀는 혼잣말처럼 덧붙였다.

"그래서 아무것도 강요를 못 하겠어요. 선우가 하기 싫어하는 거… 체질에 맞지 않아 하는 거. 강요할 수가 없어요. 나도 그러기 싫고…."

한동안 두 여자는 침묵했다. 애리의 마음을 다 알 수는 없는 거겠지만, 진솔은 그녀를 감싸주고 싶은 생각이 들었다. 그래서 그저 화제를 바꿔버렸다.

"선우 씨는, 어떻게 사랑하게 됐어요?"

애리의 얼굴이 밝아지더니 미소가 떠올랐다.

"스물두 살 때였어요. 캠퍼스 잔디밭에서 해바라기하고 있는데, 지나가던 선우가 날 보더니 다가와서 우뚝 멈춰 서는 거예요. 이렇게 말하데요. 너… 다음 생에서도 나하고 만나자. 얼마나 멋있던지 마음 다 뺏겨버렸죠, 뭐."

진솔은 빙그레 웃었다. 애리도 쑥스러운지 쿡쿡거리더니 슬쩍 콧잔등을 찌푸렸다.

"근데 건이는 우리가 환생에 대해서 이야기하면 시큰둥해요. 그런 것에 관심 두는 거, 무의미하다고 생각해요. 가끔 그 친구는 굉장히 냉정할 때가 있죠."

"알아요. 그렇기도 하지만… 진짜 속은 여린 남자 같아요."

진솔이 조용히 말했다.

"건이 사랑하죠?"

"…네."

진솔은 짤막하게 고개를 끄덕였다. 애리는 공감대를 얻어 기쁜 듯이 나지막한 한숨을 쉬었다.

"사랑을 하니까… 진솔 씨도 내 마음 알 거라고 생각해요. 희연이는 언니 왜 그렇게 남자 하나 바라보고 살아? 그러지만, 실은 난… 예전에 봤던 영화 중에 잊혀지지 않는 장면이 있어요. 〈그랑 블루〉란 영화, 봤어요?"

"봤어요."

"거기 엔딩 신에서, 남자가 자기 아이를 가진 여자를 놔두고 바닷속으로 내려가려고 하잖아요. 여자는 보내주기 싫어서 막 우는데… 남자는 눈물이 글썽한 채로 제발 보내달라고 해요. 결국은 여자가 그의 손을 놔주죠."

검은 밤 짙푸른 바다의 그 엔딩 장면이 어렴풋이 기억 위로 떠올랐다. 애리는 쓸쓸하게 웃으며 말을 이었다.

"그렇게 물 밑으로 내려가서 돌고래랑 만나는 남자 표정이 얼마나 행복하던지…. 그 여자가 말했었죠. 저 남자의 심장은 돌고래처럼 느리게 뛰고 있다고. 그 말이 귓가에서 잊혀지지 않아요. 사랑하는데… 그 차가운 물 밑으로 보내야 했던 여자 마음이, 난 자꾸 생각나요."

밤이 깊어갔다. 애리가 눈을 비비며 하품을 해서 진솔은 다이어리를 덮었다. 애리는 곧 이불을 끌어당기고 잠을 청했다.

"잘 자요, 진솔 씨."

"잘 자요."

전등 스위치를 끄고 캄캄한 어둠 속에 베개를 베고 누웠지만 진솔은 잠이 오지 않았다. 옆에서 애리의 숨소리가 희미하게 들렸다. 그녀가 사용하는 향수일까 체취일까. 비누향 같은 엷은 향기가 건너오기도 했다. 어둠에 눈이 익자, 모로 누워 잠든 애리의 모습이 창으로 스며오는 달빛에 비쳤다. 그래서… 당신은 밤마다 그 사람의 머리맡을 지키고 싶은 건가요. 진솔은 소리 없이 물었다. 당신 손끝에 봉숭아물 흔적은 이미 지워졌는데, 당신은 내년 여름에도 또 물들일 건가요.

좀처럼 잠이 올 것 같지 않아 진솔은 자리에서 일어나 두꺼운 파카를 걸치고 살며시 방을 나왔다. 뜨거운 차라도 마실까 싫어 슬리퍼를 신고 냉기가 감도는 복도로 나서자 순식간에 몸이 부르르 떨렸다. 산장 식당엔 불이 켜져 있었고 건이 혼자 주방에서 커피를 끓이고 있었다.

"잠이 안 와요?"

문을 열고 들어서는 진솔을 보고 건이 물었다.

"응, 낯설어서 그런가 봐요."

"잘됐다. 커피 마시려던 참인데, 혼자 마시기 쓸쓸했는데."

그는 두 잔의 커피를 들고, 진솔이 앉아 있는 칠이 군데군데 벗겨진 철제 테이블 앞으로 다가왔다. 식당 바닥은 회색 시멘트였고 벽지가 안 발린 회벽엔 이름 모를 말린 나무열매와 먼지 쌓인 그림 액자 두어 개, 간단한 연장 따위가 걸려 있었다. 여러 개의 낡은 테이블과 의자들 사이, 등받이 없는 플라스틱 보조의자들만 촉수 낮은 전등 아래 유독 선명한 색깔로 튀어 보였다.

"…힘들지 않아요?"

그녀가 담담히 물었다.

"뭐가?"

"그냥."

그런 진솔을 물끄러미 바라보다 건은 조금 엄한 표정이 되었다.

"바보다."

그의 낮은 목소리가 그녀의 가슴에 한 마디 위로처럼 와닿왔다.

"힘든 감정이 남아 있다면 나 혼자 견디지 감히 당신을 데려오진 않아요. 같이 느끼게 하진 않는다고. 나 그렇게 정신 나가거나, 모자란 놈 아니오."

"미안해요."

"미안하면 다신 그런 생각하지 말아요."

김이 오르는 커피잔을 두 손으로 감싸고 진솔은 묵묵히 고개를 끄덕였다. 건이 피싯 웃더니 온화하게 말했다.

"솔직히 얘기해요? 요즘 난 눈앞에 공진솔이란 여자가 있는 게 좋아요. 당신하고 같이 있는 게 훨씬 즐겁고 좋아."

훨씬 즐겁고 좋아. 그녀의 마음속에서 건의 목소리가 녹음기처럼 되풀이됐다. 그렇게 말해줘서 고맙기도 했지만… 진솔은 들리지 않는 한숨을 삼켜버렸다. 단지 그것뿐일까. 즐겁고, 좋은 것일 뿐. 아직은 욕심일지 모르지만 한 번은 듣고 싶었다. 사랑한다는 말을. 지난번 밤의 고궁에서 들었던 '이런 게 사랑이 아니면 뭐란 말이야' 하는, 따스했지만 어딘지 자조적인 느낌이었던 그 말이 건에게서 확인한 전부였으니까.

촌스러워, 공진솔. 그녀는 시선을 내린 채 커피를 한 모금 마시며 입속으로만 중얼거렸다. 꼭 말을 해야 하는 것은 아니라고, 다시 생각했다. 그게 꼭 중요한 건 아니라고. 사랑에는 여러 모습이 있고, 모든 사람의 사랑이 다 같은 모양, 같은 색깔일 수는 없을 테니까. 건에겐 그의 보폭과 속도가 있는 거라고 믿고 싶었다.

식당 구석에 쭈그리고 있던 누렁이가 사람들이 무얼 먹나 보려는 듯 슬그머니 시멘트 바닥을 어슬렁거리며 다가왔다. 테이블 아래서 별로 꼬리를 흔들지도 않고 코만 실룩거렸다. 건이 녀석의 턱을 붙잡더니 가까이 당겼다.

"이리 와라. 어디 한번 보자."

그는 누렁개의 귓속을 차례로 뒤집어 보고, 입을 벌리게 해 아래위로 난 이빨을 불빛에 살펴보았다.

"너도 꽤나 늙었구나. 어쩌냐, 네 녀석 먹을 게 없다."

건은 누렁이의 귀 사이를 쓱쓱 긁으며 쓰다듬어주었다. 개는 말귀를 알아들은 건지 식탁을 한번 기웃거리더니 소리도 없이 건의 발치에 쭈그린 채 엎드렸다.

"무슨 생각해요?"

말이 없는 진솔을 향해 그가 물었다.

"그냥… 아까 저수지 얘기요. 생각이 나네요."

"아아, 수몰마을? 그 방망이 소리, 나도 들은 적 있어요."

진솔은 조금 놀라서 건을 쳐다보았다.

"정말?"

그가 짧게 끄덕였다.

"학교 다닐 때, 선우하고 여행 삼아 그 녀석 고향에 갔었어요. 마을 터가 물에 잠겨서 선우가 태어난 집도 가라앉았다더군. 저수지에서 둘이 낚시를 하는데, 분명히 다듬이 뚝딱거리는 소리가 들렸어요."

"신기한 일이네요."

건은 알 수 없다는 투로 어깨를 으쓱했다.

"더 이상한 일도 세상엔 널렸으니까. 주위를 살펴봐도 그런 방망이 소리가 날 만한 곳이 없었어요. 확실히 물 밑에서 들려오는 소리였지."

"무섭지 않았어요?"

"그 순간엔 좀 오싹했죠."

건이 재미있다는 듯 하하 웃었다. 그의 말처럼 세상엔 믿기지 않는 일들이 많은 법이지만, 진솔은 그래도 기분이 묘해졌다. 식당 창으로 내다보이는 산골의 밤하늘은 여전히 어둠이었고 유성우도 끊어진 지 오래였다. 귓속에서 이명이 울릴 듯한 정적. 어느 마을을 잠재운 가득한 물소리와 다듬이질 소리가 환청처럼 들려올 것만 같은 밤이었다.

산등성이에 드넓게 펼쳐진 억새밭의 은빛 물결은 늦가을 막바지 절경을 이루고 있었다. 사람 키만큼 높은 억새밭을 헤치고 경사진 험한 길을 따라가는 산행은, 햇살에 빛나는 은빛 꽃술들에 뺨과 어깨를 연신 스쳐야 하는 간지럽고도 기분 좋은 길이었다. 배낭을 메고서 시원시원하게 앞서가는 남자들을 두 여자가 약간 처져서 뒤따라가고 있었다.

억새밭을 두 팔로 헤치며 얼마나 걸었을까. 선우가 내리막

진 숲길을 따라 접어들었고, 잠시 후 일행은 소나무 숲 뒤로
수줍게 돌아앉은 낡은 귀틀집 한 채를 볼 수 있었다. 굵직하
고 거친 통나무의 귀를 맞춰 엇갈리게 포개 쌓아놓은 벽, 금
방이라도 떨어져나갈 듯 덜렁대는 문짝이 한눈에도 오래전부
터 풍상을 겪으며 버텨온 집임을 알 수 있게 했다.

그들은 쉬어갈 생각으로 배낭을 벗어 집터 근처에 던져놓
았다. 진솔도 오랜만에 심한 운동을 한 터라 숨을 몰아쉬며
귀틀집 옆 커다란 바윗돌에 앉아 쉬었다. 가져온 생수를 다들
시원하게 마시고 나자 선우가 친구들을 돌아보며 배시시 웃
었다.

"실은 말야… 며칠 전에 혼자 산행하다가 이 집을 찾았어.
그랬더니 갑자기 기억이 돌아왔지 뭐냐."

"무슨 기억?"

건이 진솔의 발치에 앉은 채 가볍게 물었다.

"내가 전생에 이 집에서 살았었다는 사실이 말이야. 우리
이쁜 각시랑."

애리가 어이없다는 듯 그런 연인을 향해 코웃음을 쳤다.

"아아, 그러셔요? 얼마나 이쁜 각시였는데?"

"말로 다 못 하지…. 부엌에서 가마솥에 밥하고 있으면 선
녀가 내려왔나 우렁각시가 나왔나… 그랬지."

농담인 줄 알면서도 애리는 정말로 조금 심술이 난 듯했다.
괜스레 뾰로통하게 앉아 있는 그녀의 손을 선우가 잡아 일으

켰다.

"부엌에 가보자."

"싫어. 내가 왜."

"가보자. 우리 색시가 쓰던 게 있어."

투덜대면서도 애리는 선우의 손에 이끌려 귀틀집의 어두침 침한 부엌으로 함께 들어갔다. 조금 뒤… 아, 하는 애리의 탄성에 건과 진솔도 궁금해져 그들에게 가보았다. 햇볕 한 줌 들지 않는 부엌은 오랫동안 폐가로 지내온 덕에 흙먼지와 부러진 나뭇가지들이 바닥 여기저기 흩어져 있었다. 불기가 사라진 지 오래인 아궁이 부뚜막엔 먼지 쌓인 가마솥이 걸려 있고, 방금 애리가 열어놓은 뚜껑이 비스듬히 옆으로 내려와 있었다. 애리는 가마솥 안에서 무엇인가를 막 꺼낸 참이었다. 그것은 어두침침한 허공에서 금빛으로 반짝 빛나고 있었다.

"…가락지야."

선우가 반지를 받아 그녀의 왼손 가운뎃손가락에 정중하게 끼워주었다.

"딱 맞아…. 네 거였구나?"

애리는 한동안 말을 못 하더니 곧 눈물이 그렁해졌다. 선우는 수줍어하며 빙그레 웃었다. 그녀가 감격해버렸다는 걸 절실히 느낄 수 있었기에 진솔은 절로 기쁜 마음이 스며들었다. 지금 그들의 분위기를 방해하면 안 될 것 같아 진솔과 건은 밖으로 나와 자리를 비켜주었다. 둥치 굵은 나무 아래 버티고 서서 건은 으스스 소름 털어내는 시늉으로 고개를 저었다.

"지난 몇 년 동안 저 태평하고 느린 녀석이 과연 어떻게 프러포즈할지 궁금했지만, 설마 저 지경으로 할 줄은 몰랐소."

"왜요? 낭만적이고 성의가 가상한데. 미리 와서 반지를 넣어놨잖아요."

"너무 간지럽잖아! 설마, 당신도 저런 프러포즈 받고 싶어요?"

진솔은 웃음을 참으며 일부러 새침하게 턱을 치켜세웠다.

"뭐 꼭 저런 건 아니더라도, 사랑은 이벤트니까요."

"결혼은 특집이고?"

슬쩍 비꼬긴 했지만 사실 건은 즐거워 보였다. 오랫동안 함께 해온 벗들의 사랑이 차츰 결실을 맺을 윤곽을 보여주고 있었으니 마음이 놓인 걸까.

귀틀집 뒤로 숲이 울창한 경사를 따라 내려오니 계곡물이 흐르고 있었다. 산을 타고 흐르는 물은 아주 차가웠고, 그들은 땀이 흘렀던 얼굴을 시원하게 씻었다. 건이 저만치 앉아 손을 씻는 선우에게 파박 물을 튕겨 보냈다. 엇, 차가- 찬물을 뒤집어쓴 선우도 두 손 가득 물을 튕겨 연타로 건에게 끼얹었다. 남자들이 키득거리며 짓궂게 장난치는 통에 여자들은 젖지 않으려고 이만큼 자리를 옮겨 앉았다.

모든 게 이대로만 계속돼도 좋을 것 같은 순간. 물은 차갑고 목덜미에 와 닿는 햇살은 따뜻한 온기가 느껴지는 산행에서,

그들은 즐거웠다. 어쩌면 행복하기도 했다. 다들 이대로 제자리에 있을 수만 있다면 좋겠다고, 진솔은 생각했다. 자신의 사랑뿐 아니라 애리와 선우의 사랑도 행복하기를 바랐다.

"아, 차가워!"

갑자기 목덜미에 끼얹어진 물 때문에 진솔은 놀라서 펄쩍 뛰었다. 건이 그녀에게 물장난을 치고 하하 웃고 있었다. 뭐예요, 웃으며 그를 노려보았지만 진솔의 가슴은 설레고 있었다. 그리고 웃고 떠드는 그들 옆에서, 그런 생각이 들었다. 사랑하고 있는 연인들도, 아직은 방황이 덜 끝난 듯한 그도, 그런 건을 사랑하는 자신도, 완벽하지 않아서 더 나아질 수 있을 거라고. 자신이 건을 더 사랑하게 될 것 같았고, 언제나 모자란 점 많게 느껴지던 그녀 자신 또한 더 사랑해줄 수 있을 것 같았다. 11월, 그 어느 멋진 날에.

7

12월.

마포 거리, 빌딩 뒷골목 응달에 첫 얼음이 얼었다. 연말을 향해가며 시간은 체감할 겨를 없이 빠르게 흘렀고, 한 해를 결산하는 인사고과가 시작되면서 방송국 분위기는 은근히 술렁이기 시작했다.

승진과 보직 문제도 그랬지만 가장 관심을 끄는 것은 현재 데스크인 김 국장이 밀리고 있다는 소문이었다. 나름대로 균형을 이루던 세력 장악전에서 우성파가 지고 대호파가 뜨는 셈이라고 할까. 김 국장 자리를 제작부 실세인 백 부장이 치고 올라갈 거라는 예상이 정직원들 사이에 오가면서 작가실과 리포터실, 프리랜서들의 관심도 어쩔 수 없이 따라갔다. 일도 일이지만 어딜 가나 인간관계도 무시 못 하는 법이었으니까.

녹음 방송이 나가는 목요일은 진솔이 집 안을 구석구석 대청소하는 날이기도 했다. 오랜만에 아파트 창문을 죄다 열고 한바탕 치우고 있을 무렵 전화벨이 울렸다. 베란다에서 이불을 털다 말고 받아 드니 평소와는 달리 맥 빠진 최 작가의 음성이 건너왔다.

"진솔 씨, 미안한데 부탁이 있어서 그래. 내 원고 사흘치만 좀 때워줄 수 있겠어?"

"선배 원고? 영화음악실?"

"응. 나 지금 병원이야. 새벽에 몸이 안 좋아서 애 아빠랑 왔는데 유산기가 비친다고 하네. 사흘 정도 입원해서 집중 보호를 해주라는구만."

"저런, 어떡해…."

첫 출산 후 10년이 넘어 둘째를 가진 최 작가가 몸에 무리가 온 모양이었다. 진솔은 얼른 머릿속에서 일정을 훑어보았다. 행복, 꽃마차 원고에 사흘치 영화음악실이라…. 버거운 강행군이 되겠지만 사정이 급하니 거절하기 어려운 데다, 최 작가는 평소 좋아하는 선배이기도 했다. 큐시트를 메일로 전해 받기로 하고 코너에 관해 이것저것 물어본 뒤 전화를 끊었다. 그리고 다시 버튼을 눌렀다.

"…나예요. 이따 밤에 못 나갈 거 같아요."

"왜요?"

퇴근 후 이틀에 한 번꼴로 방송국이나 우성아파트 근처에서 진솔과 건은 가볍게 데이트를 해오고 있었다. 저녁 식사를 같이하고 차를 마시거나 맥주 한잔을 하는 등. 하지만 오늘부터 사흘간은 동결해야 할 것 같았다. 사정 설명을 듣고 건은 간단하게 알았다며 전화를 끊었다.

대강 청소를 마치고 나니 해 질 무렵. 곧바로 컴퓨터 앞에 앉아 쓰기 시작해 행복스튜디오 원고를 끝내자 밤 아홉 시쯤이었다. 저녁 식사를 건너뛴 위장이 허기를 호소해 진솔은 냉장고를 열었다. 우유도 떨어지고 먹을 만한 게 별로 없어 그녀는 실내복 위에 대강 점퍼를 껴입고 슬리퍼 차림으로 현관을 나섰다.

우성아파트 상가와 도로 맞은편 가게들이 불을 밝히고 손님을 기다리고 있었다. 상가 빵집에 들러 밤 시간이라 5백 원씩 가격을 내린 남은 빵들 가운데 좋아하는 걸로 두어 개를 골랐다. 우유도 사고 값을 치르고 나오는데, 문득 도로 맞은편 1층 카페에 건이 앉아 있는 모습이 눈에 띄었다. 카페 통유리 창가 테이블에 그와 안희연이 마주 앉아 뭐가 그리 즐거운지 연방 웃으며 대화를 나누고 있었다. 실내 불빛이 환했고 때 이른 크리스마스트리가 그들이 앉은 테이블 뒤쪽에 색색의 구슬과 리본을 장식하고 서 있었다.

"애걔…."

저도 모르게 중얼거렸지만 진솔은 그냥 어깨를 으쓱하고선 집으로 돌아왔다. 안희연이 건을 따르는 것이 어제오늘 일도 아닌 데다 그도 사심 없이 동생처럼 대한다는 사실을 아는 마당에 딱히 질투할 바는 아니었지만, 그래도 한번 코웃음 쳐주고 싶긴 했다.

다시 원고를 쓰기 시작한 지 한 시간. 꽃마차를 반쯤 써가는데 휴대폰이 울렸다.

"그래, 대타 원고는 잘 써집니까?"

놀리는 듯한 건의 목소리였다. 역시나 약간 퉁명스럽게 말이 나갔다.

"글쎄요. 몰라요."

"뭘 몰라?"

"아무튼 몰라요. 지금 바쁘니까 데이트나 마저 하세요."

잠깐 침묵하더니 그는 곧 상황을 알아차린 듯 크게 웃음을 터뜨렸다.

"어떻게 알았어요?"

진솔이 대꾸가 없자, 건은 짓궂게 말했다.

"뭐야, 먼저 바람맞힌 사람이 누군데 그래요? 당신 약속 펑크 나고 혼자 퇴근하는데 희연이가 저녁 사달라 그래서 같이 먹었어요, 뭘."

"차도 마시던데요?"

"나 원 참. 공진솔, 이제 보니 떼쓰기도 잘하네? 문이나 열어줘요."

"응?"

동시에 현관에서 똑똑 노크 소리가 들렸다. 문을 열자 휴대폰과 커다란 간식 봉투를 든 건이 바로 눈앞에 서 있었다.

"스무디, 샌드위치, 치킨샐러드!"

서운했던 마음이 눈 녹듯 사라지고 진솔은 픗 웃어버렸다.

그녀가 포크로 치킨샐러드를 집어 먹으며 자판을 두드리는 동안 건은 벽에 기댄 채 방바닥에 반쯤 드러누워 책을 읽고 있었다. 간식만 배달하고 돌아갈 줄 알았더니 이야기를 나누거나 함께 놀지 않는데도 그냥 그녀 곁에 그러고 있었다. 조용한 방 안엔 한동안 자판 소리와 그가 넘기는 책장 소리만 들려왔다.

시계가 자정을 가리킬 때쯤 진솔은 난감해졌다. 손에 익지 않은 원고를 자료를 뒤져가며 쓰고 있던 차에 턱 막혀버리고 말았다. '개봉작 따라잡기' 코너. 최신 개봉작 한 편을 낱낱이 훑어보고 그 속에 삽입된 영화음악도 몇 곡 들어보는 코너였는데, 그녀는 요즘 영화관 근처엔 가본 적도 없었다. 그러고 보니 며칠 전 작가실에서 최 작가가 이 영화에 관해 수다 삼아 평하며 토를 달던 기억이 나는 것 같았다.

"큰일 났네…."

그녀가 중얼거리자 건이 읽던 책에서 고개를 들었다.

"뭐가?"

진솔은 모니터를 손가락으로 가리켰다. 그가 의자 등받이 뒤에 서서 팔걸이에 두 손을 짚고 모니터를 들여다보았다. 덕분에 진솔은 건의 품에 안긴 듯한 자세가 되었다.

"이 영화 안 봤는데… 간단하게 줄거리 스케치하는 게 아니라 구석구석 대사도 짚어주고 그래야 하나 봐요. 어느 장면에 무슨 음악이 나오는지도 얘기하나 본데."

건이 어깨 너머로 마우스를 뺏더니 방송국 홈페이지의 영화음악실 화면으로 들어가 보았다. 미리 고지가 나간 탓에 청취자들의 참여 사연이 빼곡히 올라와 있었다. 이번 주 개봉작 따라잡기로 선정된 영화의 OST 가운데 어느 장면에 흘러나오던 음악을 틀어주세요, 하는 사연들이었다. 진솔이 피곤한 듯 후- 한숨을 쉬었다.

"어떡하죠? 수박 겉핥기식으로 쓰면 귀신같이들 따질 텐데."

"당연하지, 요즘 청취자들이 어떤데. 보러 갑시다. 그래야겠네."

"지금?"

"응."

건은 다시 검색창을 띄워 영화 제목을 입력해 넣었다. 상영관을 찾아 마우스 스크롤을 내리더니 어느 지점에서 멈췄다.

"찾았다! 광화문에서 심야 한 시 타임 있네요. 지금 가면 되겠는데?"

그녀는 미심쩍어하며 머뭇거렸다.

"하지만… 갔다 와서 언제 원고를 써요?"

"그건 그때 고민해요. 빨리."

건이 싱긋 웃으며 어깨를 툭 치는 바람에 진솔도 마음이 여유로워졌다. 그래, 모르겠다. 일단 다녀와서 고민하지 뭐.

12월의 밤거리는 차가운 바람이 쌩쌩 불고 있었고, 자정을 넘긴 그 시각에도 도심엔 수많은 차량들이 전조등을 밝힌 채 꼬리에 꼬리를 물고 있었다. 털모자에 목도리까지 두르고 도로변을 걷는데 숨을 쉴 때마다 하얀 입김이 허공에 흩어졌다.

택시를 타고 광화문에 도착하니 영화 시작 20분 전이었다. 표를 끊고 영화관 로비의 스낵 코너에서 팝콘 한 봉지와 콜라 두 잔을 샀다. 로비 가운데를 높다랗게 장식한 대형 트리가 형형색색의 꼬마전구와 선물꾸러미 장식들을 매달고 주위를 반짝반짝 비추고 있었다. 심야 영화를 보러 온 연인들이 대기실에 앉아 속삭이는 풍경을 보고 있자니 연말을 향해가는 들뜬 기분에 기꺼이 전염되고도 싶었다.

영화는 따스하고 행복한 판타지 장르였다. 노란 수선화 꽃밭이 화면 가득 펼쳐지고, 주인공이 꿈꾸는 환상은 실제가 되어 그를 경이로움 속으로 몰아넣고 있었다. 오직 영화이기에 가능한 이야기였지만 그 자체로 리얼리티가 있어 오히려 비현실적이지 않은 부드러운 영상이었다.

심야의 객석은 관객이 드문 편이었다. 의자 팔걸이 끝에 둥글게 팬 음료수 꽂이에 콜라 컵을 나란히 넣고 진솔이 팝콘

봉지를 들었다. 가끔 건이 손을 내밀어 팝콘을 집어갔다. 문득 그녀가 몸을 기울여 그의 귀에다 대고 소곤거렸다.

"실은 나, 극장에서 뭐 먹으면서 보는 사람 싫어하는데."

그러자 건도 그녀의 귀에다 대고 속삭였다.

"사실은 나도 싫어해요."

"그런데 왜 샀어요, 이거?"

"당신이 좋아하는 줄 알았지."

두 사람은 키득키득 웃으며 한 봉지를 다 먹고, 들고 간 작은 수첩에 틈틈이 중요 장면과 음악들도 메모했다. 스코어 연주곡이야 체크할 수 없었지만 리메이크되어 삽입된 팝은 대부분 건이 알고 있는 곡들이었다.

영화가 끝난 뒤 다시 택시를 타고 아파트로 돌아오니 새벽 세 시가 훌쩍 넘어 있었다. 욕실에서 손을 씻고 나와 진솔은 영화관에서 가져온 팸플릿과 메모 수첩을 식탁에 폈다. 어떤 식으로 작품을 표현할까 고민하는데 건이 맞은편 의자에 앉았다.

"같이 써줘요?"

"…진짜?"

"혼자 너무 무리하니까 보기 딱하네."

그가 웃는데, 그 모습이 진솔에겐 구세주처럼 보였다. 둘이 함께 덤비자 그때부터 원고 진도가 빠르게 나갔다. 역시 한 사람보다는 두 사람이 나았고, 누군가가 쓰다가 막히면 옆에서 다른 표현을 툭 말해주기도 했다. 문득 건이 펜을 내려놓고 투덜거렸다.

"김형식 피디는 내가 이 밤에 자기 프로 쓰는 줄도 모르고 쿨쿨 자고 있을 텐데. 생각하니 좀 얄밉네, 이거."

"최 작가 도와주는 거잖아요. 피디가 무슨 상관이야."

"어, 말은 바로 해요. 난 지금 공진솔 때문에 쓰는 거야!"

"알아요, 알아. 생색은."

진솔은 밉지 않게 비죽거렸다. 건이 방금 자신이 작성한 원고를 훑어보더니 잘난 척을 했다.

"완벽한 멘트요! 한 번 읽고 날리기엔 아깝겠소."

"어디 봐요."

그녀가 A4 용지를 빼앗아 읽어보았다.

"흐음… 뭐, 기라성 같은 표현은 없네요. 시인도 그리 뾰족하진 않네."

"아하! 그럼 당신 거 줘봐요."

건이 진솔의 원고를 확 낚아채려는데 그녀가 번개같이 후다닥 챙기더니 얼른 의자에서 일어섰다.

"난 이제 입력할 거예요."

컴퓨터가 놓인 작은 방으로 들어가 진솔은 원고를 자판으로 치기 시작했다. 얼마나 지났을까. 식탁 앞이 너무 조용한 게 궁금해 나가보니 그가 안 보였다. 불 꺼진 큰 방 문이 반쯤 열려 있어 혹시나 살펴보자, 건은 침대에 엎드린 채 잠들어 있었다. 이 시간까지 깨어 있었으니 졸리기도 했을 터였다.

침대 옆에 쪼그리고 앉아 진솔은 그가 자는 모습을 물끄러미 바라다보았다. 감긴 눈꺼풀의 속눈썹이 길고 예뻤다. 그가 자신의 침대에서 잠들어 있다는 사실에 기분이 이상해졌다. 이불을 덮어주고 그의 머리를 살며시 들어 올려 베개를 베어주는데 건이 잠결에 눈을 떴다.

"…다 썼어요?"

"…내 것만 다 썼어요."

"내 원고는 식탁에 있어요."

"알아요. 그만 자요."

"잘했다고 뽀뽀 안 해줘요?"

그의 입가에 졸리운 미소가 희미하게 스쳐 갔다. 진솔은 고개를 숙여 건의 입술에 가만히 키스했다. 건의 팔이 그녀의 허리를 감싸 안았다. 부드러운 입맞춤이 오가고, 입술이 섞이는 작은 소리만이 어두운 방 안에 들려왔다. 건이 팔에 힘을 주더니 장난스레 소곤거렸다.

"이대로 나랑 자는 건 어떨까?"

그녀의 뺨이 어둠 속에서 조금 붉어졌지만, 태연한 척했다.

"그것도 꽤 유혹적이긴 한데… 영화음악실 녹음은 오전 아홉 시예요. 여덟 시까지 넣어야 한다고요."

"핑계 대긴."

건은 훗 웃더니, 아쉬운 듯 잠시 더 안고 있다가 그녀를 놓아주었다. 그러곤 가볍게 하품하며 눈을 감았다. 오래지 않아 그는 다시 잠들어버렸다. 진솔은 바닥에 앉아 침대에 팔을 괴고 그의 잠든 모습을 한참이나 지켜보고 있었다. 깨지 않도록 조심하며 그의 머리칼에 손가락을 넣어 가만히 쓸어보기도 했다. 그녀의 옅은 미소가 한숨처럼 스미는 새벽이었다.

하루하루 수은주가 떨어지고 드디어 서울엔 첫눈도 내렸다. 날짜는 평온히 흐르며 한 해의 끝을 향해 날아가고 있었다. 성탄절을 하루 앞둔 저녁. 직원들은 대부분 휴일 프로를 녹음해두고 퇴근을 앞당겼다. 진솔이 가방을 챙겨 들고 건의 자리로 가자, 그는 난감한 표정으로 누군가와 통화를 하고 있었다. 그녀에게 기다려달라 손짓하더니 건은 무뚝뚝하게 한숨을 쉬었다.

"알았다. 바로 가마."

전화를 끊고 그는 생각에 잠기는 눈치였다.

"왜 그래요?"

"…잠깐 들를 데가 생겼어요."

건은 덤덤히 대꾸하며 자리를 정리하고 일어났다.

훈훈하던 빌딩을 나서자 밤거리 차가운 바람이 뺨이 아리도록 불어왔다. 들뜨기 쉬운 푸릇푸릇한 청춘도 아니고 딱히 크리스마스이브의 계획이 있었던 것은 아니었지만, 두 사람은 자연스레 오늘 저녁을 함께 보내리라 생각하고 있었다.

"삼십 분 정도만 기다려줄래요? 누구를 만나기로 했는데, 당신만 괜찮으면 함께 가도 상관없어요."

"기다리는 건 괜찮은데… 누군데요?"

"애리 어머니요."

뜻밖의 소리여서 진솔은 다소 당황스러웠다. 그녀의 어머니를 왜…? 그들은 방송국에서 몇백 미터 떨어진 사거리 모퉁이의 호텔을 향해 보도를 걸어가고 있었다.

"애리가 한동안 소식이 없었나 봐요. 요즘 인사동을 자주 비웠으니. 며칠 전엔 또 산장에 간 모양이던데."

그가 건조하게 말했다. 선우가 은둔하듯 머무르는 소백산 산장에 애리는 지난 늦가을 이후로 줄곧 내려가 있다시피 했다. 그들의 후배에게 맡겨놓은 찻집엔 그동안 두어 번밖에 올라오지 않았으니 애리의 집에서 약간 문제가 생긴 것 같았다. 건의 분위기 때문일까, 진솔은 어쩐지 예감이 좋지 않았다.

우아한 겨울 인테리어로 꾸며놓은 커피숍에 들어서자 창가에 나란히 앉은 두 여인이 눈에 들어왔다. 통로 쪽은 희연이었고, 그 옆은 언뜻 나이를 가늠하기 힘든 고운 미모를 지닌 중년 부인이었다. 그들이 다가가자 희연은 놀랐는지 눈을 동그랗게 떴다.

"안녕하셨습니까."

"어서 와요. 오랜만이네."

자리에 앉자 부인이 궁금한 듯 슬쩍 진솔을 쳐다보았다. 진솔은 짤막하게 가벼운 목례만 건넸다.

"같이 나온 아가씨는…?"

"오늘 저하고 약속 있던 사람입니다. 어머님 갑자기 오셨다기에, 지나는 길에 같이 움직였습니다."

건이 미소로 선선히 대답했다. 희연이 기분 나쁘다는 눈빛으로 바라보았지만 진솔은 자연스럽게 무시했다. 부인은 그렇다면 자기가 실례했다는 듯 고개를 끄덕이더니 이내 깊고도 서글픈 한숨을 쉬었다. 헤어스타일부터 담백한 취향의 옷매무새, 품위 있는 액세서리까지 완벽해 보였지만 부인의 얼굴은 수심으로 그늘져 있었다.

"애리가 학창 시절부터 알았던 건 군이니까 돌리지 않고 말할게. 나는 선우 군을 몇 번이나 만났고 이야기를 나눠본 적도 있지만 사실… 아무것도 통하는 게 없어요. 나는 글쎄… 그 청년을 모르겠어."

커피숍 직원이 메뉴를 들고 와 이야기는 잠깐 중단되었다. 다들 메뉴를 들여다볼 경황도 아니라서 브랜드 커피로 간단히 주문을 끝내고, 부인은 힘들게 말을 이었다.

"부모라면 누구나 마찬가지겠지만, 나도 내 정성 다 쏟아서 우리 애리를 키웠어요. 무남독녀에 어려서부터 똑똑했고… 알다시피 국악에 재능이 있어서 난 그 길로 나갔으면 했어. 예인이 되든지 아니면 훌륭한 청년 만나서 행복해지기를 바랐어요."

건이 희미하게 미소 지으며 말했다.

"애리… 지금 행복합니다, 어머님."

부인은 절대 그렇지 않다는 듯 답답한 심정으로 손을 저었다.

"아니야, 건 군. 자네 그렇게 말하면 안 되네. 국악고등학교 나온 애가 갑자기 글을 쓰고 싶다고 전공을 바꾼 게 화근이었어. 내가 그걸 말리지 않은 게 너무 한이 돼요. 다 선우 군 만나려고 인연이 그리된 게 아니겠나?"

그 표현이 듣기에 불편해 건의 얼굴이 조금 굳었다. 하지만 부인은 딸에 대한 고민이 깊어 미처 눈치채지 못하는 것 같았다.

"오늘도 인사동에 가봤더니 아르바이트 청년한테 가게 맡겨놓고 둘 다 없었어. 지난달부터 선우는 다른 곳에 가 있고, 애리만 잠깐 들렀다 가고 했다는 거야."

"…그 친구 저희 학교 후배고 맡겨도 괜찮을 만한 사람입니다."

"글쎄, 모르겠어. 솔직히 그건 나, 상관없네. 내가 말하고 싶은 포인트는 그게 아니란 거 자네도 알잖아?"

부인은 허탈하게 웃었다. 테이블을 에워싼 긴장감 때문에 진솔은 자신까지도 가슴이 조마조마한 것을 느꼈다. 감정을 고르며 어둠이 깔린 커피숍 창밖을 바라보던 부인이 고개를 돌렸다. 건을 바라보는 그 눈가에 물기가 맺혀 있었다.

"나도 젊은 사람들한테 막힌 세대로 보이는 거 싫네. 하지만 선우 군은… 솔직히 난 힘들어요, 그런 사윗감. 내가 결정적으로 선우가 안 된다고 생각했던 게 뭔 줄 아나? 몇 년 전에 인도 갔을 때 한 달 여행 가겠다고 떠난 사람이 반년이 넘도록 안 돌아왔어. 우리 애리가 얼마나 속을 태우고… 겉으로는 나 걱정할까 봐 아무렇지 않은 체했지만 그때 밥도 제대로 안 먹고 여위었던 거, 말도 못 해."

건은 말이 없었다. 그도 기억하고 있었으니까. 희연도 진솔도 조용하기만 했다. 부인은 결심이 선 듯 목소리를 냉정하게 가다듬었다.

"그 산장이란 데가 어딘지 얘기해줘요. 내가 가보게."

"…제가 연락하겠습니다, 산장 쪽에."

"아냐. 내 발로 가서 얼굴 보고 얘기하겠네. 돌아오길 기다리는 것도 하루 이틀이지, 연락처도 몰라. 알려줘요, 거기가 어딘지."

주문한 커피가 그들 앞에 차례로 놓였다. 건은 곤혹스러운 와중에도 담담하게 웃어 보였지만, 옆에 앉은 진솔은 그가 지금 언짢고 화가 났다는 사실을 느낄 수 있었다. 그가 테이블 아래 손을 내리더니 건너편에서 보이지 않게 가만히 진솔의 손을 잡았다. 그녀도 그 손을 꼭 잡아주었다. 마치 브레이크를 걸어주는 심정으로, 달래듯이.

"약속드리죠. 연락해서 내일 안으로 어머님께 소식 전해지도록 하겠습니다, 제가."

건은 끝까지 부드럽게 설득했다. 부인은 한참을 망설였지만 결국 마지못해 고개를 끄덕이며 완강한 태도를 한 번 접었다.

"…좋아요, 그럼. 말한 대로 믿고 다시 기다려볼게. 내가… 젊은 사람들 시간을 뺏은 것 같아서 미안하네. 이해해요."

부인이 손도 안 댄 찻잔을 놔두고 자리에서 일어서자 그들도 함께 일어났다. 희연이 당황스레 코트를 집어 들더니 따라 나가려 했다.

"이모, 내 차 타고 왔잖아. 모셔다드릴게."

"머리 아파. 혼자 들어가련다."

"날도 추운데 나 이모부한테 혼나요."

부인이 그런 조카의 손을 탁 뿌리치며 서운함이 가득한 눈으로 흘겨보았다.

"너도 미워, 이것아! 살살 감싸면서 우리한테 거짓말이나 하고. 보기 싫어. 너도 당분간 집에 들락거리지 마."

그녀가 커피숍을 나서자, 희연은 심기가 괴로운지 자리에 털썩 주저앉았다. 그러고는 건을 향해 원망스럽게 답답함을 쏟아냈다.

"변명도 한두 번이지, 나도 힘들단 말예요."

"무슨 변명을 어떻게 하는데?"

건이 못마땅하게 대꾸했다.

"이모부는 고지식한 옛날 분이에요. 장래 사윗감이란 청년이 왜 뜬구름처럼 사는지, 툭하면 사라지는지…. 결혼할 나이는 됐는데 들려오는 소식도 없고 왜 얼굴 보기는 여전히 힘든지, 당연히 갑갑하시지. 곁에서 가족들과 같이 지낼 사위를 바라는 게 무리는 아니잖아? 이모랑 내 말은 선우 오빠가 제발 그런 척이라도 좀 해달라는 거예요. 그런 척!"

"그런, 척?"

"네, 척! 마음에 없어도 당분간 어른들 비위 좀 맞추면 안 되냐고요. 애리 언니 사랑하잖아. 사랑하는 여자 위해서 그 정도 못 해?"

건의 표정이 더욱 무뚝뚝해졌다.

"그 녀석 스타일인 걸 어떡하라는 거냐?"

"스타일? 그래, 스타일 가진 사람 멋지지. 하지만 그거 끝까지 유지하려면 옆에 있는 사람이 얼마나 희생해야 하는지 알아요?"

건은 더 듣기 피로해졌는지 알았다는 투로 잘라 말했다.

"아무튼 내일 연락할 테니까 그렇게 설명해드려. 진솔 씨, 일어나죠."

그러자 희연은 화살의 방향을 바꿔 불쑥 도전적으로 말했다.

"근데 공 작가님은 이 자리에 왜 나오신 거예요?"

다분히 예상하고 있던 공격이었으므로 진솔은 태연히 미소 지으며 대꾸했다.

"아까 못 들었어? 둘이 약속 있었다고 했잖아."

"아- 그래요? 두 사람, 요즘 왜 그렇게 약속이 잦은 거죠?"

옆에서 그가 미간을 찌푸렸다. 희연의 말투가 거슬린 탓이었다.

"너 태도가 왜 그래?"

"내가 뭘? 하도 붙어 다니는 거 같아서 물어본 것뿐이야."

"좋아서 같이 다닌다, 왜."

건은 희연이 반쯤 장난치는 거라 여겼는지 피식 핀잔을 주었지만, 희연은 표정이 달라지며 입술을 살짝 깨물었다. 그러더니 성큼 자리를 차고 일어나 먼저 커피숍을 나가버렸다. 진솔은 저절로 한숨이 새어 나왔다.

"댁도 어지간하네요."

"뭐가?"

가만히 그를 바라보는데 건은 그저 담담하기만 했다. 어쩌면… 그가 희연의 마음을 진작 눈치채고 있으리란 생각이 그때야 비로소 들었다. 진솔은 자기도 모르게 말했다.

"나쁜 사람 같아."

건은 관심 없다는 듯 씁쓸하게 웃었다.

"오늘은 사방에서 공격받는군. 누명 씌우지 말아요. 듣지 않은 얘기는, 나도 모르는 거니까."

실내엔 여전히 느린 크리스마스 캐럴이 흘렀고 탁자의 커피들은 식어 있었다.

거리 모퉁이, 구세군 냄비 앞에서 댕강댕강 종소리가 울려 퍼졌다. 두 사람은 불빛 환한 도로변을 따라 마포에서 신촌으로 이어지는 길을 별말 없이 걷고 있었다. 호텔 커피숍을 나선 뒤로 건의 느낌이 우울했기 때문에 진솔은 마음에 걸렸다.

"춥죠? 택시 탈까요?"

"아뇨…. 그냥, 좀 걸을래요."

어쨌거나 크리스마스이브. 도심은 바야흐로 성탄절 분위기를 내려고 안간힘이었고 진솔은 그와 함께 그 속을 걷고 싶었다. 곧 사라질까 아슬아슬한 거품처럼, 마치 성냥팔이 소녀의 성냥 불꽃처럼, 거리는 밝았지만 사실 IMF 이후 몇 년 동안 이 무렵 행인들의 표정에서 제대로 축제 분위기를 느끼기란 어려웠다. 그래도 그와 같이 밤거리를 걷고 있자니, 조금은 행복한 마음이 드는 것도 사실이었다.

두 사람은 소음이 심한 대로에서 벗어나 마을버스가 다니는 뒷길로 접어들었다. 전봇대 가로등 아래 단층집들의 창문과 골목 슈퍼마켓에서 불빛이 새어 나오고 있었다. 밤은 깊어 갔고 어느새 그들은 마을버스 종점인 신촌 기차역 앞까지 이르렀다. 주위 경관에 비해 터무니없이 낡고 초라한 역사를 건너편에 두고 진솔이 무심히 입을 열었다.

"해 바뀌면 신촌역 허물어진다는 얘기 들었어요? 봄부터 으리으리하게 새로 짓는대요."

"들었어요."

"통일호 열차도 없어진대요."

그 뉴스를 처음 접했을 때 진솔은 꽤나 서운했었다.

"별로 오래 산 것 같지도 않은데… 익숙한 게 하나둘 사라지니까 이상해요. 사실은 우리, 그렇게 젊지 않나 봐."

건이 피식 웃더니, 그녀의 팔을 잡았다.

"기차나 탈까요? 딱히 할 일도 없는데."

기차를? 건이 개구쟁이처럼 웃으니 진솔의 마음까지 환해질 것 같았다. 그가 우울해하지 않는다면 어떤 거라도 좋았다. 그녀는 밝게 고개를 끄덕였다.

"좋아요."

역사 대합실에서 운행 시각표를 올려다보니 밤 열한 시 마지막 교외선을 탈 수 있을 것 같았다. 표를 끊고 허름한 역사를 나서자 플랫폼 아래 철로들이 멀리 어둠 속으로 끝을 감추고 뻗어 있었다.

세 칸짜리 낡은 통일호 열차가 캄캄한 겨울밤을 가르고 달리길 한 시간쯤…. 두 사람은 교외선 종점을 채 못 미쳐 장흥역에서 내렸다. 며칠 전 내린 첫눈이 도심에선 다 녹아버렸지만 그곳엔 아직도 군데군데 남아 하얗게 반짝이고 있었다. 자정을 넘긴 교외 카페촌은 팔짱을 끼고 오가는 즐거운 연인들을 위한 풍경이었다. 건이 장난스럽게 말했다.

"메리 크리스마스."

"메리 크리스마스."

진솔도 웃으며 대꾸했다. 잠시 후 그들은 투박한 굴뚝에서 연기가 모락모락 피어오르는 한 라이브 카페에 마주했다. 조명은 어둡고, 바닥 공사를 하지 않은 채 외벽과 지붕을 올려 실내가 그냥 흙바닥이었다. 구석을 커다랗게 차지한 벽난로에선 장작이 타닥타닥 발갛게 타오르고, 흙벽엔 시커먼 그을음이 묻어 있기도 했다. 실내 무대에는 통기타를 치며 노래하는 어느 포크송 가수의 라이브 공연이 한창이었다.

건과 진솔은 느긋하게 노래를 들으며 천천히 맥주잔만 비웠다. 담배 연기가 자욱했고 사람들의 낮은 웃음소리, 이야기 소리가 음악에 섞여 흘러 다녔다. 나이 어린 연인들은 굳이 좁은 자리에 나란히 붙어 앉아 어깨동무를 하고 서로의 귀에 밀어를 속삭이곤 했다. 건이 그 모습을 보더니 좋을 때라는 듯이 싱긋 웃었다.

"앞으로 한 시간만 더 버티면 저 친구들은 성공하는 거요."

"뭘요?"

"서울 들어가는 심야버스가 그때 끊기니까. 교통편이 끊겨야, 역사를 이루지."

진솔의 입가에도 미소가 떠올랐다.

"아아- 어쩔 수 없는 척?"

"당연하지."

"그럼, 그때 우린 어떻게 되는 건데요?"

"나는 같이 자자고 조르고 당신은 싫다고 버틸지도 모르죠."

두 사람은 동시에 쿡쿡 웃었다. 별로 어색하지도 않았고, 그냥 자연스럽게 얘기할 수 있으니 좋았다. 진솔이 맥주잔을 만지작거리며 잠시 생각하더니 입을 열었다.

"스물서너 살 때는 그런 상상 몇 번 했던 것 같아요. 좋은 사람이랑 둘이 어딜 가는데, 폭설이나 폭우를 만나서 오도 가도 못하고 발이 묶이는 거. 뻔하지만, 낭만적이죠."

건이 알 만하다는 듯 짐짓 크게 끄덕였다.

"그리고 가까스로 찾아간 숙소에 방이 한 칸밖에 안 남은 거야, 그렇죠?"

"물론이죠. 그럴 때 방이 두 칸 있다는 건 예의가 아니에요."

진솔은 새침하게 말하고는 잔을 들어 건배를 청했다. 건이 마주 잔을 부딪쳤다. 분위기 탓일까. 시간이 흐르는 동안 그녀는 평소보다 꽤 많이 마셨지만 그다지 어지럽다고 느끼진 않았다. 그저 기분이 좀 뜨는 정도일 뿐….

어느새 라이브 공연이 끝나고 무대는 비워졌다. 밤 두 시를 넘어서면서 카페는 파장 분위기였다. 계산을 마친 손님들이 나갈 때마다 출입문이 덜컹 열렸다가 닫혔고 그때마다 찬바람이 실내를 한 바퀴 돌았다. 카페 창밖을 무심코 내다보던 진솔에게 철로변도 아닌데 길 건너편 불을 밝힌 기차가 서 있는 풍경이 눈에 띄었다. 가만히 보니 폐차된 객차를 다시 꾸며 기차 카페로 만든 거였다. 그곳 창가에도 사람들의 그림자가 어른거리고 있었다.

"음… 알았다."

그녀가 턱에 손을 괸 채 약간 느슨해진 눈빛으로 중얼거렸다.

"뭘?"

"호랑이는 죽어서 가죽을 남기고 사람은 이름을 남기고… 통일호는 뭘 남기는 줄 알아요?"

"뭘 남기는데?"

"…카페를 남겨요."

진솔은 창밖을 손가락으로 가리켰다. 건이 그쪽을 확인하더니 그런 그녀가 더 재미있다는 듯 소리 없이 웃었다. 어둠이 짙은 유리창 너머 카페촌의 불빛들을 응시하면서 진솔은 멍하니 생각했다. 웬일인지 올해 겨울엔 마지막인 것들이 많다고. 잘 봐둬야지. 낡은 역사도, 사라질 기차도. 그리고 올겨울 그 마지막 풍경을 그와 함께 볼 수 있어서 좋다고 생각했다. 추억이란, 사라지는 풍경이란, 그 자체로만 남는 것은 아니니까. 그때 함께한 사람으로 인해 남는 것이기도 하니까.

"참. 갖고 싶은 거 있어요? 내가 선물해줄게요."

진솔이 건을 물끄러미 돌아보더니 좀 서운한 듯이 피- 했다.

"그런 걸 물어보고 선물하나요? 그냥 주고 싶어서 주는 걸, 받는 거지."

"아… 그런가? 당신한테 필요한 걸 주고 싶어서 그런 건데."

건은 미처 생각 못 했다는 난감한 표정을 지었다. 이제야 술기운이 도는 걸까, 진솔은 마음이 한 겹 스르르 가라앉는 느낌이었다. 정말 받고 싶은 선물은… 사랑한다는 말이었다. 그 말을 듣고 싶었지만 그녀는 어깨를 으쓱하며 다르게 말했다.

"그럼, 선물로 노래 불러줄래요?"

"…노래? 여기서?"

"응."

건은 잠시 망설이더니 옆자리에서 빈 테이블을 치우는 카페 주인에게 물었다.

"지금 제가 저기서 노래해도 됩니까?"

중년의 주인은 건을 쓱 훑어보더니, 취한 것 같지도 않고 어차피 파장이라는 셈으로 선선히 허락했다.

"그러세요."

주인이 무대로 가 앰프를 켜주고는 이해하라는 듯 덧붙였다.

"한 곡만 하세요."

"앵콜이 나오면요?"

건의 농담에 주인은 껄껄 웃었다.

"그럼 두 곡 하셔야지 뭐."

무대에 일반인이 올라와 기타를 잡으니 손님들의 이목이 집중됐다. 취객 하나가 건들건들 큰 소리로 물었다.

"어어, 누구예요?"

건은 그쪽 테이블을 향해 싱긋 웃었다.

"지나가는 알바요."

기타 줄을 고르고 그는 뭘 부를까 잠시 생각하는 눈치더니 이윽고 전주를 뜯고 낮은 음성으로 노래했다.

옛날에 옛날에 사랑을 했는데… 그 사랑이 사랑일까. 내가 몰라 물었더니 사랑이 아니란다. 사랑이라 우겼더니 사랑이 떠나더라….

그의 가라앉은 목소리 때문일까, 기타 반주 때문일까. 가만히 듣고 있으려니 진솔의 마음 깊은 곳에서 설명하기 어려운 서글픔이 차올랐다. 어째서 슬퍼지는 건지. 그녀의 마음을 알리 없는 그의 표정은 담담하기만 했다.

옛날에 옛날에 사랑을 했는데… 그 사랑도 떠나갈까 내가 몰래 감췄더니 사랑이 서럽단다. 사랑이란 그런 거지 가슴에만 숨은 거지.

"오- 앵콜!"

무대 아래서 드문드문 남은 손님들이 박수를 치며 외쳤지만 진솔은 어쩐지 미소가 지어지지 않았다. 두 번째 노래는 그녀를 바라보는 건의 장난스런 표정과 함께 시작됐다. 그는 노래하는 이 순간을 즐기는 것 같았다.

　밤 깊은 마포종점- 울고 섰는 밤 전차…

　진솔은 그만 피싯 웃어버렸지만 쓸쓸한 마음은 지워지지 않았다.
　건이 노래를 마치고 내려왔을 때 진솔은 아까 따라놓은 잔을 한꺼번에 다 마셔버리고, 다시 잔을 채우고 있었다. 의자에 털썩 앉으며 그가 칭찬을 기대한다는 투로 물었다.
　"나, 잘했어요?"
　"…잘하네요."
　"뭔들 못하는 게 있겠소, 내가."
　"잘난 척하긴."
　진솔이 훗 코웃음 치자 건은 어이없어하며 혀를 찼다.
　"뭐야. 노래 부르라 해서 머슴같이 달려 나가 부르고 왔건만. 왜 그래요?"
　"내 맘이죠 뭐. 시비 거는 것도."
　건이 부드럽게 웃더니 술잔을 빼앗았다.
　"그만 마셔요. 당신 좀 취했네."
　"천만에요. 멀쩡해요."
　그녀는 그에게서 술잔을 도로 가져와 다시 마셨고, 결국 카페 문을 닫을 때쯤엔 완전히 취해버렸다. 건은 저런- 웃음 반 한숨을 쉬더니 그녀를 일으켜 세워 업었다.

카페를 나와 찬바람 부는 도로변을 걸어가는 동안 진솔은 그의 등에 업힌 채 구시렁거렸다.

"걱정 말아요. 토하지 않아요, 아까운 술…."

"토하고 싶으면 해요. 풀밭에다 버리고 가지 뭐."

그러자 진솔이 고개를 픽 숙여 건의 뒤통수에다 대고 콩 박치기를 했다. 아! 건이 찌푸리며 투덜댔다. 그러고는… 진솔은 정신이 잘 없었다. 근처 호텔에 들어간 것 같고 그때서야 이게 심상한 일은 아니란 생각이 어렴풋이 들었지만, 솔직히 두렵지도 않았다. 술기운도 있었거니와 그와 함께 가는 곳이라면 어디든 무슨 상관이람 싶었다.

얼마 후 건은 진솔을 객실 침대에 눕히고 이불을 덮어주었다. 그가 욕실로 가더니 곧 물소리가 들려왔다. 건은 수건을 더운물에 적셔와 진솔의 얼굴과 손을 아프게 빡빡 닦았다.

"아… 아프잖아요."

"시끄러워요. 취해서 뭘 잘했다고. 세수도 안 하고 자려고?"

"하루쯤 안 하면 어때…. 앗, 발은 닦아주지 마요. 절대로…."

"왜?"

"못생겼어요."

건이 하하 웃었다.

"알았소. 지저분하긴!"

그가 다시 욕실로 간 사이 진솔은 그대로 잠이 들었다. 한참 뒤 다시 깼을 때는 방 안의 불도 꺼진 깊은 밤이었다. 한순간 이 공간이 실감나지 않았지만 서서히 정신이 들었다. 그녀의 옆에서 좀 떨어져 건이 잠들어 있었다.

진솔은 살그머니 더블침대를 내려와 욕실로 갔다. 그가 깨지 않도록 문을 꼭 닫아걸고, 볼일을 보고 비누로 세수를 하고 발도 씻고 거기 놓여 있던 일회용 칫솔로 양치질도 했다. 그리고 돌아오니 건은 여전히 자고 있었다. 반쯤 걷힌 커튼 사이로 바깥의 불빛이 스며들어, 그의 뚜렷한 이목구비와 몸의 윤곽이 선명히 다 보였다.

진솔은 가만히 침대로 올라가 헤드에 등을 기대고 앉았다. 사이드 테이블에 건이 놓아둔 생수병이 있었다. 물을 마시고 그렇게 어둠 속에서 그가 잠든 모습을 지켜보며 불침번 서길 십여 분. 이젠 좀처럼 잠이 올 것 같지 않아 그녀는 나지막하게 한숨을 쉬었다. 바람이라도 쐬고 올까…. 다시 침대를 내려오려는데, 그가 진솔의 팔을 탁 붙잡았다.

"어디 가요?"

"잠깐… 바람 좀 쐬려구요."

나 참, 건이 중얼거리더니 일어나 앉았다. 그러고는 진솔의 손목을 잡아당겨 다시 침대에 주저앉게 했다.

"혼자 어딜 나간다는 거예요? 한밤중에 이런 데서."

진솔은 그에게 손이 잡힌 채 잠자코 듣고만 있었다. 어둠 속에서 건이 조용히 말했다.

"내 옆에서 자는 게 어색해서 그래요?"

가슴이 아릿해진 그녀가 여전히 대답이 없자, 그는 혼잣말처럼 딱하게 중얼거렸다.

"바보다, 공진솔. 그렇게 긴장할 거면 그런 고백은 왜 했어."

그녀는 얼굴이 살짝 붉어져 짐짓 퉁명스레 대꾸했다.

"정말… 얄밉게 말하네요."

건은 피식 웃기만 했다.

"내가 밑에 내려가서 자길 바라는 거 아니죠?"

"…아니에요. 그런 거."

"그럼, 빨리 자요."

건이 갑자기 장난처럼 진솔을 침대로 밀어 쓰러뜨렸다.

"으앗!"

저도 모르게 작게 비명을 지르자 건이 이불로 그녀를 확 눌러버리며 씩 웃었다.

"으악은 무슨! 밤새 벽에 기대앉아 있을 거면서. 누워요. 누워야 자지!"

당황스럽게 이불을 걷어내리려고 몸을 돌렸지만 다음 순간 진솔은 한 치도 움직일 수 없이 동작이 딱 멈춰버렸다. 그가 진솔의 머리 밑으로 팔을 넣어 등 뒤에서 그녀를 안아버렸기 때문이었다. 숨도 못 쉬고 굳어 있는데 건이 어깨 너머에서 조용히 말했다.

"내 팔 베고 자요. 당신 안아서 재워주고 싶은데… 나쁘게 느껴지면, 팔 빼요?"

진솔은 가만히 등을 보인 채 그의 팔에 안겨 있었다. 그리고 솔직하게 말했다.

"아뇨. 이렇게 잘래요."

그의 따스한 미소가 느껴졌다.

"오케이."

건은 이불을 끌어 올려 같이 덮고는 다시 진솔에게 팔을 둘렀다. 그의 체온이 그녀의 등에 맞닿아 따뜻했고, 팔베개를 해준 팔뚝에선 그의 맥박이 느껴졌다. 그렇게 누워 있자니 가슴 떨리고 행복하면서도 왜 아련한 서글픔이 이는지 진솔은 알 수 없었다. 한 이불을 덮고 자면서 아무 일도 없는 남자. 그녀를 배려해주는 줄은 알지만… 왜? 하고 물어보고도 싶었다.

건은 그녀를 안아주고 있지만 아무 짓도 하지 않았다. 미동한 번 없이 등 뒤에서 그저 고른 호흡으로 조용히 잠을 청하고 있을 뿐. 고요한 방 안의 정적과는 다르게 진솔의 내면은 물결이 일었다. 정말로 날 사랑하나요? 아직은, 좀 더 기다려야 할까요?

얼마나 흘렀을까. 그가 잠들었을 것 같아 진솔은 어깨 너머 넘어온 그의 손을 살며시 잡았다. 살짝 잡고 자도 모를 거야…. 그러고 싶었다. 그런데 건의 손에도 힘이 들어왔다. 그는 안 자고 있었다. 그렇게 손을 마주 잡아주더니 그의 조용한 목소리가 들려왔다.

"…잘 자요."

그녀는 대답하지 않았다. 그가 뻔히 알 텐데도 그냥 자는 척했다. 눈을 감고 진짜로 잠을 청했다. 꿈결처럼 노랫가락이 마음에 남았다. 느리게 울리던 기타 소리도. 옛날에 옛날에 사랑을 했는데 그 사랑이 사랑일까.

한 해가 며칠 남지 않으면서 작가실은 자그마한 연말 특집이나 새해 특방 원고를 미리 넘기느라 평소보다 북적였다. 시간대별로 어긋나 서로 얼굴 보기 힘들었던 이들도 요즘은 방송국에 자주 모습을 보였다. 곧 인사 조치가 내려진다는 사내 분위기 때문에 돌아가는 상황을 파악하려고 더 얼굴을 내미는 셈이기도 했다.

오늘은 가장 행차가 드문 안희연조차 작가실에 들렀다. 신경을 긁을 작정으로 일부러 그러는 양 굳이 구석까지 들어와 진솔의 옆자리에 털썩 주저앉았다. 방금 여의도에서 넘어온 참인지 좀 지쳐 보였지만 몸에 밴 날렵한 생기는 여전했다. 가요사 연감을 뒤적이던 진솔이 그런 희연에게 말을 붙였다.

"희연 씨, 뭐 하나 물어봐도 돼?"

웬일로 먼저 말을 다 거느냐는 듯 그녀는 예쁘장한 눈썹을 올리며 진솔을 마뜩잖게 건너다보았다.

"뭔데요? 물어보세요."

"선우 씨랑 애리 씨… 돌아왔어?"

"진작 돌아왔죠."

"어떻게 됐는데."

말해줄까 말까 잠깐 갈등하더니, 희연은 책상의 A4 용지가 팔락일 정도로 크게 한숨을 쉬며 퉁명스레 입을 열었다.

"난리 났었죠. 이번 연말까지 헤어지지 않으면 부모 연도 끊겠다고 선언하셨어요, 이모랑 이모부가. 하지만 뭐, 그러서 봐야 무슨 소용이 있어. 두 사람 붙어 다닌 세월이 얼만데. 턱도 없는 일이죠. 이모 속만 새까맣게 타게 생겼지."

그런가. 진솔의 마음도 편치 않았다. 희연은 패셔너블하면서도 실용적으로 커다란 가방을 열어 파일들을 꺼냈다. 그러고는 핏 짤막한 코웃음 소리를 냈다.

"공 작가님 속 보이네요."

"…무슨 뜻이야?"

"두 사람이 어떻게 되나 신경 쓰고 있는 거잖아요. 둘이 헤어지지 않고 잘 버텨야 건이 오빠하고 잘될 거 같으니까. 안테나 쫑긋 세우고 있잖아요. 그렇죠?"

도전적으로 입꼬리를 올리는 희연에게 진솔은 덤덤하게 미소 지으며 응수했다.

"희연 씨 지금 그 표정, 되게 못생긴 거 알아?"

"뭐라고요?"

"마스카라가 왼쪽 눈 밑에 묻어서 더 그래. 달그림자 진 거 같아. 컬러 마스카라네?"

희연이 가방 앞주머니에서 휴대용 파우더를 꺼내더니 딸깍 열어서 거울을 들여다보았다. 그러고는 어처구니없다는 듯 휙 돌아보는데 진솔이 어깨를 으쓱했다.

"농담이야."

건너편 컴퓨터 앞의 김 작가가 그들의 신경전을 듣고 있었는지 고소해하며 키득키득 웃었다. 누군가 문을 밀치고 호탕하게 들어왔다.

"다들 안녕? 오랜만이네."

씩씩한 고참 선배 최 작가였다. 다들 반갑다고 건네는 인사를 일괄 손 한 번 흔들면서 받아주고, 그녀는 진솔과 김 작가가 앉은 창가 자리로 성큼 걸어왔다. 그러고는 희연의 어깨를 쓰다듬으며 어르듯이 말했다.

"우리 예쁜 막내, 저쪽으로 자리 좀 옮겨줄래? 내가 발바닥이 아파서 다리를 펴야겠거든."

희연은 차마 찌푸리진 못하고, 그러지 않아도 평소 가까이 지내는 작가 군단엔 관심 없다는 표정으로 바퀴 달린 의자를 주르륵 밀어 이동해 갔다. 최 작가가 그 자리에 의자를 끌어다 놓고 엉덩이를 걸치더니 단화를 벗고 창문 아래 스팀기에다 다리를 쭉 펴서 올렸다.

"아, 몸이 왜 이렇게 무거운지 모르겠다."

"배도 아직 안 불렀는데, 임산부 티는 엄청 내요."

김 작가가 놀리며 핀잔을 주었다. 최 작가는 한동안 원고를 메일로만 넘기고 가능한 한 출근을 피하고 있었다. 평소 자타가 공인하는 일 중독자여서 어지간히 몸이 고장나지 않으면 출근을 안 한다는 건 어림없는 일이었는데, 아무래도 늦둥이를 가진 것이 신변에 꽤 변화를 준 모양이었다.

"선배, 행복하구나?"

진솔의 말에 최 작가는 느긋하게 웃었다.

"사실은 좀 권태기였거든. 첫애가 초등학생인데 그렇지 뭐. 근데 둘째 가지면서 분위기가 좀 달라지데?"

맞은편에서 김 작가가 억울해했다.

"그러면서 우리한테는 결혼하지 말라 그래요?"

"당연하지. 나야 이미 했으니 잘 살아보려고 그러는 거고. 자기들은 앞길이 창창한데 뭐하러 꼭 결혼을 하나?"

"앞길이 창창하긴요. 첩첩산중이나 아니면 다행이지. 당장 다음 학기에 잘릴지도 모르는 판에."

김 작가가 구시렁거리며 시큰둥한 표정을 지었다. 사내 분위기가 그리 평탄치 않으니 그런 소리가 나올 만도 했다. 제작비가 삭감된다고도 하고, 이런 경우 제일 먼저 불똥이 튀는 리포터들과 출연 패널을 둔 담당 피디들이 자주 인상을 찌푸리고 있었다.

하지만 진솔은 자질구레한 소문들을 그저 귓등으로 흘려듣기만 했다. 주변이 어떻게 돌아가는지 요즘 그녀에게 와닿을 리 없었다. 중요하지도 않았고 그냥 아슬아슬하게 평화롭고 행복했다. 그래서 가끔은 왠지 모르게 불안하기도 했고. '넌 그게 문제야, 행복한데 왜 불안해?' 하고 한가람 리포터가 답답해한 적이 있었지만, 그건 진솔로서도 설명하기 힘든 일이 었다. 타고난 성격 탓이겠거니 생각할 뿐….

"진솔 씨 후배들 중에 작가 할 만한 괜찮은 사람 있으면 소개 좀 해봐."

최 작가의 말에 진솔의 상념이 끊겼다.

"작가? 왜요?"

"김형식 피디하고 얘기 끝냈거든. 설날 특집까지만 하고 다른 작가 쓰라고 했어. 나, 한 이 년은 쉬어야 할 거 같아."

뜻밖의 선언에 다들 놀랐다. 에너자이저인 선배 입에서 그런 말이 나올지 아무도 상상 못 한 터였다.

"몸이 그렇게 안 좋아요?"

"아냐. 그렇지 않은데 남편이 하도 유난스럽게 펄펄 뛰어서 말야. 언제 일 그만두게 만드나 호시탐탐 노리다가 아주 기회 잘 만났다 싶은가 봐. 지난번에 잠깐 입원했다 나온 뒤로 들 들 볶는다. 다 애들을 위한 길이라는 둥 하면서."

못마땅하게 인상은 쓰지만 최 작가는 그런 상황이 영 싫지는 않은 눈치였다. 김 작가가 못내 부러운 척 괜히 우는소리를 했다.

"언니 호강하는 거구나. 얼마나 좋아. 아, 나도 남편 있었으면 좋겠어! 나 일 그만두라고, 다 먹여 살리겠다고 하는 남자."

"웃기는 소리 마. 딱 이 년만 쉬는 거야, 어느 정도 키워놓을 때까지만. 남편한테 각서까지 받았다. 이 년 뒤에 딴말하면 안 된다고."

최 작가는 단호한 표정으로 손사래를 쳤다. 어쨌든 그럭저럭 다들 행복해지려고 노력하는 거지. 싸워가며 맞춰가며 가능한 한 조금씩 더 행복하려고…. 진솔은 웃으며 그렇게 생각했다. 오랜만에 작가실이 북적이니 그것도 즐겁다 여기면서.

12월 31일.

보신각을 중심으로 종로 일대의 교통이 저녁부터 통제되고, 자정이 가까웠을 땐 모여들기 시작한 인파가 구름처럼 그 끝이 보이지 않았다. 홍헌표를 비롯한 몇몇 엔지니어들은 오전부터 나와 음향기기 케이블을 범종 근처에 설치해놓았다. 이건과 또 한 사람의 젊은 프로듀서가 현장에 책임자로 나와 있었고, 진솔도 타종 코멘트 원고를 넘겨주고 방송국 차량 안에서 여자 아나운서와 이야기를 나누며 기다리고 있었다.

도심에 불어오는 매서운 겨울바람보다 새해 첫 종소리를 직접 듣기 위해 몰려든 군중들의 열기가 더했다. 텔레비전 방송사들이 일찌감치 보신각 가까이 좋은 위치를 잡아 카메라

앵글을 맞췄고, 음향만 송출하는 라디오 방송사들은 한 발짝 양보한 자리에서 케이블을 잇고 있었다. 진솔이 차에서 나와 상황을 체크하는 스태프 옆으로 다가갔을 때 홍헌표 엔지니어는 모든 준비를 마쳐놓고 타 방송사의 케이블 상태까지 관심을 두고 살펴보는 참이었다. 복잡한 인파를 헤치며 바닥에 깔아놓은 선들을 유심히 들여다보고 온 그가 뿌듯한 얼굴로 진솔을 향해 자랑스럽게 말했다.

"다들 케이블 보호철만 덧씌워놨는데 말예요. 그거 별로 소용없어요. 이 많은 인파가 발로 밟고 밀고 지나가봐, 죄다 벗겨지고 피복에 기스 생기고 분명히 그렇다니까?"

"그럼 어떡해요?"

"아, 우리는 걱정 없어요! 보호철 위에다 청테이프를 발라놨거든. 두 겹, 세 겹. 유비무환!"

홍헌표는 스스로 생각해도 대견하다는 듯이 씨익 사람 좋게 웃었다. 어쩐지 차량에 실린 기기들 틈에 청테이프가 몇 통이나 담긴 쇼핑백이 왜 끼어 있나 했더니 그렇게 쓰인 모양이었다.

인파에 떠밀릴 것 같아 진솔이 도로변 건물 쪽으로 피하려고 할 때 누군가 그녀의 이름을 크게 불렀다.

"진솔 씨! 여기요!"

두리번거리며 소리 나는 곳을 찾으니 좀 떨어진 어느 건물 현관에 애리와 선우가 서 있는 모습이 눈에 들어왔다. 애리가 깨금발을 한 채 한 손을 번쩍 치켜들고 진솔을 향해 흔들고 있었다. 진솔도 웃으며 같이 손을 치켜들어 흔들었지만, 인파 때문에 도저히 그곳까지 뚫고 갈 수 있을 것 같지가 않았다. 차량 옆에 서 있던 건도 친구들을 보고 싱긋 웃으며 손을 들어주는 참이었다.

드디어 자정. 첫 타종 소리가 불야성 같은 종로의 밤하늘을 가르고 울려 퍼졌다.

새해였다. 잠시 기도하듯 숙연한 타종 시간이 지나고, 수많은 군중들은 일제히 환호성을 지르며 박수를 쳤다. 방송사마다 아나운서들이 현장 상황을 전하느라 바빴고, 도심의 고층 빌딩에 설치된 대형 전광판에선 눈앞의 광경이 생중계로 비치고 있었다. 타타탁- 밤하늘을 꿰뚫는 소리와 함께 남산 쪽 하늘에서 폭죽이 터졌다. 휘황하게 선보이는 불꽃놀이가 밤하늘과 전광판에서 동시에 터지고 있었고, 근처에 마련된 특설 무대에선 화려한 축하 공연이 펼쳐졌다.

어느덧 시간이 흐르고 거대한 인파는 조금씩 외곽으로 빠져나가기 시작했다. 발 디딜 틈도 없는 공간 속에 군중들이 서로 떠밀리며 한 덩어리로 밀고 밀려갔다. 곳곳에서 어린 자녀를 데리고 나온 부모들이 애를 쓰는 모습이었다.

"밀지 말아요! 애들 챙겨요, 애들 밟혀!"

더러는 소리를 지르며 아이를 꽉 껴안고, 일부는 높이 목말을 태워 거리를 빠져나갔다. 어느 정도가 지나자 한숨 돌려도 될 만큼 인구 밀도가 낮아졌다. 건이 이제 슬슬 움직이자는 듯 스태프들에게 말했다.

"오케이, 장비 수거합시다."

설치했던 기기와 케이블을 거둬들이면서 홍헌표는 찬바람 속에서도 휘파람을 불며 즐거워했다.

"거봐, 우리 케이블만 완벽하게 멀쩡하잖아? 청테이프가 최고라니까."

그때 난데없이 신참 엔지니어가 불에 덴 것처럼 큰 소리로 외쳤다.

"홍 선배님! 차요, 차!"

모두들 그가 가리키는 곳을 돌아보니, 보신각 뒤쪽 길모퉁 이에 세워둔 홍헌표의 승용차가 완전히 지붕이 내려앉은 채 불쌍한 몰골로 서 있었다.

"저게 뭐야!"

홍헌표는 경악한 나머지 입을 떡 벌리고 그리로 달려갔다. 신참도 뒤따라 뛰어갔다. 타종 현장과 무대공연을 높은 곳에 서 지켜보려고 군중들이 차량을 밟고 올라선 모양인데, 단순 히 밟힌 것만으로 그렇게 지붕이 내려앉을 리는 없었다. 한참 을 인파에 부대끼며 시달렸는지 지붕뿐 아니라 운전석 도어 까지 왕창 찌그러졌고, 떠밀리면서 기울어져 한쪽 타이어들 이 허공에 떠 있었다.

"세상에, 어떡해…."

진솔이 안타깝게 말했다. 홍헌표가 그토록 애지중지하며 새로 뽑았다고 기뻐했던 그 날렵한 신형 모델이었던 것이다. 다른 프로듀서가 조심스레 위로의 말을 건넸다.

"회사에서 참작해줄 거예요. 업무 중 사고니까."

"개인 차량 쓴다고 말 안 했단 말이야! 가뜩이나 긴축 재정 이라는데, 이런!"

홍은 자신의 애마 주변을 빙빙 돌면서 머리카락을 막 쑤셨 다가 차 지붕도 한번 만져보고, 공룡처럼 울분을 토했다. 진 솔의 곁에서 건이 딱하게 중얼거렸다.

"저 지경이면 아무래도 폐차시켜야 할 거 같은데."

남산 하늘과 전광판에선 지상에서 벌어진 일엔 아랑곳없이 화려한 불꽃이 팡팡 신나게 터지고 있었다.

뭔가 분위기가 심상치 않다는 것을 진솔은 인사동 그들의 찻집에 들어왔을 때부터 느끼고 있었다. 평소와 다른 어딘지 부자연스러운 애리의 지나친 명랑함도 그랬고, 원래 말수가 적긴 해도 빙그레 웃는 유머가 있었던 선우는 시종 별말 없이 표정을 읽기가 어려웠다. 손님이 많지는 않았어도 꾸준히 단 골이 있는 곳인데, 오늘 같은 날 아예 문을 닫아걸고 그들끼 리만 술을 마시기 시작한 점도 이상했다. 건도 마찬가지 느낌 을 받았는지 처음엔 분위기를 띄워보려고 애쓰다 시간이 지 날수록 그도 점점 말이 없어졌다. 보다 못한 진솔이 애써 웃으며 화제를 바꿔보려고 노력했다.

"사실은 오늘이 대목 아니에요? 이럴 때 바가지 씌우면서 장사해야 하잖아요."

맞은편에 앉은 선우가 희미하게 미소를 띠며 대꾸했다.

"오늘은… 마시고 죽어야 하니까요. 손님들한테까지 퍼줄 술이 없어요."

"신년 축하 자린데 우리끼리 오붓하면 좋잖아요."

애리가 쾌활하게 끼어들었지만 한번 가라앉은 분위기는 회복되기가 힘들었다. 잠시 탁자 주변에 침묵이 흐르고, 애리는 다시 찻집을 휘- 둘러보며 아무렇지 않은 척 말했다.

"해도 바뀌었는데 우리 내부 공사 좀 할까? 돈이 너무 많이 들면 안 되고, 페인트만 다시 칠하든지. 아, 그건 낙서들이 지워져서 좀 그렇겠구나. 음… 그럼."

"아냐."

그녀의 옆에서 선우가 조용히 말을 잘랐다.

"여기 정훈이 녀석한테 넘길 거야."

한순간 얼어붙은 정적이 감돌았지만 애리는 듣기 싫다는 듯 힘겹게 웃었다.

"그 얘긴 하지 말자고 내가 말했었잖아. 몇 번이나… 듣기 싫어."

건이 술잔을 들어 건배도 없이 혼자 마셔버리더니 잔을 탁 내려놓았다. 그러고는 싸늘한 목소리로 쓴웃음 지으며 입을 열었다.

"도대체 무슨 일인지 말 좀 해줄래? 뭐가 이렇게 신경들이 얽혀 있어? 피곤하니까, 오픈해서 말해."

"그런 거 아니야. 아무 일 없어."

그녀가 자신 없게 대답했지만 선우는 별 표정 없이 달래는 투로 말했다.

"자꾸 피하지 마, 애리야…. 너, 그만 집에 들어가라."

차라리 진솔의 가슴이 더 쿵 하고 내려앉았다. 애리는 벌써 몇 번이나 들었던 말이었기에 놀라지도 않고 가만히 탁자만 내려다보고 있었다. 선우는 담담하게 말을 이었다.

"부모님이 너무 걱정하시잖아. 일단은 들어가. 그리고 다시 생각해보자."

"도대체 엄마가 너한테 뭐라고 얘기하셨는데? 왜 말을 안 해주니?"

애리가 안타깝게 그를 쳐다보자 선우는 가만히 손을 들어 그녀의 뺨을 가린 머리카락을 넘겨주었다.

"그냥, 다 맞는 말씀만."

바늘이라도 떨어지면 소리가 울릴 것 같은 침묵. 진솔은 숨을 쉴 수가 없을 만큼 가슴이 좁여왔고, 옆에 앉은 건이 입을 꽉 다문 채 점점 화가 나고 있다는 걸 느낄 수 있었다. 불안했다. 왠지 모든 게 잘못될 것만 같은 느낌. 이윽고 애리가 젖은 목소리로 선우에게 물었다.

"그래서 내가 집에 들어가면… 넌? 넌 어떡할 건데."

"…여행 갈 거야. 좀 오래."

그녀의 눈에 촉촉이 서운한 물기가 고였다.

"결국? 좀 오래가 얼마나인데? 나도 없이 너 혼자?"

"난 같이 가자고 말했었다. 어렵다고 한 건 너였어, 윤애리."

시선을 내리깐 선우의 음성도 편치 않게 굳어 있었다. 음악이 흐르지 않는 찻집의 공기는 적막했고, 테이블 위로 보이지 않는 벽이 둘러쳐진 듯 그들은 건과 진솔을 쳐다보지도 않았다. 마치 이 공간에 그들 둘밖에 존재하지 않는 것처럼. 서로 밖엔 눈에 들어오지도 않는 것처럼.

애리는 입술을 깨물고 있더니 가까스로 입을 열었다.

"내 입장도… 생각해줄 수 있잖아. 네 마음 알지만… 한 번은 마음에 없는 소리, 거짓말일지라도… 어른들한테 듣기 좋게 해줄 수도 있잖아."

선우에게서 나지막한 한숨이 새어 나오더니 그는 혼잣말처럼 중얼거렸다.

"난 거짓말 싫다…."

눈물 글썽한 채 한참이나 숨만 몰아쉬다 애리는 목이 메어 겨우 원망스럽게 말했다.

"그래 알았어. 그렇게 힘들면… 편하게 해줄게. 너 가고 싶은 곳으로 가서, 하고 싶은 일 하면서 살아. 그러면 되잖아!"

눈물이 툭 떨어지자 그녀는 자리에서 벌떡 일어나 종종걸음으로 뛰쳐나가려 했다. 그런 애리의 팔을 건이 앉은 채로 확 붙잡았다.

"어딜 가려는 거야?"

"놔! 갈 거야."

"어딜?"

"네가 무슨 상관이야! 다 보기 싫어!"

건의 팔을 세게 뿌리치고 애리가 뛰어가자 그는 의자를 차고 일어나더니 무섭게 쫓아가서 다시 붙잡았다.

"혼자 어딜 가? 집에 갈 거야? 그렇다고 얘기하면 보내줄게!"

"집에 안 가! 어딜 가든 상관 마!"

애리의 뺨을 타고 눈물이 가득 흘러내리고 있었다. 건이, 그의 표정이, 안타까움으로 일그러지는 것을 진솔은 똑똑히 볼 수 있었다.

"애리 너⋯."

건의 목소리가 열기에 가득 차 떨리고 있었다. 그의 손이 그녀의 손목을 꽉 움켜쥐고 있었다.

"너, 차라리 나한테 와라."

진솔의 심장에서⋯ 피가 한꺼번에 빠져나가는 것 같았다. 애리는 두 눈 가득 충격을 담고 건을 멍하니 올려다보았다. 그도 자신이 내뱉은 말에 스스로 충격을 받은 듯 움직임 없이 굳어 있었다. 영원 같은 한순간이 지나고 문득 애리가 잡힌 손목을 빼냈다. 그러고는 천천히 뒷걸음질 치더니 곧 몸을 돌려 출입문 밖으로 사라져버렸다. 고요한 정적. 차라리 선우의 표정이 담담했다.

갑자기 건이 뚜벅뚜벅 찻집 통로를 가로질러 정확히 걸어왔다. 그러고는 미처 말릴 틈도 없이 탁자 너머 그대로 선우의 얼굴을 주먹으로 후려쳤다.

"네가… 애리한테 해줄 말이 고작 그거였니?"

순식간에 선우의 찢어진 입과 코에서 피가 터져 나왔다. 다시 한 번 건의 주먹이 사정없이 날아들고, 선우는 탁자와 함께 바닥으로 쓰러졌다. 와르르 쏟아져 내린 술병과 술잔들이 한꺼번에 와장창 깨지면서 파편이 튀었다. 하얗게 질린 진솔이 겨우 들릴 듯 말 듯한 소리로 속삭였다.

"그러지 말아요…."

하지만 지금 건에게는 아무 소리도 들리지 않았고, 아무것도 보이지 않았다. 선우의 멱살을 잡은 그의 분노한 음성이 격하게 떨리는 걸, 진솔은 가슴이 찢어질 것만 같은 심정으로 들어야 했다.

"고작 그거였어? 지난 십 년 동안 애리가 너한테!"

"그러지 말라고요! 그만하라고요! 내 앞에서, 당신이 어떻게 이래요!"

진솔은 두 손으로 귀를 막은 채 있는 힘을 다해 소리 질렀다. 일순간 건의 모든 행동이 돌처럼 굳어버렸다. 그녀가 떨리는 목소리로 아프게 되풀이했다.

"당신이… 어떻게 이래요."

건의 손에서 힘이 툭 풀리자 선우의 몸이 바닥으로 쓰러져 드러누웠다. 진솔과 마주친 건의 표정은 낯설고도 당혹스러웠다. 마치 그녀가 이곳에 있었다는 사실을 까맣게 잊어버린 것처럼. 한순간 혼란스러움이 스쳐 가고… 건은 복잡한 표정으로 진솔의 눈길을 외면했다. 그녀의 마음이 소리 없이 무너져 내리는데, 그는 몸을 일으키더니 말없이 찻집을 나가버렸다.

한동안 망연자실하던 진솔이 이윽고 천천히 주위를 둘러보니 탁자 주변이 말이 아니었다. 죄다 쓰러지고 깨지고, 무엇보다 바닥에 기대앉은 선우는 아직도 피를 흘리고 있었다. 진솔이 가까스로 물었다.

"…괜찮아요?"

선우는 묵묵히 고개를 끄덕였지만 그녀가 보기엔 하나도 괜찮지 않았다. 코와 입에서 흐르는 피는 그렇다 치고, 왼쪽 손을 크게 다친 듯 거기서 꽤 많은 피가 흘러나오고 있었다. 넘어지면서 깨진 유리 조각에 깊이 베인 탓이었다.

주방에서 깨끗한 수건을 찾아 더운물에 적시는 진솔의 손이 가늘게 떨렸다. 진정하자고 마음을 다잡으며 그녀는 구급약통도 함께 찾았다. 선우에게로 돌아가 수건을 내밀었다.

"좀 닦아내요."

그가 천천히 수건을 받더니 관심도 없다는 듯 건성으로 얼굴의 피를 닦았다. 그러고는 바닥에 던져 놓기에 진솔이 다시 집어 그의 왼손을 잡아당겨 마저 닦았다. 상처가 꽤 깊어 보이는데 병원에 가서 꿰매야 할지 이대로 소독해서 붕대만 감아도 될지 알 수가 없었다.

"병원에 갈래요?"

선우가 픗 웃었다. 무슨 그런 재미있는 농담을 하느냐는 듯이. 역시 그럴 것 같아 진솔은 나지막이 한숨을 쉬었다. 그의 손목에도 피가 튀어 닦아내려다 진솔은 움찔 놀랐다. 피가 엉긴 자국인 줄 알았는데 그건 세월이 지나 많이 희미해진 자상 흉터였다. 그녀의 시선을 느끼고 선우가 자신의 손목을 무심히 내려다보았다.

"…옛날 상처예요."

별것 아니라는 듯 그가 손을 거두려는데, 진솔이 다시 꽉 쥐고 소독약을 꺼내 인정사정없이 뿌렸다. 상당히 따갑고 아릴 텐데도 선우는 티 한번 내지 않았다. 대강 지혈시킨 뒤 거즈를 대고 붕대를 감을 때도 진솔은 부드럽게 하지 않았다. 야무지게 감아주기는 했지만 아플까 봐 살살 다루지는 않았다. 매듭까지 묶고 나자 선우가 오늘 처음으로 빙그레 웃었다.

"나 엄청 미워하는구나, 진솔 씨…."

"그럼 밉지, 예쁠까 봐서요."

진솔은 조용히 말하고 다시 주방으로 가 빗자루와 쓰레받기를 가져왔다.

"유리 쓸어낼 거예요. 비키세요."

"그걸 진솔 씨가 뭐하러 치워요…. 내버려둬요."

"꼴 보기 싫어서 치울 거예요, 난."

선우까지 같이 쓸어낼 것처럼 그녀는 비질을 하고 깨진 유리를 쓰레기통에 버렸다. 그러고 나자 몸과 마음이 지쳐버려 바닥에 아무렇게나 주저앉았다. 그들 사이에 고요한 침묵이 흘렀다. 이윽고 진솔이 허탈한 얼굴로 입을 열었다.

"애리 씨한테 꼭 그렇게 했어야 했나요?"

잠시 대답이 없더니 선우는 담담하게 말했다.

"애리하고 난 언제든 다시 만날 수 있어요. 그 애가 어디에 있어도 나는 애리의 기를 느끼니까…. 설령 같이 붙어 있지 않는다 해도, 난 애리하고 함께 있는 느낌이 어떤 건지 알죠."

진솔은 그런 선우를 물끄러미 바라보았다. 그가 쓴웃음을 지었다.

"부모와의 연은 끊는 게 아니에요. 애리 어머니가 나 찾아오셨을 때 우셨어요. 당신 딸을 제발 좀 돌려달라고…. 내가 불편하고, 잘 알지도 못하겠다고 하시더군…."

"그럼, 설명해드릴 수도 있었잖아요. 선우 씨가 어떤 사람인지… 이해받으려고 애쓰면 안 되나요?"

"왜 그런 말을 해야 하지?"

선우가 조용히 되물었다.

"난 잘 모르겠어요. 꼭 말을 해야 알고… 변명하고 설명하려 애쓰고, 그래야 하는 거. 나는 그런 데 서툴기도 하고… 말이 되어 나오지를 않아요."

그런 선우를 다 이해할 수는 없었지만 그늘진 채 앉아 있는 모습을 보니 진솔은 서글퍼졌다. 어두침침한 찻집 조명 아래 선우는 어디론가 끝없이 가라앉을 것처럼 보였다. 혼자 옛 추억에 잠겨 있던 그가 피식 웃더니 입을 열었다.

"그 저수지 마을 말예요…. 거기서 걸어서 산 하나를 넘으면 나 다니던 초등학교가 나오거든요. 어릴 때 할머니하고 둘이 살았는데… 할머니는 별로 말이 없는 분이었어요. 아들 며느리 없이 손주 키우기 고생스러워 그랬는지."

진솔은 말없이 듣고 있었다.

"여덟 살 때 학교에 입학했는데… 하루는 종례 시간에 담임선생님이 우리한테 마구 싫은 잔소리를 했어요. 내용은 잊어버렸지만… 너무너무 길게 계속되는 거야, 믿을 수 없이 길게. 나도 모르게 두 손으로 귀를 막아버렸어요."

선우는 붕대가 감기지 않은 손으로 무심코 자신의 귀를 건드렸다. 새삼 그 시절의 소리가 간질간질 떠오르는 것처럼.

"…앞으로 나오라고 해서 뺨을 꼬집데요. 왜 귀 막았냐고. 글쎄… 난 대답할 수가 없었어요. 일부러 그런 게 아닌데, 나도 모르게 그랬는데…. 해질 때까지 교실에 남아 있었지만 결국 할 말이 없었죠."

표정 없이 시골 학교 교실에 정물처럼 앉아 있었을 어린 소년의 뒷모습이 떠올라 진솔은 기분이 이상해졌다. 선우가 혼잣말처럼 쓸쓸하게 중얼거렸다.

"부모 연을 어떻게 끊어. 이번 생에선, 아마 내가 애리를 놔줘야 하는 차례인가 봐요. 그분들한테 돌려보내야 할 차례."

진솔은 그만 마음이 아득해지고 말았다.

밤 세 시쯤 되었을까. 혼자 마포로 돌아오니, 멀리 마포대교 한강의 밤하늘에는 자정 무렵 화려했던 불꽃놀이가 흔적도 없이 사라지고 짙은 어둠만이 펼쳐져 있었다. 얼마 전까지 종로는 인파에 밟혀 묻힐 것처럼 소란스러웠는데 이곳 우성아파트로 접어드는 밤거리는 그저 한적하기만 했다.

아파트 앞에 이르렀을 때 진솔은 계단 중간에 걸터앉은 건의 실루엣을 보았다. 무엇을 생각하는지 고개 숙인 채 마당을 응시하는 모습에서 오래된 피로가 묻어났다.

누군가 걸어오는 인기척에 건은 고개를 들었다. 차가운 밤공기를 가르며 그들의 시선이 마주쳤지만, 진솔은 곧 외면하고 그를 지나쳐 계단을 올랐다. 등 뒤로 가라앉은 건의 목소리가 들려왔다.

"…미안해요."

그러자 갑자기 속에서 울컥 뜨거운 것이 올라왔다. 진솔은 걸음을 멈추고 그를 돌아보며 건조하게 말했다.

"당신이 뭐가 미안해요."

"정신 나간 소리로 들리겠지만… 요즘 당신 만나면서 계속 애리 생각했던 거 아니었어. 절대로."

건은 여전히 그림자처럼 앉아 그녀를 쳐다보지 않고 말했다. 진솔은 서럽고 슬픈 감정이 차올랐지만 힘겹게 그걸 누르고 있었다.

"그렇다면 아까 그 말은 뭐였어요…. 그 사람한테 소리쳤던 말, 그건 뭐였는데요?"

그는 깊이 한숨을 쉬며 자신도 혼란스러운 듯 손으로 머리카락을 쓸었다. 잠시 말을 고르다 건은 입을 열었다.

"애리에게 했던 말은… 그때 치밀어 오른 충동이었어요. 그렇게 하려고 했던 건 아니…."

"순간의 진심이었겠죠."

진솔이 서글프게 그의 말을 잘랐다.

"생각해봐요. 시간이 지나고 나니 지금 당신 마음은 아까와는 또 다를지 모르지만… 적어도 그 순간만은… 그 말을 했을 때만큼은, 거짓말이 아니었을 거예요. 당신 진심이었지. 그렇죠?"

침묵 끝에 건은 인정한다는 듯 어둡게 고개를 끄덕였다.

"…그래요."

진솔은 가슴이 아파 숨 쉬기도 힘들었다. 저렇게 우울하게 앉아 있는 그를 어떻게 해야 할지 알 수 없었다. 아무것도 그녀가 할 수 있는 일이 없는 것 같았다.

"알았으니까 이만 가세요."

진솔이 돌아서는데 건이 빠르게 계단을 올라와 그녀의 팔을 붙잡았다.

"나 좀 봐요."

"붙잡지 말아요!"

드디어 무엇인가가 그녀에게서 폭발했다. 건의 손을 뿌리치고 진솔은 소리쳤다.

"가라고요! 지금 당신 보고 싶지 않은 거 모르겠어요?"

건의 목소리도 격해졌다.

"미안해요! 미안하다고! 제발 내 말 좀 들어봐요!"

"뭐가 미안해요! 그땐 진심이었다는데, 그 순간엔 그랬다는데 누가 뭐라고 하겠어!"

"날 미친놈이라 해도 좋고 두들겨 패도 좋은데, 난 그동안 당신한테 진심이었어!"

"그랬겠죠! 믿으라면 믿을 수밖에요. 그런데 나, 누군가의 순간의 진심에 기대하면서 기다리고 싶진 않아요."

건의 눈빛이 흔들렸다. 진솔의 눈에도 말갛게 눈물이 괴었다. 그녀가 목이 메어 속삭이듯 말했다.

"사랑하겠다고 말했으니 남아일언 지키라고 하는 거… 흔들리지 말라고 하는 거… 그것도 몰아붙이는 거예요. 마음이 시키는 일을, 어쩌라는 거야."

그는 온몸이 얼어붙어 그런 진솔을 마주하고 있었다.

"그때… 당신 집 뒷산에서 내가 얘기했을 때… 오래 기다리진 않겠다고 말했었죠. 그렇게 오래 기다려야 할 만큼 생각할 게 많다면, 그렇게 오래 들여다봐야 비로소 알게 되는 감정이라면, 번번이 그 사람이 아플 때마다 당신 마음도 같이 아파서 미치겠는 거라면… 그건 아니거든요…. 나 아니면 안 되는 꼭 내가 필요한, 그런 절박한 감정은 아니거든요. 그냥, 당신은 내가 좋겠죠. 인간적으로."

건이 이를 악물고 낮게 말했다.

"단정 짓듯이 말하지 말아요."

"그럴까요? 그럼, 한 가지만 물어볼게요. 사실은 벌써부터 물어보고 싶었죠."

진솔은 눈물을 참으며 또박또박 말을 이었다.

"며칠 전 장흥에 갔을 때도… 아니 그때 말고도 당신 오피스텔이나 내 집에서 여러 번… 아주 여러 번 기회가 있었는데 당신, 나… 안지 않았어요."

건의 표정에 동요가 스쳐 가는 것을 진솔은 아프게 바라보았다.

"사람이란 게… 사랑하는 사이라면, 안고 싶지 않나요? 안고 사랑하고 싶어지지 않나요? 근데 당신은 그러지 않았어요. 왜요…? 왜 날 안지 않았어요?"

"난…."

"솔직하게 말해줘요."

그런 진솔을 물끄러미 대하던 건은 굳은 표정으로 아파트 앞마당의 어둠을 바라보았다. 침묵이 흐르는 동안 그의 그늘 진 옆모습에서 갈등과 망설임이 묻어났다. 그는 포기한 듯 담담하게 말했다.

"…빨리 달려가고 싶지 않았어요. 당신한테 온전히 결백한 마음일 때… 안아야 한다고 생각했어. 그렇다는 확신이 들 때, 내 마음에 미진함이 없을 때. 그건 당신에 대한 예의니까…."

바닥까지 다 고백한 느낌. 남김없이 다 듣고 만 느낌. 그녀는 심장이 아파 견딜 수가 없었지만 겨우 힘들게 고개를 끄덕였다.

"그래요. 그랬던 거죠…. 날 좋아하지만 그건 사람을 좋아하는 감정이 더 컸어요. 공진솔이란 사람을… 많이 이뻐하는 거야, 당신은. 하지만 사랑을 나눌 확신이 들 만큼 당신 감정을 알 수는 없는 거죠."

건이 애리를 붙잡았을 때의 표정이, 그 눈빛이 아직도 진솔에겐 손에 잡힐 듯 생생하게 떠올랐다. 그게 사랑으로 비쳤음을 어떻게 부인할까. 차라리 그를 원망하면서 매달려 울고 싶은 걸 꾹 참고 차갑게 말했다.

"그 사람이 아프니까 당신은 눈앞에 아무것도 안 보였어. 나도 안 보이고 친구도 안 보였어. 그렇게 말했죠? 차라리 나한테 와! 그게 당신 진심인 거야. 마음이 시키는 일. 당신도 어쩔 수 없는 일!"

"제발, 그만해요!"

건이 괴로움에 차 소리쳤다.

"네, 그만할게요! 더는 할 말도 없으니까. 새해 복 많이 받으세요."

패닉 상태로 벽에 기대선 그를 내버려두고 진솔은 집으로 뛰어 들어갔다.

울지 않을 거야. 이런 날 혼자 우는 건 너무 초라해. 새해란 말이야… 진솔은 중얼거리며 현관문을 굳게 걸어 잠그고 욕실에 들어가 한바탕 세수부터 했다. 냉장고를 열고 차가운 와인을 꺼내 들고는 유리잔에 따랐다. 애초 오늘 밤 그와 함께 건배하기로 약속하고 넣어둔 와인이었다. 혼자라도 무슨 상관인가. 자축하면 되지.

식탁에 앉아 있으려니 집 안을 가득 채운 적막이 말할 수 없이 쓸쓸해 그녀는 오디오의 버튼을 눌렀다. 오랜 세월 그녀와 함께 해왔던 아바의 음반이 조용히 돌아가기 시작했다. 두 잔째 와인 잔을 들고 진솔은 발코니로 나갔다. 어깨에 점퍼를 걸친 채 차가운 발코니에 앉아, 밤의 장막이 드리워진 아파트 뒷마당과 마주했다. 와인은 달콤하면서 쏩쏠했고… 그녀의 혈관을 타고 돌아 조금씩 달아오르게 했다. 유리잔을 가만히 눈앞에 대보니 어두운 밤하늘이 그 너머 펼쳐져 있었다. 진솔은 홋 쓴웃음으로 혼자 중얼거렸다.

"뭐가 장밋빛 인생이란 거야… 오드리, 당신 엉터리야."

꾹 누르고 있었던 눈물이 다시금 핑 돌았다. 무심히 흐르는 아그네사와 프리다의 노래에 진솔은 그만 울컥해버렸다. 어제와는 모든 게 달라질 거예요. 해피 뉴 이어…. 역시나 진솔은 아그네사가 좋았다. 저 맑은 음색. 사랑이 끝나면 노래도 끝인 여자.

진솔은 무릎에 고개를 파묻고 울어버렸다.

8

사각사각-.

연필 끝에서 밀려 나온 가느다란 톱밥들이 이면지에 떨어지고 진솔은 연필심을 커터로 갈아내기 시작했다. 흑연 가루가 흰 종이에 부슬거리며 묻어나는 동안, 옆에서 가람이 작동시키는 편집기의 스위치 소리가 불규칙적으로 들려왔다. 해가 바뀌고 벌써 열흘 남짓. 진솔은 복잡한 작가실을 피해 편집실 구석자리에 앉아 아까부터 연필을 깎고 있었다.

"같은 사람하고 평생 두 번 사랑에 빠지는 게 가능할 거 같니?"

문득 가람이 입을 열었다. 인터뷰 내용을 붙이고 잘라내면서 틈틈이 한숨 소리를 내더니 역시나 심기가 어지러운 모양이었다.

"글쎄. 왜?"

"지난번 헤어졌던 연출가 말이야. 그저께 술자리에서 우연히 만났는데 기분이 싱숭생숭해서."

가람은 못내 심란한 표정이었다.

"가난한 연극연출가 나도 싫었거든? 재능 있지만 운이 없는 남자도 싫고. 요즘 적당한 재능은 다 흔한 거 아냐? 누구나 아트하고 평론하는 세상. 재미없거든."

진솔은 피식 쓴웃음을 지었다. 평소 '선무당처럼 예술하는 남자는 피해 가라'는 가람의 지론은 귀에 못이 박히도록 들어온 얘기였다. 문화계 남자들과 연애를 거듭하다 질릴 대로 질린 가람이 최근 약혼에 골인한 남자는 능력을 인정받는 대기업 팀장이었다.

"그런데?"

가람은 대꾸가 없었다. 묘한 분위기로 테이프만 감더니 말을 할까 말까 망설이다 드디어 일손을 놓아버렸다. 회전의자를 출입문까지 밀고 가 누가 들을세라 반쯤 열려 있던 출입문을 닫고, 그녀는 휙 도발적으로 친구를 돌아보며 고백했다.

"그날 같이 잤어."

커터를 움직이던 진솔의 손이 순간 뚝 멈췄다. 어이가 없었다.

"약혼자 놔두고 바람피웠니?"

가람이 바짝 다가오더니 상체를 가까이 기울여 신기하다는 투로 말했다.

"그게 있잖아, 이상하더라고. 약혼자 놔두고 바람피운 느낌이 안 들고, 애초에 이 남자가 내 남잔데 내가 그동안 딴 사람하고 바람피우다 돌아온 느낌이 드는 거야. 이건 대체 무슨 감정이니?"

"나도 모르지. 복잡하다. 지금 그 사람한테 불만이 생긴 거야? 그래서 옛날 남자가 다시 눈에 들어온 거야?"

가람은 자신도 잘 모르겠다는 듯이 어깨를 으쓱해 보였다.

"몰라. 그냥, 지금 그 사람은 실력도 있고 운도 좋고 야심도 만만찮은데… 뭔가가 하여튼 거슬려. 뭐랄까….'"

입술을 잘근잘근 깨물며 가람은 잠시 생각에 빠졌다. 꽤나 여러 번 불만의 순간을 겪었는데 마땅한 예를 찾기도 어려웠다.

"지난주엔 같이 저녁 먹는 자리에서 갑자기 조회기를 꺼내더니 주식을 팔더라? 때 놓치면 불리하다고 수시로 확인하거든. 뭐, 재테크 잘하는 거야 마음에 드는데, 그렇게 팔아놓고 막 자랑하는 거 있지."

"결혼할 여자한테 잘 보이고 싶으니까 자랑하는 거 아니니?"

"아니. 내가 잘한 거 얘기하면 별로 귀담아 안 들어. 애인이라도 남의 자랑 듣는 거 좋아하지 않아. 자기 자랑만 하지."

진솔은 난감한 얼굴로 고개를 끄덕거렸다.

"대강은 알겠는데 양다리 걸치기엔 너무 늦었다. 어느 쪽이든지 빨리 마음잡는 게 백번 낫겠다, 널 위해서도."

"아아, 그럼…. 그날은 내가 술 마시고 어떻게 된 거지. 잊어버릴 거야."

말은 호기롭게 하지만 가람은 별 자신 없는 표정이었다. 진솔은 연필 깎는 일을 그만두고 커터와 연필들을 필통 속에 정리했다. 톱밥 부스러기가 쌓인 이면지를 뭉뚱그려 휴지통에 던져 넣고는 그대로 허물어지듯 책상에 엎드렸다. 차가운 나무 표면에 한쪽 뺨을 대고 물끄러미 고층 빌딩 창밖에 펼쳐진 마포 하늘을 내다보았다. 심신이 피로했다. 사실 그녀 또한 가람의 연애 문제에 대해 조언할 만한 상황도 아닌 것이다.

해가 바뀌고 열흘간 너무나 곤혹스러웠다. 먹은 게 소화되지 않은 것처럼 하루 종일 명치가 불편했고, 꽃마차 시간마다 그의 뒷모습을 쳐다보는 것도 힘겨웠다. 최근에는 청취자 전화를 받아야 할 일만 없으면 생방 때 두세 번 빠지기도 했다. 그도 진솔의 마음을 헤아려 딱히 뭐라 하지는 않았지만, 업무에 공사가 구별되지 않는다는 사실도 그녀를 괴롭혔다. 다 힘들었다. 가람이 다시 편집기를 작동시키며 땅이 꺼져라 한숨 쉬는 소리가 들려왔다.

"차라리 애정이 확 식어버리면 속 편할 텐데. 아직은 미련이 남는단 말야…. 확실하게 미워져야 세이 굿바이를 할 텐데."

진솔은 여전히 엎드린 채 멍하니 창밖을 내다보며 중얼거렸다.

"미워지지 않아도… 굿바이 할 수 있어."

가람은 기기에 매달려 듣고 있지 않았다. 진솔은 방금 내뱉은 자신의 말을 곱씹었다. 과연 그럴까? 미워지지 않아도 이별을 고할 수 있을까? 저녁 햇살이 들어오는 유리창에 그녀의 모습이 투명하게 어른거렸다. 왜 이다지도 마음은 아픈데 그가 미워지지는 않는 건지. 한참이나 그러고 있더니 진솔은 다시 중얼거렸다.

"…할 수 있어."

그날 밤.

방송을 마치고 진솔이 일어서는데 건이 망설이듯 불렀다.

"퇴근 같이 해요."

"…아뇨. 먼저 들어갈게요."

그녀는 돌아보지 않고 주조정실을 나왔다. 눈앞에 없어도 그의 표정이 손에 잡힐 것처럼 느껴졌다. 다시 화해하고 싶은, 아니 화해라는 말도 우습지만 그녀와 전처럼 가까워지고 싶어 하는 건의 마음을 알고는 있었다. 하지만 그게 무슨 소용일까. 그런 아슬아슬한 경계선을 진솔은 더 이상 견디기가 힘들었고 이대로는 버틸 수 없다는 생각이 들었다. 괴로웠다, 너무나.

"무슨 할 말인데 여기까지 데리고 내려와?"

이튿날. 지하 커피숍 소파에 앉자마자 최 작가가 궁금해하며 물었다. 진솔이 담담하게 입을 열었다.

"선배, 영화음악실 새 작가 구한다고 그랬죠. 구했어?"

"아니, 아직. 생각해둔 후배는 두어 명 있어. 왜?"

"그거 내가 할게. 담당 피디한테 말 좀 해줘요."

뜻밖의 소리에 최 작가의 눈이 둥그레졌다.

"무슨 프로를 놓으려고, 행복?"

"꽃마차. 다른 작가 구하라고 얘기할 거예요."

최 작가는 팔짱을 낀 채 소파 등받이에 깊게 몸을 묻었다. 그러고는 탐색하는 눈초리로 진솔을 훑어보았다.

"이건 씨하고 뭐가 잘 안 돼가? 학기 중에 왜 프로그램을 그만둬?"

"그건… 설명 안 할래. 자세히 묻지 말고… 그렇게 해주세요. 부탁할게요."

조용하지만 고집이 묻어나는 진솔을 건너다보며 최 작가는 가볍게 한숨을 쉬었다.

"좋아. 일단은 알았다. 김형식 피디한테 얘기는 해볼 건데, 문제는 건 피디도 동의한 거야?"

"…동의할 거예요."

진솔은 약간 눈길을 떨어뜨렸다. 어떻게든 그는 동의할 수밖에 없을 테니까.

"아무튼 처신 잘해. 요즘 사내 분위기 이상한 거 알지?"

선배의 말에 그녀는 묵묵히 고개를 끄덕였다.

최 작가와 헤어져 사무실로 올라오는 동안, 진솔은 건을 만나 어떻게 얘기해야 할지 줄곧 고민했다. 처음엔 메일을 쓸까도 생각했지만 역시 그건 경우가 아니었다. 불편해도 부딪치는 수밖에는. 17층으로 그를 찾아가니 건은 음반자료실에서 음악을 고르는 중이었다.

"잠깐 시간 좀 내줄 수 있어요?"

진열장 앞에 서 있던 건이 조금 놀라서 돌아보았다. 최근 들어 그녀가 먼저 말을 건 적이 한 번도 없었기 때문이었다. 진솔이 건조하게 말했다.

"바쁘다면 나중에…."

"아니, 안 바빠요. 좀 놀랐을 뿐이지."

하지만 로비 한쪽에서 잠깐 얘기를 나눈 뒤 건의 표정은 딱딱하게 굳어버렸다. 그는 일언지하에 거절했다.

"안 돼요. 싫어요, 그런 거."

"두 주 정도면 충분히 작가 구할 수 있잖아요. 이번 설날 녹음분까지만 쓸게요. 이해해주세요."

"싫다고 했어요. 이 얘긴 더 하지 맙시다. 내일 봐요."

건은 화가 난 얼굴로 음반을 탁 집어 들더니 가버렸다. 진솔 역시 마음이 편치 않았지만 이미 화살은 시위를 떠난 셈이었다.

1월도 하순으로 접어들고 음력 설 연휴가 며칠 앞으로 다가올 때까지도 건은 새 작가를 구하지 않았다. 의식적으로 서로가 그 이야기를 피해갔지만 두 사람 모두 감정의 긴장감이 팽팽하다는 것을 은연중 알고 있었다. 진솔은 방송 시간대가 아니면 그와 제대로 눈을 마주치지 않았고, 그런 그녀를 건은 속수무책으로 대할 수밖에 없었다. 처음엔 그녀가 혼자 생각하고 마음을 가라앉힐 시간을 주어야 한다고 기다렸던 건이었으나 날이 갈수록 가슴 깊은 곳에서 무엇인가가 치밀어 올랐다. 틈 한번 주지 않는, 아예 대화의 기회를 원천봉쇄한 진솔을 어떻게 해야 할지 그로서도 서서히 끓어오르기 시작했다.

　"얘기 좀 해요."

　토요일 오후, 마침내 건이 엘리베이터 앞에서 서둘러 퇴근하려던 진솔을 따라잡았다.

　"무슨 얘기를요."

　"대체, 너무하는 거 아닌가? 사람 눈은 똑바로 쳐다봐줘야죠."

　그의 말투에 희미하게 섞인 비난을 느끼고 진솔은 입술을 꼭 깨물었다. 비로소 고개를 들어 건의 눈빛과 마주했다. 그토록 피하고 싶었던 그를 정면으로 대하는 순간, 진솔은 역시 자신의 판단이 옳았음을 깨달았다. 의지와 무관하게 두근두근 피가 빠르게 돌았고, 정말 심장 쪽에 물리적인 통증이 느껴졌다. 하루빨리 이 남자 곁에서 멀어지지 않으면, 내면에 자상이 남는 사람은 그녀였다. 이제 인내심이 한계에 달한 듯 건은 후 한숨을 쉬며 손가락으로 자신의 머리카락을 쓸어 올렸다.

"마음 바꿔줘요. 난, 당신하고 계속 일하고 싶으니까. 최소한 이번 학기 마칠 때까지라도."

"미안하지만… 어렵겠어요. 저쪽 프로그램은 벌써 인계받았으니까 연휴 뒤로는 꽃마차는 못 쓸 거예요."

그때 퇴근에 나선 직원들이 웃고 이야기하며 로비로 걸어오는 바람에 그들은 어쩔 수 없이 말을 멈춰야만 했다. 엘리베이터 문이 열리자 두 사람은 다른 직원들과 함께 겉으로는 아무렇지 않은 척 올라탔다. 좁은 공간 속에서 진솔은 벽에 기대선 그의 찌를 듯한 시선을 애써 외면하고 있었다.

1층에 도착하자마자 진솔이 제일 먼저 튀어나오는데 건이 성큼성큼 따라와서 잡았다.

"마주 보고 얘기 좀 합시다, 대체!"

그의 목소리가 거칠게 나왔다. 같이 내려온 직원들이 그들을 홀끔거렸기에 진솔은 당황하며 소리 죽여 속삭였다.

"이 팔 놔요. 다 보고 있잖아요?"

"무슨 상관인데, 그게!"

건도 이번엔 참을 수가 없었다. 자신이 잘못했다는 것을 백번 인정한다 하더라도, 그녀가 이렇게까지 빠르게 모든 감정을 철수시켜버릴지는 몰랐다. 행여나 더 다치지 않으려는, 그래서 마지막 기회조차 주지 않으려는 그녀의 방어 본능을 뼈저리게 느낄 수 있었다. 진솔은 얼굴에 살짝 핏기가 가신 채 이를 앙다물고 말했다.

"나, 그냥 내버려둬요. 하고 싶은 말 없어요."

"내버려뒀잖아요! 그날부터 지금까지, 당신 혼자 있고 싶다고 온몸으로 티를 내서 존중했잖아요. 그러는 내 속은 편했을 거 같아요?"

그에게 잡힌 팔을 뿌리치려는데, 건은 오히려 더 꽉 움켜쥐더니 빌딩 후문을 향해 빠르게 걸어갔다.

"놔줘요!"

"못 놔요! 따라와요."

건의 손아귀 힘이 살갗을 아프게 죄어왔다. 평소 온화하던 느낌은 사라지고, 노여움이 먹먹히 치밀어 오른 그의 모습에 진솔은 불안해졌다. 한마디도 더 건드릴 수 없을 것 같은 긴장감. 주차장에 이르자 건은 자신의 차 문을 열더니 비로소 팔을 놓아주고는 딱딱하게 말했다.

"타요."

원망스런 그녀의 눈빛과 마주친 건의 표정은 차갑고도 안타까웠다.

"당신이 앉을래요, 내가 강제로 밀어 넣을까요."

혹시나 그녀가 돌아설까 봐 차체에 팔을 뻗어 막고 선 그의 얼굴엔 아픈 감정의 흔적이 여실했다. 진솔은 그만 북받치던 심사가 스르르 가라앉아버리고 말았다.

붐비는 차량들 사이를 헤쳐 마포와 여의도를 빠져나오는 동안 진솔은 조수석에서 한마디도 없이 앉아만 있었다. 건도 마음을 추스르듯 묵묵히 오디오 버튼을 눌렀을 뿐이었다. 아일랜드 켈틱풍의 잔잔하고도 맑은 연주곡이 차 안에 흘렀다. 한동안 그를 외면한 채 진솔은 등받이에 몸을 묻고 차창 밖 거리 풍경만 바라보았다.

목적지를 모르기는 건도 마찬가지인 것 같았다. 무작정, 끓어오르는 속을 어떻게 할 수 없어 그는 핸들을 잡고 있었다. 음반이 마지막 트랙까지 돌고 정지될 때쯤 차는 고속도로를 달렸다. 바람 소리에 묻어 차창 너머 삭막한 겨울 들판과 얼어붙은 마른 땅이 흐린 하늘 아래 펼쳐졌다.

"어디예요, 여기가?"

"서해안 고속도로요."

"어디 가는데요."

건은 대답이 없었다. 그의 표정 없는 옆모습이 진솔의 마음을 그늘지게 했다. 그도 요즈음 계속 힘들었다는 것을 안다. 하지만 다시 원점으로 돌아가고 싶지는 않은 게 솔직한 심정이었다.

"돌아갔으면 좋겠네요. 피곤해서 집에 가서 자고 싶어요."

"여기서 어떻게 차를 돌려요. 인터체인지는 나가야지. 지금 자요, 나중에 깨울게요."

그의 목소리도 가라앉아 있었다. 잠이 올 리가 없었다. 진솔은 말없이 기대앉아 차가 비봉 IC를 통과해 지방도로로 접어드는 것을 지켜보았다. 건을 사랑하지 않겠다고 마음먹은 지 이제 겨우 한 달도 채 못 됐다. 아직은 어려웠지만 못 할 것도 없다고 생각했다. 목숨 거는 사랑, 생(生)을 거는 사랑. 그런 것은 진솔도 믿지 않으니까. 그렇게까지, 감히 바라지도 않으니까.

어느새 눈앞에 바다가 보였다. 표지판을 확인하니 제부도로 접어드는 물길로 향하고 있었다. 서서히 저녁 낙조가 지는 하늘과 바다를 배경으로 갯벌 사이 하얀 시멘트 포장길이 훤히 열려 있었다. 물길 입구의 작은 관리실에서 두꺼운 감색 파카를 입은 사내가 나와 손바닥만 한 물길 시각표를 건네주었다.

"이따 여섯 시 십 분에 물길 닫힙니다! 한 시간도 안 남았는데, 시간 잘 보고 빨리 나오시든지 아니면 내일 새벽 썰물 이후에나 나오실 수 있어요. 아셨죠? 이 시각표 참고하시구요!"

"알았습니다. 고맙습니다."

건은 창을 올리고 시커먼 갯벌 위로 하얗게 도드라진 포장길을 따라 천천히 차를 몰았다. 몇백 미터는 뻗어나간 갯벌 양쪽으로 바다가 멀리 수평선을 이루고 있었다. 완벽하게 갈라진 바닷길. 썰물이 드러내준 2킬로미터 남짓한 그 길을 빠져나와 건은 제부도 입구 주차장에 차를 세웠다.

그가 차에서 내려 혼자 저만치 갯벌 쪽으로 내려가는 모습을 진솔은 여전히 자리에 앉아 바라보고 있었다. 같이 가자는 말도 없이, 그저 드라이브가 하고 싶었던 것처럼, 살을 에는 차가운 바닷바람을 폐부 깊숙이 호흡하고 싶었던 것처럼 그는 모래와 자갈이 뒤섞인 갯벌의 커다란 바위 앞에 한참을 서 있었다.

이윽고 진솔도 차에서 내렸다. 흐린 구름들 사이로 낙조가 번져가고 시린 바람이 옷깃을 파고들었다. 모래밭으로 내려서자 무수한 조개껍질들이 발에 밟혔다. 기암괴석 하나가 우뚝 솟아 있었고, 바위 가운데쯤 사람 두엇이 들어가 숨을 만한 틈이 깊고 어둡게 갈라져 있었다. 바람이 불어와 진솔의 머리카락이 마구 나부꼈다.

"…이제 돌아가요."

그녀가 말했다. 바다를 바라보던 건이 조용히 입을 열었다.

"당신하고 잘 지낼 때가 좋았어요. 당신이… 그리워요."

진솔의 마음이 아려왔다. 함께 일할 때가 좋았다고… 그래서 어쩌란 말인가. 그녀는 서글프게 되물었다.

"왜 내가 그리워요?"

"그냥, 그리워요. 당신하고 있을 때가… 제일 편하고 좋아."

피식 허탈한 웃음이 진솔에게서 새어 나왔다.

"난 안 편해요, 하나도. 난 당신 곁에 있으면 가슴 아프고 고통스러워요. 그래서 옆에 있고 싶지 않아요."

"나 사랑한다고 했었잖아요."

건이 그녀를 정면으로 바라보았다. 그의 목소리에서 애써 억누르는 안타까움이 고스란히 느껴졌다.

"사랑한다면서, 기껏 여기까지예요? 내가 한 번 흔들렸다고 그렇게 쉽게 도망치나? 고백을 하면, 그저 사랑이란 게 무난히 찾아올 줄 알았어요? 파도 하나 없이 평탄할 줄 알았냐고."

진솔의 표정도 굳어버렸다. 건은 그동안 참고 있었던 감정이 치밀어 오른 듯 표정도 음성도 뜨거워졌다.

"내가 잘못했다는 거 나도 알아요. 하지만 최소한 기회는 줘야 할 거 아냐. 이대로, 이런 식으로 당신하고 끝내고 싶진 않다고!"

"어떤 기회를 얼마나요. 그건 나더러 더 기다려달라, 더 당신을 바라봐달라는 말 아닌가요? 내가 왜 그래야 되는데요."

"그렇다면 애초에 날 사랑한다고 얘기하지 말았어야지. 당신의 그 정도로는, 사랑도 뭣도 아니니까."

진솔의 얼굴에서 핏기가 가셨다. 그녀는 아플 만큼 입술을 꼭 깨물었다. 점점 어스름이 내려오는 서해 갯벌에서 건은 바위 앞에 버티고 선 채 놀랄 만큼 차갑게 말했다.

"난 정말 당신이 날 사랑하는 줄 알았죠. 이 정도 선에서 상처받기 싫어 물러나겠다고 한다면 사랑했다고 말하는 것도 엉터리야. 그럴 만한 자격이 있는 감정이 아니에요, 당신 그

마음은."

진솔이 겨우 입을 열어 떨리는 목소리로 내뱉었다.

"함부로 말하지 말아요, 남의 마음을. 먼저 좋아하고 진심으로 고백한 건 나였지, 댁이 아니었어. 당신이 어떻게 내 마음을….'

"그런 사람이 두 번 기회를 안 줘요? 그렇게 냉정하게, 한 번에 깨끗하게 내쳐요? 그게 당신 사랑이야? 겨우 그 정도가 알량한 사랑의 폭이야?"

"그래요, 그 정도가 내 폭이에요. 상처받기 싫다고요! 사랑이 뭔지도 잘 모르겠다는 사람한테, 마음 들여다보는 일 익숙하지 않다는 사람한테, 내가 왜 전부를 걸어요!"

감정이 폭발해버린 진솔도 성난 눈동자로 그를 응시하고 있었다.

"댁이 그랬죠. 내가 사랑한다고 했을 때… 지나가는 바람일지도 모른다고. 나도 이제야 그럴지도 모른다는 생각이 들기 시작했어요. 그냥, 바람이 날 건드리고 지나간 거라고. 단지 그랬을 뿐이지, 그게 내 심장까지 꿰뚫진 않았을 거라고. 내가 그렇게 내버려두지도 않을 거고요."

그들은 호흡이 거칠어져 서로를 격하게 마주 보고 있었다. 갯벌 위로 불어오는 바람이 차가웠지만 그들에겐 느껴지지 않았다. 이윽고 건은 비웃듯이 천천히 고개를 끄덕였다.

"그래요? 날, 이렇게 쉽게 잊을 수 있단 말이죠. 겨우 이 정도에 끝."

"못 잊을 리가 없죠. 당신도… 애리 씨 그렇게 오래 사랑했지만, 지금 봐요. 당신 스스로도 혼란스러운 마음 한 귀퉁이만 남고… 빛이 바랬잖아. 세상에 영원한 게 어딨겠어. 다 그런 거예요."

진솔은 목이 메어왔지만 애써 참았다. 건은 우울한 모습으로 지쳐버린 듯이 바위벽에 기대서 있었다. 갯벌 너머 멀리서 출렁이던 바닷물이 성큼 가까워진 듯했다.

"…이제 나가요. 금방 물이 들어올 거예요."

"안 나갈 거요."

그들의 시선이 마주쳤다. 그의 입가에 자조적인 미소가 희미하게 스쳐 갔다.

"이제 곧 발이 묶일걸? 물길만 막히면 우린 이 섬에 고립되는 거죠. 당신 말대로."

"싫어요. 돌아가요."

"뭐가 싫어. 당신도 나랑 함께 있고 싶잖아. 아니면, 아니라고 말해봐요."

그의 낮은 음성이 진솔의 폐부를 찔렀다. 아니라고 말할 수 있을까? 아니라고…. 진솔은 그만 서글프게 미소 지었다.

"함께 있고 싶었었죠. 당신이 웃으면 행복했고… 냉정하게 굴거나 다른 사람 때문에 아파하면 힘들었죠. 당신 가까이 있는 한, 두 가지 감정을 안고 갈 수밖에 없다면… 난, 그저 그런 나날이라도 좋으니 한결같이 평온하게 지내고 싶어요."

건은 말문이 막힌 채 들끓는 복잡한 감정을 억누르고 그녀를 바라보고 있었다.

"좋은 사랑 할 거예요. 사랑해서 슬프고, 사랑해서 아파 죽을 것 같은 거 말고… 즐거운 사랑 할 거예요. 처음부터 애초에 나만을 봐주는 그런 사랑이요."

침묵이 흘렀다. 낙조가 스러져가는 하늘은 점점 어스름을 드리우기 시작했고 바다는 서서히 밀물을 준비하고 있었다. 그들의 옷깃과 머리칼이 바람에 쉴 새 없이 흔들렸다. 이윽고 건은 허탈한 듯 짧게 웃었다.

"알았어요. 댁이야말로 함부로 고백했고, 경솔했어. 전부를 걸 마음도 없었으면서, 내 마음 한 자락 열어주게 했어. 이제 다 거둬가요. 알았으니까."

진솔의 심장이 누군가의 손으로 쥐었다 놓은 것처럼 아팠다.

주차장으로 돌아와 차에 올라탄 뒤에도 건은 시동만 켠 채 핸들을 잡지 않았다. 무엇인가 갈등 속에 잠겨 그는 어스름이 내려앉는 갯벌과 바다를 유리 너머 바라보고 있었다. 계속되는 정적에 진솔의 애간장이 다 녹아버릴 때쯤 건이 망설이듯 말했다.

"만약… 그날 낙산공원의 일을 없었던 것으로 하자면, 그전에 우리가 평범하게 잘 지냈던 때로 돌아갈 수 있겠냐고 한다면 당신은 어떡할 거예요."

"…그건 친구로 지내자는 뜻인가요?"

건은 내키지 않게 고개를 끄덕였다.

"나를 남자로 대하는 게 싫다면, 그냥 좋은 사람으로 남아 줄 수 있냐고요."

진솔은 차오르는 아픈 감정을 감추고 천천히 고개를 저었다.

"고마운 제의지만… 난 그렇게 쿨하지도 멋지지도 못한 사람이라서요. 이제 와서 당신하고 평범한 친구로 지낼 자신은 없어요."

그는 거칠게 기어를 넣더니 차를 출발시켰다. 물길이 닫히는 때까지 10분도 채 남지 않았다. 짧은 겨울 해가 수평선 아래로 기울어가고 잿빛 하늘이 바다와의 경계선을 지우고 있었다. 먼바다 위에 점점이 꽃잎 같은 눈송이가 흩날리기 시작하더니 날씨는 갑자기 변해 있었다. 눈송이들은 회색 바닷물로 떨어져 내려 흔적도 없이 물결에 빨려들었다.

밀물이 이렇게 빠르게 움직이는 줄은 미처 알지 못했다. 차창 너머 성큼성큼 가까워지는 바다를 보면서도 그러나 진솔은 왠지 두렵지 않았다. 이대로 물살에 휩쓸려 떠밀려가도 상관없을 것 같은, 기묘하고도 비현실적인 느낌. 그녀는 홀린 듯이 잿빛으로 차오르는 서해 바다를 바라보고 있었다. 저만치 건너편에서 관리소 사내가 뛰어나와 호루라기를 불어대며 빨리 달리라고 마구 손짓을 보내왔다. 건은 무표정한 얼굴로 액셀러레이터를 꽉 밟았고 차는 순식간에 시멘트 포장길을 지나 뭍으로 나왔다.

금세 사위는 어두워지고 차는 여전히 빠른 속도로 달렸다. 잠시 후 진솔이 뒤돌아보니 저 멀리 길은 온데간데없고, 회색 바다가 수평선이 되어 거짓말처럼 남아 있었다.

설 연휴가 끝나자 귀향했던 직원들도 올라오고 사무실은 평소 분위기로 돌아갔다. 그 무렵부터 진솔은 영화음악실을 쓰고 있었다. 담당 피디는 조용하고 순한 사람이어서 딱히 부딪칠 일도 없고 비교적 수월한 편이었다. 밤에 나가는 프로그램이었지만 오전에 녹음을 해버리기 때문에 저녁 시간대가 여유로워졌고, 그만큼 회사에서 건을 보는 시간도 줄어들었다.

가끔은… 집에서 라디오로 꽃마차를 듣기도 했다. 진솔의 느낌이 맞다면 아직 새 작가가 들어오지 않았다. 아마도 건이 원고를 쓰고 있는 것 같았다. 그녀가 상관할 일은 아니었지만 마음이 쓰였다. 빨리 모든 상황이 제자리를 찾아가기를 바랐다.

그런 와중에 지난 연말부터 떠돌던 소문이 사실이 되었다. 김 국장이 전면 퇴출되고, 앙숙이던 대호파의 백 부장이 국장으로 승진 발령이 난 것이다. 발 빠른 직원들은 벌써 백 국장 직함에 익숙해졌고, 사실상 '잘린' 것이나 다름없는 김 국장은 우성아파트에서도 이사를 나가려고 집을 내놓았다는 풍문이었다.

솔직히 방송국이 어떻게 돌아가든 진솔은 거기까지 신경 쓸 만한 정신적 여유도 없었지만, 장일봉 프로듀서가 지방으로 전출된다는 소식에는 마음이 좋지 않았다. 우성파 핵심으로 김 국장의 오른팔이나 마찬가지였던 터라 지방 방송국 발령을 두고 여러 사람이 수군거렸다. 장일봉이 책상을 정리하던 날, 진솔은 회의실 앞을 지나다 그가 창가에서 혼자 담배를 피우고 있는 것을 보았다. 그 뒷모습이 꽤나 의기소침해서 안된 느낌이 들었다. 함께 일할 때는 필요 이상 스태프들을 관리하려 들어 귀찮고 거슬리기도 했지만 그래도 선후배 간 의리 있는 사내였는데. 그 의리에 발목 잡혀 좌천되는 모양이었다. 돌아가는 상황을 보니, 평소 어느 파에도 연고가 없어 별로 챙겨 받지 못했어도 중간에서 고집스레 자기 할 일을 하는 스타일인 이선영 프로듀서가 차라리 속 편하겠다 싶기도 했다.

1월 마지막 날. 주조정실에서 진솔은 월드뮤직 멤버들과 잠시 마주쳤다. 최근엔 건도 진솔도 우연히 만나면 담담하게 스쳐 지날 뿐 굳이 누가 말을 걸거나 하진 않았다. 그도 이미 많은 부분 그녀에 대해 포기한 것처럼 보였고, 진솔은 그 사실에 안도하면서도 어느 한구석 휑한 느낌이 이는 것도 어쩔 수 없었다. 건의 뒤를 따라 발랄한 희연이 주조정실로 들어오더니 의자에 앉은 그의 어깨를 뒤에 서서 애교스럽게 끌어안왔다.

"오빠! 나 오늘 할 말 있는데. 이따 술 한잔 사요, 응?"

희연의 말을 어깨 너머로 들으며 진솔은 재빨리 그곳을 나와버렸다. 보나 마나 별 관심 없이 그러마, 하고 승낙할 것이 뻔한 저 남자의 대답을 듣고 싶지 않았다. 복도를 걸어오는 그녀의 입가에 쓴웃음이 스쳤다. 이건 씨. 내추럴한 나쁜 남자.

집으로 돌아가는 길에 슈퍼에 들러 야참으로 먹을 몇 가지 간식거리와 캔맥주를 샀다. 오늘 밤 가람이 늦게까지 편집을 마치고 진솔의 집에서 자고 가겠다고 했기 때문이었다. 오랜만에 친구가 오는 거라 기분 전환도 할 겸 가능한 한 즐겁게 보내고 싶었다.

내일 아침에 넣을 원고를 다 쓰고 나니 밤 열한 시쯤. 슬슬 가람이 올 때가 됐겠구나 생각하는데 휴대폰이 울리며 액정에 낯선 번호가 떴다.

"여보세요?"

수화기 건너편에서 밤거리 자동차가 지나가는 소음이 묻어 오는 동안 아무 음성도 들리지 않았다. 잘못 걸렸나 싶어 끊으려고 하는데 상대방이 핏- 짧게 비웃었다.

"공진솔…? 제대로 걸긴 걸었네."

술에 취한 목소리. 진솔은 뜻밖의 주인공을 접하고 조금 놀랐다.

"…희연 씨?"

"너!"

갑자기 희연이 버럭 소리를 질러 그녀는 순간 어처구니가 없어졌다.

"너, 지금 나와⋯."

"뭐어?"

"나오라고⋯ 나랑 한판 붙자. 여기 우성아파트 편의점 앞인데⋯ 내가 여기까지 오긴 했는데⋯ 당신 집을 잘 모르겠거든? 그러니까 댁이 이리 나와⋯."

진솔은 기가 막히고 화가 나서 입술을 깨물었다. 이 아가씨가 정말! 끓어오르는 화를 누르고 딱딱하게 내뱉었다.

"희연 씨, 많이 취했네. 지금 심하게 실수하고 있으니까 정신 차리고 돌아가. 맑은 정신일 때, 내가 사과 받을게."

"웃기셔⋯ 누가 무슨 사과를 한단 말이야?"

"끊어, 희연 씨."

"왜, 내가 무서워서? 건이 오빠가 나오라고 했으면⋯ 번개같이 뛰어나왔을 거다, 아마⋯."

더 들을 필요도 없이 폴더를 탁 닫아버렸다. 이 무슨 아닌 밤중에 홍두깨 같은 날벼락인지. 손아래인 안희연한테서 설마 이따위 소리를 듣게 될 줄은 몰랐다. 취해서 부리는 주정 무시해버리자 중얼거리면서도 노여움이 치밀었다. 후- 깊은 한숨을 쉬며 컴퓨터를 끄고 일어서는데 또다시 휴대폰이 울렸다.

"뭐야… 말이 말 같지 않아요? 나오랬잖아!"

그대로 끊어버리고 진솔은 휴대폰을 꼭 쥔 채 심호흡을 하며 방 안에 서 있었다. 아무리 참으려 해도, 안희연은 건드려서는 안 될 선까지 건드리고 있었다. 어쩌면 그동안 진솔이 꾹꾹 누르며 살았던 온갖 감정의 천막을 너무나 무성의하게 뜯어내버린 건지도 몰랐다.

"세상에, 날 뭘로 보고… 내가 조용조용히 보릿자루처럼 사니까 우스워?"

저도 모르게 큰 소리로 중얼거리며 진솔은 입고 있던 옷을 벗어 던지고 청바지와 스웨터, 두꺼운 파카로 갈아입었다. 현관문을 열쇠로 잠그고 빠르게 복도를 걸어가던 그녀가 우뚝 멈춰 서더니, 다시 돌아가 현관의 우유 투입구를 열고 열쇠를 그 속으로 떨어뜨렸다. 그러고는 휴대폰으로 가람에게 전화했다.

"나야. 우유 투입구에 손 집어넣으면 바닥에 열쇠 떨어뜨린 거 잡힐 거야. 열고 들어가 있어. 나 잠깐 나갔다 올게."

"어딜?"

"몰라도 돼."

빠른 걸음으로 아파트 출입구 계단을 내려가 어둠에 잠긴 겨울 밤거리를 헤집었다. 오늘 같은 심정이라면 정말 아무나하고 권투라도 할 수 있을 것 같았다. 상가 건물 환하게 불을 밝힌 편의점 앞에 조그맣게 쭈그리고 앉은 희연이 보였다. 얼마나 마셨는지 곧 쓰러질 것처럼 고개를 무릎에 파묻은 채 아스팔트를 내려다보고 있었다. 드디어 진솔이 그 앞에 버티고 섰다.

"안희연!"

노엽게 부르는 차가운 목소리에 희연은 천천히 고개를 들어 올려다보았다. 벌써 눈빛은 반쯤 풀려 있었다.

"…어, 공진솔이네? 정말 왔네…?"

"일어서. 한판 붙자며. 어떻게 붙을 건데?"

그러자 희연은 제법이라는 듯 훗 코웃음을 쳤다.

"애개… 우황청심환 먹고 나왔어요? 되게 간이 커졌네…."

중얼거리던 희연의 고개가 다시 푹 꺾였다. 동시에 쭈그리고 있던 무릎에 휘청 힘이 풀리며 아스팔트 보도에 털썩 주저앉고 말았다. 진솔은 기가 찼다. 저렇게 경우 없이 말하는 희연이 정말 얄미웠지만, 도대체 취해서 비틀거리는 사람을 어떻게 상대하란 말인가. 희연은 들릴 듯 말 듯 땅을 쳐다보며 다시 중얼거렸다.

"당신이 뭔데 끼어들어…."

"뭐?"

갑자기 희연은 감정이 폭발한 듯 밤거리에 울리도록 소리질렀다.

"당신이 뭔데 끼어드냐고! 애리 언니 하나로도 버거워 죽겠는데!"

진솔의 얼굴에서 핏기가 가셨다. 땅바닥에 주저앉은 채 희연은 통곡하기 시작했다. 도무지 견딜 수가 없는 것처럼, 가슴이 터져서 미쳐버릴 것처럼, 체면 불고하고 아이처럼 아스팔트에 마구 발을 동동 구르며.

"애리 언니만으로도… 버거워 죽겠는데… 당신이 뭔데 끼어들어…."

엉엉 울음을 터뜨리는 희연을 진솔은 그만 먹먹해져 굳은 듯 내려다보고 있었다. 눈에 띄게 예쁜 희연의 얼굴이 온통 눈물범벅이 되어 일그러져 있었다. 희연이 땅바닥에 동동 발길질을 하며 또 소리쳤다.

"나쁜 놈, 죽여버릴 거야!"

죽여버린다는 말이 진솔의 귓가에 쟁쟁하게 울려 퍼졌다. 아- 그 말이, 저 얄미운 아가씨의 말이 왜 그토록 애절하게 들리는지. 죽이고 싶을 만큼 사랑한다는 말로 들리는지. 희연은 눈물이 범벅된 채로 원망스럽게 진솔을 올려다보며 아프게 말했다.

"나… 오늘 실연당했는데… 좋다 이거야. 애당초 내 사람이 아닐지 모른다고… 각오는 하고 있었단 말야. 근데… 그게 왜 윤애리가 아니라… 당신이냐고. 응? 나, 인정할 수 없어!"

"희연 씨."

진솔이 그녀 앞에 쭈그리고 앉아 달래보려 했다. 이대로 계속 폭발하게 놔두면 기절이라도 할 것 같았다. 하지만 희연은 어깨에 와 닿는 진솔의 손을 야멸치게 뿌리치고는 흐느꼈다.

"마지막으로 키스 한 번 해달라고 그랬을 뿐인데… 공진솔! 당신하고 키스했기 때문에 안 된대. 그게 뭐야, 대체! 당신 입술이 남아 있어서 안 된대. 댁이 뭔데? 내가 쏟은 세월이 얼만데. 이제 와서!"

진솔은 심장이 얼어붙을 것 같았다. 그가 그런 말을 했다는 것도, 이처럼 발을 구르며 아이처럼 통곡하는 희연을 보는 것도 충격이었다. 갑자기 희연이 욱- 하더니 고개를 숙여 토하기 시작했고 진솔은 당황스럽게 그녀의 등을 두드려주었다. 한참 게워내더니 희연이 괴롭게 중얼거렸다.

"물 좀 줘요… 입 헹굴래. 찝찝해."

진솔은 편의점에 들어가 생수를 한 병 사 들고 나왔다. 뚜껑을 열어 건네주자 희연의 손이 허공을 더듬어 직접 입에 갖다 대줘야 했다. 희연은 그 와중에도 천천히 생수로 입안을 헹궈 두세 번 뱉어내고 옆의 가로수 둥치에 스르륵 기댔다.

"…젠장. 토했더니 다 깨버리네…."

진솔이 깊이 한숨을 쉬며 물었다.

"택시 태워주면 집에 갈 수 있겠니?"

대꾸가 없었다. 멍하니 가로수에 기댄 채 희연은 그대로 잠들어버릴 것 같았다. 인적 드문 어두운 밤거리만큼이나 진솔도 막막해서 잠시 희연의 곁에 쭈그리고 앉아 있었다. 그러고는 휴대폰을 열었다.

"…응. 집에 들어가 있니? 미안하지만 상가 쪽으로 좀 나와
줄래? 중간에서 만나자. …나오면 알아."

휴대폰을 주머니에 넣고 진솔은 희연의 겨드랑이에 팔을
둘렀다. 희연이 귀찮다는 듯이 실눈을 뜨고 째려보았다.

"일어나. 아직 정신 있잖아. 널 메고 갈 힘은 없어, 나."

휘청거리는 희연을 반쯤 끌다시피 해 아파트 쪽으로 발걸
음을 옮기자 곧 구원병처럼 저만치 가람이 마중 오고 있었다.
진솔의 옆구리에 비틀비틀 매달린 희연을 보고 가람의 눈이
휘둥그레졌다.

"뭐냐, 그 애?"

"나도 몰라. 좀 붙잡아줘."

가람 덕분에 희연을 집까지 끌고 오는 일이 훨씬 수월해졌
다. 안방 침대에 던지듯이 눕히고 그들은 희연의 목에 감긴
녹색 머플러와 머리에 쓴 두건, 양말 따위를 벗겼다. 희연이
흐릿하게 가람을 쳐다보더니 재수 없다는 듯 손가락으로 가
리켰다.

"이 여자는 또 누구야… 작가예요? 나 우리 방송국 작가들
싫은데… 가라 그래요."

"이 여자? 얘가 지금 뭐라 그러는 거냐? 감히 한가람 리포
터를 몰라?"

가람이 슬쩍 열이 받았는지 허리에 척 손을 짚었다. 희연은
콧방귀를 꿰었다.

"저 대─단한 방송국 작가들, 나 싫어하잖아. 꼴 보기 싫어하는 거 다 안다고…. 쳇, 자기들이 날 알아? 잘난 척들은… 진짜 잘났으면 말도 안 해요. 아주 사뿐하게 무시해준다, 내가…."

숨 가쁘게 중얼거리더니 희연은 벽 쪽으로 돌아누워 드디어 조용해졌다. 진솔은 온몸의 힘이 다 빠져버렸다. 가뜩이나 넓지도 않은 17평 아파트가 복작거리는 느낌이었다.

"손님한테 안됐다만, 나 커피 한 잔만 타줄래?"

가람도 맥 빠진 채 대꾸했다.

"그러자. 사실은 너랑 술 마시고 싶어서 온 건데 저 애 보니까 술맛이 싹 달아난다야."

잠시 후 두 여자는 진한 커피를 앞에 놓고 마주 앉았다. 둘 다 전투를 치른 사람들처럼 그저 멍한 표정이었다. 문득 가람이 선언했다.

"끝났어. 헤어졌다."

진솔은 그런 친구를 물끄러미 바라보았다. 가람이 어깨를 으쓱했다.

"끝났다고. 식장 알아보러 다녔던 거 도로 엎어버렸어. 말짱 취소다, 취소."

머리가 더 띵해지는 것 같아 진솔은 손가락으로 한쪽 관자놀이를 지그시 눌렀다.

"그럼, 그 연출자하고 다시 만나기로 한 거야?"

"그 남자도 사귀는 새 애인 있어. 나랑 그날만 바람피운 거야. 아, 다 놓쳤다, 다!"

가람은 두 손으로 머리를 감싸 안고 푹 수그렸다. 진솔은 허탈하게 헛웃음을 지었다.

"나무에서 떨어진 선수들의 비애구나."

가람이 의욕 없는 표정으로 물어왔다.

"넌 건 피디랑 어떻게 되는 건데?"

"…어떻게 하고 말고나 있니. 내가 다 망친걸."

"왜 네가 망쳐?"

"애초에… 그런 고백, 하는 게 아니었어. 내가 바보야."

식탁 주변에 커피 향이 떠돌고 그들은 저마다 생각에 잠겨 침묵하고 있었다. 안방 쪽에선 아무 소리도 들리지 않았고 밤이 깊어가면서 더 우울해졌다.

가람이 이만 자야겠다며 컴퓨터가 있는 작은 방에 이불을 싸 들고 들어간 뒤 진솔도 침대로 가서 희연의 옆에 누웠다. 피로가 밀려와 눈을 감고 잠을 청하길 한동안…. 어둠 속에서 나지막한 희연의 목소리가 들려왔다.

"애리 언니가… 내 우상이었어요, 십 대 때에는."

진솔에게서 등을 돌린 채 벽을 향해 희연은 중얼거리듯 말했다.

"예쁘고… 공부 잘하고, 노래도 잘하고, 백일장 나가면 일등상 받고. 얼마나 다재다능하던지… 뭐가 돼도 될 줄 알았

다? 근데… 한 남자 옆에서 저렇게 행복해하고… 찻집에서
차 끓이고. 결혼하자고 얘기할 때까지 기다려주고…. 나, 언니
그런 모습 싫어요."

짙은 한숨을 내쉬더니 희연은 자조적인 웃음을 지었다.

"나 이제 그만둘 거예요. 건 오빠 좋아하지만 나 자신이 훨
씬 소중해. 난요… 성공할 거야. 잘할 거야. 그 남자랑… 퓰리
처상 중에 하나를 택하라면, 상을 받을래."

목이 메었는지 희연의 음성이 젖어 있었다. 진솔이 담담하
게 말했다.

"우는 거야?"

대답 없이 코를 훌쩍이는 소리가 들리고, 한참 뒤에야 희연
은 겨우 목소리를 고른 듯 자존심을 세우며 말했다.

"딱 오늘만 우는 거예요. 다시는 내 평생에… 남자 때문에
내 귀한 눈물 안 흘려, 나."

잠도 오지 않는 밤. 베개를 고쳐 베는 진솔의 마음속에도
쓸쓸한 바람이 불고 있었다.

영화음악실을 맡으면서 수시로 들어야 하는 음반이 꽤 많
아졌다. 어느 날 오후 진솔이 모니터한 OST 앨범들을 반납하
러 음반자료실로 갔을 때, 김미영은 자리를 비우고 이건 혼자
진열대 앞에서 선곡 중이었다. 눈이 마주치자 진솔은 그저 보
일 듯 말 듯 목례만 까딱해 보였다. 반납 바구니에 음반을 집

어넣는데 건이 무뚝뚝하게 말했다.

"그러지 말아줄래요?"

천천히 돌아보니 그는 겉으로는 별 표정 없이 음악을 고르고 있었다.

"적당한… 경계선 확실한 인사. 다른 사람들하고 똑같이 덤핑 처리하는 인사. 차라리 나한텐 하지 말아요, 그렇게 싫으면."

진솔은 어렵게 쓴웃음을 지었다. 힘들다, 정말 이 남자는.

"아예… 인사도 하지 말라는 뜻인가요?"

"애써서 하는 줄 아니까 반갑지 않아요. 하나도 편하지 않은 인사 받는 게, 뭐가 좋겠어."

"내 마음이 편한지 아닌지 당신이 어떻게 알아서요."

건이 어둡게 웃었다.

"편할 리가 없지. 내가 안 편한데."

진솔은 바구니 속 음반들을 정리해 넣으며 대수롭지 않은 척 말했다.

"나는 댁이 생각하는 것보다 더 잘 지내니까… 내가 힘들 거라고 짐작하지 않아도 돼요. 사실, 우리가 무슨 사이였다고 미워하겠어요. 소위… 깊은 사이도 아니고, 내가 일방적으로 감정이 기울었던 것뿐이니까 신경 쓰지…."

건이 출입구 쪽으로 뚜벅뚜벅 가더니 방음 장치가 된 두꺼운 문을 탁 닫고 락을 걸어버렸다. 진솔이 놀라서 쳐다보는데 건은 다시 성큼성큼 다가왔다. 그녀가 주춤 뒷걸음질을 치자 음반 진열장에 등이 닿았다. 진솔은 그만 진열장과 그의 팔 사이에 갇혀버렸다. 건은 은근히 열이 받았는지 낮게 비웃었다.

"방금 뭐라 그랬어요. 소위, 깊은 사이? 육체적인 관계를 말하는 거요?"

그들 사이에 순식간에 팽팽한 긴장감이 흘렀다. 출입문은 굳게 닫혔고, 복도로 난 유리창으로는 지금 그들이 서 있는 진열대 안쪽이 보이지 않았다.

"그럼, 만약 우리가 같이 잤으면 헤어질 수 없었을 것 같아요? 바보다. 자는 건 쉬워."

진솔은 굳은 얼굴로 그를 응시했고, 건은 화가 난 채 안타깝게 한 걸음 더 그녀 앞으로 파고들었다.

"그래서 우리가 같이 잔 적이 없어서, 섹시하다고 느꼈던 순간이 없었나? 나하고 같이 있으면서 가슴 두근거린 적 없었나? 당신, 마음으로 나랑 자지 않았어? 그럼 이미 잔 거지."

그녀는 자신도 모르게 귀밑까지 붉어지고 말았다. 그건 사실이었으니까. 목소리가 떨려 나왔지만 애써 태연하게 대꾸했다.

"…얄밉게도 말하네요. 비약하지 마요."

"뭐가 비약인데? 난 몇 번이나 상상했어요. 공진솔하고 사랑하면 어떤 느낌일까, 미치게 궁금했어요 뭘! 내가 그리 앞

뒤 생각하면서, 비겁한 놈 안 되려고 자제하지 않았다면 우린 벌써 잤겠죠. 하지만 그랬다고 해서 당신이 도망 안 갔을까!"

두 사람의 시선이 얽혔다. 그의 눈빛에 사로잡혀 진솔이 숨도 못 쉬고 있는데, 건이 가만히 손을 올려 그녀의 머리카락을 만졌다.

"당신하고 같이 한 일들이 너무 많았어. 그거 정 떼느라… 나 어려워요, 요즘."

진솔은 가슴이 터질 것 같았다. 그가 고개를 숙이더니 어느새 입술이 내려와 그녀의 입술을 스치듯 덮었다. 잊으려 애썼던 건의 감촉이, 맞닿은 살갗 끝에서 그대로 다시 살아나고 있었다. 피가 빠르게 혈관을 타고 달리는 것을 느끼면서 진솔은 힘겹게 고개를 옆으로 돌려버렸다. 그녀의 얼굴에 나타난 괴로움에 건의 표정도 더 어두워졌다.

"…그렇게 용서가 안 돼요? 나, 그날 이후로 선우도 애리도 한 번도 못 봤어요. 연락도 안 했고."

"…왜요. 걱정 안 되던가요?"

"걱정되죠, 미치게."

건은 마지막 말을 스타카토처럼 뚝뚝 끊어 말했다. 정말 미칠 것 같다는 느낌이 고스란히 전해져서 진솔은 마음이 싸-해졌다. 그는 진심인 것이다.

"걱정돼서 돌아버리겠지만, 이번엔 나도 그 친구들까지 챙길 수가 없어요. 이번엔, 그래선 안 된다는 생각이 들어. 만약 내가 지금 나서면⋯."

그가 말끝을 흐려 진솔이 속삭이듯 되물었다.

"나서면?"

"⋯그동안 지켜온 균형이 바닥까지 깨지고 말겠죠. 돌이킬 수 없을 만큼."

건이 조용히 말했다. 진솔은 울고 싶은 마음을 꾹 눌렀다.

"사실은 갈망했던 일 아닌가요? 하고 싶은 대로 하면 되잖아요."

그런 진솔을 물끄러미 내려다보더니 건은 쓸쓸하게 웃었다.

"그럴 수 있는 순간이 오니 나도 결국은 도망치고 싶은 거겠지. 과연 그래도 되는 건지. 그리고⋯ 당신 때문에도 못 그러겠어요."

결국 진솔의 눈에 눈물이 고여버렸다. 건의 마음이 마치 마른 땅처럼, 오랜 가뭄에 갈라진 흙바닥 같은 느낌이 드는 건 왜일까. 먼지가 일어나는 건조한 슬픔. 그를 적셔줄 샘물 같은 사랑이 그녀에게 있을까? 자신 없었다. 그렇게 샘솟는 사랑. 끝없이 흘려보내주는, 적셔주는 그 어려운 사랑. 진솔은 서글프게 속삭였다.

"그렇게 말하면⋯ 누가 고마울까 봐서요? 거봐요, 당신도 도망치고 싶잖아. 나라고 안 그럴까."

탕탕- 누군가가 문을 두드렸다. 건은 열어주기 싫어 망설였지만 어쩔 수 없이 출입구로 향했다. 문이 열리자, 복도에서 있던 김미영이 팔에 가득 음반을 끌어안고 황당한 얼굴로 그들을 쳐다보았다.

"나중에 다시 와야 하나? 여기 내 사무실인데."

"아니에요, 언니. 미안해요."

진솔은 조그맣게 사과하며 자료실을 나와버렸다. 등을 꼿 꼿이 펴고 침착하게 복도를 걸어갔지만 금방이라도 다리가 떨려 주저앉을 것 같았다. 어쩌면 이리, 쉬운 일이 하나도 없 을까. 누군가를 사랑하는 것도, 잊는 것도 죄다 어렵다. 만만 한 일이 뭘까, 세상에서. 마음속에서 메아리가 웡웡 울리고 있었다.

2월 초순. 방송국 분위기는 점점 나빠졌다. 실세가 바뀐 데 이어 인력 관리에 들어간다는 소문이 돌면서, 위기감을 느낀 프리랜서들도 노조를 통해 협상에 들어가려는 움직임이 보 였다. 몇몇 작가들 사이에서 파업을 결의하자는 의견이 나와 최근 작가실은 그 이야기로 분분했다. 찬반 의견이 팽팽할 수 밖에 없는 것이, 파업이 결정된다 해도 잘 지켜질지 의문이었 다. 몇 년씩 함께 일해온 프로듀서와의 친목도 있거니와 청취 자들을 놔두고 원고를 펑크낼 만큼 강심장인 작가들이 과연 몇이나 있을까. 어떻게든 방송은 나가겠지만 질이 떨어질 게 뻔한데, 예년처럼 파업 결의안만 만들어놓고 실은 쉬쉬하며 뒤에서 원고를 써내는 일이 생길지도 몰랐다.

작가실로 가는 사무실 통로에 노조 성명서가 붙은 날. 프로듀서 몇 사람이 '어쩌란 말이냐' 싶은지 팔짱을 낀 채 서서 대자보를 읽고 있었다. 그리고 진솔 또한 뜻밖에 작가들의 회오리바람을 피해갈 수 없는 일이 터졌다.

"김 작가가 그 프로 쓰는 줄 알면서 어떻게 그럴 수가 있어?"

문을 열고 들어섰을 때 진솔은 작가실 공기가 이미 싸늘하게 경직돼 있음을 직감했다. 안희연은 혼자 코너에 몰린 것처럼 캐비닛 앞에 서서 굳은 표정으로 이 분위기를 상대하고 있었다. 책상 저편에 김 작가가 울어서 충혈된 눈으로 보기 싫다는 듯 희연을 외면하고 있고, 몇몇 작가들이 꽤 험악한 기세로 그런 김 작가를 감싸듯 둘러싸고 있었다. 희연이 분한 듯 입술을 깨물더니 힘주어 말했다.

"말했잖아요. 계속 쓰는 줄 몰랐다고. 그만둔다고 들었다구요, 난."

"안 작가는 여기 방송국 작가 아니야? 프로그램 몇 개나 된다고 그걸 몰라?"

"난 박 피디한테 부탁을 받았을 뿐이라고요. 그까짓 프로하나 내가 꿰차고 싶어서 나선 줄 알아요? 지금 일만으로도 정신없이 바쁜데!"

"그러니? 그렇게 바쁜 사람이, 남의 프로 대타는 왜 친다그랬어?"

사정없이 오가는 말의 화살들 사이, 진솔은 엉겁결에 잘못 들어온 제삼자처럼 출입문 앞에 서 있어야 했다.

"대체… 왜들 그래?"

그제야 그녀를 돌아보며 어느 작가가 간단하게 상황을 풀어주었다.

"오늘 아침에 박 피디가 김 작가한테 일방적으로 통보하더래. 이번 주까지만 쓰고 그만두라고. 안 작가가 맡아줄 거라했다고. 이거, 노조 탄압 아냐?"

"앞뒤 상황을 똑바로 알고 나한테 따지지 그래요? 왜들 이래요, 정말!"

희연이 폭발할 것처럼 소리쳤다. 정오 최신가요 프로를 담당하는 박 피디라면 진솔도 잘 아는 인물이었다. 성질 급하고 기분파에다 작가 평계 잘 대고 불평도 많은 남자. 분명 김 작가와 제대로 얘기도 나누지 않고 안희연에게 먼저 의향을 떠봤으리라…. 희연이 잘 알아보지 않은 채 수락한 건 실수였지만, 진솔은 박 피디 잘못이 더 크다고 생각됐다. 어쩌면 요즘 희연에 대한 감정이 조금은 달라져버린 탓이었을지도. 무심코 그녀를 두둔한 것은 그런 계기였다.

"희연 씨는 몰랐다잖아. 박 피디가 중간에서 나빴네…."

일순 좌중이 썰렁해지며 대부분 황당한 표정들을 지었다. 누군가가 어이없다는 듯 되물었다.

"지금 누구 편을 드는 거야? 박 피디가 나쁜 줄 누가 몰라?

우리 말은, 피디가 중간에서 무슨 농간을 부리든 작가들 사이에 의리가 있어야 한다는 거지!"

"당연히 그렇지만… 안 작가가 몰랐다고 하니까 여기서만 몰아붙일 일은 아닌 것 같은데? 박 피디한테 항의해야지."

"물론 그렇게 할 거야, 공 작가가 걱정 안 해도. 근데, 진솔 씨 언제부터 대호파랑 그렇게 친했어?"

당혹스러워진 진솔이 그렇지 않다고 대꾸하려는데 저쪽 구석에서 다른 누군가가 재미있다는 듯 말했다.

"이건 씨하고 사귀잖아, 왜."

진솔의 얼굴이 순간 굳어버렸다.

"…그 말이 여기서 왜 나와? 방금 그 말, 책임질 수 있어요?"

그녀가 정색을 하자 말한 상대는 약간 민망한지 입을 다물었다. 분위기가 딴 곳으로 흐르면서 묘해지는데 아까 나섰던 작가가 꺼릴 게 뭐 있느냐는 듯 직설적으로 무게를 실었다.

"건 피디가 공 작가 기다리느라, 작가 안 구하고 직접 원고 쓰고 있던데 뭐. 피디가 정절 지키는 건 이 바닥에서 흔한 일은 아니지."

울어서 코가 빨개진 김 작가가 배신감 어린 눈빛으로 진솔을 쳐다보더니 상처받은 듯 외면해버렸다. 다른 사람들은 뭐라고 하든 상관없었지만, 김 작가가 그러니까 진솔의 마음도 쿵 내려앉았다. 희연이 신경질적으로 가방을 챙겨 들더니 턱을 빳빳하게 치켜들고 단호하게 돌아섰다. 진솔의 옆을 스쳐 가며 희연은 그녀에게만 들리도록 작고 퉁명스럽게 중얼거렸다.

"바보같이. 뭘 상관하고 그래요?"

탕- 문이 부서져라 세게 닫히고 실내엔 어색한 정적이 흘렀다. 진솔은 곧 자신도 나가줘야 한다는 걸 깨달았다. 다들 서로 눈 마주치는 걸 불편해하고 있었고 지금 그녀는 여기서 불청객이었다.

진솔은 조용히 문을 열고 나와 비상구 계단을 터벅터벅 올라갔다. 머리가 아프고, 혼자 있고 싶었다. 속에서 복잡한 감정이 솟아올랐고 화도 나고 답답했다. 사람들 개개인이 나쁜 게 아니라 지금 조직의 돌아가는 상황이 모두를 그렇게 떠밀고 있었다.

17층 복도를 지나는데 제5스튜디오에서 건이 편집하고 있는 모습이 눈에 띄었다. 모른 척 통과하려다 진솔은 충동적으로 스튜디오 출입문 앞에 우뚝 섰다. 인기척을 느낀 그가 돌아보더니 의외라는 듯 눈썹을 치켜올렸다.

"왜, 나 싫은 소리 듣게 해요?"

"…뭐가요?"

"왜 작가를 안 구하고 피디가 원고를 써요? 그러면 누가 의리 있다, 기특하다, 잘한다 할 줄 알았어요?"

건은 도무지 이해할 수 없다는 듯 진솔을 바라보았다.

"누가 댁한테 싫은 소리 했어요?"

"좋은 소리는 못 듣죠. 다들 신경 곤두세우는 터에."

건은 기기의 정지 버튼을 누르고 테이프가 지나가버린 부분만큼 되감았다. 딱하다는 쓴웃음이 그의 입가를 스쳤다.

"남한테 싫은 소리 듣는 게 그렇게 겁나나?"

"누가 겁난다고 했어요?"

"말하는 게 그렇잖아요. 그 인심 쌓아서 다 뭐할 건데? 시의원에 출마할 것도 아니면서."

진솔은 답답하고 속상해 한숨이 새어 나왔다.

"난 그냥, 가시 돋친 모든 관계가 싫어요. 조용하고 편안한 게 좋을 뿐이에요."

"물론 그러시겠지. 소심한 사람이니까."

건은 대수롭지 않은 투로 무시하듯 말했다. 정곡을 찔려 진솔은 자존심이 상했고, 그런 말을 그에게서 직접 확인받았다는 데 속이 쓰렸다. 그에게 어떻게 말해줘야 좋을지 그녀는 지그시 숨을 고르며 망설이고 있었다.

"그러는 당신은… 치열한 의욕도 없는… 반짝 시인이죠."

드디어 그가 일에 집중하기를 포기하고 복잡한 눈빛으로 진솔을 쳐다보았다. 서로 마주친 눈길에서 작은 불꽃이 튀는 것 같았다.

"나 요즘 꽃마차 원고만 가지고 늘 노트북에 매달려 있는 거 아니오. 두 번째 시집 계약했으니까…. 몇 년간 썼던 시들

손봐서 봄까지 넘길 거예요."

뜻밖의 소식에 진솔은 아- 하고 주춤거렸다. 떨어져 지내는 동안 미처 알지 못한 그의 근황이었고, 축하한다고 말해주고 싶었지만 지금은 너무 새삼스러웠다. 그런 소식을 알려주는 건의 표정에도 즐거운 기색은 찾아볼 수 없었다.

"그리고, 버리고 간 자식 걱정해줘서 고마운데 새 작가 다음 주부터 와요. 급하다고 바쁘게 구하고 싶지 않았을 뿐이지. 뭣하러 내가 프리랜서 일까지 하나?"

진솔은 그만 입술을 잘근 깨물었다. 그는 우울한 얼굴로 낮게 비웃었다.

"그럼 더 조용하고 편하게, 울타리 열심히 치고 살아요, 습작생."

건이 차갑게 의자를 돌려 다시 작업을 시작하는 것을 진솔은 절망적인 느낌으로 지켜보고 있었다. 미웠다. 그가… 얄밉다. 정말 밉다. 아, 그런데… 아니다, 밉지 않았다. 안아주고 싶었다. 그의 뒤에서 그냥 아무것도 따지거나 재지 않고, 계산하지 않고, 꼭 안아주고 싶었다. 진솔은 도망치듯 서둘러 그곳을 나와버렸다.

일요일 오전. 머리맡에서 휴대폰이 울려 진솔은 선잠에서 깨어났다. 요즘은 통 깊이 잠들지 못했고, 그나마 새벽에 겨우 잠들었던 터라 머릿속이 뒤숭숭했다. 하지만 전화기에서 건너오는 독특한 음성에 정신이 확 들었다.

"내래, 이필관이오."

"…할아버님."

"그저께 꽃마차 노래방에 전화했드랬서. 기런데 다른 사람이 받더구만기래. 어드렇게 된 거이네?"

오랜만에 듣는 노인의 목소리에 진솔은 왠지 뭉클해졌다.

"간밤에 건이 녀석이 집에 왔는데 물어봐두 대꾸를 안 한다."

"그게… 사정이 생겨서 프로그램을 옮겼습니다."

잠시 수화기에서 침묵이 흐르더니 노인은 실망한 듯 딱하게 중얼거렸다.

"거, 서운하구만."

진솔은 침대에서 일어나 창문을 열었다. 찬바람이 밀려들었지만 창밖으로 올려다보이는 겨울 하늘은 푸르게 맑았다. 공기를 환기시키며 그녀는 밝게 말했다.

"지난번 스크랩 자료도 돌려드려야 하는데… 제가 여태 갖고 있었네요. 죄송해요."

"죄송할 게 뭐 있네. 내래 쓸 일도 없다. 기래도 받긴 받아야디, 언제 줄 거이가?"

"할아버님 좋으신 시간에요."

"기럼 당장 오라!"

진솔은 오랜만에 웃었다. 언제나 쇠뿔도 단김에 뽑는 이필관 옹이었다.

"에… 접선 장소는 남산, 십사 시 삼십 분 정각에 만나기로 하자우."

별안간 하루가 바빠졌다. 집에서 우울하게 보낼 뻔했던 시간들이 갑작스런 데이트로 채워지게 된 오후, 진솔은 모처럼 예쁘게 차려입고 남산 식물원 입구에서 역시 두루마기 차림으로 한껏 멋을 내고 나온 이필관 옹과 만났다.

겨울바람이 쌀쌀했지만 비교적 햇살이 푸근한 날씨였다. '大人 500원'이라 적힌 표 두 장을 이 노인이 끊고, 두 사람은 채광이 잘 되는 식물관으로 들어섰다.

"겨울은 여기가 데이트 장소로 안성맞춤이디. 온실이라 따뜻하고, 꽃도 보고 난도 보고… 멋지지 않갔서?"

노인과 나란히 통로를 걸으며 진솔은 웃었다. 온통 갈색과 회색인 한겨울에 푸르른 관엽 식물들을 보고 있으려니 눈이 다 청정해지는 느낌이었다. 하나의 식물관을 빠져나가자 다음 관이 이어졌고, 선인장이 가득 자라는 온실에서는 통풍구를 통해 사막의 바람 같은 온풍이 뿜어져 나오고 있었다.

노인이 문득 걸음을 멈추고 식물관 한쪽 구석에서 팔고 있는 미니 선인장 세트를 투박한 손끝으로 가리켰다.

"우리 진솔 선생, 저거 사줄까?"

"아…"

미처 사양할 틈도 없이 노인은 판매대 앞으로 가, 길쭉한

바구니 속에 세 개씩 나란히 놓여 있는 꼬마 선인장들을 들어
올렸다.

"이거이 얼마씩이오?"

"세트에 오천 원입니다."

판매원이 친절하게 대답했고 노인은 주섬주섬 손지갑을 꺼
내 지폐 한 장을 내주었다. 진솔이 그 키가 나란한 선인장을
소중하게 받아 들었다.

"고맙습니다…."

"건이 녀석한텐 더 좋은 걸루다 받으라우."

노인이 무심히 말하고 험, 뒷짐을 지며 앞으로 걸어갔다.
진솔은 말없이 맑게 웃기만 했다. 식물관이 끝나자 작은 동물
원이 나왔지만, 이 노인과 진솔은 천천히 발걸음을 돌려 공원
길을 내려왔다. 노인은 그녀를 공원 아래 위치한 작은 식당으
로 데려갔다. 앞치마를 두른 중년의 여인이 다가와 주문을 받
았다.

"뭐 드시겠어요?"

"에… 여기 어묵국하고 비빔밥이 맛나다. 기거이 시키는 게
어떨까?"

"네."

진솔이 고개를 끄덕이자 여인은 큰 소리로 메뉴를 외치며
돌아갔다. 노인이 목을 길게 빼고 주방 쪽을 슬쩍 건너다보
았다.

"자주 오셨었나 봐요."

진솔의 말에 노인은 움찔하더니 쑥스럽게 허허 웃었다.

"내래 여기 아는 사람이 좀 있디 않겠슴둥."

그러고는 얼른 화제를 돌려 두루마기 주머니에서 흰 봉투를 꺼내 테이블 위에 내밀었다. 반듯하게 접힌 얇은 관광 팸플릿 한 장이 그 속에서 나왔다.

"조만간 건이 녀석이 휴가 낼 거인데, 공 작가도 같이 내고 우리 따라가자우."

"…어딜요?"

"뉴질랜드 말이다. 큰손주가 얼굴 본 지 오래됐다고 다들 오라 초대하디 않았갔서?"

팸플릿은 뉴질랜드 풍경 사진이 실린 여행사 홍보물이었다. 호수와 계곡, 푸르고 드넓은 초원, 마오리족의 민속 공연과 그림 같은 목장 풍경 따위가 선명하게 인쇄돼 있었다. 노인이 돋보기를 꺼내 코에 걸치더니 미간을 모아 그림의 지도 한구석을 손가락으로 톡톡 두드렸다.

"여기 여기 오클랜드… 에서 살다가 얼마 전에 경치 좋은 곳으루다가 또 이사를 했다는구만기래. 꼬맹이들 핵교도 옮기구 말이다. 같이 가자우, 공 작가도."

노인이 흐뭇하게 졸랐지만 진솔은 미소 지은 채 천천히 고개를 저었다.

"제가 어떻게요. 가족 여행이신데."

"뭐이 어드래. 휴가 떠나는 거인데. 요즘 젊은 아가씨들은 배낭여행도 잘하디 않나."

진솔은 그저 웃기만 했다. 노인의 마음이 고마웠지만 그럴 상황도 아닌 것이다. 주문한 음식이 나왔다. 유리문으로 햇살이 비쳐드는 오후 한나절. 식사를 마치자 여인이 그릇을 거둬 갔고, 진솔은 물을 마시는 노인에게 웃으며 불쑥 물었다.

"저 할머니가 누구세요?"

"엉?"

마주 앉아 있는 동안 노인의 시선이 가는 곳을 가만히 따라가니, 이곳 주인의 가족인지 주방과 카운터를 소일하듯 오가는 할머니를 볼 수 있었다. 단정한 파마머리는 갈색으로 염색했지만 얼굴 모습으로 봐선 일흔 살쯤 돼 보였다. 곱게 늙은 얼굴이었으니 어쩌면 더 될지도…. 이 노인이 멋쩍게 허허거리더니 조금 목소리를 낮췄다.

"실은 말이디… 저 양반이 며느리하고 남산 밑에서 식당한단 얘기를, 옛날에 악단 하던 사람한테서 우연히 듣지 않았갔서. 기래, 내 요새 가끔 와서 보는 기야요."

"왜 인사 안 하세요?"

노인은 펄쩍 뛰듯이 절레절레 손사래를 쳤다.

"하면 뭐하갔네. 젊어서 잘생긴 얼굴만 기억하도록 해야디."

진솔이 빙그레 웃으며 짓궂게 물었다.

"좋아하셨었어요?"

"기렇지도 않다!"

하지만 이 노인은 주름진 이마를 긁적이더니 금세 말을 바꿨다.

"길쎄… 바른대로 말하면 젊어 저 양반하고, 시골에 조그만 집 짓고 같이 도망가서 살까… 생각도 하긴 했다."

"그러셨어요?"

"엉. 기래두 조강지처 놔두고 차마 그리는 못 하고 말았디. 이래나저래나 우리 에미나이 속 썩인 건 마찬가진데, 이왕지사 한번 살아보기나 할걸 기랬는가 봐."

진솔은 그만 웃어버렸다.

식당을 나서니 어느새 짧은 겨울 해가 서산으로 많이 기울어 있었다. 버스 정류장까지 걸어오면서 이필관은 속에 담아 둔 말을 슬며시 꺼냈다.

"우리 건이가 마음에 안 차네?"

노인의 사심 없는 소리가 나란히 걷고 있는 진솔의 마음을 울컥하게 했다.

"…아니요. 그런 게 아니라서요…."

한동안 아스팔트길을 내려오다 노인은 달래듯이 따스하게 말했다.

"사람이 말이디… 제 나이 서른을 넘으면, 고쳐서 쓸 수가 없는 거이다. 고쳐지디 않아요."

진솔은 말없이 듣고 있었다.

"보태서 써야 한다. 내래, 저 사람을 보태서 쓴다… 이렇게 생각하라우. 저눔이 못 갖고 있는 부분을 내래 보태줘서리 쓴다… 이렇게 말이디."

"…네."

어쩐지 눈물이 핑 돌아 그녀는 눈을 깜빡거렸다. 버스 정류장 앞에서 노인은 진솔의 등을 토닥토닥 두드렸다.

"조심해 들어가시오."

버스에 오르는 노인의 뒷모습이 글썽한 눈물 때문에 흐릿해 보였다. 앞자리에 앉아 노인은 모자를 벗고, 정류장에서 선인장을 안고 선 그녀를 향해 손을 흔들어 보였다. 백발이 성성한 모습은 버스가 출발하면서 곧 사라지고 저물어가는 겨울 햇살만 그 자리에 남았다.

며칠 후. 진솔은 계속 애먹이는 컴퓨터 때문에 오후 내내 발로 본체를 탕탕 차고, 파워를 껐다가 켜기를 반복하고 있었다. 나쁜 일에도 쉼표가 필요한 법이다. 회사 분위기가 험악해 가뜩이나 일할 의욕도 나지 않는 터에 컴퓨터까지 말썽이라니. 내일 원고는 아직 시작도 못 했는데 무슨 지독한 바이러스를 먹은 건지 부팅도 되지 않는다. 급한 대로 작가실에 나가 쓸까 생각했지만, 역시나 가고 싶지 않았다.

A/S 센터에 전화하니 기사가 출장 중이라며 30분 뒤에 연

락을 주겠다고 했다. 한참 일손을 놓고 기다리는데 전화벨이 울려 재빨리 받았다.

"진솔 씨. 부탁이 있는데."

센터가 아니라 이선영 피디였다. 왠지 예감이 좋지 않았다. 요즘 이선영은 행복스튜디오 외 맡고 있는 다른 프로 작가와 사이가 극도로 안 좋았다. 그 작가는 노조 대표이기도 해서, 실제로 행동으로 옮길 사람이었다. 예감은 역시나 맞아 들어갔다.

"당장 작가가 파업하면 내가 원고를 써야 될 판인데… 진솔 씨, 영화음악실로 바꾸고 원고량 꽤 줄지 않았어? 나 좀 도와줘요."

"원고 쓰라는 소리면… 힘들어요, 이 피디님."

"알아, 당연히 공 작가가 썼다고 얘기 안 할 거야. 내 개인 메일로 보내주면, 내가 쓴 것처럼 할게. 바우처는 따로 챙겨주고. 응?"

진솔은 소리 없이 한숨을 삼키며 그녀를 설득했다.

"작가들은 어느 작가가 썼는지 모니터하면 알아요. 곤란해요."

"심증 있으면 뭐해, 물증이 없는데. 제발 도와줘, 응? 우리 애가 요즘 감기가 너무 심해서 지금 폐렴 안 만들려고 남편이랑 번갈아 병원 데리고 다니고, 내가 할 일이 한두 개가 아니야. 이렇게 부탁할게. 나도 정말 힘들다, 진솔 씨."

진솔은 이런 불편한 상황이 참 힘들었다. 마음이 약해지려 했지만 이번엔 그럴 수 없었다. 그녀도 작가실 소속인데 파업에 동참하든 안 하든 뒤에서 그럴 수는 없는 거였다.

"아니요… 정말 그 부탁은 들어드릴 수가 없어요. 미안한데, 내가 쓰면 안 되는 거예요. 어쨌든 노조잖아요."

어색한 침묵이 전화선을 타고 흘렀다. 진솔이 가만히 기다리는데 이윽고 이선영은 체념한 듯 한숨을 쉬었다.

"알았어. 무리인 줄 알면서 혹시나 부탁한 건데… 내가 괜히 공 작가 난처하게 했나 보네."

애써 수긍은 하지만 이선영의 목소리엔 몹시 서운한 마음이 묻어 있었다.

"그래도 솔직히 섭섭하다. 그동안 자기하고 내가 쌓은 세월이 얼만데. 진솔 씨 입장은 알지만 난 좀 더 인간적으로 호소할 수 있을 줄 알았지. 솔직히 프로듀서들이 무슨 죄가 있어. 우리도 자기들하고 데스크에 끼어서 치는 어려움 알아줘야 해."

"알아요, 이 피디님. 하지만 이번엔 어쩔 수가 없잖아…."

"그래, 미안해. 쉬어요. 끊을게."

그녀의 대답을 듣지 않고 전화는 바로 끊겼다. 맥이 탁 풀려 진솔은 수화기를 내려놓고 한동안 앉아 있었다. 먹통이 된 컴퓨터를 바라보며 A/S 센터의 전화를 기다렸지만 아무 소식이 없었다. 잠시 후 다시 전화해보니, 일이 밀려 내일 오후나 돼야 기사가 방문할 수 있다고 했다.

　진솔은 옷을 챙겨 입고 아파트를 나섰다. 우성상가의 컴퓨터 대리점을 가볼 생각이었다. 출장비를 더 주더라도 빨리 고쳐야 했다. 대리점은 셔터는 내려지지 않았지만 문이 잠긴 채 유리에 쪽지 한 장이 스카치테이프로 하얗게 붙어 있었다.

'잠시 외출 중. 오후 5시경 돌아옴'

　시계를 보니 이제 10분 남았기에 진솔은 기다리기로 했다. 날이 추워 점퍼를 여미고, 찬바람을 피해 상가 출입문 안에 들어가서 서성였다. 한참이 지나도 대리점에 사람이 오는 기척이 없었다. 지루해진 진솔은 다시 거리로 나와 전봇대 아래 지역정보지 한 부를 뽑아 들고는, 유리문 앞에 쪼그리고 앉아 건성으로 페이지를 넘겼다. 습관처럼 시외 부동산란을 구경했다.

　경기도 용인 전원주택. 급매물.
　시가보다 낮춰 조절 가능.

　강원도 주문진 별장. 전망 으뜸.
　개조해서 업소로 이용 가능. 연락처는 서울로.

신문을 보다가 둘둘 말아서 진솔은 손에 쥐었다. 슬슬 짜증이 나기 시작했다. 다섯 시를 훌쩍 넘겼고, 이젠 오기가 나서 기다리는데 사람은 감감무소식이었다. 저만치 상가 한쪽에 미처 수거해가지 않은 짬뽕과 짜장 그릇이 거리의 먼지를 뒤집어쓴 채 반쯤 얼어 있었다. 문득 진솔은 소리 내어 중얼거렸다.

"뭐야, 왜 안 오는 거야. 다섯 시에 온댔으면 와야 될 거 아냐."

그러자 갑자기 눈물이 핑 돌았다. 둘둘 만 신문으로 화풀이하듯 아스팔트 바닥을 툭 내리쳤다.

"무슨 컴퓨터 하나 고치기가 이렇게 어려워? 나더러 어떻게 일하라는 거야, 대체."

이상하게도 한번 눈물샘이 터지니까 참을 수가 없었다. 길 가는 사람들이 흘끔 쳐다보았지만, 진솔은 아랑곳 않고 쭈그리고 앉아 신문을 손에 들고 울었다. 거리는 매연 냄새가 매캐했고 차가운 겨울바람에 마른 흙먼지가 황사처럼 날렸다. 도시는 회색빛이고 모두 지리멸렬했다. 서울 하늘의 결계는, 사라져버렸다.

며칠 후 오랜 생각 끝에 진솔은 일을 그만두겠다고 이선영과 김형식 프로듀서에게 통보했다. 더 이상 미련도 없었다. 깜짝 놀라는 그들에게 양해를 구하고, 그녀는 이틀째 시간이 날 때마다 음반자료실 구석에 앉아 지역정보지를 뒤적였다.

"저지르는 자, 그대는 공진술이다…."

자조적인 중얼거림이 그녀의 입에서 새어 나왔다. 나 같은 사람이 마음을 바꿔먹으면 얼마나 극점으로 튕겨나가는지 보여주지 뭐. 씁쓸하게 생각했지만 될 대로 되라는 심정은 아니었다. 차라리 기분이 고요하게 가라앉았다.

지난 며칠간 많이 생각했다. 그동안 툭하면 정보지를 뒤지며 무슨 대리만족처럼 시골 농가의 가격대를 살펴보곤 했었지만, 언제까지나 실현 불가능한 꿈같은 일이라 여기고 있었다. 그런데 어느 순간 마음의 길이 달라졌다. 뭐든지 어렵다고 아직도 멀었다고 생각하면 그런 것이고, 이때다 여기고 저지르면 이루어지는 것일 테니…. 부동산에 들러 아파트를 내놓고 집주인한테도 전화했다. 대단지 아파트의 작은 평수이니 금방 세입자를 구할 수 있을 거라 했다. 전세금을 빼고 8년째 매달 붓고 있는 저축까지 다 털고 나면 시골에 손바닥만한 허름한 농가 하나는 어떻게 마련할 수 있을 것 같았다.

"아직도 못 찾았어? 어제부터 그거만 들여다보더니."

음반 정보를 컴퓨터에 입력하던 김미영이 신문을 부스럭거리는 진솔에게 물었다.

"그러게요. 오늘은 경기도 쪽은 많이 안 나왔네…. 시골이라도 서울에서 너무 멀면 곤란한데."

당분간은 쉬겠지만 곧 다시 돈을 벌어야 할 테니, 매일 출

퇴근은 아니더라도 서울까지 어느 정도 오갈 수 있는 거리여야 했다. 문득 미영이 일손을 놓더니 진솔을 돌아보았다.

"아, 남양주도 괜찮아?"

"남양주?"

"우리 외할머니가 사시다가 이번에 이모네로 들어가시는 바람에 시골집이 비었다는 것 같던데…. 확실히 모르겠네. 잠깐 기다려봐."

미영은 전화기를 들고 익숙하게 버튼을 눌렀다.

"…이모, 나예요. 할머니네 그 시골집 팔렸어? 아직이야? …어, 누가 집 좀 알아본다고 해서. 일단 알았어요."

미영은 잘하면 수확이 있겠다는 듯이 진솔에게 반갑게 설명했다.

"할아버지 돌아가신 뒤에도 혼자 그 집 지킨다고 계셨는데, 자식들이 그러면 안 된다고 성화를 해서 할 수 없이 나오신 거야. 이모들이 난리쳤거든."

"그래요?"

"응. 지금 빈집이래. 진솔 씨 관심 있으면 한번 볼래?"

남양주라…. 정확하게는 감이 안 왔지만 왠지 느낌이 좋아서 그녀는 고개를 끄덕였다.

오후 방송을 마치고, 진솔은 사무실 구석 복사기 앞에서 영화사에서 보내온 보도자료를 카피하고 있었다. 할리우드 SF 블록버스터였고 내일모레 시사회가 열린다는데, 요즘 같은

심정으로는 우주를 상대로 벌이는 초대형 전투를 보러 가고
싶은 의욕은 솔직히 없었다. 사무실 저편에서는 백 국장 자리
를 둘러싸고 직원들의 한담이 한창이었다. 덩치 좋은 백 국장
이 좌중을 향해 너스레를 떨었다.

"내가 주색잡기(酒色雜技)에서 주도 되고 잡기도 되는데 색
만 안 돼."

"에이, 엄처시하라 그러신 거 아닙니까? 사모님 무서워하
시잖아요."

누군가의 응수에 주변의 차장급들이 재미있는 농담이라는
듯 하하 웃었다. 한 귀로 흘려들으며 계속 카피 중인데 누가
갑자기 복사기 뚜껑을 짚어 그녀를 막았다.

"그만둔다면서요."

나지막하지만 화가 난 목소리. 건이었다. 진솔은 머뭇거리
다 고개를 끄덕였다. 건은 답답한 듯 후- 한숨을 쉬었다.

"그게, 당신이 찾은 정답이에요?"

진솔은 카피돼 나온 종이들을 차례로 모아 정리하며 조용
히 대꾸했다.

"정답이 어딨겠어요. 그런대로… 좋은 답이면 됐지. 지금으
로선 나한텐 괜찮은 길이에요."

"나 때문에요? 내가 보기 싫어서?"

진솔은 그를 똑바로 쳐다보지 못하고 말없이 종이만 만지
작거렸다. 나직한 건의 목소리가 안타까웠다.

"내가… 당신, 아는 척하지 말까요? 모른 척하고 당신 건드리지 않으면… 그러면 괜찮을까?"

고개를 들자 그의 우울한 눈빛과 마주쳤다. 진심으로 하는 말이다, 저 남자는. 진솔은 망설이다 솔직하게 대답했다.

"그렇지 않아요. 근본적으로… 당신 탓도 아니에요. 그냥 난 지금, 무슨 말도 귀에 안 들어와요."

그런 진솔을 건은 가만히 내려다보고 있었다.

"석 달만 지나면 일한 지 십 년째 채우게 돼요. 왠지 그런 느낌 있잖아요. 꼭 무슨… 내 속에 우물 하나 있었던 거, 그 물 두레박으로 다 퍼 올리고… 이제 바닥만 남은 것 같은 거."

그녀는 짐짓 아무렇지 않은 척 보도자료의 철을 다시 끼우고 카피본을 스테이플러로 찍었다.

"내가 그동안 써낸 원고량이 책 수십 권 분량은 되겠죠. 하지만 그중에서 누군가 이렇게 멋진 말을 했군요- 하고 인용했던 거 빼내고, 내가 시간에 쫓기지 않으면서 피곤하지 않게 열심히 써낸 거만 추려내면 반의반으로 확 줄 거예요. 거기서 시시한 구절 다 빼고, 하나 마나 한 소리 빼고, 반복해서 했던 소리… 자기 글 자기가 또 카피한 것도 빼버리면…."

진솔은 어쩐지 서러워져 조금 목이 메어왔다. 흠 헛기침을 했다.

"…정말 괜찮은 글이구나 싶은 거만 추려낸다면 아마 두 권도 채 안 될 거예요. 근데 그것조차 결국 전파 타고 다 날아가 버린 말들이 돼서, 내 손안에 아무것도 남아 있는 게 없어요. 한 문장도, 한 줄도."

잠시 침묵이 흘렀다. 이윽고 건이 딱하다는 듯 쓸쓸하게 말했다.

"전파 타고 날아가버리면, 의미가 없나?"

진솔이 피싯 서글프게 웃었다.

"모르겠어요. 의미 있고 보람 있다고 생각한다면 그것도 맞죠. 그런데… 지금의 나는 아니에요. 그냥, 이렇게 됐어요. 당신도 그런 말 한 적 있었잖아요. 직장 생활도 지루하고 다 부질없고, 의욕도 열정도 없다고. 사람 마음은 비슷한 거지. 나도 그런 때가 된 거겠죠 뭐."

진솔은 정리를 끝낸 자료들을 복사기 위에 세워 탁탁 귀퉁이를 맞췄다. 그러고는 약간 글썽한 채 혼잣말로 중얼거렸다.

"나, 십 년 동안 뭐 한 거야, 대체."

건이 그런 진솔을 말없이 보고 있었다.

주말에 진솔은 김미영의 차를 타고 함께 교외로 나갔다. 드라이브를 즐기는 듯 미영은 콧노래를 흥얼거리며 여유로운 표정이었지만, 진솔은 창밖을 스쳐 가는 풍경만 바라보고 있었다. 서울을 빠져나와 지방도로로 접어들 때쯤 미영이 입을 열었다.

"어디까지나 내 짐작이지만, 이건 씨가 진솔 씨 때문에 힘들어하는 것 같아."

진솔이 그런 미영의 옆모습을 물끄러미 바라보았다.

"…왜요?"

"며칠 전에 진솔 씨 음반 고르는데 저만치 떨어져서 한참이나 자기 지켜보더라. 근데 그 표정이… 암튼 난 좀 철렁했어."

미영이 가볍게 어깨를 으쓱했다. 진솔은 그냥 화제를 돌려버렸다.

"언니 운전하는 거 몰랐어요."

"그래?"

"응. 언니는 소리 없이 걸어 다니는 모습만 상상이 돼. 아니면… 자전거 정도?"

미영이 핸들을 잡은 채 빙긋 웃었다.

"난 혼자서도 잘 놀아. 드라이브가 취미인걸. 옆자리에 누구 태우는 일이 드물어서 그렇지. 난 조용히 활동적인 사람이야. 안 가본 데 없어."

진솔은 미소 지으며 작게 한숨을 쉬었다.

"나도 그렇게 살아야 되는데."

"지금부터라도 그렇게 살면 되지. 일도 그만두겠다."

"돈이 없어서 안 돼요. 집 사고 나면 조금 남은 걸로 까먹다가 다시 일거리 찾아야죠. 그래도 당분간은 쉴 수 있을 테니 지금은 좋네."

미영은 마음 좋게 고개를 끄덕거렸다.

"그래. 과로할 만큼 일이 넘치는 것도 안 좋고, 아예 없는 것도 답답하지. 쉬겠다고 작정했으니 맘 편하게 쉬어. 그렇지만 너무 오래가진 말고. 일 안 하면 또 뭐해, 면벽할 거야?"

"면벽이라… 그것도 좋네요. 면벽도."

진솔은 멍하게 중얼거리며 차창 밖을 내다보았다. 해가 바뀐 뒤로 온몸의 신경이 닳아버린 듯 괴로웠다. 아니, 어쩌면 몸은 사라지고 신경만 남은 느낌…. 이제 다 그만이라고 생각하니 마음이 편했다.

어느새 그들의 차는 남양주로 들어섰고 겨울 햇살이 갈색 헐벗은 들판을 비추고 있었다. 2월 초순이었다.

시간은 쏜살같이 흘렀다. 이사 날짜가 이틀 앞으로 다가오고 새 작가에게 인수인계도 마친 상황이었다. 진솔이 마지막으로 사람들에게 인사할 겸 퇴근 시간에 맞춰 방송국으로 나가는데, 어스름이 내려앉는 거리엔 제법 눈이 내리고 있었다.

로비에서 엘리베이터를 기다릴 때 화려하게 차려입은 막 스무 살이 될까 말까 한 4인조 아이돌 가수들이 매니저를 따라 들어왔다. 저녁 가요 프로에 출연하는 신인들이었다. 함께 엘리베이터를 타고 올라오는 동안 그들은 서로 장난치며 해사하게 웃었다. 키 크고 늘씬하고 피부가 뽀얀 소년들이 몰려서 있으니 좁은 공간이 환해지며 그들이 쓴 연한 화장품 냄새가 풍겨왔다. 한창 앞길이 창창한, 뜰 것이다 희망에 차 있는 청춘들.

이곳은 늘 이럴 것이다. 저들이 스타가 되든 반짝하고 사라져 한때의 추억이 되든, 곧 다른 스타가 그 자리를 채운다. 그리고 또 새로운 음반을 홍보하러 누군가들이 이 엘리베이터를 타고 올라오고 웃음을 들려준다. 그녀 한 사람 떠난다고 달라지는 건 아무것도 없었고 동료들도 며칠이면 까맣게 잊어버리리라. 진솔의 마음은 그저 고요했다.

역시나 직원들과의 인사는 이미 그녀가 그만둔다는 사실을 다들 알고 있었기에, 아쉽다며 악수를 하거나 건성으로 서로 웃어 보이며 잘 지내라는 덕담을 주고받는 정도였다. 사무실을 대강 돌았는데 아무리 둘러봐도 건이 보이지 않았다. 곧 휴가를 낸다는 소리는 들었지만 며칠 후라고 알고 있었는데…. 진솔은 끝내 그를 못 보고 떠나나 싶어 기분이 가라앉았다. 그래도 인사 정도는 하고 싶었는데. 하지만 한편으로는 차라리 잘된 일인지도 몰랐다. 괜히 울컥 눈물이 나오거나 하면 곤란하니까.

그때 제작부 쪽에서 퇴근 준비를 하던 이선영 피디가 생각난 듯 그녀를 향해 물었다.

"참, 공 작가는 상가(喪家)에 안 가봐도 되나?"

"…어디요?"

"몰라? 건 피디, 집안에 초상이 나서 어제부터 안 나오잖아. 직원들은 간밤에 다녀왔는데."

진솔의 표정이 확 굳어버렸다.

"초상이라뇨…?"

이선영은 몰랐구나 하듯 가볍게 혀를 찼다.

"할아버님이 돌아가셨어. 그런대로 건강하셨는데 주무시다가 갑자기 그렇게 되신 모양이야. 내일 아침이 발인일걸?"

널찍한 창가 자리에 앉아 있던 백 국장이 슬리퍼를 벗은 채, 한쪽 넓적다리를 다른 쪽 무릎에 걸쳐놓고 손으로 양말을 문지르며 무심히 참견했다.

"그게 노인들 건강이 그래. 오늘 저녁 식사까지도 잘 드시고 그냥 그날 밤에 돌아가시기도 한단 말이지. 심장마비면 고통 없이 가셨겠네, 그래도."

진솔은 굳은 얼굴로 멍하니 서 있었다. 방금 들은 이야기가 하나도 실감이 나지 않았다. 그녀의 마음이 불안하게 떨리는데 밤이 찾아온 빌딩 창밖엔 그저 하얀 눈만 쏟아지고 있었다.

아파트로 돌아가 코트 아래 청바지를 검은색 긴 모직 치마로 갈아입고, 다시 길을 나서 버스를 탔다. 이필관 옹의 빈소는 혜화동 한 대학병원 영안실에 마련돼 있었다. 그녀의 머리카락과 어깨에 내려앉은 눈이 빈소로 들어서는 순간 자디잔 물방울로 녹아버렸다. 근조 리본을 단 흰 국화꽃다발들이 복도를 채웠고, 그중에는 건의 아버지가 재직하는 중학교 이름이 적힌 화환도 있었다. 문상객이 많은 상가였고 슬퍼하는 친

지들 틈에서 몇몇 상복 차림의 친척들이 부지런히 오가며 손
님들을 대접하고 있었다.

맞은편에 차려진 빈소를 보자 진솔은 비로소 한꺼번에 실
감이 나며 눈물이 핑 돌았다. 검은 리본을 두른 사진 속의 이
필관 옹은 한껏 카메라를 의식한 점잖은 표정으로 정면을 응
시하고 있었다. 국화꽃이 가득한 빈소 옆에서, 진솔은 출입구
쪽의 그녀를 조금 놀라서 바라보는 건을 발견했다. 검은 넥타
이, 검은 양복 차림의 그와 눈이 마주쳤을 때 진솔의 귀에는
아무 소리도 들리지 않았다. 복잡한 영안실의 소음은 한순간
사라지고 오직 그들만이 마주 서 있는 착각마저 들었다. 건의
눈길이 깊어졌다.

진솔은 묵묵히 신을 벗고 올라서서 제단 앞으로 나아가 분
향을 하고 영정을 향해 두 번 절했다. 그리고 옆에 서 있던 상
주들과도 맞절을 했다. 건의 아버지와 부음을 듣고 서둘러 귀
국한 형, 그리고 그였다. 건의 앞에 마주 앉아 무릎을 꿇은 채
그녀는 힘겹게 입을 열었다.

"고인의… 명복을 빕니다. 뭐라고… 말해야 할지….”

"괜찮아요.”

건이 배려하듯 그녀의 말을 부드럽게 끊어주었다.

"…말 안 해도 돼요.”

눈물이 떨어질 것 같아 그의 얼굴을 똑바로 바라볼 수가
없었다. 글썽한 채로 건의 무릎께만 내려다볼 뿐. 곧이어 다

른 문상객이 제단에 분향을 했기 때문에 진솔은 일어나서 자리를 비켜주었다. 상주들은 또 맞절을 해야 했다.

진솔이 장례식장 한쪽 구석으로 물러나 그런 걸 지켜보고 있으려니, 상복을 입은 아주머니가 옆에 와 다른 손님들처럼 음식을 들 것을 권했다. 꽤 넓게 상이 차려져 떡과 국, 산적, 과일 같은 음식들이 술과 함께 올라와 있었다. 알았다고 고개를 끄덕이긴 했지만 아무것도 넘어가지 않을 것 같았다.

그렇게 서 있던 그녀는 문득 제단 끄트머리에 놓인 또 다른 액자를 발견하고 가슴이 메었다. 지난가을 건의 집 거실에서 보았던, 마도로스 시절 젊디젊은 이필관 선원의 웃는 얼굴이 그녀를 바라보고 있었다. 누군가가 그 오래된 흑백사진을 떼어다 거기 올려놓은 듯했고, 아마도 건이 그랬을 것 같았다. 그래도… 호상이었다. 밤늦은 시각이었는데도 문상객들은 끝도 없이 찾아왔고 빈소엔 온통 국화 향기가 진동했다.

이윽고 진솔은 발길을 돌렸다. 건물을 나서자 다시 눈송이들이 머리카락과 어깨에 앞다투어 내려앉기 시작했다. 함박눈에 바람은 거의 없었다. 눈은 소리 없이 줄을 지어 땅을 향해 일직선으로 내려앉고 있었다. 눈이 얇게 덮인 대학병원 보도에 발자국을 내며 진솔은 버스 정류장까지 걸어왔다. 묵묵히 버스를 기다리는데 밤의 공기를 뚫고 그의 목소리가 멀리 등 뒤에서 들려왔다.

"진솔 씨!"

돌아보니 건이 눈 속에 가로등이 켜진 언덕길을 뛰어 내려오고 있었다. 그녀의 가슴이 쿵 내려앉았다. 그가 순식간에 정류장까지 오더니 숨을 고르며 그녀 앞에 섰다.

"말도 없이 가는 게 어딨어요?"

"…손님이 자꾸 오시니까."

"하여간 당신은…."

건은 차마 뭐라 말을 못 잇고 머뭇거리더니, 손을 뻗어 진솔의 외투 깃을 여며주었다. 그의 눈빛이 슬퍼 보이면서도, 절실하고 아프게 느껴져 그녀는 가슴이 저렸다. 그의 눈동자에 사로잡혀 시선을 뗄 수가 없었다. 진솔은 목이 메어 겨우 입을 열었다.

"추운데… 뭐하러 나와요."

다음 순간, 건은 그녀를 와락 끌어안아버렸다. 진솔은 숨이 멎을 것만 같았다. 그가 떨리는 목소리로 귓가에 중얼거렸다.

"잠깐만… 당신 안고 있을게."

그는 우는 것 같았다. 그의 어깨가 희미하게 떨리는 것을 진솔은 느낄 수 있었다. 눈물이 뿌옇게 맺힌 채 두 팔을 올려 건을 꼭 안아주었다. 그리고 눈송이가 내려앉는 그의 머리칼을 손으로 가만히 어루만졌다.

"…울지 마요…."

하지만 그녀도 울고 있었다. 건의 젖은 뺨이 그녀의 뺨에 맞닿고, 어느새 건의 따스한 입술이 갈구하듯 그녀의 입술을 찾아들었다. 진솔을 끌어안은 팔에 꽉 힘이 들어가 그녀는 으스러질 것처럼 그의 품에 안겨버렸다. 두 사람은 울면서 키스했다. 슬퍼도 입술은 포근했으며… 한겨울밤의 눈송이는 차가웠지만 서로의 눈물 맛은 혀끝에서 감미로웠다.

진솔은 눈물 젖은 눈을 감아버렸다. 가슴에 와 닿는 그의 따뜻한 체온과 체취가 그녀의 마음을 감싸 안았다. 헤드라이트 빛을 밝히며 버스가 정류장에 멈춰 섰지만 타지 않았다. 곧 버스는 떠났고 그들은 오래오래 키스했다. 슬프고 뜨거운 그들의 입맞춤 위로, 여전히 밤하늘에서 흰 눈송이들이 백년설이 되어 내리고 있었다.

9

2월도 저물어가는 나날. 겨울이 뒷걸음치듯 갈색 들판을 서성이고, 아직은 차가운 바람이 마을 뒷산을 넘어 불어왔다. 남양주에서도 한적한 시골로 이사 온 지 닷새째 되던 날, 여느 때와 마찬가지로 조용한 풍경으로 해가 뜨고 하루가 시작되었다.

　좀 낡긴 했지만 생전 처음 가진 집을 자신의 손길로 길들여 가며 진솔은 비로소 마음 밑바닥에서 우러나오는 평안을 느낄 수 있었다. 몸에 밴 적당한 쓸쓸함과 외로움. 혼자 집 안에 있을 때 문득 깨닫는 적막은 그녀에겐 이미 낯익은 것이었다. 또한 그를 그리워하며 생각에 잠기는 일도, 어찌할 수 없이 옷에 밴 체취처럼 익숙해져버렸다. 그와의 마지막 만남 때, 눈 속에서조차 델 것처럼 뜨거웠던 입맞춤의 감촉이 아직도 잊혀지지 않고 입술에 남아 있었다.

건은 지금 서울에 없었다. 가족들과 예정했던 대로 해외로 나갔다는 소식을 그저께 가람과 통화하며 바람결로 전해 들었다. 방송국에 나와 빈소를 찾았던 사람들에게 고맙다는 인사를 건네고 바로 휴가계를 제출했다고 했다. 그 가족에겐 같이 가고 싶던 한 사람이 사라진 여정이 되었으리라. 손자들이 기다려주는 먼 땅으로 다니러 간 어느 노부부의 마음을 알 것 같아 진솔은 뭉클했다.

건의 모습이 눈앞에 어른거린다 싶을 때면 진솔은 일부러 몸을 부지런히 움직였다. 오늘은 마당의 보일러실을 청소했다. 들여놓은 지 오래된 듯 흙먼지 쌓인 보일러가 가끔 잠에서 깨어나 부르르 진동하며 가동되고 있었다. 안방과 작은방, 마루, 주방으로 연결되는 붉은 밸브 네 개가 나란히 줄을 지었다. 보일러실 구석구석 거미줄을 걷어낸 뒤 흙먼지를 빗자루로 쓸어내고 걸레로 몸체를 대강 닦았다.

그리고 진솔은 대문을 닫고 나와 마을을 한 바퀴 산책하기 시작했다. 이사 오기 전에 내렸던 눈이 응달에서 덜 녹아, 황량한 들판 군데군데 희끄무레한 눈밭이 남아 있었다. 농사를 끝낸 빈 들판 너머 국도에 차들이 달려가고, 저만치 마을로 들어오는 길 앞엔 커다란 플라타너스가 지키고 선 버스 정류장이 있었다. 지난가을 열매 맺고 아직 떨어지지 않은 방울 몇 알이 삭풍 속에서도 아슬아슬 견디며 겨울을 나고 있었다.

'왜 내가 그리워요?'

'그냥, 그리워요.'

바람 부는 갯벌에서 건에게 물었었다. 왜 내가 그립냐고. 그는 그냥, 이라고 했다. 그래서 진솔은 사랑이라고 믿지 않았다. 지금은… 그녀도 그가 그리웠다. 그냥, 그리웠다.

집 뒤로 돌아 언덕으로 향하는 길에 마을의 유일한 작은 구멍가게가 있었다. 먼지가 앉은 선반에서 보리차 티백과 참치 통조림을 내리고, 냉장고에서 우유를 꺼내 계산을 치렀다. 가게 뒤로 올라가는 산책로는 잎이 없는 겨울나무들이 줄지어 서 있었다. 황량하지만 그 오솔길이 마음에 들었다.

언덕에서 바라보이는 풍경은 언젠가 이화동 낙산공원에서 내려다보았던 풍경과는 너무나 달랐으나 고즈넉한 느낌만은 낯익었다. 바람이 불어와 진솔의 머리카락을 날려주었고, 들판 너머 맞은편 산의 곡선들이 천연덕스러웠다. 바라던 대로 서울을 떠나와서 과연 편안해진 걸까. 눈앞에 보이는 한적한 모습들이 한순간일지라도 위로가 돼주는 걸까. 진솔은 가슴 앞에서 팔짱을 낀 채 가볍게 어깨를 으쓱했다. 그런 되새김조차 의미 없게 느껴지는 순간이었다. 지금 주어진 시간을 잘 살아내고 싶었다. 그녀가 행복한지 아닌지, 골똘히 들여다보고 싶진 않았다. 흘러가는 시간을 믿어주는 것도 나쁘진 않으리라.

오후에는 읍내에서 기사가 나와 드디어 노트북에 인터넷

을 연결해주고 돌아갔다. 예전 컴퓨터가 낡아 하드 교체까지 하느니 포기하고, 새로운 마음으로 장만한 노트북이었다. 책상이 놓인 작은 방 창문으로는 뒷마당 너머 이웃집이 키우는 채소밭이 내다보였다. 채소밭 건너 옆집 담장 안엔 닭과 토끼를 키우는 우리가 있어 새벽이면 그 닭 울음소리에 잠을 깨곤 했다.

창가에 얹은 꼬마 선인장 화분 옆에 방금 끓인 뜨거운 보리차 컵을 식으라고 놓아두었다. 그러고는 오랜만에 인터넷에 접속했다. 메일함을 열자 몇 개의 스팸메일 속에 두 통의 새 편지가 와 있었다. 하나는 가람의 것, 하나는 그의 것…. 날짜를 보니 휴가를 내고 바로 썼던 것 같았다. 다른 말은 없고, 그저 시 한 편이 들어 있었다.

내가 이 세상에 태어나
수없이 뿌려놓은 말들이
어디서 어떻게 열매를 맺었을까
조용히 헤아려볼 때가 있습니다.
무심코 뿌린 말의 씨라도
그 어디선가 뿌리를 내렸을지 모른다고 생각하면
왠지 두렵습니다.

더러는 허공으로 사라지고

더러는 다른 이의 가슴속에서
좋은 열매를 또는 언짢은 열매를 맺기도 했을
언어의 나무

어쩐지 가슴이 울컥해서 진솔은 눈물이 핑 돌았다. 그것은
이해인의 〈말을 위한 기도〉였다. 시야가 흐려지지 않게 눈을
깜빡이며 커서를 내려갔다.

살아 있는 동안 내가 할 말은
참 많은 것도 같고 적은 것도 같고
그러나 말이 없이는
단 하루도 살 수 없는 세상살이
매일매일 돌처럼 차고 단단한 결심을 해도
슬기로운 말의 주인이 되기는
얼마나 어려운지*

'전파 타고 날아가버리면, 의미가 없나?'
그날 건의 목소리가 다시 귓가에 들려오는 것 같았다. 그는
어쩌면 위로해주고 싶었던 것일까. 날아가버린, 잃어버린 말
들을 위한 위로….

• 이해인, 〈말을 위한 기도〉, 《사계절의 기도》(분도출판사, 1993)

하루해가 저물어 작은 방 창문으로 서쪽 하늘에 노을이 지고 있었다. 노트북을 닫고, 턱에 손을 괸 채 진솔은 그 모습을 멍하니 바라보았다. 노을이 너무 붉어 마른 들판에 불이 붙을 것 같았다. 갑자기 정적을 깨고 책상에 놓아둔 휴대폰이 울려 그녀는 움찔 놀랐다. 액정에 발신자 표시가 뜨지 않았다.

"나예요."

잠시 침묵이 흐르고 건이 다시 말했다.

"내 전화, 괜찮아요?"

"…네."

"뉴질랜드예요. 가족 여행 계획했던 거 그만둘까 하다가… 어른들 상심이 너무 커서 바람 쐬게 해드리려고 왔어요."

"알아요…. 들었어요."

"당신 집에 전화했더니 안 되던데."

"나… 서울 아니에요. 며칠 전에 이사했어요."

다시 침묵이 흘렀다. 그는 몰랐던 것이다. 그녀가 워낙 조용히, 미영과 가람 정도만 알게끔 이사해버렸으니까. 그녀의 이사가 무슨 의미인지 건은 머뭇거리며 생각하는 듯했다. 이윽고 낮은 한숨 소리가 들려왔다.

"또 달아난 건가?"

진솔은 전화기를 꼭 틀어쥐고 마음을 다잡아 차근차근 얘기했다.

"아니에요. 내 꿈이었던 거 알잖아요. 시골에 마당 있는 작은 집. 당분간은 모아둔 돈 까먹으면서 살겠지만… 잘 살 수 있을 거예요."

건이 쓸쓸하게 말했다.

"나 사랑하는 게 정말 힘들면… 사랑하지 말아요. 내가 당신한테 아무 위로도 못 됐다는 거 아니까."

진솔은 마음이 아팠지만 굳이 표현하지는 않았다.

"언제 돌아와요?"

"엿새만 지나면 비행기 타요. 하루하루가 지루하네."

그의 목소리에 그리움이 묻어 있었다. 건은 망설이더니 담담하게 고백했다.

"도망가지만 말아요, 내 인생에서."

그 말이 가슴에 사무쳐서, 진솔은 전화를 끊고도 휴대폰을 손에 꼭 쥐고 있었다. 통화를 끝낸 배터리의 열기가 손안에서 아직 따뜻했다.

희연의 전화가 걸려온 것은 이튿날 오후였다. 따끈하게 수제비를 만들어 먹으려고 한창 밀가루 반죽을 하던 참이라 진솔의 손엔 흰 가루들이 묻어 있었다.

"어디예요?"

"뭐가?"

"이사 갔다는 동네요. 거의 다 온 것 같긴 한데 못 찾겠어."

"희연 씨 지금, 남양주야?"

"네. 드라이브 나왔다가 얼굴이나 잠깐 보려고 했더니."

진솔은 신기한 듯이 웃었다.

"해가 서쪽에서 뜨겠네. 희연 씨가 날 보고 싶어 하다니."

희연이 흥 콧소리를 내며 튕겼다.

"내가 아니에요. 애리 언니가 그런 거지."

기분이 묘해졌다. 애리…. 지난 연말 이후로 한 번도 만나지 못했던, 마음 두지 말자고 생각하면서도 은연중 걱정스럽고 궁금했던 사람의 이름.

잠시 후 진솔은 점퍼를 입고 나가 마을 정류장 플라타너스 앞에 서서 기다렸다. 5분쯤 지나자 윤택이 나는 밝은 연두색 소형차가 도로 저쪽에서부터 기웃거리듯 천천히 달려왔다. 진솔이 운전석의 희연을 알아보고 손을 흔들어주었다. 차가 정류장 앞에서 멈춰 서더니 조수석 창문이 내려왔다.

"오랜만이네요…."

애리가 반갑게 웃었지만, 진솔은 한순간 말이 쉽게 안 나왔다. 안 그래도 호리호리한 사람이 그동안 어떻게 지냈기에 더 가냘파졌는지. 정작 마음의 병이 깊은 건 그녀 같았다.

상을 겸해 쓰는 마루 탁자에 둘러앉아 그들은 막 퍼낸 수제비를 먹었다. 배가 고팠는지 희연이 두 그릇을 가볍게 해치웠지만, 애리는 그것도 채 다 못 먹고 남겼다. 진솔은 수저질을 하다 계속 맴도는 물음을 드디어 입 밖에 꺼냈다.

"선우 씨는… 잘 지내요?"

"…모르겠어요."

눈길을 내린 채 애리는 짐짓 평온하게 대답했다.

"얼굴 안 본 지 한 달쯤 됐어요."

옆에서 희연이 빈 그릇을 모아주며 야무지게 말했다.

"언니가 안 만나줘요, 헤어질 거래. 십 년 동안 언니 속 태운 거 한꺼번에 모아서 되돌려주고 있는 참이지, 뭐. 나중에 용서해준단 소리나 안 했으면 좋겠다, 난."

상을 치운 뒤 희연은 며칠간 잠이 부족했다며 안방에 들어가 침대에 드러누웠다. 잠시 눈을 붙여야 다시 운전할 수 있다면서. 그동안 진솔과 애리는 마루에 앉아 차를 마셨다. 커다란 미닫이 유리문으로, 댓돌에 그들이 벗어놓은 신발과 아무 기척 없는 마당이 내다보였다. 애리가 찻잔의 온기를 두 손으로 감싸고 있더니 쓴웃음 지으며 입을 열었다.

"실은 집에서 나와버렸어요. 희연이 오피스텔에서 어제 하룻밤 잤는데 거긴 안전지대는 아니죠. 엄마가 아니까…. 밤새워서 피곤한 애 졸라, 드라이브 나가자고 했어요. 부딪치고 싶지 않아서."

"선우 씨하고는… 정말 헤어져요?"

애리는 한참이나 망설였다.

"모르겠어요. 그냥 이젠 나도 한계에 왔나 봐. 내가 좀 더 강한 사랑을 갖고 있는 줄 알았는데… 누가 뭐래도 그 사람만 내 곁에 있으면 다 참을 수 있는데… 정작 그 사람이 바람이고 싶어 하니."

마루에 비치는 햇살은 따스하고 평화로운데 애리의 마음은 잔잔하게 요동쳤다. 그녀는 작게 헛기침을 하더니 꼭 하고 싶었던 말을 어렵게 꺼냈다.

"진솔 씨 만나고 싶어서, 희연이한테 가보자고 그랬어요. 그때 연말에 건이가 했던 말… 난 믿지 않아요. 건이는 내가 늘 안됐다고 생각한 거예요. 그래서… 챙겨주고 싶었던 거 같아요."

"괜찮아요."

애리가 물끄러미 돌아보았다. 진솔은 한숨을 쉬고 어렴풋이 웃어 보였다.

"그만 말해도 돼요. 애리 씨 탓 아니었고… 솔직히 그동안 많이 힘들긴 했었지만 지금은 괜찮아요, 나."

머뭇거리긴 했지만 그래도 마음이 놓여 애리는 고개를 끄덕거렸다. 건은 할아버지가 돌아가셨을 때 선우에게만 연락하고 그녀에겐 하지 않았다. 애리로서는 사실 서운했으나, 건이 나름대로 생각이 많다는 걸 헤아리려 했다. 그의 마음에 어쩌면 다른 답이 있다는 것도.

30분 깜빡 단잠을 잔 희연이 기지개를 켜며 방에서 나왔다.

"가자, 언니. 나 또 일해야 돼."

"그래."

애리는 내키지 않게 일어섰다. 대문 앞까지 배웅하러 나왔다가 진솔은 망설이듯 말했다.

"괜찮으면… 우리 집에 머물래요? 며칠이라도."

희연의 눈이 둥그레지고 애리도 좀 놀란 듯했다. 잠시 머뭇거리더니 그녀는 기쁜 듯 맑게 웃었다.

"그래도 된다면, 있고 싶어요."

애리와 함께하는 생활은 또 좀 다른 것이었다. 다음 날 두 사람은 버스를 타고 읍내에 나가 시장을 돌아다니며 같이 장을 보았다. 뭘 사야 할지 번번이 빠뜨리는 진솔과 달리 애리는 천생 살림꾼이었고 장 보는 일을 무척 재미있어했다.

"진솔 씨, 우리 꽃 화분 사자. 집에 선인장밖에 없던데."

시장 입구 꽃집 앞에서 애리가 소매를 잡아끌어 그들은 안으로 들어섰다. 하우스에서 막 나온 꽃들이 양동이마다 가득 꽂혀 향기가 진했고, 선반과 천장에 매달린 허브와 잎 푸른 식물들이 줄기를 늘어뜨리고 있었다. 곧 꽃이 필 거라는 조그만 화분 두 개를 깨지지 않게 포장해 받았다. 진솔이 지갑을 꺼내는 걸 한사코 밀어내고 애리가 값을 치렀다.

"내 선물이에요. 집들이 선물."

진솔은 다정하게 웃어버렸다.

시장 난전에서 주방에서 신을 헝겊 슬리퍼도 사고, 반찬가게를 기웃거리며 맛보기로 담아놓은 반찬을 집어 먹어보기도 했다. 웬만큼 장을 본 후 두 사람은 시장 만둣집에 들어가 비

좁은 테이블에 마주 앉았다. 손자국이 많이 찍힌 유리문 밖의 시장 골목은 상인들과 손님으로 복잡했고, 시장 하늘에선 푸른색 비닐 천막이 바람에 펄럭이고 있었다. 주인이 밖에서 만두 솥을 열자 김이 화악 솟아올랐다.

길 건너편 전파사가 유행하는 최신 가요를 엄청나게 큰 소리로 틀어놓아 만둣집까지 노랫소리가 건너왔고, 어느 순간 짐 실은 오토바이가 붕- 시끄럽게 지나가기도 했다. 서로 별말 없이 바깥 풍경을 내다보고 있었지만, 서로가 하나도 어색하지 않은 시간. 그녀들에겐 휴식 같은 오후 한때였다.

집으로 돌아와 장 봐온 것들을 정리하고 대강 씻고 나니 어느새 저녁 무렵이었다. 진솔은 탁자에 노트북을 올려놓고 아까부터 띄엄띄엄 문장을 두드리고 있었다. 마루 기둥에 등을 기댄 채 생각에 잠겨 있던 애리가 그런 그녀를 궁금한 듯 쳐다보았다.

"일, 그만뒀다고 하지 않았어요?"

"일하는 거 아니에요. 뭐 하나… 써볼까 해서."

"뭘?"

"이야기요."

"소설?"

진솔이 끄덕거리자 애리의 눈동자에 반짝 호기심이 떠올랐다.

"어떤 내용이에요? 물어봐도 된다면."

"아직 줄거리도 안 떠올랐어요. 뭘 쓸지 확실하지도 않고. 음… 어쩌면 사랑 이야기?"

"멋져요! 대신 정말 근사한 남자 주인공으로 해줘요."

애리가 손뼉을 짝 마주치며 즐거운 표정으로 말했지만 진솔은 웃으며 장난스럽게 고개를 저었다.

"정말 근사한 남자가 세상에 어디 있어요."

"있잖아요. 김선우라고…."

뜻밖의 소리에 돌아보니, 애리는 농담이었다는 듯 무릎을 끌어안고 담담하게 웃기만 했다. 왠지 마음이 짠해져 진솔도 농담처럼 아무렇지 않게 대꾸했다.

"선우 씨가 이름을 빌려주려고 할까 모르겠네요. 다음에 만나면 물어봐야겠다."

한동안 진솔은 불규칙적으로 자판을 두드리고, 애리는 물끄러미 마당 너머 시골의 휑한 벌판을 바라보고 있었다.

"천국에 어찌 소설 따위가 있을까 보냐고… 어떤 평론가가 말한 적 있었죠."

문득 애리가 중얼거렸다.

"그 말이 와닿았어요. 행복하면 토해내고 싶은 게 없어지는 건지… 그 남자 옆에 있으면서 한 줄이라도 끄적이는 버릇이 없어졌는데. 그러고 보면 선우 때문에 속상한 적 많았다고 투덜대면서도… 나 행복했었나 봐."

지나온 세월이 한순간에 스쳐 가는 것 같아 애리는 속이 아팠다.

"내 청춘 십 년이 날아가버린 느낌 때문에 괴로웠죠. 내가 가여웠어요. 이제 놓아줘야 하나, 난 내 젊은 날을 사랑하고 있었던 게 아니었나 싶기도 하고…. 만약 그 사람을 처음 만난 스무 살로 돌아간다 해도, 내가 뭘 해야 하는지 아직도 잘 모르겠어요. 하지만, 하지 말았어야 될 일이 뭔지는 알 것 같아…."

그리고 애리는 어깨를 으쓱하며 애써 빙그레 웃었다.

"어쨌든 이젠 뭐 하나 쓰는 것도 낯서네요, 난."

너 이럴 줄 내 몰랐다. 사랑 사랑 내 사랑아. 비 오던 밤 낙산공원에서 처음 들었던 그녀의 노래를 진솔은 기억하고 있었다. 그 기묘하고 가슴이 쿵 내려앉는 것 같던 안개 낀 가을 밤. 취해가던 두 남자의 웃음과 한 여자의 눈빛도. 자기 손가락을 만지작거리며 내려다보는 그녀의 옆모습에서 진솔은 눈길을 거두었다.

탁자에서 휴대폰이 울렸다. 희연이었다.

"별일 없어요?"

"없지. 왜?"

"애리 언니한테 전해주세요. 선우 오빠, 사고가 있었다고. 좀 다쳤는데, 방금 나 병원 다녀오는 길이거든요?"

"선우 씨가 다쳤어? 어딜 얼마나?"

놀라서 돌아보는 애리의 얼굴에 긴장이 스쳤다. 희연은 시큰둥하게 말했다.

"궁금하면 직접 알아보라 그래요. 다행인지 불행인지, 억세게 운이 좋아서 안 죽고 살아났으니까. 그럼 끊어요, 나 녹화 들어가야 돼."

대답도 듣지 않고 툭 끊겨 진솔은 미간을 찌푸렸다. 하여간 미웠다 안 미웠다 하는 희연이다. 고운 건 생각도 못 하겠고.

"다쳤다는데 안 가봐도 돼요?"

대꾸가 없었다. 진솔이 잠자코 기다리는데 애리가 천천히 고개를 저었다.

"아뇨. 안 갈래요. 그 사람 일을 내가 왜 걱정해."

그래놓고도 가슴이 답답한지 애리는 마루의 미닫이 유리 문을 열고는 벽에 머리를 기댔다. 집 안으로 불어오는 쌀쌀한 바람을 쐬며 그녀는 그렇게 앉아 있었다.

"…이상해요. 선우는 통 늙지를 않는 것 같거든요. 처음 만났을 때와 하나도 변한 것도 없고. 난 많이 변했는데. 선우가 늙었으면 싶기도 하고, 안 늙었으면 싶기도 하고. 내 마음은 벌써 할머니인데…. 뭘 어쩌다 다쳤다는 건지."

그녀의 중얼거림을 귓가로 들으며 진솔은 해주고 싶은 말을 차마 입 밖에 꺼내지는 못했다. 손가락 아래 노트북 자판을 낙서처럼 한 자 한 자 두드렸다. 마음 한구석에 남아 있던 구절이 모니터에 차곡차곡 모습을 드러냈다.

네 사랑이 무사하기를

내 사랑도 무사하니까

깜빡이는 커서 옆으로, 방금 새긴 문장을 진솔은 물끄러미 들여다보았다. 언젠가 건이 썼던 짧은 편지였다. 건네주지 못한 시집 속의 구절. 누구를 향한 사랑들인지, 대상은 모두 빠져 있는 그 구절. 그래서 내 것이기도 하고 그들의 것이기도 한 서글픈 바람…. 자판 소리와 함께 아래에 또 하나의 문장이 찍혔다.

세상의 모든 사랑이, 무사하기를

백스페이스를 눌러 지금까지 끄적거렸던 문장들을 밑에서부터 차례로 다 지워버리고는 파워를 끄고 노트북을 닫았다. 방금 쓴 문장은 말이 안 된다. 세상의 모든 사랑이 무사할 수 있나? 그렇지 않다. 서로 부딪치는 사랑, 동시에 얽혀 있는 무수한 사랑들. 어느 사랑이 이루어지면 다른 사랑은 날개를 접어야만 할 때도 있다. 그 모순 속에서도 사랑들이 편안하게 아침을 맞이하고, 눈물 흘리더라도 다시 손 붙잡고 밤을 맞이하기를 바라는 건 무슨 마음인지. 무사하기를. 당신들도 나도, 같이.

그날 밤. 애리가 잠 못 들고 작은 방과 마루를 왔다 갔다 하는 소리를 잠결에 들었지만 진솔은 모른 척 해주었다.

그리고 이틀 뒤 선우가 찾아왔다. 빵빵대는 클랙슨 소리에 밖으로 나가보니 희연의 연두색 소형차가 집 앞에 서 있었다.

운전석 문이 열리고 희연이 구시렁대며 내리자, 조수석에선 나무로 만든 목발 하나가 먼저 나왔다. 희연이 도와주려 했지만 선우는 그럴 필요 없다는 듯 혼자 힘으로 겨드랑이에 목발을 끼고 천천히 차에서 내렸다. 한 발에 무게를 싣고 절뚝 두 발짝 걸어 나오는데 허공에 살짝 들린 발은 무릎까지 하얗게 깁스가 돼 있었다.

대문 앞에 어이없이 서 있던 애리의 눈에 말갛게 눈물이 고였다. 선우는 그런 연인을 향해 보일 듯 말 듯 수줍게 웃기만 했다.

"다리가 왜 그래?"

"…술 처먹어서."

"술을 다리로 마셨어?"

"몰라…. 길거리에 쓰러진 거 같은데… 자동차가 내 발등을 밟고 지나갔어."

애리는 입이 벌어진 채 뭐라 말을 못 이었다.

"그걸… 말이라고 해, 지금?"

"이틀마다 장렬하게 전사했었어. 나, 멋있었는데."

밭으로 내려가는 길목, 그 황토색 공터에 선우는 그림처럼 서 있었다. 그게 믿기지 않는 것처럼 애리는 눈물이 글썽했다. 누구라도 탁 건드리면 터져버릴 것 같은 그들의 서글픈 긴장감 때문에, 진솔과 희연은 소리 없이 대문 안으로 자리를 피해버렸다. 그렇게 보이지 않도록 대문을 닫으면서도 공터의 연인들이 물가에 내놓은 아이들처럼 느껴져 마음이 쓰였다.

애리를 마주한 채 선우는 머뭇거리며 조용히 말했다.

"너 없이 어떻게 사냐. 너 데리러 오려고… 병원에서 빨리 나왔다."

"난, 너 만난 게 십 년이 아니라 백 년은 된 거 같아. 뼈에서 사리가 나올 거 같다고! 그거 아니?"

"…이제 백 년으로? 앞으로 천 년은… 더 붙어 있을 건데. 다음 생에도. 그다음 생에도 너 만날 건데."

"싫어. 누구 마음대로."

선우는 어떻게 해야 좋을지 몰라 곤혹스럽고 막막한 표정으로, 한참 동안 시선을 떨어뜨린 채 꼼짝 않고 서 있었다. 그러고는 목발 하나를 땅에 내려놔버렸다.

"잘못했다. 내가 무릎 꿇고 빌까…?"

순간 애리는 화가 난 듯 선우를 따라 그의 발치에 앉더니 땅에 떨어진 목발을 손으로 집었다.

"바보 같은 짓 하지 마. 이래 가지고 어떻게 무릎을 꿇는다는 거야, 순 거짓말."

"난 거짓말 안 해. 그래서 네가 더 힘들었잖아 뭘. 앞으로는 좀 연습해야지….."

하지만 선우는 무릎을 꿇을 수 없어 깁스한 발을 불편하게
편 채 그냥 땅에 주저앉아버렸다. 애리는 정말 화가 나 견딜
수 없는 표정으로 피가 밸 만큼 입술을 깨물고 지켜보고 있었
다. 선우가 담담하게 말했다.

"우리 이번 생에서도 같이 살자, 죽을 때까지. 그리고 다음
번에도."

"그거 거짓말해보는 거야?"

"아니, 이번에도 참말….."

애리는 목발을 잡은 채 쭈그리고 앉아서 울어버렸다. 선우
는 어찌할 바를 몰라 그런 연인의 머리를 가만히 쓰다듬었다.
애리는 한번 뿌리치려고는 했지만 고개를 들지 못하고 울었
다. 막막한 겨울 들판 너머 풍경도 고요하던 어느 하루의 일
이었다.

애리가 그들과 함께 남양주를 떠나고 난 뒤 진솔은 좀 쓸쓸
해졌다. 애초에 그녀가 머무르기 전엔 느끼지 못했는데, 이제
막상 집이 텅 비고 보니 혼자라는 느낌이 새삼 들었다. 조금
은 외로웠지만 오래 몸에 밴 익숙함처럼 그 외로움도 나쁘진
않았다. 편안하기도 했고.

저녁 무렵 진솔은 손지갑을 챙겨 들고 둥치 굵은 플라타너
스가 서 있는 마을 어귀 버스 정류장까지 터벅터벅 걸어 나갔

다. 그리고 30분마다 지나다니는 버스를 타고 읍내로 나가 문구점에서 이것저것을 사가지고 집으로 돌아왔다. 희고 커다란 대자보 용지 몇 장과 플라스틱병에 든 먹물, 그리고 붓 두 자루였다.

사위가 어둑어둑해져 마루에 불을 켜고는 벽에 스카치테이프로 종이들을 나란히 붙이고, 앉은뱅이 탁자를 끌어다가 먹물과 붓, 한시집(漢詩集) 한 권을 펼쳐 올려놓았다. 그러고는 의자를 놓고 앉아 붓에 먹을 묻혀가며 시집 속의 구절들을 벽에 옮겨 쓰기 시작했다.

窓外彼晴鳥　창밖에서 우는 저 새야

何山宿便來　간밤엔 어느 산에서 자고 왔느냐

應識山中事　산속 일은 네가 잘 알겠구나

杜鵑開未開　진달래꽃이 피었는지 안 피었는지

그녀는 의자 등받이에 기대 멀찌감치 거리를 두어 자신의 붓글씨를 바라보았다. 원래 그다지 잘 쓰지도 못했지만, 몇 년 만에 다시 써보니 공치사로도 보기 좋다고 말해주긴 어려웠다. 예전에 혼자 자취하면서 찾아낸 나름대로의 소일거리였는데… 먹 향기를 맡으며 한문을 그리듯 쓰듯 그러고 있노라면 저도 모르게 스르르 마음이 가라앉곤 했었다.

밤이 깊어가는 줄도 모르고 진솔은 몇 시간 동안이나 여러

장의 종이에 한시를 베껴 썼다. 그러다 문득 기억 속에 떠오르는 구절들에 사로잡혀 그녀는 잠시 멍해졌다. 지난해 늦가을, 그와 함께 밤의 고궁에서 라이터 불빛 속에 보았던 그 구절이 뭐였더라? 한자를 차례로 읽어가던 건의 목소리가 기억날 듯하면서, 또 한편 아마득하기도 했다. 봄의 연못… 여름 산봉우리… 진솔은 입속으로 중얼거려보았지만 역시나 잊어버렸다는 것을 알았다. 가만히 앉아 있다가 그녀는 쓴웃음을 지으며 붓을 내려놓았다. 벌써 깊은 밤이었다.

마루를 대강 정리해놓고 진솔은 큰 방 침대 속으로 파고들어가 두꺼운 이불을 코끝까지 올리고 누웠다. 시골 밤바람이 오래된 집의 창문을 덜컥덜컥 흔들어댔다. 아파트와는 비교도 할 수 없는 서늘한 웃풍이 솔솔 스며들었다.

그렇게 어둠 속에 한참을 잠 못 이루다, 그녀는 팔을 뻗어 탁자에 놓인 라디오를 조그맣게 틀었다. 몇 년째 같은 주파수에 맞춰져 있는 라디오에 귀 기울이기를 한동안… 이윽고 하루의 마지막 프로그램을 알리는 시그널이 차분하게 전파를 탔다.

– 안녕하십니까. 2월 29일 시인의 마을 고종렬입니다.

진솔의 입가에 어렴풋 미소가 스몄다.

– 어느 철학자의 말입니다. 아름다운 2월은 날짜가 짧아서 고통도 짧다…. 삶이 곧 아픔이란 뜻이었을까요. 하루하루가 쉽지만은 않은 일상이지만 2월은 날짜가 짧으니 고통도 줄었

다는, 그래서 아름답다는 얘기였나 봅니다.

그녀는 혼자서도 호- 작게 감탄했다. 오랜만에 들어본 고 시인의 말투가 많이 자연스러워져 있었기 때문이었다. 여전히 어눌하고 소박하긴 했지만 아슬아슬 더듬지는 않았다.

- 올해는 윤년이라 하루가 더 많네요. 그래서 이 밤 이렇게 생각해보기로 합니다. 2월이 우리에게 주는 행복도, 똑같이 하루가 늘었다고 말이죠. 세상을 보는 마음의 눈은 이처럼 달라지기도 할 테니까요. 그러면 2월의 마지막 날 함께하는 시 들려드립니다.

오프닝 뒤로 배경음악이 은은하게 흘러나왔다. 그리고 진솔의 마음은 어느새 진행자의 입을 떠나 부스 맞은편 유리 너머 앉아 있을 그 사람에게로 향해버렸다. 기기 앞에서 한창 녹음 중이었을 그의 모습으로.

도망가지 말아요.

어둠 속에서 그의 목소리가 들려오는 것만 같았다. 함박눈 내리던 그 잊혀지지 않는 밤. 병원 영안실을 나와 버스 정류장에서 건을 안아주었던 기억. 그를 안고 있던 가슴이 뜨거웠던, 그의 눈물이 진솔의 뺨도 같이 적셨던 기억. 눈물 맛이 느껴지던 그 입술의 감촉까지도 또다시 그녀의 고요하던 마음을 물결처럼 휩쓸고 흘러갔다.

나지막하게 한숨을 쉬고 진솔은 벽 쪽으로 돌아누웠다. 잠을 청하면서도 그의 목소리는 꿈결같이 귓가에서 맴돌고 있었다. 알아요? 나 사랑하는 게 힘들면 사랑하지 않아도 돼요. 도망가지만 말아요….

3월의 아침은 담장 너머 이웃집 닭 울음소리로 시작됐다. 이곳으로 이사 온 뒤 늘 겪는 일이건만 아침마다 진솔은 움찔 놀라며 눈을 뜨곤 했다. 오전부터 그녀는 작심하고 온 집 안을 뒤집었다. 낡은 집을 한바탕 대청소하고 낮엔 마당과 뒤꼍을 청소하러 나갔다. 먼저 살던 주인이 어지럽히고 간 잡동사니가 겨우내 언 땅을 뒹굴고 있었고, 담장 밑 화단에도 지저분한 것들이 반쯤 흙 속에 파묻혀 있었다.

바야흐로 봄이 오는 참이니 진솔은 난생처음 자신의 소유가 된 이 집을 봄맞이시키고 싶었다. 화단의 흙을 만져보자 그동안 얼었다 녹았다 했던 땅이 풀려 보슬보슬한 촉감이 손끝에 와 닿았다. 꽃도 심고 파도 심고, 고구마 같은 것도 심어야지. 혼자 그런 생각을 하며 진솔은 트레이닝복에 점퍼를 껴입고 목장갑을 낀 채 우당탕 우당탕 씩씩하게 일을 해치웠다.

"고무신도 하나 사야겠어…."

한나절 입을 뻥긋 안 했더니 입이 심심할까 봐 부러 혼잣말도 했다. 마당 돌아다닐 때 신으면 좋겠다 싶었다.

청소 끝에 나온 쓰레기를 모아 그녀는 대문 밖으로 나갔다. 집 뒤쪽 밭으로 내려가기 전 공터에 먼저 주인이 쓰레기를 태우던 구덩이가 검게 그을린 채 남아 있었다. 겨우내 타다 남은 재 위에 눈이 덮여 얼어 있더니 어느새 다 녹아 있었다. 진솔은 구덩이 안에 쓰레기를 쏟아 넣고, 혹시나 몰라 양동이에 물도 떠다 옆에 내려놓고 신문지 끝에 성냥불을 붙여 구덩이에 던져 넣었다. 곧 불이 붙기 시작했다.

그렇게 양동이 옆에 쭈그리고 앉아 타오르는 불꽃을 마주하고 있으니 뺨이 따뜻해져왔다. 연기가 올라와 그녀의 머리카락과 점퍼에 스며들었지만 굳이 자리를 옮겨 앉지도 않았다. 이렇게 열심히 몸을 움직였으니, 바쁘게 한나절을 보냈으니 힘들어서라도 딴생각이 나지 않아야 할 텐데 문득 정신을 차려보면 또 그를 생각하고 있는 자신을 발견했다.

진솔은 굵은 막대기로 구덩이 속을 몇 번 쑤셔주었다. 사위어가던 불꽃이 다시 살아나며 타올랐다. 연기에 눈이 매워 멀리 갈색 들판을 바라보며 깜빡였다. 조용하고 한가로운 시골 풍경이 그녀를 마주하고 있었다.

그날 오후. 진솔은 읍내에 나가 목욕을 하고 시장에 들러 필요한 것들을 장 봐서 들어오는 길이었다. 플라타너스 정류장에서 내려 집까지 타박타박 걸어오던 그녀는 허물어질 듯한 담장 옆에서 그만 우뚝 멈춰 서고 말았다. 낯익은 차에 기대서서 걸어오는 그녀를 지켜보고 있는 남자 때문이었다.

시간이 정지한 듯한 한순간. 두 사람은 가만히 서로를 바라보고만 있었다. 이윽고 건의 시선이 진솔의 손에 들린 장바구니로 향했다. 투명하게 비치는 노랑 비닐봉지에 고무신도 들었고 새 베갯잇도 들어 있었다. 양파도 있었고 포장된 두부와 비죽 튀어나온 대파도 있었다. 장바구니를 보던 건이 부드럽게 웃었다.

"…잘 살고 있네요."

진솔은 왠지 눈이 부셔서 말문이 막힌 채 물끄러미 그를 응시하고만 있었다.

"내가 없어도, 이렇게나 잘 살고 있었어."

짐짓 서운한 척 말했지만 그의 눈빛엔 다정함이 배어 있었다. 그의 온기에 전염된 것일까. 진솔의 입가에도 희미한 미소가 번졌다. 그녀는 천천히 고개를 끄덕이며 농담처럼 말했다.

"…응. 아무 일도 일어나지 않더군요. 해와 달이 빛을 잃지도 않고."

건이 따스하게 웃었다.

"슬퍼라. 빛을 잃었으면 했는데."

그 모습이 너무 선연해 진솔은 가슴이 아렸다.

"뭐 하면서 살았어요?"

"이것저것…. 책도 읽고 라디오도 듣고… 벽에 낙서도 하면서요."

건은 피식 웃더니 차에 기대선 채 마을과 진솔의 집 낮은 담장을 쓱 둘러보았다. 그러고는 놀리듯이 말했다.

"그렇게 멀리 도망가진 못했네요."

진솔이 쓸쓸하게 웃었다.

"멀리 어디까지 가겠어요. 그럴 만한 곳도 세상에 없던데 뭐….'

두 사람은 그렇게 마주 보고 서 있었다. 담장 아래와 마을 뒷산에, 아직은 움트지 않은 개나리가 그러나 곧 봄을 알리려고 기지개를 켜는… 햇살은 짠하고 서로가 눈부신 3월의 첫날이었다.

어스름이 내릴 무렵, 두 사람은 부엌 싱크대 앞에 나란히 서서 저녁 먹은 설거지를 했다. 건이 세제를 묻힌 수세미로 그릇을 문지르고 진솔은 옆에서 수돗물에 헹궈 차곡차곡 엎어나갔다. 실내가 어둑해져 형광등을 켰는데 불빛이 좀 어둡고 깜빡 파르르 떨기도 했다. 건이 흘끗 천장을 올려다보았다.

"전등 바꿔야겠네."

"그러게요."

"이 집, 혼자 얻었어요?"

"미영 언니랑."

"누구?"

"음반자료실 김미영 씨."

"아아-."

건이 고개를 끄덕이더니 짐짓 비죽거렸다.

"은근히 친한 사람 많아. 전혀 안 그런 것 같으면서."

진솔은 피식 놀려댔다.

"이제 알았어요? 당신 친구들도 지금은 다 나랑 가깝고, 이제 댁은 버림받은 섬이에요. 끈 떨어진 연이고."

"우정이란 게 그렇게 주먹 한 방에 날아가는 건 아니오, 뭐."

건은 씩씩하게 그릇을 문지르며 태연히 대꾸했다. 가스레인지에선 찻물을 올려놓은 주전자가 폭폭 끓고 있었다. 진솔이 불을 낮춰 좀 더 오래 끓게 놔두었다.

"여행은 어땠어요?"

"그럭저럭. 아버지 어머니가 오랜만에 손주들 재롱 보고 좋아하셨죠."

"구경도 많이 했고요?"

"바닷가 한 번 가고 목장 한 군데 가보고. 그러고 말았어요."

"뉴질랜드 양 목장?"

"응. 양들이, 양떼같이 많아."

두 사람은 쿡쿡 웃었다. 건이 마지막 냄비를 건네주고는 수돗물에 손을 씻었다.

"여기가 서울보다 즐거워요?"

진솔은 끄덕끄덕했다.

"나, 서울에서보다 자주 못 볼 텐데도?"

그녀는 개수대에 시선을 둔 채 냄비를 헹구며 망설이듯 말했다.

"당신은 내가 좋아하는 사람이지만… 내 전부는 아니에요. 그래서도 안 되고. 감정을 서둘러서 결론 내릴 필요 없다는 거 알았고… 늘 눈앞에 두고 봐야 할 필요도 없는 거예요 뭐."

건은 그러시냐는 듯 말없이 짧게 끄덕거렸다. 어쩐지 분위기가 가라앉아버리고 말아, 두 사람은 뒷정리를 마칠 때까지 별말이 없었다. 진솔은 수도를 잠그고 손을 행주로 닦은 뒤 그에게도 건네주었다. 해가 지니 집 안이 썰렁하게 느껴져 보일러 온도조절기를 올렸다. 뜨거운 커피 두 잔을 타서 마루로 나왔을 때는 조금씩 훈기가 돌기 시작했다.

유리문 밖 마당에 어둠이 내리고 진솔의 기분도 덩달아 가라앉았다. 이상하게도 마음이 참 그랬다. 그를 만나 좋고 반가운데, 어쩌면 뛰어들어 안기고 싶은지도 모르는데… 뭔가 하나가 가로막고 있는 느낌. 그날 밤 그들이 버스 정류장에서 나눈 격했던 입맞춤은, 어쩌면 슬펐던 상황 때문에 그랬던 게 아닐까 싶기도 했다. 열흘 만의 재회가 새삼스러워 그에게 뭐라고 해야 좋을지 모르겠는 느낌이 되어버렸다. 그들의 침묵에 아랑곳없이 벽에 걸린 뻐꾸기시계가 여덟 번을 울었다.

"…꽃마차 할 시간이네요."

탁자 맞은편에서 건도 담담하게 말했다.

"그렇군. 서울 가면서 차에서 들어야지. 한동안 안 들었네요."

진솔의 속에서 무언가가 썰물처럼 빠져나갔다. 그렇지. 그는 돌아간다. 이화동 그의 집으로, 혹은 마포 오피스텔로. 그리고 다시 일상으로 돌아갈 준비를 하겠지. 당연한 일인데도 그녀는 진심으로 태연할 수가 없었다. 모순이었다. 방금 그렇게 다짐하듯 그가 전부가 아니라고 말했으면서 헛되게 뭘 기대했던 걸까.

"나오지 말아요. 갈게요."

마침내 건이 웃옷을 들고 자리에서 일어났다. 대문간까지 배웅해주고 그의 차가 방범등 불빛 아래 마을길을 내려가는 걸 지켜보다 진솔은 집으로 들어왔다. 적막했고, 그녀의 착각처럼 실내 공기에 그의 체취가 희미하게 남아 있는 것만 같았다. 탁자에는 채 식지 않은 찻잔이 그대로 놓여 있었다.

멍하니 마루에 서 있다가, 진솔은 갑자기 댓돌로 내려가 슬리퍼를 신고 대문 밖으로 뛰어나갔다. 정류장으로 향하는 마을길을 빠르게 달렸다. 내가 또 밀어낸 거야. 또 틈을 주지 않은 거야. 사실은 그러고 싶지 않으면서, 겁쟁이! 그녀의 소리 없는 외침이 초조했다.

어둠 속에 플라타너스가 서 있고, 건은 마을 어귀에 차를 세워둔 채 길에 서서 담배를 피우고 있었다. 마음이 복잡한지 고개 숙여 생각에 잠겨서는 그는 입김처럼 담배 연기를 뱉었다. 인적 없는 밤길에서 그를 발견한 순간 진솔은 우뚝 멈춰 섰다. 그도 그녀를 돌아보았다. 가슴이 터질 것 같은 진솔이 한 발자국 앞으로 다가서자 건은 담배를 버렸다.

"아직… 안 갔네요."

건이 천천히 고개를 끄덕였다.

"발이 안 떨어져서."

두 사람은 머뭇거리며 마주 보고 있었다.

"당신은, 왜 나왔어요."

"…붙잡으려고요."

건이 숨을 들이쉬더니, 팔을 뻗어 그녀를 품 안에 안아버렸다. 진솔도 두 팔을 올려 그의 등허리를 꽉 껴안았다. 그의 숨결이 그녀의 귀밑 머리카락에 따스하게 와 닿고 건은 약간 떨리는 목소리로 속삭였다.

"당신 말이 맞아. 나, 그렇게 대단한 놈 아니고… 내가 한 여자의 쓸쓸함을 모조리 구원할 수 있다고 착각하지 않아. 내가 옆에 있어도 당신은 외로울 수 있고, 우울할 수도 있을 거예요. 사는 데 사랑이 전부는 아닐 테니까. 그런데…."

진솔은 눈물이 그렁한 채 건의 품에 얼굴을 묻고 듣고 있었다.

"그날 빈소에서, 나 나쁜 놈이었어요. 내내 당신만 생각났어. 할아버지 앞에서 공진솔 보고 싶단 생각만 했어요. 뛰쳐나와서 당신 보러 가고 싶었는데… 정신 차려라, 꾹 참고 있었는데…."

그의 속삭이는 뜨거운 입술이 그녀의 머리와 이마에 닿아

스쳐 갔다.

"갑자기 당신이 문 앞에 서 있었어요. 그럴 땐, 미치겠어. 꼭 사랑이 전부 같잖아."

진솔은 차라리 젖은 눈을 감아버렸다.

덜컥덜컥. 밤이 깊어갈수록 창이 심하게 덜컹거렸다. 겨울도 다 갔는데 바람이 이렇게 심하게 불 리도 없건만 집이 낡아서인지 소리가 요란했다. 벗은 어깨가 시려 침대 이불 속으로 더 깊이 파고들며 진솔이 중얼거렸다.

"꼭 바람이 지나다니는 길목에 집을 지은 것 같아. 자주 덜컹거려서 매일 밤 라디오 틀어놓고 잤어요."

건이 팔꿈치를 침대에 괴고 옆으로 돌아누운 채 그런 그녀를 내려다보며 웃었다.

"저 바람, 재워버려요?"

진솔이 이불을 코끝까지 올리고 큭큭 웃었다.

"재워봐요, 한번."

그의 벌거벗은 몸이 이불 속에서 그녀 위로 다시 올라왔다.

"우리가 정신없이 키스하면 바람이 자요. 난 아까부터 못 들었으니까."

진솔의 심장이 또 두근거렸다. 도무지 이 남자에겐 면역이 안 되는 것일까.

"그런 식으로 말하는 거… 되게 얄미워요."

"항상 나 얄미워했잖아요 뭘."

건의 손이 진솔의 얼굴을 감싸더니 그녀의 이마에 달라붙은 젖은 머리카락을 살며시 넘겨주었다. 그러고는 줄곧 키스를 나눠 살짝 부풀어 오른 그녀의 입술에 다시 부드럽게 입맞췄다. 진솔의 손가락도 가만히 그의 머리카락 속으로 파고들어 갔다. 한동안 입술이 섞이는 소리가 침대 주위를 떠돌았다. 진솔이 그의 아래서 속삭였다.

"음… 그래도 바람 소리 들려요, 뭐."

건의 입가가 웃음으로 허물어지며, 고개를 숙여 진솔의 가슴에 얼굴을 묻었다. 그러고는 그녀의 체취를 호흡하듯 천천히 아래로 미끄러지며 내려왔다. 그의 작은 신음 소리가 진솔의 배꼽 근처에서 살갗 아래로 공명하듯 울렸다. 다시 깊은 사랑을 나누려는 건 아니었다. 조금 전 그들은 처음으로 몸을 섞고, 그 편안하고 나른한 여운을 느끼는 참이었다. 서로를 만지고 가볍게 키스하며 새삼 일체감을 확인하려는 듯이. 건이 아예 그녀를 베고 잘 것처럼 복부에서 고개를 들지 않아 진솔은 작게 웃음을 터뜨렸다.

"무거워요."

"진짜?"

"응."

그가 몸을 일으키나 싶더니, 진솔을 끌어안아 확 반 바퀴 굴러 자신 위에 그녀를 올려버렸다. 순식간에 아까와는 반대의 위치가 되어 진솔은 으앗 짧게 소리쳤다. 맨 살갗이 드러난 등이 추울까 봐 그가 다시 이불을 씌워주었다.

좀 부끄럽기도 했지만 진솔은 건의 심장 박동 소리가 들리는 게 좋아서 그의 가슴에 뺨을 대고 그렇게 엎드려 있었다. 건의 오른손과 진솔의 왼손이 만나 침대 위에서 서로의 손가락을 깍지 꼈다. 그 손을 물끄러미 들여다보며 그녀가 중얼거렸다.

"당신 손 이렇게 생겼구나."

"처음 봐요?"

"이렇게 자세히는 처음 같아요. 손톱이 못생겼다."

건이 소리 없이 웃었다.

"당신은 내가 상상했던 것보다 예뻐요."

진솔의 얼굴이 조금 빨개졌고 어둠 속이라 티 나지 않는 게 고마웠다. 건은 그녀에게 약점 다 잡혀도 할 수 없다는 듯 포기한 투로 고백했다.

"댁은 이제 어떤지 모르겠지만… 난 갈수록 공진솔 더 사랑하는 것 같아."

가슴 한구석이 아릿해왔지만 진솔은 짐짓 밉게 대꾸했다.

"말도 안 돼. 좋은 시절, 열정 다 쏟아붓고 껍데기만 남아서는, 뭘 사랑한대."

건은 조금 괴롭게 웃더니 한동안 망설이며 고민했다.

"그렇게 생각한다면… 난 껍데기가 진짜예요."

진솔이 웃는 바람에 어깨와 가슴이 부드럽게 흔들렸다. 건이 알아들을 수 없는 말을 중얼거리더니 그의 얼굴 옆으로 흘러내린 그녀의 머리카락에 코를 묻었다. 덜컥덜컥 탕탕. 창이 더 심하게 흔들려 두 사람은 동시에 침대 저편 벽을 쳐다보았다.

"꽉 안 닫힌 거 아닌가?"

"설마…. 아까 잘 닫았는데."

건은 진솔을 내려놓더니 침대를 내려갔다. 어두운 방 안, 밖에서 스며오는 어렴풋한 불빛에 그의 윤곽이 드러났지만 그는 별로 개의치 않는 것 같았다. 창을 조금 열어서 확인하려던 건이 갑자기 탄성을 터뜨렸다.

"…왜 그래요?"

"이런, 눈이 와요!"

"에, 정말?"

진솔은 이불로 몸을 똘똘 감싸고 내려와 두 발로 깡충깡충 뛰어 창문 앞에 섰다. 찬바람이 휘익 들어오는데 캄캄한 밤하늘에선 폭설이 내리고 있었다. 그녀가 믿을 수 없다는 듯 입을 벌렸다.

"이제 봄이 오려던 거 아니었어요? 난 몰라, 어제 마당 대청소했는데!"

"올겨울엔 어쩐지 눈이 많지 않다 했더니 제대로 남겨두고 있었나 보네. 엇, 추워."

그가 진솔이 두른 이불 속으로 재빨리 파고들었다. 그녀의 등에 건의 가슴이 와 닿았다. 그렇게 그의 품에 안긴 채 창가에 서서 눈 내리는 바깥 풍경을 한참이나 올려다보았다. 달도 없이 캄캄한 하늘이었지만 퍼붓는 흰 눈 때문에 사위는 더욱 환해 보였다.

이튿날 오전. 온 마을은 종아리가 푹푹 빠질 정도로 눈이 쌓였고, 그때까지도 하늘에선 눈발이 날리고 있었다. 아무래도 기세가 심상치 않아 그들은 마루에 놓인 텔레비전을 틀었다. 뉴스 속보가 나오는 중이었다.

─한반도 백 년 만의 3월 폭설을 기록한 어제오늘, 고속도로에서는 밤새 꼼짝없이 고립된 수많은 시민들이 추위와 불편함에 떨어야 했습니다. 운전자들은 수 킬로씩 떨어진 휴게소까지 눈밭을 헤치고 걸어가 가족이 먹을 음식과 식수, 차량에 넣을 기름을 사 와야 했습니다. 오늘 오전 고속도로 상공에 헬기가 떠, 빵과 생수 등을 아래로 뿌리고 있습니다만 아직은 원활한 구조 작업이 진전되지 않고 있습니다.

앵커의 보도에 이어진 자료화면은 가도 가도 새하얀 설원에 덮인 중부 지방 풍경과, 차들이 어지럽게 얽혀 꼼짝도 못 하는 수도권 도로들을 공중에서 비춰주고 있었다.

"심각한 것 같은데?"

"그러게."

담장 너머 펼쳐진 들판 저쪽 서울로 향하는 국도도 눈으로 하얗게 뒤덮여 있었다. 애초에 통행을 포기했는지 눈밭에서 벌벌 기는 차량은 한 대도 보이지 않고, 들판과 도로가 구별 없는 수평선이 되어 있었다.

　"언제부터 출근해야 돼요?"

　"내일."

　"그럼 오늘 집에 가서 준비 좀 해야 할 텐데."

　"글쎄. 하지만 이 지경인데 갈 수가 없잖아요."

　시큰둥한 건의 표정에 진솔은 씨익 웃어 보였다.

　"사실은 가고 싶지 않구나? 내가 너무 좋아서."

　건이 고개를 젖히며 하하거렸다. 하지만 진솔이 짐짓 두 손에 얼굴을 파묻고 어깨를 부들부들 물결치자 건은 당황해서 안색이 달라졌다.

　"어, 왜 그래요? 내가 웃어서 화났어요? 그거 비웃은 거 아닌데. 당신 귀여워서."

　고개를 드는 진솔의 얼굴에 웃음이 넘쳤다. 그녀는 두 팔을 치켜올려 와락 그의 목을 끌어안아버렸다.

　"드디어 고립됐다! 폭설에 좋은 사람하고!"

　잠시 얼떨떨하던 건은 곧 웃음을 터뜨리며 그녀를 번쩍 안아 들었다.

　한나절 두 사람은 눈 쌓인 집 뒤 공터와 들판 어귀에서 즐겁게 시간을 보냈다. 어린 시절 말고 이렇게 많은 눈이 온 풍경은 처음 같았다. 집 뒤꼍에 눈사람도 하나 세워놓고, 아이들처럼 눈을 뭉쳐 서로에게 집어 던지기도 했다. 집집마다 방학 중인 꼬마 녀석들이 하나둘 달려 나와 밭두렁에서 와자지껄 눈싸움을 벌였다. 저만치 포도밭 울타리쯤에선 마을의 누런 개 두 마리가 눈밭을 헤집고 다니다, 두꺼운 옷을 껴입고 시끄럽게 뛰어다니는 크고 작은 인간들을 멀뚱멀뚱 쳐다보기도 했다.

진솔에게 몇 차례 연타로 눈 뭉치를 얻어맞은 그가 비로소 생각났다는 듯 자신의 이마를 탁 쳤다.

"맞다. 당신 팔 힘은 센 사람이었지 참."

저만큼 사정거리 밖으로 피해 다니며 진솔이 발갛게 상기된 채 웃으며 물었다.

"어떻게 알았어요?"

"야유회 뻘밭 사건. 벌써 잊었어요?"

진솔이 아아- 하며 쿡쿡거렸다.

"그때, 당신 정말 나빴어. 결과에 승복하지 않고 나한테 복수했죠? 비겁한 패배자!"

"원래 관심 있는 여자한테는 다 그러는 거예요."

건이 눈을 뭉치면서 짓궂게 말했다. 그녀가 알 만하다는 듯 크게 고개를 끄덕였다.

"어릴 때, 여학생들 고무줄 끊고 다녔죠?"

"당연하죠."

태연하게 응수하며 건은 휘익 눈 뭉치를 던졌고, 방심했던 진솔은 어깨에 된통 맞았다. 다시 복수해주려 했지만 너무 지치고 땀에 젖어 그녀는 헐떡이며 비틀비틀 걸어가 밭두렁에 퍽 주저앉았다. 그도 다가와 옆에 털썩 앉았다. 두 사람 다 하얀 입김이 모락모락 피어올랐다. 어느새 눈발은 그쳤고, 날짜가 무색하지 않게끔 해가 구름 사이로 슬그머니 얼굴을 내밀었다. 운동 뒤의 상쾌한 기분이 그들을 감쌌다. 저만치 아이들이 뛰어다니는 모습을 구경하며 진솔이 입을 열었다.

"이렇게 어느 시골 마을에서 눈 내리는 풍경 바라보며 들녘에 앉아 있을 수 있다면… 당신 말대로 생이 한 번으로 끝이라 하더라도 아깝진 않을 거 같아요."

건은 잠자코 듣고 있었다.

"솔직하게 말할게요. 사람이 사람을 아무리 사랑해도, 때로는 그 사랑을 위해 죽을 수도 있어도… 그래도 어느 순간은 내리는 눈이나 바람이나, 담 밑에 피는 꽃이나… 그런 게 더 위로가 된다는 거. 그게 사랑보다 더 천국처럼 보일 때가 있다는 거. 나, 그거 느끼거든요?"

좀 서글펐지만 진솔은 담담히 말을 이었다.

"당신하고 설령 이루어지지 않는다고 해도, 많이 슬프고 쓸쓸하겠지만 또 남아 있는 것들이 있어요. 그래서 사랑은 지나가는 봄볕인 거고. 세상 끝까지 당신을 사랑할 거예요, 라고 한다면… 그건 너무 힘든 고통이니까 난 사절하고 싶거든요.

근데 그렇게 마음을 다잡아가면서도 당신 만나면 금세 흔들리고, 잘 안 되고 말아요."

"그래서 불안해요? 그렇게 흔드는 내 곁에 있는 게?"

진솔은 잠시 생각하더니 가만히 고개를 끄덕였다.

"내가 나 혼자서 굳게 서 있지 못할까 봐, 좀 걱정되는 거. 스스로 초라한 거 같잖아."

건이 쓸쓸하게 웃더니 눈덩이 하나를 뭉쳐 저 멀리 벌판을 향해 휙 던져 보냈다.

"당신 말이 다 맞다고 쳐요. 그럼에도 불구하고 그거 다 알고서, 사랑해보자고 한다면?"

그녀는 물끄러미 그를 돌아보았다. 웃음기는 사라지고 건의 옆모습은 우울한 듯 차분하게 가라앉아 있었다.

"나요, 당신이 꽃마차 그만둔 뒤로는 다른 작가가 원고를 늦게 보내도 별로 기다려지지 않았어요. 그냥 방송 전에만 들어오면 되겠거니 했지. 전엔 당신이 원고를 보냈나 안 보냈나, 두 시간 전부터 수시로 메일함 확인했었는데. 난 그게 원고를 기다리는 줄 알았는데… 당신 흔적을 기다리는 거였어."

진솔은 아무 말도 할 수가 없었다. 아무리 마음의 울타리를 수리해나가도, 그녀가 열고 싶을 때만 열고, 닫고 싶을 땐 냉큼 닫아버리게 열쇠를 꼭 쥐고 있으려 해도 건은 번번이 부드럽게 그 열쇠를 내놓으라 한다. 서로가 따뜻한 정도로만 기대고, 사랑이든 애정이든 데지 않게 조심조심 다가가고 싶었는데… 그는 그녀가 전부를 걸 마음도 없으면서 다가왔다고 화를 냈다. 자기도 모르게 눈물이 핑 도는데 온화한 그의 목소리가 들려왔다.

"이번엔 댁이 생각해볼 차례예요. 환상이나 기대 없이도, 나 믿고 당신 믿고 또 사랑해볼 수 있는지. 당신 마음 들여다봐요. 이젠 내가 기다릴게."

진솔은 가슴이 아파 머뭇거리다 가만히 끄덕였다. 그가 옆에서 쓴웃음을 지었다.

"난 오래라도 기다릴 수 있어요. 누구처럼 겨우 두 달 가슴 졸였다가 상처받기 싫어요, 하고 도망가진 않아."

진솔은 나오려는 눈물을 감추려고 일부러 퉁명스레 되물었다.

"그게 누군데요?"

"몰라, 어떤 바보 같은 여자."

눈덩이를 손에 쥐어 건의 얼굴에 장난스레 뿌려버리고는 그가 투덜대며 털어내는 동안 집 안으로 뛰어 들어왔다. 그가 따라 들어오기 전에 욕실로 들어가 문을 잠그고 그녀는 뜨거운 물을 틀었다. 옷을 벗고 샤워기 아래 서서 머리를 감고 세수를 하며, 진솔은 조금 울었다. 슬퍼서가 아니라… 행복해서 울었다. 그래도 어쩌면 나, 행복하구나 하고서.

다음 날, 읍내는 인부들이 동원돼 거리 제설작업이 한창이

었다. 건은 서울로 올라가는 길에 진솔을 읍내까지 태워주었
다. 시장 근처 도로변에 차를 세우고 그가 물었다.

"장 볼 때까지 기다렸다가 다시 집까지 태워줘요?"

"주차할 데도 마땅찮은데요, 뭐. 천천히 혼자 다닐래."

진솔이 웃으며 고개를 저었다. 건은 헤어지기 싫은 듯 망설
였지만 곧 알았다고 끄덕였다.

"눈길 조심해서 운전해요."

차에서 내려 그에게 손을 흔들어주고 돌아서는데 짧게 경
적이 울렸다. 건이 운전석에서 나와 보도로 올라왔다.

"잠깐 기다려요."

그는 길가 문방구 쪽으로 뛰어가 가게 안으로 들어갔다. 처
마 밑에 한 묶음의 플라스틱 돼지 저금통들과 훌라후프가 바
람을 맞으며 매달려 있었다. 동전을 넣으면 땅콩알처럼 생긴
초코볼이 굴러 나오는 과자통도 문방구 앞에 서 있었다.

잠시 후 건이 돌아와 그녀에게 검은 손잡이가 달린 무엇인
가를 쑥 내밀었다. 초등학생들이 과학 실험 시간에 쓸 만한
돋보기였다. 진솔은 의아한 듯 머뭇거리며 받아 들었다.

"웬 돋보기?"

그가 심각하게 말했다.

"이걸로 잘 들여다봐요, 당신 마음."

보도에 서서 진솔이 웃음을 터뜨리는데 건은 그녀를 한 번
꼭 안더니 아쉽게 풀어주었다.

"사랑해요, 공진솔."

그의 차가 멀어질 때까지 진솔은 바라보고 서 있었다. 차가 눈 덮인 도로 저편으로 가물가물해졌을 때 그 뒷모습을 향해 돋보기를 쥔 손을 쭉 뻗어보았다. 아주 잠깐 그의 차는 확대되는 듯하더니 금세 렌즈 속에서 사라져버렸다.

폭설은 딱 삼일천하였다. 동장군의 마지막 심술도 다시 대기를 채운 햇살과 봄기운엔 당해내지 못하고 물러났다. 쌓였던 눈은 며칠 후엔 흔적도 없이 녹아버리고 마을은 원래의 색깔을 되찾았다. 평온한 나날들이었다.

진솔은 청소를 끝낸 뒤 쓰레기를 들고 나와 뒤꼍 구덩이에 쏟아부었다. 신문지 한 장을 귀퉁이에 올려놓고 그녀는 가지고 온 돋보기를 신문지 허공에 갖다 댔다. 한참을 그러고 있으니 점점 렌즈가 햇빛을 모아 종이 한가운데 까맣게 점이 생겼다. 점에서 연기가 모락모락 피어오르고 드디어 불이 붙자, 진솔은 한 걸음 물러나 쓰레기가 타는 모습을 지켜보았다.

주머니에서 휴대폰이 울렸다.

"뭐 하고 있어요?"

"쓰레기 태워요. 돋보기로 신문지에 불붙였어요. 이거, 재밌네."

건이 쯧쯧 혀를 찼다.

"불장난하라고 준 거 아니오, 그거. 용도를 다시 잘 기억해요."

진솔은 그저 웃었다.

"내 맘이에요 뭘."

"이건 씨!"

수화기 너머 누군가가 그를 부르는 소리가 사무실 소음에 섞여 건너왔다.

"아, 미안. 나중에 다시 걸게요. 회의 들어가야겠다."

"그래요."

휴대폰을 주머니에 도로 넣고 진솔은 쓰레기가 고루 타도록 막대기로 한 번 들쑤셔주었다. 작은 한숨이 아지랑이처럼 새어 나왔다. 사랑도, 사람 마음도 이렇게 낱낱이 뒤적여가며 볼 수 있다면 좋겠지. 볕을 모아 불씨를 만드는 돋보기처럼, 좋아하는 이의 마음에 누구나 쉽게 불을 지필 수 있다면 좋겠지. 사랑 때문에 괴로운 일 없겠지.

해가 저물 때까지 건의 전화는 걸려오지 않았다. 바쁘구나 생각하며 진솔은 여덟 시 정각에 라디오를 켰다. 〈내 고향으로 마차는 간다〉 경쾌한 시그널이 뜨고 황해조 선생의 목소리가 들려왔다. 오늘은 청취자 노래 신청일이다. 그녀는 조금 망설이다 수화기를 들고 주조정실 번호를 눌렀다. 전라도 사투리를 쓰는 남자 작가가 받았다.

"듣고 싶은 곡 있는데요. 〈마도로스 수기〉요. …저, 신청자 소개는 안 해주셔도 돼요. 프로그램 끝날 때 그냥 잠깐 노래만 들려주세요."

노트북을 켜놓고 천천히 자판을 두드리며, 가끔 노래와 멘트에 귀 기울이며 웃기도 했다. 원고에서 확실히 남자 작가 티가 났다. 황해조 선생의 입담은 훨씬 능청스러워지고 걸쭉하니 코믹해졌다. 프로그램이 끝날 무렵 신청곡이 흘러나왔다. 항구야 항구야 항구야 헤이 헤이- 우리들은 마도로스다….

방송이 끝나고 라디오를 *끄*자마자 전화가 울렸다.

"당신이 신청했죠?"

"어떻게 알았어요?"

"그 곡 신청할 사람이 두 사람밖에 더 있나 뭐."

잠깐 침묵이 흐르는 동안 진솔은 그가 좋아서 가슴이 짠했다. 건이 입을 열었다.

"보고 싶어요."

건너편에서 어, 뭐야 홍헌표의 목소리가 전화선을 타고 넘어왔다.

"그쪽 누구야? 보고 싶단 사람이 진솔 씨야?"

"끊을게요. 토요일에 봅시다."

건이 웃으며 끊으려 했지만 옆에서 홍헌표가 수화기를 낚아챘다.

"진솔 씨?"

"네, 안녕하셨어요?"

"안녕하냔 소리가 나와요? 혼자 잘 먹고 잘 살겠다고 그만

두고 가버리고."

그녀가 웃기만 하는데 홍은 폭탄선언을 했다.

"진솔 씨, 나 다음 달에 장가간다?"

"정말?"

"응! 내가 청첩장 보낼게 주소 좀 불러요. 홍헌표, 인생 역전의 현장을 보러 와야지!"

얼떨결에 주소를 불러주고 축하한다고 말하고는 통화를 끝냈다. 놀라웠다. 대체 언제 신붓감을 만난 건지. 진솔은 그런 홍헌표가 신기하기만 했다.

오랜만의 서울 나들이였다. 3월도 중순으로 접어든 쾌청한 토요일 오후, 혜화동 대학로 일대는 봄기운 물씬 풍기는 가벼운 옷차림의 젊은이들로 활기가 넘쳤다. 초대받은 공연은 가람의 연인인 연출가가 담당해 요즘 꽤 화제가 된 연극이었다. 결국 가람은 예전 남자에게 돌아가 그의 사랑을 다시 쟁취하는 데 성공했던 셈이다.

너무 빨리 도착했는지 소극장 로비엔 낯익은 얼굴들이 보이지 않았다. 진솔은 건물을 도로 나와 이화동으로 향하는 언덕길을 산책 삼아 천천히 올라갔다. 낯설기도 하고 낯익기도 한 그 길을 한참 따라가니, 지난가을 그녀가 처음 만났던 커다란 은행나무 두 그루가 변함없이 건의 집 담장 앞에 서 있었다. 봄이 찾아온 낙산의 숲은 조금씩 파릇파릇 물이 오르

고, 오래된 담 모퉁이 은행나무 가지에도 파릇한 새순이 돋아
나고 있었다.

조금 열린 대문 틈으로 꽃나무가 심어진 그의 집 마당이 엿
보였다. 담장 너머 건의 방 창문도, 마당에 내놓은 건조대에
널린 빨래도, 진솔은 한참 서서 지켜보았다. 함께 은행 줍던
날 아침의 풍경이 어제 일 같았고, 약수터로 올라가는 길 쪽
에선 곧 노인의 우렁찬 사투리가 들려올 것도 같았다.

언덕을 돌아 다른 길로 내려온 진솔은 대로변 서점에 들러
이틀 전 출간된 그의 두 번째 시집을 샀다.

《한 庭園을 알고 있네》

검은 활자가 찍힌 표지에 이어 책날개를 펼치자 건의 흑백
사진 아래 짤막한 프로필이 실려 있었다. 출판사에서 찍은 사
진인가 보았다.

혼자 돌아다니는 동안 시간이 이렇게 된 줄 몰랐는데 어느
새 공연 시각이 임박해 있었다. 그녀는 서둘러 소극장으로 돌
아갔다. 막 연극이 시작되는 참이라 객석 조명이 꺼진 가운
데, 어둠 속에 몸을 숨기고 뒤쪽 적당한 빈자리를 찾아 앉았
다. 막이 열리자 무대 위에 몸을 웅크리고 모로 누운 한 사람
의 배우가 조명 속에 모습을 드러냈다.

진솔이 객석을 살짝 둘러보니 무대 조명으로는 관객들의

얼굴을 쉽게 알아보기 힘들었다. 그리 넓지 않은 소극장의 계단식 객석을 그녀는 주위 사람들에게 방해되지 않게끔 몰래 고개로 기웃거렸다. 드디어 객석 맨 앞쪽 구석에 앉아 있는 건을 발견할 수 있었다. 그에게 다가갈까 하다 그만두었다. 공연 중에 움직이려니 미안하기도 했고, 그녀가 왔나 안 왔나 연극이 끝날 때까지 그가 궁금해하도록 내버려두고 싶었다.

연극의 도입부는 흥미로웠다. 10분쯤 지났을까. 서서히 몰입되려는데 갑자기 어둠 속에서 누군가가 그녀를 뒤에서 끌어안아 앗 비명을 지를 뻔했다. 건이 재빨리 쉿- 하듯 진솔의 입술에 손가락을 갖다 댔다. 통로를 따라 살금살금 건너온 거였다. 앞좌석 사람이 인상을 쓰며 흘끔 돌아보는 통에 그들은 고갯짓으로 사과해야 했다. 심장이 콩닥콩닥 뛰어 그녀는 건의 귀에 대고 나무라듯 속삭였다.

"깜짝 놀랐잖아요."

"늦게 와서 혼자 딴 데 앉으니까 그렇지. 한참 둘러봤잖아."

그도 진솔의 귀에 작게 속삭였다. 두 사람은 나란히 붙어 앉아 손을 잡은 채 끝까지 공연을 보았다.

연극이 끝나고 로비로 나오면서 건이 말했다.

"십 분만 기다려줘요. 연출자랑 얘기 좀 하고 올 테니까."

"가람 씨 애인 알아요?"

진솔의 말에 건은 황당한 표정을 지었다.

"한가람 리포터 애인이에요?"

"응."

그는 이런, 졌다는 듯이 하하 웃었다.

"4월 개편부터 문화의 창을 맡을 거 같아서, 연극계 패널 알아본다 그랬더니 가람 씨가 소개했어요. 흠… 애인이었단 말이지."

짐짓 끄덕거리며 건은 무대 뒤 스태프 대기실로 향했다. 로비에 팔짱을 끼고 서서 가람을 기다리는데 낯익은 목소리가 그녀를 불렀다.

"진솔 씨!"

그들과 시선이 마주쳤을 때 진솔은 저도 모르게 입이 벌어졌다. 선우 때문이었다. 하나로 묶어 다니던 긴 머리카락은 짧고 단정하게 잘랐고, 수염도 말끔하게 깎여 있었다. 수줍은 듯한 특유의 눈웃음과 유난히 반짝이는 눈빛만 아니었다면 알아보지도 못했으리라. 노란 원피스 차림의 애리가 웃으며 그와 함께 다가왔다. 진솔은 반가워서 그녀에게 손을 내밀어 맞잡았다.

"여긴 어쩐 일이에요?"

"건이가 초대장 보내줘서 구경 왔죠, 뭐. 잘 지냈어요?"

진솔은 크게 끄덕이며 신기한 얼굴로 선우를 돌아보았다.

"많이… 달라졌네요?"

선우는 싱긋 웃기만 했다. 가까이서 보니 그동안 수염에 가려져 있던 턱선과 인중이 아주 곱다는 걸 새삼 알게 되었다.

깨끗한 입술선도.

"이렇게 미남인 줄 몰랐어요. 훨씬 좋아 보여요, 난."

"음… 애리 어머니도 그렇게 말씀하시데요…."

뜻밖의 소리에 진솔은 와- 감탄했다. 그가 무언가 나름대로는 노력한 것 같아 기특한 마음이 들었다.

"술도 덜 마시고… 담배도 끊었어요. 애리가 끊으라고 해서. 그런데… 아직 건이를 못 끊었어요."

선우는 느릿느릿 다시 진솔을 웃겼다.

"인사동 가게는요? 여전히 그대로?"

옆에서 애리가 밝게 대답했다.

"가게 정리했어요, 후배한테. 그리고 우리, 지구 한 바퀴 돌기로 했다? 준비해서 다음 달에 출국할 거야."

진솔은 좀 놀란 얼굴이 되었다.

"…지구 한 바퀴?"

이미 다 마음을 결정해버린 듯 애리는 담담히 웃으며 말했다.

"아무리 빨라도 삼 년 안엔 안 돌아올 거 같아요. 현지에서 아르바이트 해가면서 비용 벌고 또 벌고…. 그렇게 하면 십 년이라도 다닐 수 있을 거 같아서."

"마음에 드는 곳이 있으면 눌러살지도 몰라요."

선우가 빙그레 웃자 애리는 할 수 없다는 듯 어깨를 으쓱했다.

"버뮤다 삼각지대 같은 곳만 아니라면 괜찮아."

진솔은 쉽게 인사말이 안 나와 머뭇거렸다. 그런 연인들을 축하해주고 싶기도 했으나… 실은 걱정되고 서운하기도 했다.

"멋지네요. 우린… 보고 싶겠지만."

"나도 서운해요. 하지만, 행복할 거 같아. 그렇게 온 세상을 쏘다니면. …고마워요."

애리는 약간 코끝이 시큰한지 두 팔을 올려 진솔의 등허리를 한 번 끌어안았다. 진솔도 마주 안았다가 몸을 떼고는 선우에게 안 들릴 만큼 작은 소리로 속삭였다.

"여행 가는 거, 어머님이 허락해주셨어요?"

애리도 그녀에게만 들리게끔 귓가에 소곤거렸다.

"응, 겨우…. 내가 저 남자 따라가야 진심으로 행복할 거 같다고 했어요. 그랬더니…."

"그랬더니?"

"나 닮은 딸 낳으래."

두 여자는 같이 웃음을 터뜨렸다. 문득 애리가 궁금해했다.

"참, 사랑 이야기는? 많이 썼어요?"

"아니, 하나도."

고개를 젓는 진솔에게 그녀는 격려하듯 따스하게 웃어 보였다.

"돌아와서 읽을 수 있게 해줘요. 우리 여행지로 부쳐주면 더 기쁘고…."

두 연인이 손을 붙잡고 소극장 계단을 나란히 내려가는 모
습을 진솔은 현관에 서서 배웅했다. 선우는 발의 깁스를 풀었
지만 걸음걸이를 보니 아직 한쪽 발이 약간 불편해 보였다.
다음 달까진 다 나아지리라.

"선우 씨!"

진솔이 불현듯 불러 세웠다. 그들은 보도에 멈춰 선 채 계
단 위를 돌아보았다.

"혹시 이름 빌려줄 수 있어요? 내 소설에… 선우 씨 이름
써도 되는지."

"이름?"

잠깐 의아해하더니 선우는 곧 빙그레 웃었다.

"뭘 빌려줘요…. 그냥 가져가요, 무명씨로 살게."

두 사람은 웃으며 손을 흔들고는 버스 정류장 쪽으로 걸어
갔다. 봄날의 햇살이 대학로 거리를 싱싱하게 비춰주고 있었
다. 진솔의 어깨를 가람이 타악 쳤다. 언제 왔는지, 저만치 걸
어가는 선우의 뒷모습을 가람이 턱짓으로 슬쩍 가리켰다.

"저 남자 누구야? 딱 내 타입이다."

진솔은 피식 실소를 흘렸다.

"너도 예전에 한 번 본 사람이야. 인사동, 그 머리 긴 찻집
남자. 이건 씨 친구."

기억이 날 듯 말 듯 갸웃거리더니 확 떠올랐다는 듯 가람의

눈이 휘둥그레졌다.

"으아, 완전히 딴사람이다! 여태 왜 그러고 다녔대, 저런 꽃미남이?"

"꿈도 꾸지 마. 너무너무 못 헤어지는 애인이 있어서, 비집고 들어갈 틈도 없어."

"옆에 가는 여자?"

"응. 전생에서 만났고, 이번에 만났고, 다음 생에서 또 만난 댄다."

무슨 그런 무서운 소리가 다 있냐는 투로 가람은 혀를 내밀었다.

"삼생(三生) 씩이나! 시리즈 찍을 일 있니? 사랑은 단발이다, 이혼 안 하고 살면 복 받은 거지."

말은 그렇게 해놓고서, 건과 연출가가 로비로 나오자 가람은 명랑하게 뛰어가 애인의 팔짱을 야무지게 잡아 꼈다.

"수고 많았어, 내 사랑!"

그러고는 진솔에게 한쪽 눈을 찡긋 윙크해 보이고 그와 같이 다음 공연을 위해 도로 들어가버렸다. 진솔과 건은 소극장 앞에서부터 혜화동 공용 주차장까지의 길을 기분 좋게 걸어왔다. 차에 올라타 그가 시동을 거는데 진솔이 불쑥 시집을 내밀었다.

"사인해줘요."

건이 어이없어했다.

"샀어요?"

"응."

"나 참, 뭐하러. 내가 가져왔는데."

그는 뒷좌석으로 손을 뻗어 가방을 열더니 똑같은 시집을 꺼내 진솔에게 건네주었다.

"제일 처음으로 사인했어요."

진솔이 표지를 열어보려다 다시 덮었다.

"왜 안 봐요?"

"나중에. 뭐라고 썼나, 이따가 혼자 볼래요."

건은 웃으며 차를 출발시켰다.

남양주로 들어와 진솔이 사는 마을로 향하는 도중 차는 홍릉 앞을 지났다. 커다란 능이 있는 유적지 산책로에 하얗게 꽃이 피어난 나무들이 아름드리로 서 있었다.

"잠깐 세워줘요."

"왜?"

"꽃구경하게."

매화나무였다. 올 들어 처음 본 매화꽃들이 수줍게도 나뭇가지 가득 개화해 있었다. 건이 산책로 옆으로 차를 세우자 진솔은 차창을 내리고 고개를 내밀어 나무를 올려다보았다.

"…매화네요. 난 흰 꽃이 이쁘더라. 밤에 환해서 그런 것 같아요."

"그렇죠. 벚꽃도, 배꽃도."

건은 운전석 등받이를 뒤로 젖혔다. 잠시 쉬어 가기로 마음 먹은 듯 그는 편히 기댄 채 머리 뒤로 손을 깍지 꼈다. 저 맞은편 산책로는 벚나무 가로수 길이었다. 아직 꽃망울이 맺히지 않았지만 보름만 있으면 하나둘 개화하기 시작해 온통 하얀 터널을 이룰 것이다.

"우리 동네 뒷산에 아카시아 나무가 많더라고요. 꽃 피면 우리 집까지 냄새가 건너올 거 같아."

그 꽃이 피는 5, 6월이 진솔은 사실 너무 기대가 됐다. 그 진한 취할 것 같은 향기. 코끝으로 들어와 머리와 마음까지 점령하는 그 화한 냄새가 좋았다. 건이 부드럽게 웃더니 생각난 듯 말했다.

"그거, 원래는 아까시나무라 부르는 게 맞대요. 아카시아는 열대지방 소속이라 우리나라에선 못 산다는데? 잘못 전해져서 굳어진 이름이라더군."

진솔은 처음 듣는 말이었다.

"진짜? 그럼 아까시나무라고 불러야 돼요?"

"좀 그렇지? 한번 아카시아는 영원한 아카시안데."

그녀는 꽤 아쉽다는 듯 이맛살을 찌푸렸다.

"음… 과수원길이 섭섭하겠네요."

건이 하하 웃더니 약간 피로한지 눈두덩을 가볍게 문질렀다. 열어놓은 차창으로 홍릉 숲이 풍기는 상쾌한 냄새가 바람에 섞여 흘러 들어왔다.

"바람 좋네. 나, 딱 십 분만 눈 붙일게요. 어제오늘 일이 많았거든."

"그래요."

그가 눈을 감고 잠을 청하자 진솔은 창틀에 팔을 괴고 잠시 살랑거리는 봄바람을 맞았다. 그러다가 신발을 벗고 발을 의자에 올리고는 무릎을 세우고 앉아 건의 시집을 펼쳤다. 겉장을 열자 그의 낯익은 필체가 모습을 드러냈다.

내 사랑은 발끝으로 살금살금 걸어

내 庭園으로 들어왔네. 허락하지 않아도.

가만히 들여다보다 그에게 눈길을 주니 그는 고르게 호흡하며 눈을 감고 있었다. 그 자세로 건은 무심하게 말했다.

"나한테 키스하고 싶으면 해요."

진솔은 어이없다는 듯 핏 비죽였다.

"싫어요. 사인, 마음에 안 들어요."

건이 비로소 슬쩍 실눈을 떴다.

"뭐가 맘에 안 들어요?"

"다시 써줘요. 아까 내가 준 시집에다가."

"써주는 대로 받는 게 사인이지."

"그래도."

사실은 그의 필체가 적힌 두 권을 다 보관하고 싶어서였지만, 건이 놀려댈까 봐 그런 말은 하지 않았다. 그가 한숨을 쉬더니 조금 전 진솔이 가져온 시집을 뒷좌석에서 집어 들었다. 그리고 펜을 꺼내 속지에다 쓱쓱 쓰고는 내밀었다.

"자요."

"애개— 오래 고민해야지, 이렇게 금방 써요?"

진솔은 표지를 열어보았다.

매화꽃 아래서 입 맞추겠네.

당신이 수줍어해도. 내가 부끄러워도.

그녀가 미처 말을 못 찾고 있는데 건이 가까이 몸을 기울여 왔다. 그러고는 손을 내밀어 진솔의 얼굴을 감싸고 그 입술에 가만히 키스했다. 눈을 감고 그의 입술을 느끼던 그녀가 이윽고 팔을 올려 그의 목을 감싸 안았다. 한동안 깊은 입맞춤이 이어지고, 문득 건이 싱긋 웃었다.

"당신, 남의 입술 훔치는 방법도 여러 가지요."

"내가 할 소리예요."

그들은 쿡쿡 웃으며 다시 키스했다. 차창으로 봄바람이 불어오는 하얀 꽃나무 아래서 오랫동안 입 맞췄다. 당신이 수줍어해도. 내가 부끄러워도.

시간은 빠르게 흘렀다. 4월이 되면서 프로그램마다 봄 개

편을 끝냈고 그 4월도 저물어갈 무렵 마포 방송국 공개홀에
서 홍헌표가 결혼식을 올렸다. 선우와 애리가 배낭을 메고 출
국한 지 사흘 뒤의 일이었다.

모처럼 대부분의 직원들이 한자리에 모여 경사를 축하했
고, 하객을 향해 꾸벅꾸벅 인사하는 새신랑의 얼굴에선 환한
웃음이 떠나지 않았다. 오랜만에 만난 최 작가는 북적이는 사
람들 사이에서 제법 부풀어 오른 배를 손으로 감싸며 그런 홍
의 모습을 흐뭇해했다.

"신부가 중학교 생물 선생님이라며? 헌표 씨, 완전히 9회
말에 홈런 쳤다!"

"그래요? 요즘 같은 때, 직업이 선생님이면 일등 신붓감이
라던데. 어떻게 만났대요?"

"올해 초에 선봤는데 필이 바로 통했대. 한 달 만에 결혼 약
속하고, 석 달 만에 지금 골인한다."

옆에서 다른 작가들이 와- 탄성을 올렸다. 건과 같이 참석
한 진솔도 입가에 웃음이 배어 나왔다. 눈부신 하얀 웨딩드레
스를 입고 면사포를 쓴 신부는 통통하고 이목구비가 오목조
목 귀여운 인상이었다. 홍헌표가 싱글벙글 입이 다물어지지
않을 만도 했다.

예식이 끝나고 방송국 뒤편 대형식당 마포나루에서 피로연
이 벌어졌다. 회사 직원들이 워낙 많아 그들만 마포나루에 따
로 자리를 잡은 셈이었다. 기본 식사 외에도 술, 떡, 갖가지 잔

치 음식이 푸짐하게 나왔고, 식당 주인과 서빙 아주머니들도 평소 낯익은 터라 예약 받지 않은 음식도 수시로 서비스로 내놓기도 했다.

동료들이 돌아가며 따라주는 술을 홍헌표는 마다하지 않고 시원시원하게 받아 마셨다. 신부에게 가는 술잔도 '이 사람은 술을 잘 못한다'며 새신랑이 대신 총대를 메고 다 마시는 분위기였다.

"이봐, 신랑한테 술 너무 주지 마. 신혼여행 떠나야지 않아?"

누군가가 염려해주자 홍은 문제없다는 듯 씨익 웃었다.

"제가 이럴 줄 알고, 여러분의 열화와 같은 성원에 보답코저 신혼여행은 내일 오후에 출국합니다. 오늘 밤은 시내 특급 호텔 스위트룸을 예약해놨지요, 아하하."

그의 말이 불씨가 되어 자리는 더 흥겨워졌다. 피로연이면 으레 등장하는 짓궂은 게임이 신랑 신부에게 주어졌지만, 홍헌표는 결사 목숨 걸고 신부 몫까지 뒤집어써 그 벌칙을 혼자 다 받았다. 정말 눈물겨운 순애보를 연출하는 바람에 모두들 새삼 놀라는 눈치였다. 진솔의 곁에 있던 어느 리포터가 부럽다는 듯이 한숨을 쉬었다.

"세상에, 홍 엔지님 저런 타입인 줄 알았으면 내가 한번 잡아볼걸!"

그때 홍이 자리에서 벌떡 일어나더니 꽤 취해서 꼬부라지는 말투로 좌중을 향해 선포했다.

"자, 모두 주목해주십시오! 제가 이제, 사랑하는 우리 회사! 행복한 방송, 나누는 기쁨! 에프엠 85.7 메가 헤르쯔! 기술부 최고의 엔지니어 홍헌표의 뒤를 잇는….."

곧바로 기술부 직원들이 우우- 야유를 보냈다. 홍은 시끄럽다는 듯 그들을 향해 손사래를 쳤다.

"아무튼 홍헌표의 뒤를 잇는! 다음번 새신랑한테, 술을 한 잔 따르겠습니다."

그러더니 술병을 들고 건과 진솔이 앉아 있는 자리로 걸어와 호기롭게 빈 잔을 내밀었다.

"자, 건 피디. 받아!"

순식간에 이목이 그들에게 집중되고 건의 옆에 나란히 있던 진솔은 당황해버렸다.

"뭐야, 그게 정말이야?"

"벌써 날 잡은 거야?"

다들 반신반의하며 흥미롭게 지켜보는 가운데 건은 태연하게 술잔을 받았다.

"축하하네, 자네도!"

"고맙습니다, 선배."

건은 씩 웃더니 잔을 원샷했다. 오오- 좌중에 격려가 쏟아졌다. 홍은 그녀에게도 잔을 내밀었다.

"진솔 씨도 축하해요!"

상황이 상황인 만큼 홍이 오버하고 있다고 말할 수는 없었다. 피로연의 홍을 깨느니 진솔은 차라리 대범해지기로 마음먹었다.

"…고마워요. 저도 축하드려요."

테이블 맞은편에서 최 작가와 이선영 피디가 흐흐거리며 웃었다. 누군가 장난스럽게 말했다.

"에이, 홍 엔지 말은 못 믿겠는데? 증거를 보여라, 증거를."

제작부, 기술부 할 것 없이 그 말에 힘을 실어주며 여기저기서 독촉했다.

"맞다. 증거를 보여라. 안 그러면 축의금은 없다!"

그들 때문에 즐거운 분위기가 더해져 좌중은 기대에 차서 키스, 키스, 외치며 싱글벙글이었다. 딱 잘라야 할지 한 번쯤 바보 스타가 돼줘야 할지, 이번에는 건도 좀 난감한지 진솔을 돌아보았다.

"괜찮겠어요?"

"…댁은요?"

"나야 괜찮지만, 당신이."

진솔은 천천히 머리카락을 귓가로 넘기며 머뭇거렸으나 이내 작게 고개를 끄덕였다.

"나도 괜찮아요."

그리고 두 사람은 좌중이 보는 데서 서로의 입술에 살짝 키스했다. 너무 짧다- 불만이 나오자, 건은 멀어지려는 진솔의 목을 한 팔로 끌어안고 더 오래 진하게 키스해버렸다. 태연하려 했지만 결국 진솔은 뺨이 빨개지고 말았다.

어느덧 피로연이 파장 분위기가 됐을 땐 꽤 밤도 깊었고 취한 사람들도 제법 늘었다. 신발장과 바닥의 수많은 신발들 중에서 자기 것을 우왕좌왕 찾아 신고 직원들은 어둠이 내린 식당 밖으로 하나둘 쏟아져 나왔다. 가장 큰 불상사는 새신랑 홍헌표가 완전히 인사불성이 됐다는 사실이었다. 예쁘게 차려입은 신부는 거의 울상이었다.

"큰일 났네. 택시 태워서 호텔까지 보낼 수 있을까요?"

홍을 부축한 엔지니어들 가운데 하나가 걱정스럽게 물었다.

"형수님 혼자서는 감당이 안 될걸? 누가 호텔까지 따라갈 사람 있어?"

"두 명은 따라가야겠다. 하나로는 안 돼."

그때 느긋하게 식당을 나온 기술부 박 위원이 그런 부하직원들을 향해 점잖게 일갈했다.

"거, 별수 있나. 방송국 숙직실에다 갖다 눕혀. 천생 숙직실 팔자야, 홍은. 오늘 밤 거기다 신방 차려주게나."

덕분에 홍과 새신부는 특급 호텔의 스위트룸을 날려버리고 17층 로비의 숙직실에서 첫날밤을 보내고 말았다. 내일 오전 술이 깨면 화장실에서 세수만 하고 바로 공항으로 출발해야 하리라.

건과 진솔은 북적대는 그곳을 빠져나왔다. 건의 오피스텔로 들어가기 전 술도 깰 겸 두 사람은 산책 삼아 마포대교를 천천히 걸었다. 조금 전 시장바닥처럼 시끄러웠던 자리와는 딴 세상같이, 그들이 걷는 다리는 강 위를 불어오는 밤바람에 시원했다. 대교를 건너는 차량들이 언젠가의 밤처럼 헤드라이트를 비추며 획획 스쳐 갔다.

"예전에… 이렇게 다리 건너 산책 갔다 온 적 있었는데, 기억나요?"

그의 손을 붙잡고 걸으며 진솔이 물었다. 건은 잠자코 고개를 끄덕였다.

"그때 진짜 야속했었는데. 지금은 다 잊었지만."

건이 웃더니 그녀의 팔을 잡아당겨 허리에 두르게 했다. 그리고 그는 진솔의 어깨에 팔을 둘렀다. 두 사람의 몸이 좀 더 가까워졌다.

"선우 씨랑 애리 씨, 지금 어디 있을까요?"

"지구 반대편 남미부터 돈다고 했으니… 브라질 구석쯤? 조만간 아마존에 가보겠죠. 옛날부터 가보고 싶어 했으니까."

"아마존이라… 실감 안 난다."

다리 중간쯤에서 진솔은 걸음을 멈추고 강변의 가로등 불빛들이 잠겨 어른거리는 한강을 내려다보았다. 바람이 불어와 그녀의 머리카락을 날렸다. 건이 그 머리카락을 가만히 손가락에 감아보았다.

"많이 길었네요. 같이 일 시작했을 땐 당신 어깨쯤 왔었는데."

그의 목소리가 부드러워서 진솔은 가슴이 따스해졌다. 난간에 팔꿈치를 괴고 저 멀리 밤하늘을 올려다보다 문득 그녀가 입을 열었다.

"그거 알아요?"

"뭐."

"나한테 당신은, 결계예요."

"응?"

"그런 게 있어요. 몰라도 돼."

웃으며 걸음을 옮겨놓는 진솔을 건이 붙잡아 등 뒤에서 장난스레 끌어안았다.

"뭐야. 무슨 뜻이야, 그게. 빨리 말해요."

"싫어요."

"어, 바른대로 말 안 해요? 결계가 뭔데!"

진솔은 그의 품에 안겨서도 앞으로 발자국을 옮기려고 버티고, 건은 그런 진솔을 껴안은 채 못 움직이도록 실랑이했다. 둘 다 쿡쿡 웃어대면서. 헬리콥터 한 대가 타타타- 당인리 발전소 굴뚝 위를 날아갔다. 서울 하늘엔, 정말 다시 결계가 둘러쳐진 듯했다. 당인리 발전소 위로. 밤 깊은 마포종점 위로….

비 오는 날은

입구가 열린다

남포등

다시 오셨군요. 빗속을 걷느라 추우셨죠? 여기 난로 곁에 앉으세요. 따뜻한 차를 내오겠습니다. 난롯불을 더 올릴까요? 외투는 이리 주십시오. 걸어드리겠습니다. 그리고… 잠시만 기다려주시겠습니까. 저도 어떻게 말을 꺼내야 할지 생각할 시간이 필요하네요.

네, 좋습니다. 손님이 알고 싶어 하는 이야기를 들려주려면, 사흘 전 손님이 처음 가게에 오셨을 때 갑자기 남포등이 켜진 일부터 시작해야겠습니다. 그날 밤도 지금처럼 겨울비가 내렸습니다. 이즈막 나는 가게를 그만두어야 하지 않나 생각하고 있었습니다. 이 오래된 공간에서 온갖 사물들과 함께 지내는 일이 이젠 제게도 쉽지만은 않습니다. 아시다시피 인사동도 많이 변했으니까요. 고전적인 아취는 사라진 지 오래지요. 거래되는 품목들 가운데 골동품이라 부를 만한 것도 간혹 섞여 있지만 예전만큼은 아닙니다.

다만 여기서 미련이 남는 것은 저 벽에 걸린 램프- 정확히는 남포등이라 불리는 옛날 등, 호야등이라 부르기도 합니다

만, 그것입니다. 아버지의 남포등이었기 때문입니다. 남포등
은 그을음이 생기는 탓에 아버지도 직접 심지에 불을 붙이진
않으셨습니다. 그저 몹시 아껴서 매일 아침마다 램프 유리를
닦아주셨지요.

　손님도 인사동의 예전 모습을 아실지 모르지만 한때는 정
말 조용하고 한적한 동네였습니다. 붓과 한지를 파는 문방구,
유서 깊은 골동품과 민속품, 고서와 헌책을 취급하는 가게들
이 모여 지냈지요. 어느 틈엔가 카페와 식당, 술집으로 혼잡
해지고 관광객들의 기념품 투어 코스가 되기 전까지는 말입
니다.

　어머니는 아버지 일을 그리 좋아하지 않으셨습니다. 남의
손을 탄 것들이라, 이를테면 찻잔을 주의 깊게 한 바퀴 돌려
보시곤, 어디 사는 누가 입을 댄 건지 당최 알 수가 있어야
지- 혼잣말로 중얼거리셨지요. 아버지가 쓸 만한 것들을, 유
리 스탠드나 인도네시아에서 흘러온 라탄의자, 태엽 감는 괘
종시계 같은 것 말입니다, 집에 두려고 갖고 오시면 어머니는
싫어하셨습니다. 그런 건 가게에서나 팔면 되지 집 안에까지
쌓아둘 일이 무어냐, 모르는 기운이 묻어온다며 쓰고 싶어 하
지 않았습니다. 젊은 날 어머니의 소원은 공장에서 갓 찍어낸
화학 약품 냄새가 진동해도 상관없으니, 누구 손도 타지 않은
반짝거리는 새 물건과 가구를 당신이 처음으로 써보는 일이
었습니다.

당시 우리 집은 가게 뒤편이었습니다. 지금은 벽지를 발라 가려놓았지만, 원래 저 남포등 옆엔 뒷문이 있었습니다. 뒷문을 열면 마당으로 이어져 그리로 집과 가게를 들락거렸죠. 나보다 일곱 살 많던 형은 학교에서 돌아오면 누가 시키지 않아도 아버지 일을 도왔습니다. 저 풍금 옆에 놓인 초록색 비로드 의자가 보이십니까? 어린 시절 제가 노닥거렸던 긴 의자입니다. 저기에 앉거나 드러누운 채 형이 하는 이야기를 얻어들었지요.

형은 이야기를 누구보다 재미있게 할 줄 아는 사람이었습니다. 눈앞에 보이는 사물을 두고 즉석에서 이야기를 지어냈어요. 더 이상 새가 살지 않는 새장. 누가 가져다 팔았는지 모를 목이 부러진 벤조. 주름상자가 찢어진 아코디언. 팔각형 무쇠 주전자. 모든 것이 다 신기한 모험담의 재료가 됐습니다. 나는 철제 탄약통 이야기를 가장 좋아해서 여러 번 해달라고 졸랐던 기억이 납니다. 정글을 헤치며 보물을 찾아 탄약통 속에 감추고 다시 길을 떠나는 탐험가 이야기였지요.

이런. 아직도 추워 보이시는군요. 미안합니다. 이 담요를 덮으세요, 손님. 삼십 년이 넘은 목조건물이라 외풍이 심합니다. 주변에 비해 이 건물만 몹시 낡았지요. 예전 집터 자리엔 지금은 모텔이 들어섰습니다. 뒷문을 막은 이유도, 모텔 주차장 담벼락이 바짝 붙어 세워졌기 때문에 아무도 다니지 않는 어둡고 좁은 골목이 돼버린 탓입니다. 골목을 잘못 들어선 한밤의 취객들만이 비틀거리며 문을 두드려대곤 하지요.

그래도 남포등만은 계속 뒷문 자리에 걸어놓았습니다. 어느 골동품 가게나 '그건 파는 물건이 아닙니다'라고 주인장이 답하는 사물들이 있지요. 우리 가게는 저 남포등이 그렇습니다. 아버지는 밤에 혼자 계실 때, 남포등이 저절로 켜질 때가 있다고 말씀하셨죠. 특히 비 오는 밤에 말입니다. 물론 어머니와 저는 믿지 않았습니다. 아버지는 어떻게든 설명하려 애쓰다가 마침내 체념한 표정으로 말하셨죠. 그런 밤에 내리는 비는 소리가 다르고, 냄새도 다르다고. 하지만 그 비의 소리와 냄새는 당신이 꺼낼 수 있는 말로는 표현할 길이 없다고 서글퍼하셨습니다.

그런데 사흘 전 밤에 그 등이 다시 켜진 거지요. 손님이 왔다 가신 뒤 저는 가게 셔터를 내리고 빗속으로 나섰습니다. 늘 지나다니는 인사동 갤러리 앞에서, 우산 너머로 여성 화가의 개인전 포스터가 눈에 띄었습니다. 갤러리는 어두웠습니다만 가로등에 비친 포스터 속의 사진은 방금까지 함께 있던 당신이었습니다. 긴 머리가 얼굴의 옆선을 가렸어도 바로 알아보았죠.

손님은… 아니 화가님은 처음부터 이 가게를 알고 있었을 테지요. 그래서 저는 어젯밤 갤러리에 들렀습니다. 전시장에서 저를 보셨으니 아시겠지요. 온통 파꽃을 그린 그림들이었습니다. 전시회 제목도 〈파꽃 이야기〉더군요. 괜찮다면 물어보고 싶습니다. 왜 파꽃만 그리시는 겁니까. 저는 그림을 잘 모르고 이런 표현도 외람될지 모르지만, 갤러리의 그림들은 마음에 들었습니다. 왜 하필 파꽃인가요?

파꽃

왜 파꽃이냐면… 네, 그걸 물어보시는 분들이 가끔 있지요.

저는 이렇게 이야기를 시작할게요. 늦봄 시골집 텃밭 한 귀퉁이에, 무리 지어 심어놓은 파밭에서 꽃이 핀 거예요. 파꽃은 다른 말로 총화(蔥花)라고 부릅니다. 저는 시골 대가족 틈에서 자랐는데, 집안의 어른이었던 할아버지는 봄이면 파밭에 나가 "총화가 피었구나…" 혼잣말을 하셨습니다. 그러고선 뒷짐 진 채 그 앞에 한참을 서 계셨어요. 할머니는 파를 뿌리째 뽑아 부엌에서 장만하는 음식에 숭덩숭덩 썰어 넣기 바빠 꽃 핀 걸 이뻐할 겨를도 없으셨고, 그래서 손녀딸이던 제가 파밭에 나란히 서서 노인의 말 상대를 해드렸던 것 같아요.

스무 살이 되어 나는 지방에 있는 미술대학에 들어갔지요. 여러 그림을, 여러 기법으로 그려보았죠. 한동안은 무채색 물감만 써보기도 했고요. 그러다 그 사람을 만났습니다. 둘 다 첫눈에 반했던 건 아니에요. 서로 별 관심이 없었지요. 나는 미대생이고 그 사람은 문과대생이고. 다만 강의실 건물이 가까이 붙어 있던 데다 교양 과목을 같이 들은 적이 있어서, 한

두 해 지나는 동안 캠퍼스에서 마주치면 눈인사만 주고받는 정도였죠.

스물두 살 봄이 됐을 때… 네, 4월이었어요. 나는 학교 진입로를 내려와 읍내 쪽과 반대 방향의 도로를 걷기 시작했습니다. 막연히 걷고 싶은 밤이었고, 한참 지나 처음 가본 마을 입구에서 그 사람과 친구들을 우연히 마주쳤던 거예요.

여기 웬일이십니까.

그냥… 산책하던 길이었어요. 이 마을에 살아요?

그들은 그렇다고 했습니다. 배나무 과수원이 있었고, 배꽃이 달밤에 가득 피었고, 오솔길로 들어가는 나뭇가지들마다 색색의 꼬마전구가 감겨 휘황하게 불을 밝히고 있었지요. 마을 이름은 '만가대'라고 했어요.

그 사람은 친구들과 과수원 뒤편으로 딸기를 먹으러 가던 길이라고 했습니다. 저더러 함께 가도 좋다고 해서, 한밤의 달빛과 흰 배꽃과 전구들 탓이었는지, 묘하게 들떠버린 나는 갑자기 즐거워졌습니다. 딸기가 한창때여서 우리는 배나무밭 평상에 앉아 딸기를 몇 바구니나 먹어치웠어요. 밤 벌레들이 달려들어 때 이른 모기향을 달팽이 모양으로 피워놓고, 평상 한가운데 초록색 딸기 꼭지를 수북하게 쌓아놓았지요. 누군가가 피우다 만 담배꽁초를 딸기 꼭지 봉우리에다 거꾸로 꽂아 꼈습니다. 그때 옆에서 그 사람이, 일행 가운데 한 사람의 이름을 대며 말했어요.

아무개- 여기 잠들다.

우리는 웃었습니다. 그건 정말 초록 무덤에 꽂힌 묘비명처럼 보였고, 나는 그 순간부터 그 사람을 사랑하게 되었지요.

그 밤에 일행들은 내가 살던 자취방까지 국도변을 따라 한 시간을 걸어가 몇 안 되는 짐을 박스에 담아 왔어요. 차들이 도로를 드문드문 달려가는데 갓길을 따라 한 줄로 앞서거니 뒤서거니 되짚어 만가대로 돌아왔지요. 그리고 비어 있던 아래층 맨 끝 방에다 짐을 풀었어요. 나중에 들었는데, 먼젓번 집 주인아주머니가 내가 보름치 월세를 안 내고 야반도주한 학생이라고 온갖 험담을 하며 펄펄 뛰었다더군요. 생전 그래 본 적 없었고 나답지도 않은 일이었지만, 평생 처음 욕을 얻어먹었다는 게 난 재미있었어요.

날이 밝아 위층 주인집에 올라가 간밤에 이사 왔노라 했더니 놀라지도 않더군요. 워낙 학생들이 벌이는 짓궂은 일들을 늘 보셨기 때문인지. 그날부터 나는 거기서 살기 시작했고 그 사람과 나는 곧 애인이 됐습니다. 그는 같은 과 룸메이트가 있으니까 내 방에서 둘이 밥도 먹고 차도 마시고… 함께하는 시간이 많았지요. 네, 사랑도 했고요. 내 방 창문으로는 과수원 쪽이 아니라 뒷마당이 내다보였는데 거기에 파밭이 있었습니다. 좀 지나니 파꽃이 피더군요. 나는 그 방에서 그림을 많이 그렸습니다.

어느 날, 비가 와서 우리는 학교를 안 갔습니다. 둘 다 우산이 없었거든요. 세 들어 사는 학생들은 내 우산 네 우산을 구별하지 않았어요. 차례로 집을 나서면서 아무 우산이나 손에 잡히는 대로 들고 가고, 제일 늦게 일어난 사람은 우산이 없는 거지요. 그 사람이 빗속에 창밖을 내다보다 문득 말했어요.

파꽃을 그려보지 그래요?
파꽃을? 배꽃이 아니라?
예쁘잖아요. 비 오는 날의 파꽃. 나는 파꽃이 좋던데.

나는 새삼 파꽃을 들여다보았습니다. 민들레 홀씨보다 크고 둥근, 얼핏 솜털처럼 부드러운 표정이지만, 빽빽한 가시처럼 퍼진 꽃차례가 소박한 위엄이 엿보였지요. 갓 태어난 꽃 같기도 하고, 이미 늙어버린 꽃 같기도 했습니다. 그제야 파꽃이 참으로 아름답다는 걸 알았어요. 할아버지가 마당에 한참을 서서 내려다보셨던 까닭도 이해할 것 같았습니다. 화구를 꺼내 캔버스에다 파 꼭대기에 올라앉은 둥근 총화를 그리던 순간 난 깨달았어요. 내가 계속 이 꽃을 그리게 될 거라는 사실을요. 운명처럼, 나는 파꽃을 기다렸고 파꽃도 나를 기다리고 있었다는….

알아요, 좀 우습게 들리지요? 하지만 정말 그렇게 느꼈답니다. 찌르르 전류가 손끝에 와 닿는 것처럼 파꽃은 내 그림의 테마가 된 거지요. 나는 첫 파꽃 그림을 그 사람에게 주었습니다. 그러고 싶었거든요.

비 오는 날의 손님

그랬던 거로군요. 네, 기억합니다. 그 유화 캔버스. 여름방학 때 집으로 돌아온 형은 그림을 가게 벽에 기대어 세워놓았습니다. 낡은 사물들이 자리한 공간에서 캔버스는 단박에 두드러져 보였습니다. 녹색과 푸른색, 흰색이 빗속의 안개처럼 뒤섞여 눈길을 끌었지요. 하지만 그건 형의 실수였습니다. 불과 이틀날, 평소처럼 가게에 들어온 물건을 형이 받아놓은 줄 아셨던 아버지가 무심코 팔았던 거지요. 그처럼 화를 내는 형을 그때 처음 보았습니다.

아버지는 몹시 미안해하셨습니다. 그림은 지방에서 큰 가게를 하는, 그림을 좀 볼 줄 안다는 상인이 사 갔는데, 며칠 여기저기 수소문한 끝에 아버지가 시외버스를 타고 어렵게 찾아갔으나 돌려주지 않더랍니다. 파는 물건이 아니었다, 임자가 있는 것을 잘못 팔았다- 부탁했지만, 그림이 맘에 들었고 값도 지불했으니 못 돌려주겠노라 했다더군요. 값을 더 쳐서 도로 사겠다 하니 터무니없는 값을 부르더랍니다. 아버지는 할 수 없이 서울로 돌아오셨습니다. 그 모습을 보고 형은 그냥 두시라고, 그 친구에게 사과하고 솔직하게 말하겠다 했습니다.

가을이 되어 잠시 집에 다니러 왔을 때, 형은 친구가 용서 했으니 더는 마음 쓰지 마시라고 여느 때처럼 온화하게 말했 습니다. 그리고 두 번 다시 그 얘기는 꺼내지 않았지만, 여리고 인정 많은 분이었던 아버지는 두고두고 마음에 걸린 모양 이셨습니다. 아들이 말은 안 했어도 그림을 그린 이가 여자라 는 걸 눈치채셨지요.

어느 날 아버지는 형에게 천주를 꺼내주시더군요. 티벳에 서 흘러온 꽤 귀한 구슬 장신구였습니다. 그림 그리는 친구에 게 건네주라고 한사코 주머니에 넣어주셨습니다. 맞습니다. 마노로 만들어진 오안천주(伍眼天珠). 다섯 개의 눈동자가 새 겨진 부적이지요. 정확히 기억하시는군요. 티벳인들은 그걸 '신의 돌'이라 불렀다고 합니다. …지금은 잃어버리셨다구요. 아니요, 미안해하실 필요 없습니다. 시간이 많이 흘렀으니까 요. 어떤 사물과 끝까지 함께한다는 건 생각보다 어려운 일입 니다.

손님도 아시는 것처럼… 휴학하고 군에 입대했던 형은 결 국 돌아오지 못했습니다. 인생은 한 치 앞을 알 수 없는 거라 하지만, 그건 우리 가족에게 너무 혹독했던 기억입니다. 두 번째 휴가를 나와 건강하고 씩씩하게 지내다 귀대했던 사람 이, 며칠 만에 신병이 잘못 쏜 총알에 맞았다는 겁니다. 피 흘리는 형을 급히 국군병원으로 후송했지만 살리지는 못했습니다. 아버지는 오랫동안 말을 잃으셨습니다.

이상해지신 것은 이듬해부터였습니다. 겉으로 보기엔 아무렇지도 않았습니다. 조금 수척해지셨고 여전히 말수는 적었지만 성실히 일하셨습니다. 그러다 언제부턴가 비가 오는 날이면 남포등을 뚫어지게 쳐다보곤 했습니다. 얼마 전 형을 만났다는 것입니다. 누군가 가게 뒷문을 두드렸고, 처음엔 취객이거니 여기다가 어쩐지 선듯하고 이상한 기분이 들어 고개를 드니 남포등에 불이 켜져 있더라 하시더군요. 곧바로 뒷문이 있던 자리에 귀를 대보셨다고 합니다. 분명 아들의 목소리를 들으셨다고.

다음 날 제가 들러보니 가게 안은 엉망이었습니다. 벽지는 찢겨 있고, 벽에서 밀어낸 장식장과 선반이 어지러웠습니다. 바깥에서 매단 자물쇠도 부서져 문은 활짝 열려 있었지요. 간밤에 아버지가 문을 열었을 때 예전 우리 집 마당에서 형이 어린 시절 모습으로 서 있었다고 합니다. 물론 제 눈에는 여전히 모텔 담벼락밖에 보이지 않았습니다만.

그날 이후 아버지는 아침마다 좁고 어두운 뒷골목을 깨끗이 쓸기 시작했습니다. 골목을 쓴 다음엔 남포등의 유리를 융으로 닦으시는 게 매일 아침의 일과였지요. 언젠가는 뒷문 앞에 누군가 서 있기라도 할 것처럼. 남포등 불빛을 따라오기라도 할 것처럼. 아버지는 점차 비 오는 날이면 아예 가게 출입문을 닫아버렸습니다. 다른 손님의 기척이 있으면 형이 못 올까 봐 그랬을 겁니다. 오직 뒷문이 열리기만을 기다리셨죠.

쇠약해지신 탓이라고 생각했습니다. 그러면서도 마음 한구석, 제게도 아버지를 믿고 싶은 마음이 있었습니다. 비가 내리는 밤에는 저도 모르게 남포등을 쳐다보기도 했으니까요. 당연한 일이겠지만 저절로 불이 켜지는 일 따위는 일어나지 않았습니다. 아버지가 돌아가신 후 저는 뒷문을 다시 벽지로 발라 가려버렸습니다. 그리고 까맣게 잊고 지냈습니다.

사흘 전 밤에, 막 가게를 닫으려던 참일 때 손님이 조심스레 들어서는 모습이 보였습니다. 몸을 완전히 감싸는 외투를 걸치고 긴 머플러를 두르고 계셨지요. 저는 방해하지 않고 편히 내부를 보시도록 내버려두었습니다. 그런데 손님이 제게 말을 걸었지요. '이 램프는 석유로 켜나요?' 손님의 손가락이 가리키는 곳을 쳐다보았을 때 저는 하마터면 의자에서 굴러 떨어질 뻔했습니다.

남포등이, 어느새 오래된 심지에 불꽃을 당긴 듯이 밝고 은은하게 빛나고 있었습니다. 제가 한참이나 입을 열지 못하자 손님은 당황스러운 표정을 지으셨죠. 이윽고 나는 그렇다고 대답했습니다. 마음을 가다듬고 생각해보니 놀랄 일이 아니었습니다. 오래 기다렸던 순간이 비로소 찾아온 것뿐이었지요. 그래서인지 금세 침착해졌고 막상 불빛이 들어온 남포등을 마주해도 두렵지는 않았습니다.

손님은 아무것도 모르고 낡은 램프가 마음에 들었는지, 만져봐도 되나요- 하며 양철 테두리에 감싸인 노랗게 빛나는 등잔 유리를 손끝으로 쓰다듬더군요. …그렇습니다. 다른 이들에겐 한 번도 하지 않았던 이야기를 손님께는 들려드리고 말았네요. 하지만 무섭거나 언짢게 하려던 건 아니라는 걸 알아주셨으면 합니다. 그러셨다면, 사과드리겠습니다만.

파를 심은 사람

아니에요, 괜찮습니다. 무서운 이야기가 아닌걸요. 오히려 따듯하고 처연한 느낌을 받았습니다만. 저였더라도 아버님처럼 남포등이 다시 켜지길 기다렸을 것 같네요.

저는 삼라만상에는 고유의 제자리가 있다고 생각해요. 그래서 어떤 사물이든 제자리를 찾아주는 것이 서로를 위해서도 가장 낫다 싶지요. 골동품 가게나 박물관의 이질적인 분위기도 그 탓이 아닐는지요. 제자리에 있지 못한 사물들. 거처를 찾지 못했거나, 진짜 거처에서 떨어져 나온 것들이 한곳에 모여 있어서 사람 마음을 묘하게 만드는 것 같아요. 그런데 저 남포등과 눈이 마주친 순간은, 이런 표현이 가능하다면요, 아- 너는 이미 제자리를 찾았구나, 거기가 네 자리구나 싶더군요. 그래서 좋았답니다.

네. 이 가게를 예전부터 알고 있었어요. 그 사람과 데이트를 했었지요. 나는 그 친구가 평생 살았다는 인사동을 구경해보고 싶었어요. 먼발치에 서서 여기 쇼윈도를 가리키면서 그가 웃으며 말했던 게 생각납니다.

같이 들어가볼래요? 가족들과, 이상한 물건들을 소개시켜 줄게요.

하지만 그러기엔 내가 배짱이 없었어요, 지금은 후회되지만. 대신 둘이서 인사동 거리를 걷고 또 걷고, 이런 저런 찻집에 들르며 온종일 함께 시간을 보냈지요.

'옛찻집'이 여기서 가까웠던가 모르겠네요. 작은 새들이 찻집 공간을 날아다녔는데. 간혹 손님들 찻상에 실례를 하기도 했지요. 앉는 자리는 정말 불편했지만 새가 날아다니는 걸 보는 재미로 그 후로도 종종 들르곤 했었답니다. '꽃을 던지고 싶다'도 지금은 사라졌지요? 마른 꽃다발이 가득 벽을 채웠던 찻집이었고 거기 조명도 참 어두웠어요. 주인이 틀어주던 음악이 정말 좋았었는데. 그리고 저녁 무렵엔 경인미술관 마당에 앉아서 밤 깊어 문이 닫힐 때까지 끝도 없이 이야기를 나눴지요.

그 미술관 처마 아래서… 그 사람이 해준 옛날이야기가 평생 나를 쫓아다녀요. 〈파를 심은 사람〉이란 민담인데 혹시 아시나요? 아주 옛날, 사람들이 서로를 사람으로 보지 못하던 세상이 있었답니다. 눈앞의 존재가 사람으로 안 보이고 소나 돼지로 토끼로, 축생으로 보였던 거예요. 그래서 쫓아가 죽이고 잡아먹고 그랬지요. 한 사람이 그런 세상에 넌덜머리가 나서 멀리 길을 떠났어요. 정처 없이 헤매다가 어느 평화로운 마을로 흘러들어갔는데, 거기선 사람들이 아무도 서로를 잡아먹지 않았어요. 그래서 하룻밤 신세를 진 오막살이 늙은 노인에게 물었지요. 어째서 이 마을은 사람이 사람으로 보이느냐고. 노인은 텃밭에 파를 가리키며 말했답니다. 우리는 저걸 심어서 먹는다오. 파를 먹으면 사람이 더 이상 축생으로 보이지 않게 되오. 그 사람은 파 씨앗을 얻어가지고 고향으로 돌아와 심었지요. 그 후로 차츰 온 세상에 파가 퍼져나가서 마침내 모든 사람들이 그걸 먹고 서로를 사람으로 알아보게 되었더라는 얘기예요.

…응? 그게 뭔가요, 방금 선반에서 꺼내오신 책이. 제게 보여주시려고요? 정말 골동품만큼 낡은 책이네요. 이런 책을 아직도 수집하는 사람들이 있다니. 을유문화사, 〈한국아동문학독본〉. 1963년 판이라니 반세기를 살아온 셈이군요. 당신 형제들이 어려서 꺼내 읽었을 때도 이미 낡아 있었겠지요. 아, 여기 찾았어요. 파를 심은 사람. 근데 삽화 페이지가 절반이나 찢어졌네요. 아까워라.

아무튼 그 뒤로 누가 내게 인터뷰 같은 데서 왜 파꽃을 그리느냐고 물으면, 사람을 사람으로 보려고 그립니다 하고 대답하지요. 처음엔 농담처럼 대꾸했지만 세월이 지나니까 정말 그렇구나, 나는 사람을 사람으로 보고 싶어서 그림을 그리는구나… 싶어졌습니다.

네, 그 후의 이야기는 안 할게요. 다만 세월이 흘러서 내가 파꽃을 그리는 화가로 이름이 알려지기 시작할 무렵, 어떤 수집가한테서 내 초창기 작품으로 짐작되는 그림을 보았다는 얘기를 들었어요. 그 사람한테 선물했던 첫 번째 파꽃이었습니다. 나는 그림을 도로 사 왔답니다. 이번 전시회에도 걸려 있지요. 알아보셨는지는 모르겠지만. 어제 댁이 갤러리에 들어서는 모습을 보면서 저는 속으로 흠칫 놀랐답니다. 솔직히 말하면 댁은 형과 많이 닮으셨어요.

그리고… 천주. 그 색깔과 무늬. 다섯 개의 눈동자. 기억하고말고요. 소중히 간직하고 있었는데. 학교를 졸업할 무렵 갑자기 사라지고 말았지요. 엄마가 제 방에서 상자를 꺼내 몰래 없애버렸던 거예요. 떠난 사람한테 집착하면 못 쓴다, 멀리 내다 버렸다고. 나는 목에서 피가 올라올 만큼 소리 질렀지요. 내 사랑이 그렇게 쉬워 보였느냐, 타인이 마음대로 버려도 될 만큼 하찮아 보였느냐, 어떻게 내게 이럴 수가 있느냐. 엄마는 차분하게 말하더군요. 하찮지 않고 쉽지 않은 줄 아니까 없앴다고. 그 모습이 너무 초연해서, 나는 그만 힘이 빠져 전의를 상실하고 말았답니다. 혼자 타오르며 미워해봤자 상대방은 다 받아줄 자세를 하고 있으니까요. 어쨌든 그것만은 평생 엄마를 용서할 수 없을 거라고 생각했지만, 그 또한 세월이 흐르니까 부질없더군요. 무얼 용서하고 말고 하겠어요.

아뇨, 차는 더 안 주셔도 됩니다. 충분히 마셨어요. 그보다… 등이 켜지지 않는군요. 남포등 불이요. 모르셨나요? 여태 그걸 기다리고 있었던 건데. 이제 들켰네요. 저런, 싱긋이 웃지 마세요. 나는 정말 믿는다니까요. 아버님의 이야기를 댁보다 더요. 그동안 남포등이 켜지지 않았던 건 아마 댁이 제대로 믿지 않아서 그랬던 걸 거예요. 어머, 나도 웃는 거 아니에요. 진지한데? 언제 웃었다고 그래요.

아아, 미안합니다. 내가 시간을 많이 뺏고 있지요? 원래 이렇게 실없는 사람은 아닌데. 화실 동문들은 저를 얼음같이 쌀쌀맞은 여자라 부른답니다. 정말이에요. 이제 가게 문 닫고 들어가셔야 할 텐데. 그렇지만 잠시만 더 이렇게 난로 곁에 앉아 있을게요. 혹시 무슨 일이 생길지도 모르니까 같이 조금만 기다려주세요.

아, 들었어요? 방금 노크 소리였는데? 아니라고요? 정말 빗방울이 유리창에 부딪치는 소리일까요. 한 번 더 보고 싶었는데. 남포등 불빛을요.

사물의 제자리

괜한 일입니다. 헛되이 기다리지 마십시오. 사실 이건 말하지 않으려고 했지만 이왕 여기까지 왔으니 마저 고백하겠습니다. 생전에 아버지가 말씀하시길 당신이 죽고 나면, 저는 아마도 남포등 불빛을 딱 한 번 보게 될 거라고 하셨습니다. 당신은 큰아들을 만나서 꼭 해야 할 일이 있다고, 그러니 제게 남포등을 지켜봐달라고 눈을 감으시는 날까지 신신당부하셨지요. 만약 등이 켜지면, 아버지가 형을 만나 함께 좋은 곳으로 잘 떠났다 믿으라고. 인사동 터줏대감 같은 찻집 이름 '귀천'처럼 말입니다. 옛 시인을 따라 이제는 아내분도 떠나신 지 오래되셨습니다만.

남겨진 부탁 때문에 나는 지금껏 슬프면서도 조금은 어깨가 무거웠습니다. 석유 한 방울 들어 있지 않은 녹슨 남포등에 비 오는 밤마다 마음이 묶인 채로 말입니다. 그래서 차라리 잊고 살기로 했던 것인데 손님 덕분에 불빛을 목격했으니 실은 내 마음이 가장 가볍습니다. 저야말로 이 자리에서 천장까지 떠오를 수도 있을 것 같습니다. 저런, 손님도 웃는군요.

저 역시 농담이 아닌데 말입니다.

아무튼 손님은 다시 남포등 빛을 볼 수는 없다는 뜻입니다. 밤새 이 난롯가에서 꼼짝 않고 기다린다 해도요. 고집부리신다면 가게 열쇠를 드리고 가겠습니다. 새벽까지 기다리셔도 저는 상관없습니다만. 그래요, 잘 생각하셨습니다. 다들 미련은 그만. 이만 일어나시는 게 좋겠습니다.

들고 오신 그림은… 역시 첫 번째 파꽃이네요. 젊은 날 같이 살았던 과수원집에서 주셨던 그림이군요. 돌려주고 싶다하시니 기꺼이 받겠습니다. 다시는 팔려가게 하지 않겠다고 약속드리지요. 그리고… 잠깐만 기다려주십시오. 저 역시 서랍에서 천주를 꺼내 드리겠습니다.

어떻게 된 일이냐면, 천주 상자엔 골동품 감정서가 들어 있었으니까요. 가게 상호를 찾아 오래전 어머님이 여길 오셨습니다. 따님이 갖고 있던 건데 이 댁 아드님 것 같으니 놓고 가고 싶다고 하셨습니다. 아버지는 받아서 책상 서랍 깊숙이 잠을 재웠고 그것도 우리 가게에서 영영 팔지 않는 물건이 됐던 겁니다. 네, 손님은 모르셨지요. 어머님이 멀리 버렸다 하셨으니 그런 줄로만. 그러니 이젠 원망하지 마십시오.

자, 이렇게 해서 두 물건이 서로 있어야 할 곳으로 돌아간 셈인가요? 손님이 말한 사물의 제자리라는 게 있다면, 이것들도 영영 제자리를 찾은 것이기를 바랍니다. 무슨 말씀을. 저야말로 고맙습니다. 외투를 다시 입으십시오.

…파꽃 그림은 뒷문이 있던 자리, 남포등 옆에 걸겠습니다. 밤이 깊었는데 조심해서 가세요. 문까지 배웅해드리겠습니다. 우산은 챙기셨습니까. 빗줄기가 약해졌지만 젖으면 안 되니까요. 그리고 가다가 절대 돌아보지는 마세요. 이 가게는 곧 닫습니다. 비 오는 날만 입구가 열렸던 거예요.

작가의 말

•

《사서함 110호의 우편물》에는 호각 부는 장면이 많았습니다. 은
빛 호각 소리는 경쾌하게 들릴 때도 있지만, 대부분 신호를 보내
거나 경고의 의미로 삐익- 허공을 가릅니다. 난데없이 들려오는
호각 소리에 저도 모르게 움찔할 때도 있었지요.

사서함 곳곳에서 민방위 훈련대장, 수영장 강사, 제부도 관리
실, 또 궁궐 관리인 등이 그렇게 진솔의 소소한 행동들에 제재
를 가하곤 했습니다. 별것 아닌 작은 일들이었지만 살아가는 것
은 그런 사소한 일들의 누적인지도 모릅니다.

누가 정했는지 모르지만 그 규칙을 지키는 게 당연한 듯이 살
아온 한 내성적인 여자가, 처음으로 먼저 '내게 문을 열어주세
요' 하고 노크해보는 사랑 이야기였습니다. 한번 두드려봤지만
쉽사리 열리지 않자 그녀는 얼른 없던 일로 하고 철수하려고도
합니다. 안 그래도 세상이 만만찮은데, 어려운 사랑까지 보태고
싶지 않았던 그녀의 마음을 따라가면서 이 이야기를 썼습니다.

30대 초중반. 적당히 쓸쓸하고 마음 한 자락 조용히 접어버린
이들의 사랑 이야기를 천천히, 조금 느리게 그리고 싶었습니다.
인물마다 약점과 단점도 많았지만, 하루하루 평범한 일상 속에

서 그들의 감정이 흘러가는 길을 크게 상관 안 하고 따라가보고 싶었습니다. 흔해빠진 것이 사랑이고, 어쩔 땐 그 사랑이란 게 참 부질없어서 환멸이 느껴질 때도 있지만, 그럼에도 불구하고 '다시 한번 사랑해보기로 하는 것'이 사서함에서 그리고 싶었던 사랑법이었습니다.

막상 원고를 넘기고 생각해보니 주인공은 이건과 공진솔이었지만 실은 저는 진솔과 애리, 두 여자의 이야기를 쓴 것도 같습니다. 건과 선우. 이 남자들은 그녀들 곁에서 어쩌면 사랑을 아는 남자들이기도 하고, 어쩌면 '감히 사랑도 모르는 것들'이기도 했습니다.

가끔, 여자를 잘 아는 남자를 만날 때가 있습니다. 그들의 내면에도 여성성이 내재돼 있어 여자를 잘 아는 경우도 있고, 뼛속까지 '남자'이지만 타고난 통찰력이나 본능으로 여자를 꿰뚫어보는 경우도 있고…. 그런 타입들은 친구처럼 편하다가도, 또 어느 날 문득 심기가 불편해지면서 '이봐, 아는 척 말고, 우리 영역에서 꺼져버려요!' 하고 내쫓고 싶어지기도 합니다. 그런 남자들과 밀고 밀리면서 감정선을 타며 사랑한다는 것은 때로는 너무 버겁고, 그만 No thank you, 사절하고 싶은 일이기도 합니다.

사서함을 삼분의 일쯤 연재했을 때 누가 제게 물었습니다.

"이 소설 결말이 어떻게 돼?"

"해피엔딩이겠지."

"그럼… 건이랑 애리가 이루어지는 거겠네? 선우는 떠나고. 진솔이는 독립하고."

저는 당황하면서 하하 웃고 말았습니다만 행복한 결말이란 것 역시 사람마다 상상하는 풍경이 다르구나, 라는 걸 또 느꼈습니다. 사서함이 제 손을 떠난 지금 애리와 선우 커플에게 다소 미안합니다. 더 잘 표현해주고 싶었는데. 특히 선우 캐릭터는 팔이 제 안으로 굽듯 마음이 기운 인물이었습니다. 하긴 제가 아쉬워하든 말든 선우는 별말이 없을 것 같기도 합니다만….

사서함엔 또 하나 주연 같은 캐릭터가 있었습니다. 다름 아닌 서울 땅이었어요. 마포, 종로, 혜화동, 신촌, 인사동, 광화문… 지금은 너무나 익숙한 이름들이 아주 낯설었던 시절이 있었습니다. 서울이 삭막하고 싫어서 낙향하고 싶었던 그때. 그래서 공진솔 말처럼 '정 붙이려 노력하다 보니 이젠 미운 정 고운 정 들게 된' 곳이 서울이었습니다. 이 소설을 쓰면서 저도 새삼 서울 땅과 화해하고, 지나가버린 이십 대와도 비로소 화해한 기분이 들었습니다. 마치 그녀가 라면과 화해하듯이 말입니다. (웃음)

사서함을 절반가량 썼을 때 나름대로 벽에 부딪혀 힘들었던 순간도 있었습니다. 설정이나 인물 성격상 '갈 길'이 확실하지 않은 탓이었습니다. 그래서 '정답은 없구나. 비교적 좋은 답이 있을 뿐이구나' 하고 마음을 비우기까지 제법 시간이 걸렸습니다. 그럴 때마다 힘이 돼준 벗들이 있습니다. 사서함의 몇몇 대사와 자그마한 에피소드 등은 그들에게서 스캔해온 장면들도 많습니다. 친구들이 제 책을 읽다가 '어, 내가 한 말이잖아?' 재미있어하며 웃어주면 좋겠습니다. 가끔 하는 말이지만 '서로의 청춘을 목격할 수 있어서 고맙다'고 그들에게 전하고 싶습니다. 언제나 사랑하는 가족에게도.

사서함이 세상에 나오고 만 3년이 흐르는 동안, 알게 모르게 가랑비에 옷 젖듯 입소문을 타고 많은 독자님들이 찾아주셨습니다. 덕분에 올가을 새 옷으로 갈아입고 더 곱게 단장돼 독자님들을 찾아가게 되었습니다. 평범하고 특별할 것 없는 이 사랑 이야기에 애정을 보내주신 그분들이 없었다면, 저도 이런 소중한 추억을 만들 수는 없었을 겁니다. 소설 속 인물들의 모습에서 당신들의 일상을 투영해보고, 젊은 날 누구나 한번쯤 거쳐왔을 쓸쓸하고 낯익은 사랑의 풍경에 공감해주신 독자님들께 무엇보다 가장 감사드립니다.

또 인연이 닿아서, 우리가 나눌 수 있는 사랑하는 사람들의 이야기로 다시 만나 뵙는다면 기쁘겠습니다. 언제까지나 행복하세요.

2007년 10월

•

그렇게 인사를 드리고 이만큼 시간이 흘렀습니다. 제 마음은 그리 변한 게 없는 것 같은데, 문득 돌아보면 세상도 사람도 알게 모르게 달라졌구나 싶습니다. 강산도 변한다는 세월이고 빠르게 휩쓸려가는 시대인데, 작은 책 한 권이 꾸준히 사랑받으며 잊히지 않았다는 사실이 제겐 놀랍고 감사합니다.

독자님들의 메일이나 리뷰를 읽을 때면, 한번 세상 밖으로 나간 책은 더 이상 작가의 소유물이 아니라는 것을 새삼 느낍니다. 사서함을 읽으신 많은 분들이 개인 홈피나 블로그에 올려주셨던 글귀가 있습니다.

네 사랑이 무사하기를.
내 사랑도 무사하니까.
세상의 모든 사랑이 무사하기를.

건의 시집 앞에, 진솔의 노트북 화면에 적힌 그 구절은 지난 10년 동안 《사서함 110호의 우편물》의 헤드카피나 마찬가지였고, 그건 작가나 편집팀이 아닌 독자님들이 뽑아낸 것이었습니다. 저는 이제 저 글귀가 오래전 제가 쓴 문장이라는 느낌도 희미하답니다. 어디선가 지금 아픈 사랑을, 행복한 사랑을, 말하지 못한 사랑을 하고 있는 이들이 자신의 수첩과 일기장에 써놓은 글처럼 느껴집니다. 그래서 실은 더 애틋하고 고맙습니다.

사서함을 읽고 낙산공원을 산책하고 이화장에 들렀다는 분들, 지방에 거주하는데 서울 올라온 길에 인사동에 찾아가 소설에 등장하는 찻집에서 차를 마셨다는 분들, 서울 땅 어딘가에 작품 속 인물들이 실제로 있을 것만 같다는 글을 보내주신 분들…. 그 편지들과 이메일, 사진 하나하나 소중히 간직하고 있습니다. 저를 북돋아주고 다시 글을 쓰게 만들어준 격려의 인사들이었습니다.

세월이 흐른 만큼 사서함 속 몇몇 에피소드는 해묵은 일이 되기도 했습니다. 진솔은 건에게 '김일성이 죽었을 때 어디서 무얼 하고 있었나요' 라고 물었지요. 그 세대는 그랬겠지만, 지금 세대에겐 '김정일이 죽었을 때…'가 더 가까운 일일 겁니다. 그럼에도 공감의 유효기간이 여전한 까닭은, 그 속의 주인공들이 어떤 마음으로 고백하고 있는지, 그게 어떤 감정인지 알기 때문이 아닐까 싶어요. 사는 곳도 직업도 다르지만 세상을 살면서 느끼는 정서는 누구나 비슷한 부분이 있고, 그래서 다른 이의 이야기에도 기꺼이 귀 기울이고 내 일처럼 더불어 기뻐하고 애달파할 수 있나 봅니다.

그동안 저는 둘녕과 수안, 두 소녀들의 성장 스토리를 그린 소설《잠옷을 입으렴》을 출간했습니다. 글 쓰는 업을 가진 이들은 살면서 꼭 한번은 성장담을 쓰게 된다고 하는데, 저도 그랬던 셈입니다. 유년의 추억과 그 시절을 함께했던 책들, 동시대를 살아온 이들에게 드리는 트리뷰트 같은 소설이었습니다. 사서함을 썼을 때 내 청춘과 화해했다면, 잠옷을 쓰면서는 내 유년과 화해했던 것 같습니다. 그렇게 하고 나니, 비로소 아직 살아내지 않은 미래가 고맙게 느껴졌습니다.

두 작품 모두 아날로그적인 감성을 사랑하시는 독자님들이 더 아껴주셨던 것 같아요. 많은 것들이 시대의 뒷골목으로 사라져가지만 가끔은, 무엇인가 간절했던 결핍의 시절이 그립습니다. 결핍은 나를 목마르게 하고 끊임없이 찾아 헤매게 만들지만, 그건 결코 불행이 아니었습니다. 희망에 가까웠지요. 제가 바라고 꿈꾸는 어떤 결핍이 아직도 남아 있길 바랍니다. 여러분께도요.

새로운 표지로 갈아입은 개정판에는 소박한 부록으로 단편 〈비 오는 날은 입구가 열린다〉를 실었습니다. 사서함 독자님들은 이 제목을 알아보셨을 거예요. 저는 누군가와 누군가 사이─ 그들 사이에서 슬쩍 통하는 유머나 코드가 좋습니다. 건과 진솔이 '양떼같이'를 말할 때 둘이서 웃는 것처럼요. 그런 걸 '인 조크(in-joke)'라 한다지요? 오랫동안 사랑해주신 독자님들께 건네는 저의 수줍은 인 조크라 여기고 읽어주셨으면 합니다. (웃음)

앞으로는 더 부지런히 작품을 쓰고 독자님들과 만나려고 합니다. 세상에는 이미 너무나 많은 책들이 존재하지만, 그럼에도 아직 쓰이지 않은 이야기가 있고, 태어나지 않은 책이 있으며,

제가 들려드리고 싶은 이야기들이 있기 때문입니다. 또 뵙겠습니다. 그때까지 부디 행복하시고, 강건하세요.

2013년 2월

●

2003년 사서함 앞부분을 온라인에 연재했고 이듬해 책이 출간됐으니, 이 이야기가 독자님들을 처음 만났던 때로부터 햇수로 거의 20년이 흘렀습니다. 그동안 많은 것들이 달라졌어요. 사회 문화, 사람들의 정서, 출판계와 인터넷, 미디어… 심지어 맞춤법까지도요. 그렇게 변화해오는 동안 《사서함 110호의 우편물》이 꾸준히 스테디셀러로 남을 수 있었다는 사실이 작은 기적 같습니다. 이곳에 쓰는 몇 마디 글로는 그 감사한 마음을 다 표현할 수 없을 거예요.

그동안 저는 강원도 시골 마을 굿나잇책방을 배경으로 펼쳐지는 은섭과 해원의 이야기 《날씨가 좋으면 찾아가겠어요》, 산문집 《밤은 이야기하기 좋은 시간이니까요》를 출간했습니다. 손이 많이 느린 작가여서 늘 미안하면서도, 차근차근 독자님들과 추억을 쌓아온 것 같아 기쁜 순간들이었습니다.

날씨를 쓰면서 싹트기 시작했던 독립출판의 꿈을 키워, 올해 독립출판 '수박설탕'에서 사서함을 첫 책으로 선보이며 한 문장, 한 문장 많은 부분을 살피고 다듬었습니다. 큰 줄기와 중요 포인트는 변하지 않았지만, 인물들의 섬세한 행동이나 어휘, 지문에 포함된 용어 등을 달라진 시대 감수성에 맞게 꼼꼼히 수정해나갔습니다. 그 시절엔 보편적이었던 표현들도 시간의 흐름과 더불어 새로운 표현을 찾아주어야 할 것 같았어요. 백 군데 가까이 세밀하게 수정했는데 그동안 여러 번 읽은 독자님들은 알아차리실 수도 있고, 큰 줄기가 변한 건 없으니 모르실 수도 있겠습니다만…. 언제나 그렇듯 작가 손을 떠난 작품은 읽는 분들의 몫이니까 부디 무사히 가 닿기를 바랄 뿐입니다.

사서함으로 비롯된 수많은 인연들. 편지와 메일, 북토크 때 건네주신 따뜻한 응원과 애정의 말씀들, 하나도 잊지 않고 마음속에 간직하고 있습니다. 아마 인생이 다하는 날까지 제가 글을 쓸 때마다 그 목소리, 미소들이 떠오를 거예요. 말할 수 없이 감사합니다. 책 속에서만 젊은 척할 뿐, 어디선가 우리와 같이 세상을 살아가고 있을 것만 같은 진솔과 건에게도 고맙다는 말을 전하고 싶습니다. (웃음)

서로에게 위로와 추억이 되는 또 다른 일들로 만나 뵐 것을 약속하겠습니다. 행복하세요.

2022년 6월

이도우 드림

사서함 110호의 우편물

초판 1쇄 발행 2022년 7월 30일
7쇄 발행 2024년 7월 24일

지은이 이도우
펴낸이 김도민
편집인 이말리
디자인 윤지영
일러스트 김윤정 / 인스타그램 @yuni_0010

펴낸곳 (주)수박설탕
등록 2020년 7월 6일(제2020-000143호)
주소 경기도 고양시 일산동구 백마로 213번길 36, 양우드라마시티 1019호
전화번호 031-8070-3736
메일 mallilee@soobakpub.com
인스타그램 @bookbutler

ISBN 979-11-976717-0-8 03810